Christmas: A Biography

クリスマスの歴史

祝祭誕生の謎を解く

Judith Flanders
ジュディス・フランダーズ
伊藤はるみ［訳］

原書房

クリスマスの歴史　祝祭誕生の謎を解く ◉ 目次

訳者による注記は［……］で示した。

宗教行事のカレンダー（抜粋）

1月 1日 主の割礼祭、または主イエス命名の日、または主の命名日［ユダヤの律法では誕生の8日目に命名と割礼をしたことによる。教派により日本語訳が異なる］
5日 十二夜［十二日節（キリスト誕生から12日目にあたる公現祭）の前夜祭］
6日 公現祭［異邦人に対する救い主の顕現を祝う祝日。東方の三博士がベツレヘムに誕生したキリストを訪れたことを記念する。主の御公現の祝日、主の顕現日、主顕日ともいう］
2月 2日 聖燭祭または主の奉献の祝日、被献日、聖母マリア清めの祝日［イエス・キリストが聖母マリアとナザレのヨセフによって神殿に連れてこられたときの出来事を記念する］
3月 25日 受胎告知の祭［大天使ガブリエルが処女マリアにキリストの受胎を告知した日とされる］
6月 24日 聖ヨハネの日［洗礼者ヨハネの生誕祭］
9月 29日 聖ミカエルの日［実りの季節である秋にちなんだ豊穣の天使ミカエルの祭礼］
11月 1日 諸聖人の日［万聖節ともいう。すべての諸聖人と殉教者を記念する祝日］
2日 すべての死者の記念日［万霊祭ともいう。世を去ったすべての死者を記念する祝日］
11日 聖マルティン祭の日［聖マルティヌスを記念する祝日］

12月

6日　聖ニコラスの日［聖ニコラスを記念する祝日］
13日　聖ルチアの日［聖ルチアを記念する祝日］
21日　聖トマスの日［イエスの使徒のひとり聖トマスを記念する祝日］
25日　クリスマス
26日　聖ステファノの日
27日　福音記者ヨハネの日［ヨハネによる福音書を記したヨハネを記念する祝日］
28日　幼子の日［ユダヤの王ヘロデが新しい王の誕生の知らせに怯え、ベツレヘムの二歳以下の男児を虐殺させたことを記念する日］
31日　聖シルヴェスターの日［ローマ教皇シルウェステル一世が死去した日］

ドナ・レオンに捧げる

序　章　ミンスパイが君臨するとき

クリスマスの歴史について書くのはそれほど難しいことではないと思われるかもしれない。キリストの生誕から教会の行事、家庭の行事を経て商業主義へといたる歴史、気高い物語に始まり、ほのぼのと温かいエピソードの果てに冷たい営利主義に行きつく歴史。これまで書かれてきたクリスマスの歴史はそうしたものが多い。だが、はたしてそれは真実の姿なのだろうか。そもそも、クリスマスにもいろいろある。カトリックでもスペインとポルトガルと南アメリカ諸国とでは、クリスマスの慣習は同じではない。プロテスタントでもドイツとデンマークのクリスマスは同じではないし、イギリスのイングランドのクリスマスとアメリカのニューイングランドのそれとの違いはさらに大きい。

しかし、これから見ていけばわかることだが、私たちの知るクリスマスにおいて、宗教は単にひとつの要素、それも突きつめていけば驚くほど小さな要素にすぎない。なぜなら私たちの文化のそれぞれにクリスマスの独自の祝い方が、それぞれの家庭に独自の祝い方があり、もっと言えばマスメディアにはマスメディアの、書籍や新聞や雑誌、映画やテレビ番組にも独自の祝い方があるからだ。どのクリスマスもお互いに無関係ではないが、決して同一のものでもない。なぜかと言えば、そう、もちろん私たちの誰もが、奇跡のようにすばらしい、一点の傷もない、胸がしめつけられるほど懐かしいあの日、もう二度と取りもどすことのできないあの日の記憶を心に焼きつけているからだ。イギリスの詩人セシル・デイ＝ルイスは、「いくつものクリスマスなど存在しない。クリスマスはただひとつのもの。心に残るたくさんのクリスマスのイメージが作りだしたひとつの複合体、記憶が描き出したひとつの作品だ」と書いているが、まさにその通り。これこそが、クリスマスの本質なのだ。

誰もが心の中に、いくつものクリスマスをしまい込んでいる。そこは過去のクリスマスに経験したたくさんの幸せな思いと、ひょっとしたら少しばかりの悲しみとを大切にしまい込んだ貯蔵庫だ。だからこそ、クリスマスには不思議な力がある。クリスマスには、私たちを『不思議の国のアリス』の登場人物で、朝食前に六つのあり得ないことを信じることができる白の女王のようにする力があるのだ。私たちはクリスマスについて、いくつものあり得ないこと――しばしば、同時に成立するはずのないいくつものこと――を簡単に受け入れている。ほとんど無意識に信じていることも多い。

なにしろクリスマスに関する伝説は山ほどある。サンタクロースの起源はオランダだ。赤い服はコカ・コーラ社の発明だ。ドイツからクリスマスツリーをイギリスに持ちこんだのはヴィクトリア女王の夫君アルバート公だ。中世の有力な封建領主はクリスマスの時期には城館の扉を開けはなち、誰であれそこを訪れた者には食事を提供した。クリスマスの起源はローマ時代の農神祭だ。あるいは、アングロサクソンの主神ウォドンの祭りがクリスマスの起源だ。……こうした数々のことを誰もが信じて疑わない。もちろん、どれも真実ではない、ということは除いて。クリスマスには、そしてクリスマスに関しては、本当のこと、本当と信じられていること、そして本当と信じたいことの三つが重なっていて、その区別はとても難しい。

クリスマスに関する認識で、多くの人が共通して信じていることをふたつあげれば、第一に宗教的な起源があること、第二に、他国の人にはなかなか理解できない自分の母国の伝統こそが、その人にとっての本物のクリスマスだということだ。

クリスマスについては多くの人が、昔は敬虔な宗教行事だったが、営利一辺倒のコマーシャリズムに侵された結果、現代の売り上げ優先の形に変わってしまった、と思いこんでいる。そうした人たちはクリスマスの実際の姿を知ると意外に思うことだろう。第一の共通認識の通り、クリスマスはキリストの生誕を記念してキリスト教会によって制定された祝日である。そのため現代の私たちは、昔の、つまり本来のクリスマスは非常に厳粛な宗教行事だったのに、現代の世俗的な資本主義社会がそれを汚してしまったと思いがちだ。

また第二の共通認識、どの文化圏においても「私たちの」クリスマスが本当のクリスマスだ、という認識は誰もが無意識にいだいているものだ。イギリス人はクリスマスをイギリスの祝日だと信じ、アメリカ人はアメリカの、ドイツ人はドイツの祝日だと信じている。ドイツ人はゲルマン神話や彼らのクリスマスツリー、アドベント・リース、クリスマス・マーケット、ガチョウのローストと赤キャベツがなければ本当のクリスマスの雰囲気は出ないし、それはほかのどの場所でも真似できないものだと考えている。イギリス人、特にイングランド人はミンスパイ［ドライフルーツなどで作ったミンスミートを入れて焼くクリスマス用のパイ］とプラムプディング［ブランデーなどに漬け込んだ数種のドライフルーツとナッツ、香辛料などを小麦粉の生地と混ぜて蒸した菓子］、ツリー、幽霊の話やディケンズの小説、家族のだんらんと子供中心に過ごす時間こそがクリスマスの本質だと考えている。サンタクロースとプレゼントを入れる靴下、屋外に建てる巨大なツリーに七面鳥とエッグノッグ［牛乳、クリーム、砂糖、卵などで作る甘い飲み物］がつきもののアメリカでは、当然クリスマスはアメリカの伝統であり、世界中の他の国は彼らの伝統をまねてクリスマスを祝っているのだと考えられている。

それでも、たとえ私たちの誰もが「自分の」クリスマスこそが本物だと考えているとしても、私たち――現代の欧米諸国のほとんどの地域でクリスマスを祝う人のほとんど――は、実際には「自分の」慣習に従っているというより、おもにアングロ＝アメリカ［アングロサクソン系（イギリス系）の文化を持つ北アメリカの別称］世界あるいはドイツ語圏のあちこちから取りいれたいくつもの慣習が混ざったものに従っている。それらの慣習は二、三世紀にわたり新聞、雑誌、書籍に書かれてきたこと、そしてもちろん百年ほど前からはラジオ、映画、テレビでも伝えられてきたことと混ざりあい、ひとつの文化圏のクリスマスというよりは、世界中で認められているが特定のどの地域のものでもない、まったく新しいクリスマスになっている。

本書でこれからその歴史、神話、慣習、物語、象徴について検証していくクリスマスは、まさにこの不思議な混合物のようなもの、誰もがよく知っているがゆえに、これこそ「自分の」クリスマスだと思っているものである。

第1章　聖書　お祭り騒ぎ　祝宴

古代から中世までのクリスマス

キリストの降誕について聖書は多くを語ってはおらず、「ルカによる福音書」と「マタイによる福音書」に記載があるだけだ。「ルカによる福音書」はおそらく西暦八〇年頃に書かれ、「マタイによる福音書」はその十年ほど後に書かれたようだ。内容に共通した点がいくつかあるので、どちらも同じ情報源にもとづいて書かれたのだろう。「ルカ」によれば、ヨセフは国の人口調査令により、一族の出身地ベツレヘムに向かった。妻のマリアはベツレヘムで男児を出産し、かいば桶に寝かせたが、馬小屋という記述は聖書にはない。牧場の羊飼いたちは天使によってこの出産を告げられ、急いで幼子のもとへ行った。「マタイ」によれば、イエスはユダヤのヘロデ王の治下、ベツレヘムで生まれたがマリアとヨセフはもともとそこに住んでいた。人数も名前もわからないが、東方から来た賢者たちがひとつの星（特に明るかったとは書かれていない）に導かれ、黄金と乳香と没薬《もつやく》を赤ん坊の眠る家に届けた。その後二世紀末頃に書かれたとされる新約聖書正典外の「ヤコブの手紙」によれば、マリアは洞窟で出産し、その上空には他の星よりひときわ明るく輝く星があったという。

よく知られていることだが、キリスト降誕にまつわる物語のかなりの部分は、歴史的に見るとつじつまがあわない。六世紀に人口調査はあったが、[1] それはヘロデ王の死後十年たってからのことであり、人口調査のために一族の出身地に帰れという命令が出た記録はない。さらに、人口調査は土地所有者を対象にしたものだった。ヨセフが土地所有者なら、彼はなぜマリアとともにそこで寝なかったのか。仮にヨセフが人口調査の対象だったとしても、なぜ妊娠中の妻まで夫の出身地へ行く必要があったのか。その時代、女性は人口調査の対象には含まれていなかった。もしマリアが十二月に出産したのなら――聖書にも初期の教団の文書にもキリスト降誕の日付は記載されていない[2]――冬場は寒さを避けて羊を村に移動させているはずなのに、どうして羊が牧場にいたのか。

歴史的な正確さはさておき、聖書や初期の教団文書に降誕についての記載がないのは、初期の教会が誕生日に宗教的な意義をほとんど認めていなかったからだろう。重要なのは肉体が誕生した日より宗教的な誕生、つまり洗礼の日だった。二世紀以降、東方教会では一月六日を、キリストの神性が人間に示された日という意味で、公現祭（主の顕現の日）と定めている。[3] そして少なくともエジプトのキリスト教徒のあいだでは、この日はキリストが洗礼を受けた記念日と考えられている。もっとも、どうしてこの日付が選ばれたのかは定かではない。*

＊　キリスト教の祝日については巻頭に簡単なカレンダーがある。

西暦三一三年、皇帝コンスタンティヌス一世はローマ帝国内でのキリスト教信仰を公認する。クリスマスが教会の祝日と定められたのは、その後まもなくのことだった。[4] キリスト降誕の祝日に関するもっとも古い記録は、ローマ教皇ユリウス一世（在位三三七〜三五二年）による、キリスト降誕を十二月二十五日に祝うようにとの布告である。ところがこのクリスマス、定められて間もない頃から早くも宗教ばなれの兆候が見てとれるのだ。三八九年に死去したコンスタンティノポリス大主教、ナジアンゾスのグレゴリオスは、生前、聖なる祝日にダンスをしたり「過度に飲食」したりすることを戒めている。[5] そうした事実がなければ警告が発せられるわけがない以上、クリスマスは祝日と定められたわずか三十年後にはすでに世俗的な楽しみにふける日となっていたわけだ。その後も同じような状況が続く。七世紀半ばにはカンタベリー大司教タルソスのテオドロスが、クリスマスにご馳走を食べるのは結構だが暴飲暴食はいけない、と教区の人々に釘をさしている。とは言え、多くの人が自制心を働かせたとは思われない。

それにしても、なぜ十二月二十五日だったのだろう。聖書学者の研究によれば、福音書その他の教会関係の文書からは四月十七日、五月二十九日、九月十五日のどれもが、よりふさわしい日付のように思われる。[6] それなのに十二月二十五日が選ばれた背景には、冬至の日に行われる「冬至祭」との密接な関係があるようだ。*

＊　紀元前四五年にユリウス暦が採用されたときは、十二月二十五日が一年でいちばん日が短かった。[7] 西暦八年にうるう年が導入され、一年が厳密には三百六十五・二五日になったことで、春分の日を起点に定めるイースターは西暦四年から移動祝日になってしまった。春分の日は三月二十五日から二十一日になり、夏至と冬至も日にちが変わった。そのため、冬至とクリスマスの日が別々になったのだ。

キリスト教以前のヨーロッパで行われていた異教の冬至祭が、今も存続している確かな証拠はない。[8] これまでにわかっているその種の行事のもっとも古い記録はローマ時代のもので、冬至の前後に三つの祝祭が行われていた。農神サトゥルヌスに供え物をして祈る農神祭（サトゥルナリア）は十二月十七日に始まり七日間続けられた。祭りのあいだ仕事は休みで店も閉まり、キャンドルなどのちょっとした贈り物をするのが習わしだった。そして誰もが賭け事をしたり、宴会を楽しんだりしていた。この祭りの後には宗教とは無関係の新年の祝日カレンズが一月一日から三日まで続いた。その間人々は建物を緑の枝や葉で飾り、ご馳走を食べ、酒を飲み、レースや行列を見て楽しんだ。そして花輪や花冠や「幸福な新年を」という文字をきざんだランプを贈りあった。

四世紀のギリシアの哲学者リバニウスの記録によれば当時すでにカレンズの祝祭は広く普及しており、「お祭り騒ぎとテーブルいっぱいのご馳走」がつきもので、裕福な者は「たらふく」、貧しい者も「普段より良いもの」を食べたらしい。誰もがこのときばかりはぜいたくをし、「自分に対してだけでなく人に対しても気前がよかった」。またこの祝祭のときは社会階層を上下逆転させることもさかんで、主人が召使いに給仕したり、元老院議員が平民の服装をしたりした。六世紀にはある神父がこうした「さかさまごっこ」が広まり、主人と召使いの役割の取り換えばかりか男性が女性の服装をすることさえあるとして、「不信心者たちは何もかもひっくり返している」と書いている。二世紀前のナジアンゾスのグレゴリオスと同じように、この神父も「昨今の男たちのほとんどは暴飲暴食と放縦な暮らしにふけっている。酒に酔ってどんちゃん騒ぎをし、みだらな踊りに夢中になっている」[9]と嘆いたのだった。

農神祭とカレンズのあいだにあったのが冬至祭である。一世紀には、中東地域から伝わったミトラ教がローマ帝国内でいちばん広く信仰されていた（その割にミトラ教についてはあまりくわしくわかっていないのだが）[10]。ともあれ、冬至祭の中心をなす行事は太陽神ミトラが聖なる牛を屠《ほふ》る聖牛供儀の儀式だったらしく、これは春の豊穣を祈る意味をもつものと思われる。このミトラ神の誕生を冬至、すなわち「不滅の太陽の誕生の日」に祝う。その日ミトラ神はふたりの羊飼いが見守るなか、洞窟から姿を現したということだ。三世紀には「不滅の太陽」はローマ帝国の主神となっており、その誕生日はもっとも重要な祝祭とされていた。やがてそれはカレンズの風習の多くと融合していく。この融合は、キリスト教がローマでの地位を確立した後も続き、三八〇年には「キリスト教徒たちがこの（不滅の太陽の）祝祭に強く心を惹かれていることをかんがみ、教会の博士たちは……キリスト降誕の日をその日に祝うと定める[11]」ことになったのだ。要するに、その日はすでに別の聖なる存在の誕生日として祝われていたから十二月二十五日が選ばれたのである。四世紀末には、コンスタンティノポリスの東方教会もガリアのキリスト教徒も、一月六日の公現祭でなく十二月二十五日のクリスマスを祝うようになっていた。やがてクリスマスの範囲は拡大していく。五六七年、トゥール公会議でクリスマスと公現祭のあいだの日をすべてひとつの祝日と定め[12]、八七七年にはイングランドのウェセックス王アルフレッドも同様の決定を下した。このときアルフレッド大王は十二日間をすべて祝日とし、その間は召使いも働かなくてよいと定めている。

ヨーロッパ北部にも年末の祝祭はあった。ゲルマン系の多くの言語には冬至を意味する「ユール yule」あるいはそれに近い言葉がある。イングランドの修道士で学者だった尊者ベーダは七三〇年頃に、古代ブリトン人は十二月と一月を「ジューリ Giuli」あるいは「ユール Yule」と呼んだが、七世紀からブリテン島ではユールはクリスマスの意味で使われていると書いている。[13*] 古英語の

Geolは古ノルド語のJolである。現代のスカンジナビアではユールはクリスマスのことだが、本来は単に「祝祭」を意味する言葉だった。[14] だが、北欧の古い祝祭や宗教については、ほとんどわかっていない。祖先を崇敬する行事だったかもしれないし、死者の再生を祝う行事だったかもしれない。太陽の力が衰え、古い年が「死ぬ」という考え方はめずらしいものではなかった。あるいはさまざまな北欧神話で語られている「幽霊の狩猟（ワイルド・ハント）」と呼ばれる日、すなわち八本脚の馬スレイプニルに乗った最高神オーディン（またはヴォータン）が率いる死者の一団が、吠えてる地獄の番犬たちとともに空を駆けめぐる日がユールだったという説もある。** あるいはまた、収穫と冬に備えて屠畜とビールの醸造が無事にすんだことを祝う祭りだったのかもしれない。[15] アイスランドの吟遊詩人スノッリ・ストゥルルソンが十三世紀に書いたサーガには冬至祭の宴会のようすが描かれており、その宴会で王が「ユールを飲んだ」とある。[16] 祝祭ではかがり火がたかれ、キャンドルが灯され、薪や緑の枝葉を燃やしたかもしれない――だが、本当は何もわかっていないのだ。九六〇年にはノルウェーのハーコン王が、ユールをキリスト教の祝日に合わせて十二月二十五日に祝うと定めた。

＊　ベーダはさらに、「マザーナイト」という異教の冬至祭があったと書いているが、それ以上のことは何も書いてない。ブリテン島では九世紀より後のどこかの時点で「クリスマス（キリストのミサ）」という単語が「ユール」にとって代わった。このときのクリスマスは宗教上の日にちであり、それにまつわる祝い事を意味してはいない。この単語は、バイキングの居住地を除くブリテン全土でしだいに一般的になった。十九世紀にイングランドの古い歴史に対する関心が高まり、キリスト教以前の異

教の時代のなごりとして、「ユール」という言葉がふたたび聞かれるようになった。
＊＊　子供たちがスレイプニルのために、ニンジン、藁、砂糖を屋外に置いておくところもあった。しかしニンジンがヨーロッパに入ってきたのは八世紀のことなので、この贈り物の風習は当然ながらもっと後のことだ。

ここではっきり言えるのは、キリスト教の初期から中世までの教会におけるクリスマスは、宗教的な典礼というより、むしろ楽しいイベントとして発展したということだ。十一世紀のフランスでは、祭壇上に星をつるしての東方の三博士来訪やヘロデ王の命令による幼子の虐殺、それを逃れるためのマリアとヨセフのエジプトへの逃避などの劇がミサの一環として演じられていた。十二世紀にはイギリスの教会もそうした劇を上演し、十六世紀になっても色を塗った星や金箔を張った星が作られた記録が残っている。[17]　一二二三年、イタリア、アッシジの聖フランチェスコは、馬小屋、かいば桶、羊、ロバなどの実物大の模型を作って飾った。これがキリスト生誕の場面を再現するクリスマス飾りの始まりで、この行事は西ヨーロッパ全域に広まった。ドイツのライン地方では等身大の幼子キリストの人形を祭壇の横に置いたゆりかごに寝かせ、子守歌に合わせてゆりかごを動かす行事もあった。オランダでは小さなベルで飾られたふたつのゆりかごのひとつを祭壇上に、もうひとつを会衆の近くに置いて、ゆらすたびに鳴るようにした教会も見られた。[18]

イングランドのクリスマスでは奇跡を主題とした劇が演じられた。内容は宗教的だったが、フランスの三博士来訪の劇とは違ってラテン語でなく英語で演じられ、アッシジの生誕シーンの模型やドイツのゆりかごのように教会が主導してつくったものではなく、商人のギルドが後援したものだった。初期の宗教劇がどんなものだったか詳細は不明だが、遅くとも一三九二年からはコベントリーのギルドが「布地裁断職人と仕立屋の芝居」を開催し、受胎告知、キリスト降誕、東方三博士の礼拝、エジプトへの脱出、幼子の虐殺などの場面が演じられたことがわかっている。今に伝わる台本のト書きの断片には「ここでヘロデ王が激怒する。山車《だし》の上と路上で」とあり、当時のようすを想像することができる。[19]

クリスマスと元日のあいだの時期にヨーロッパで一時大流行した「ばか祭」はカレンズの「さかさまごっこ」の復活を思わせるもので、その日は下位の聖職者が上位の聖職者に代わって教会の典礼などを行った。これは敬虔さとは無縁の行事だったようだ。

聖職者たちは……女装したりポン引きや吟遊詩人の扮装をしたりして聖歌隊席で踊る。そしてみだらな歌を歌う……〔祭壇で〕サイコロ遊びをする。香料のかわりに古靴の靴底を燃やし、あたりを悪臭で満たす。彼らは教会の中を……わいせつな仕草をしたり下品でみだらな詩文をわめいたりしながら駆けまわる。[20]

この節操のない行事は、しだいに召使いと主人の逆転というあまり罪のないものに変わり、主導権は主人の側が握るようになった。子供の守護聖人である聖ニコラスの日、すなわち十二月六日には、クリスマスの時期限定で少年聖歌隊員が司教の役をする「少年司教」が選ばれた。[21] 特に十二月二十八日の幼児殉教の日の司式《しき》はこの少年たちが行うのが常だった。少年司教のもっとも古い記録は九一一年に今のスイスで選出された聖ガレンに関するものである。この少年司教の存在を高位の大人たちも認めていたことを明らかに示す逸話がある。ドイツ王コンラート一世とコンスタンスの司教はこの少年司教が説教する礼拝に出席していた。そのとき王は少年司教と式に連なる他の少年たちの気をそらせようとして、通路にいくつかのリンゴをころがしたということだ（少年たちはおごそかな態度のまま、騒々しい大人の会衆たちに対して見て見ぬふりをしていた）。

少年司教は特にイングランドで多く見られた。多くの教会が小型のカズラ（袖のない祭服）と司教杖とアルバ（カズラの下に着る祭服）を、少年たちのために用意していた。しかしヘンリー八世がこの風習を嫌い、結局一五四一年にイングランドでの少年司教は禁止された。その後メアリー女王が復活させたが、彼女の死後はふたたび禁止された。しかし、少年たちが聖ニコラスの祝日を楽しむことは続いた。イングランド以外の場所では少年司教の風習はもっと長く続いた。スイスの多くの地方では、十九世紀半ばまで少年司教の風習が残っていた。[22]

より厳粛でありながら劇的でもあるクリスマスの出来事もあった。西暦八〇〇年のクリスマスの日、シャルルマーニュが神聖ローマ皇帝となる戴冠式が行われた。クリスマスシーズンは王の戴冠や葬祭を挙行する日にふさわしいと考えられていたのだ。エドワード懺悔王は一〇六六年の一月六日、公現祭の日にウェストミンスター寺院に埋葬され、王位を継承したウィリアム一世は次のクリスマスの日に戴冠式を行った。エドワード一世は一三〇〇年の公現祭の日に黄金と乳香と没薬《もつやく》を教会に献じた。イングランドの王が東方の三博士の来訪を記念して供物を捧げる習わしは、その後六世紀のあいだ続いた。*

＊　一七五二年、ジョージ二世は捧げ物をするふりだけをした。[23] 無意味な式典だったので、ある列席者は王をケチだと馬鹿にし、「ほんの少し」だけ黄金を捧げたと書き残している。一八五〇年代、ヴィクトリア女王はみずから捧げ物をすることをやめ、召使いに届けさせた。その儀式の列席者のひとりは「教会の権威などかけらもない」と言い捨てた。

しかしヨーロッパの宮廷におけるクリスマスの影響は、世俗的なことのほうが多かった。十一世紀のドイツ宮廷における祝宴では招待客が世俗的な歌を歌っていた（ある祝宴では、同席していた聖職者はショックのあまり聖歌を歌って対抗したということだ）。ウェールズとアイルランドの宮廷でもほぼ同じ頃から冬の祝宴を催しており、まもなくクリスマス前後のこの時期には、金銭的余裕さえあれば誰でも祝宴を開くようになった。特にドイツでは、年末のお祭り騒ぎは恒例行事となり、ケンペンの町では遅くとも一四六一年からはクリスマス・マーケットなどの華やかな行事が始まっていた。一方イングランドでは、支配者たちがたびたびお祭り騒ぎの行き過ぎを抑制しようと試みたが、あまり成功しなかった。一一〇〇年頃にヘンリー一世は、年末は宴会（フィースト）の時期ではなく飲食をつつしむ（ファースト）時期と宣言した。しかし一一九九年にジョン王が即位する頃にはすでに、宮廷でのクリスマスの祝宴は驚くほど豪華になっていた。一二一三年のクリスマスには、王家の人々とその賓客は約六千五百リットルのワイン、四百頭の豚、三千羽の鳥、一万五千匹のニシン、一万匹のウナギにアーモンド四十五キロ、スパイス九百グラム、コショウ三十キロを消費したという。[24] その二百年後、エドワード三世がふたたび、クリスマスシーズンの十二日間のうち七日は食事を二コースとし、各コースとも使う肉は二種類までと制限する法律を制定した。[25]＊

＊「コース」は現代の言葉で、中世の食事の構成とは必ずしも一致しない。中世の食事は、甘いもの辛いものを取り混ぜた料理の皿をすべて一度に食卓に出す形式（メス）だった。それを食べ終わると次のメスが同じように供された。

現存するレシピを見ると、クリスマスの時期にぜいたくをしたのは宮廷の人々に限られていたわけではなく、裕福な町人も食の快楽にふけっていたことがわかる。一三九四年のレシピによれば、あるクリスマスパイは、キジ、野ウサギ、雄鶏、ヤマウズラ、ハト、ウサギ、レバー、心臓、腎臓とミートボールを、すべてソースで調味しマッシュルームのピクルスとともに調理してから「鳥のからだに似せて念入りに作られた」パイ皮をかぶせて焼き上げ、鳥の羽で作った大きな尾を飾りにつけたものだった。[26]＊

＊このレシピはロンドンの「ソルターズ・カンパニー」（塩の取引業者の組合）の宴会に供されたもの。[27]十七世紀には、ロンドンで催されるクリスマスの祝宴の豪勢さは語り草になっていた。

こんなものは初めて見た
人は地方のクリスマスや宮廷の豪勢な祝宴について多くを語るかもしれない
十五キロものバタードエッグ［大量のバターを使ったなめらかな半熟スクランブルエッグ］や鯉のパイについて
リュウゼン香に浸したキジ肉について
ただ一羽のクジャクのソースを作るグレイビーのために使われた
三匹の太った羊について、それでもこんなものは質素なほうだ
ロンドンの商人の祝宴料理にくらべたら

これは非常に注目すべき事実である。なぜなら少なくとも五世紀から、アドベントと呼ばれるクリスマス前の時期は、身をつつしみ飲食を控えめにして精進するよう教会が定めた悔悟《かいご》の時だったからだ。復活祭前の四旬節（レント）と同様に、クリスマスイブも、肉とチーズと卵を食べてはならない重要な精進の日だった。＊しかし十四世紀末に書かれた「サー・ガウェインと緑の騎士」［山本史郎訳／原書房／二〇〇三年］によれば、この定めに違反するほうが名誉になることも多かったようだ。詩の中で、城を訪れた客はこんなもてなしを受ける。[28]

＊当初アドベントの期間は流動的で、早いときは聖マルティン祭の日（十一月十一日）に始まることもあった。二十世紀からは、聖アンドリューの日（十一月三十日）にいちばん近い日曜日から始まることになっている。宗教上でなく商業上のアドベント・カレンダー（一九四～一九五ページ）では、十二月一日から始まる。

さまざまな種類の魚料理
パンに包んで焼いたもの、炎でこんがり焼かれたもの、
煮たもの、蒸したもの、スパイスとともに煮込んだもの、
そして彼の舌をじらすようなほのかな味のソース
彼は四回も五回もすばらしいご馳走だと称賛し
同席した礼儀正しい人々は、彼のことばに応じて言った
「あなたが召し上がっているのは悔悟の日の料理です

これからもっとすばらしいご馳走が出ます」

「悔悟の日の料理」とあるからこれが精進の日の料理だとわかるが、それがなければとても控えめな精進料理とは思えない。

どんなに禁止されても、クリスマスシーズンにご馳走を食べることは止められない、というのは十分理解できることだ。ヨーロッパの農業の暦から見れば、それはほとんど必然的なことである。秋の収穫が終わり、貯蔵庫には穀物が十分ある。果物や野菜は保存用に加工してある。それに続くのは十六世紀の農業詩人トマス・タッサーが「屠畜する時」、「農夫の祝宴が始まる時」と呼んだ時期だ。[29] ヨーロッパのなかでも比較的寒冷な地域では、伝統的に聖マルティン祭の日（十一月十一日）が屠畜の日とされ、それがすめば盛大な祝宴となる。[30] ドイツではガチョウとブタ、デンマークではガチョウ、イングランドでは聖マルティン祭の日のビーフ料理を食べる。ワインの生産地では聖マルティン祭の日はちょうど新酒ができる頃である。

イングランドでは特定の季節に酒を飲むことには古風な趣があり、それが伝統だから飲まなければ、という正当化になる。十二世紀に書かれたジェフリー・オブ・モンマスの「ブリタニア列王史」［瀬谷幸男訳／南雲堂フェニックス／二〇〇七年］によれば、五世紀のブリテンの諸侯のひとりヴォーティガンは酒席に招かれ、「王の健康のために乾杯 'Lauerdg kin was hail!'」と言われ、王も「健康のために 'Drinc hail!'」と答えて乾杯している。[31] この「ブリタニア列王史」はほとんど全編がフィクションであり、そうでない箇所でも五百年ほど時代がずれている。それでも、伝説中の「was hail」は「wassail（ワセイル）」と変化し、クリスマスシーズンに飲む特別なエールの名として残った。[*] 十四世紀には、裕福な人々が特別にあつらえた貴金属製の椀を、ワセイルを注いで正式に乾杯するための器として珍重するようになった。貧しい人々は粗末な椀を手に金持ちの家々をまわり、食べ物飲み物と引きかえに、その家の主の健康のために乾杯した。

＊ある民俗学者はジェフリー・オブ・モンマスの著作を「最初の歴史小説」と評しているが、[32]「ワセイル」という単語は八世紀の叙事詩「ベオウルフ」に出てくる。ただし、「乾杯」の意味でつかわれているだけで、クリスマスとの関係はない。

中世のクリスマスシーズンは、ローマ時代のカレンズと同様に賭け事と贈り物をする時期だった。サイコロやカードを使う賭け事ができるのは、クリスマスシーズンだけという地域も多かった。一年中賭け事が許されている地域でも、まっとうな人が賭け事に興じるのはクリスマスシーズンに限られていた。フランスのある地域では、賭け事に関する裁判沙汰の三分の二以上が十月から二月のあいだに起こされていた。[33] スペインのカスティーリャ王国の場合、普段は王立の賭博場以外ではできなかった賭け事が十二月二十五日、二十六日だけは一般にも許されたので、その日ばかりは誰でも賭け事に興じることができた。イングランドでは、クリスマスシーズンの賭け事は法律で認められていた。[34] 一四六一年に制定された法律は、貴族がクリスマスシーズンの十二日間以外に自宅でサイコロやカードの賭博をすることを禁じるものだった。その五十年後には「職人……農夫、見習い奉公人、人夫、召使い、見習いを終えた職人、職人の下働き……その他すべての労働者」は「盤上のゲーム、テニス、サイコロ遊び、カードゲーム、ボウリング（九柱戯）、クラッシュ、コイティング、ロゲイティングその他すべての違法なゲーム」をクリスマスシーズン以外にすることを禁じられた。*

＊コイティングとは、地面に立てた棒に輪を投げてはめる輪投げのこと。ロゲイティング（またはロガット）は木製の球を木釘めがけて投げる遊び。ロガーヘッド（大きい頭）という言葉はここから来た。クラッシュの正体は不明。

クリスマス前後の十二日間がひとつの祝日と見なされていたので、新年の贈り物をするのがクリスマスの習慣となった。「サー・ガウェインと緑の騎士」でも、宮廷の人々は「クリスマスおめでとうございます」と叫んだ後に『新年の贈り物です！』と叫びながら、それぞれの贈り物をわれ先にと差しだした」*

＊北フランスでは、クリスマスを意味する「ノエル」は本来「サー・ガウェインと緑の騎士」にあるようにクリスマスを祝う言葉だった。十五世紀にはそれがクリスマスの日を意味するようになり、英語も若干その影響を受けて、「ノエル」はクリスマスの別称となった。

宮廷の騎士たちは主君に贈り物を捧げることになっていた。友人どうしでちょっとした品物を贈りあうこともあったが、自分の立場を良くするために目上の人に贈ることのほうが多かった。騎士は主君に、主君である諸侯は王に贈り物をした。十五〜十六世紀のイングランドの身分の高い人の家の出納簿を見ると、どの家でも目上への贈り物が年中行事になっていたことがよくわかる。ただし、この慣習がどの程度、下の階層の人々にまで広がっていたかはわからない。一五七五年、兵士であり詩人でもあったジョージ・ガスコインは、小作人は年に何度か決められた時期に地主に贈り物をする義務があり、クリスマスには去勢した雄鶏を贈るのが習わしだったと書いている。[35]

四半期分の借地料を払いに来るとき
小作人は夏至には家禽を、四旬節には魚料理を
クリスマスには去勢した雄鶏を、聖ミカエルの日にはガチョウを
元日の頃には何かまたほかの物を持ってくる。
彼らの賃借契約が切られることのないように。*

＊ イギリスでは一年を四つに分け、そのたびに契約などを行った。満期日になれば新たに賃料を払ったり、使用人の雇用契約を更新したり学校などの新学期が始まったりする。四半期の区切りとは、受胎告知の日（三月二十五日。一七五二年まではこの日が新年度の始まりだった）、夏至（六月二十四日）、聖ミカエルの日（九月二十九日）、クリスマスの日である。

「サー・ガウェインと緑の騎士」では、主君に贈り物をしたあと、騎士とその連れのご婦人たちは三日間「酒とダンス」を楽しんだという。身分の高い人々はプロの楽士を雇うこともあったが、客のそれぞれが得意な楽器を奏でることのほうが多かった。十五世紀の記録に、クリスマスシーズンに家族の誰かが亡くなったある地主の家は、「仮装も、ハープの音も、リュートの音も、歌声も、にぎやかな遊びもなく、ただ卓上のゲーム、チェス、カード遊びだけの」クリスマスとは思えない

静けさに包まれていた、とある。[36]

　したがってヨーロッパのほとんどの場所では、中世が終わりを迎える頃はクリスマスはたしかに宗教的な行事ではあったが、教会は世俗的な楽しみを排除することに失敗して新しい慣習を受け入れており、クリスマスは「祝祭の時……一族が集い、お互いに贈り物をしあう時[37]」、つまり、家族とご馳走と贈り物の時期になっていたのである。

第2章　無言劇　贈り物　怪物

中世から16世紀までのクリスマス

大部分の中世の人々にとって、クリスマスの主眼はキリストの降誕ではなく、食べて飲んで楽しむことに置かれていた。しかし支配者にしてみれば、そのお祭り気分には楽しみ以上のことが期待できた。十六世紀、スコットランド王ジェームズ六世（後にイングランド王ジェームズ一世となる）はクリスマスシーズンについて「国民全体のための行事は彼らを喜ばせ、陽気な気分にさせる」[1]から、統治にうまく利用できると考えた。これを利用すれば支配者としての力量を示し、同盟関係にある権力者たちを楽しませ、敵には自国の富を誇示することができる。要するに、支配力の強化につながるわけだ。

昔の宮廷では、特にクリスマスに音楽が演奏されることはなかった。十五世紀後半のエドワード四世の宮廷には、聖ミカエルの日（九月二十九日）から四旬節［復活祭の四十六日前の水曜日から復活祭の前日までの期間］までのあいだ音楽を奏でるウェイトと呼ばれる楽団があった。[2]市や町の当局やギルドが楽団を雇い、住民の式典で演奏させることもあった。しかし、そのような演奏がクリスマスと結びつけられるのは十八世紀になってからのことだ。やがて宮廷で盛大にクリスマスが祝われるようになると音楽だけでは物足りなくなり、クリスマスに求められるようになった「さまざまな仮装や劇」を取りしきるため、ヨーロッパの多くの宮廷で「祝宴の主人 Lord of Misrule」が任命されるようになった。この役割には宮廷人やしかるべき社会的地位の人が指名され、十月から始まるさまざまな催しを計画し、クリスマスに始まる十二日間から二月二日の聖燭祭《せいしょくさい》までの行事をずっと取りしきっていた。

　十二日間の最後にあたる十二夜はクリスマスと同じくらい重視されていた。イギリスの「祝宴の主人」という称号は、知らず知らずのうちに、十二夜に行われるフランス起源の余興「豆の王 Bean King」と同化したようだ。豆をひとつぶ入れて焼いたケーキは遅くとも十三世紀にはパリの市場で売られていた。受けとったケーキのひと切れに豆が入っていた人は豆の王になり、一座の人々は王のために乾杯する。この風習は十四世紀初頭にはイギリスに伝わっており、エドワード二世、エドワード三世はともに豆の王を任命している。[3]エドワード二世の豆の王は、王のしるしに八ポンドほどの価値がある銀メッキの水盤と水差しを授けられた。エドワード三世の豆の王は祝宴の主人にも任命され、豆の王の名のもとに余興を企画したり楽士を雇ったりした。

　この風習はイギリスではすぐにすたれたが、お祭り騒ぎは続いた。一三七七年、ロンドンの百人以上の裕福な市民が、四十八人のそろいの制服を着た従者と、楽士と、「威嚇的な黒い面貌《バイザー》」をつけた[4]男たちとともにエドワード黒太子（エドワード三世の息子）の息子の誕生を祝うためにくり出し、祝いの品として黄金と宝石を贈ったのち、宴会でもてなしを受けた。ところが十五世紀になると、豆の王と祝宴の主人がふたたび登場する。ヘンリー七世は祝宴の主人（Lord of Misrule または Abbot of Unreason）を任命し、スコットランドのジェームズ四世は一四九〇年代に楽士を豆の王に指名している。ヘンリー八世とキャサリン・オブ・アラゴンが結婚した一五〇九年には、「仮装のため」の布地代だけで宮廷は四百五十ポンドを出費した。その翌年には、宮殿のホールで金色の木が生えている丘をかたどった移動式舞台を王のほうに向かって動かし、その上でダンサーたちが踊るという余興が演じられた。一五一一年には、王と十人以上の廷臣たちが踊りと音楽とせりふのある仮面劇を演じたが、これは「イングランド初のこと」[5]だった。

多くの裕福な家や民間の団体、大学の学寮や半官半民の団体なども、自前の祝宴の主人を定めていた。十五世紀後半、オックスフォード大学のマートンカレッジは、「慣例にならって」毎年十一月に豆の王を任命していた。一五四五年にケンブリッジ大学のセント・ジョンズカレッジが定めた規則は、学寮の教官たちが交代でその任に当たるよう定めていた。ロンドンに四つあった法曹学院はことさらクリスマスシーズンの行事に熱心で、毎年幹部や会員の中から祝宴の主人を出し、かなりの金額を出費していた。* 法曹学院のひとつグレイズ・インがある年に選んだ祝宴の主人は「非常にこの任に適した人柄で、ダンスやお祭り騒ぎに積極的だ」[6]と称賛されている。つまり、この人物は紳士であり、かつパーティー好きだから適任ということだ。

＊ 現在、法曹学院は四つ残っている。リンカーンズ・イン、グレイズ・イン、インナー・テンプル、ミドル・テンプルで、これらはイングランドとウェールズの法廷弁護士の同業者団体である。

エドワード六世治下では、宮廷の祝宴の主人はかつてないほど絢爛豪華な催しを挙行した。これは貴族や宮廷人の娯楽のためだけでなく、スコットランド王ジェームズ六世（後にイングランド王ジェームズ一世となる）が後に理解したように、国民に貴族との連帯感を持たせるためでもあった。一五五三年にエドワード六世が死去するわずか七か月前、宮廷の祝宴の主人とその従者の一行がテムズ川沿いのテラス、タワー・ワーフに到着してロンドンの祝宴の主人と従者たちに迎えられたときのようすを、あるロンドン市民が書き残している。[7] 宮廷の祝宴の主人はそのとき「銀のスパンコールで飾られ、アーミンの毛皮で縁どられた紫のベルベットの衣装をまと」っており、後ろにはラッパ、太鼓、リコーダーの奏者、歌い手とモリスダンス「男性が手足につけたベルを鳴らしながら踊るダンス」の踊り手、金色のマントと金色の鎖を身につけ従者をつれた騎馬の男たち、さらには道化、踊り子、歌い手に槍兵が続いていた。一行は「ラッパを吹き鳴らし、布告を行いながらロンドン市内を行進」した。その後、宮廷の祝宴の主人はロンドンの祝宴の主人に金と銀のガウンを与え「剣を手にして……ひざまずいたロンドンの主人にナイトの称号を与えた。それから彼らは互いに杯をかわした」。続いて宴会が始まり、それが終われば、ロンドンの一行はたいまつをかかげた行列で宮廷の祝宴の主人の一行をテムズ川まで見送り、もう一度礼砲が放たれたあと、一行は船で去った。*

＊　この種の過剰な演出は国王死後の混乱期にはなくなった。エドワード六世の行事を監督したのはノーサンバーランド公だったが、彼は王の後継者選びの政争に敗れて反逆罪で処刑されたため、以後お祭り騒ぎはすたれていった。

ロンドンにおけるクリスマスシーズンの盛大な行事は、その後も法曹学院のメンバーや地位の高い人々によって続けられ、洗練の度を深めていった。ただしそれは一般に向けられたものではなく、法曹界のメンバーとその華やかな客たちの、あるいはギルドの組合員や市の長老議員のあいだだけで行うものだった。法曹学院のひとつであるインナー・テンプルでは、その幹部と「正餐《ディナー》に招待するにふさわしい部外者」だけでクリスマスの食事会を開いていた。[8] 聖ステファノの日には「軍の総司令官」が楽隊を率いて行進していき、主賓の大法官の前でひざまずいた。演劇の要素の強い行事もあり、たとえば「狩猟の名人」と「森の番人」がキツネや猫や猟犬の扮装をした人間と狩猟の場面を演じることもあった。仮面劇が行われることもあった。これはおそらく十三世紀に、フランスからイギリスに入ってきたものと思われる(一番古い記録が、すでに一二六三年にフランスのトロワという町で仮面をつけた「無言劇」が禁止された、というものだ)。仮面劇は宮廷風の演目で、天使や悪魔、神や女神の扮装をしたり、さまざまな動物のかぶり物をつけたりした男の演者を中心に、まばゆいばかりの豪華な衣装をつけた地主や騎士も登場した。これには莫大な費用がかかったはずだ。一六三三年には、「平和の勝利」と題する仮面劇に法曹学院が二万ポンドを出費したと記録されている。[9]*

* シェイクスピアの「十二夜」は実際に十二夜に上演されることを念頭において書かれたかもしれないが、初演は一六〇二年の聖燭祭だった。日記作者サミュエル・ピープスは一六六三年の上演を見て「タイトルにもその日付にもまったく関係ない馬鹿げた作品だ」とこきおろした。[10]

国民の大部分が見られた無言劇はもっと質素なものだったはずだが、その内容については記録がほとんど残っていない。現在入手できる情報の多くは、そうした劇を取りしまるための布告の記録から得たものだ。十五世紀、ロンドン市は、「何人《なんぴと》」たりともクリスマスシーズンに「夜間の路上で無言劇や幕間狂言を演じたり、付けひげや仮面をつけ、あるいは容貌の形や色を変えて扮装して歩いたりしてはならない」との布告を出している。[11] 一五七二年には、ヨークで聖トマスの日に「ユール」を擬人化した人物とその「妻」（かっこが付いているところを見るとこれは多分女装した男性）を先頭に、わき役たちは見物人に木の実を投げながら歩いた行列が、当局の取り締まりを受けた。[12] 一六三七年にはリンカーンで、聖職者の扮装をした男性が町の豚飼いの娘をクリスマスの祝宴の主人と結婚させて彼の「クリスマスの妻」にする劇を演じて、裁判にかけられた[13]（この劇は違反者に厳しい聖職者がモデルだった）。

スカンジナビア地方における無言劇についてもいくらか記録が残っている。[14] ある地域では、定められた一夜に人々がおもに動物に扮装して罪のないいたずらやちょっとした破壊行為をすることで、人を怖がらせたり、少なくともドキドキさせたりする慣習があった。この慣習のほかに祖先をしのぶ要素もあったようで、「すべての死者の記念日」の前夜に死者が歩きまわるという私たちのハロウィーンとの強いつながりを感じさせる。

昔の無言劇の記録らしきものは、はるか遠いカナダのニューファンドランドにも残されている。一五八三年、探検家サー・ハンフリー・ギルバートはイングランド西部のプリマスから五隻の艦船を率いて出発し、ニューファンドランド島の一部をエリザベス一世の所有地だと宣言した。その四世紀後、ニューファンドランド島には、民俗学者がイングランド南西部の慣習と考えるものがまだ残っていた。モリスダンスも、モリスダンスや無言劇の演者が腰につけて踊っていた馬の作り物ホビーホースも、無言劇もあったのだ。イギリスやアメリカのニューイングランドでは清教徒の改革により消滅した無言劇が、一九六二年のニューファンドランドでは生きながらえており、それは一四八七年にブリストルで行われていた無言劇と、それほど大きく異なってはいなかった。

ニューファンドランドの一部の地域では無言劇は「ジャニーイング」と呼ばれ、大人はビッグジャニー、子供はリトルジャニーに扮し、衣服や布を何枚も重ね、袋や布や仮面で顔を隠し、つくり声を出しながら町を歩いた[15]六世紀にある神父が憤懣やるかたないようすで書き残したのとちょうど同じように、男性が女性の、女性が男性の服装をするのも決まり事だった。棒の先に馬の頭がついたホビーホースと口に牙のある仮面をつけた跳ね馬と呼ばれる仲間たちが、ジャニーと一緒に歩くこともあった。

ジャニーたちは「無言の歩み」という一定の型にしたがって踊るようなあるいは身ぶるいするような身振り手振りをしながら小走りで進み、鍋をガンガンたたいたり楽器を鳴らしたりしながら家々をまわった。ジャニーがやってくると、その家の者はジャニーが誰か当てようとし、ジャニーは正体がばれないようごまかすのだった。食べ物と飲み物をふるまわれ、歌ったり踊ったりが終わるとジャニーは次の家に向かう。余興として多少のいざこざもあった。ジャニーは正体を探ろうとする住人を近づけないために杖をふるうことがあり、住人は偶然をよそおってジャニーをつまずかせ、仮面を落とさせようとすることもあった。

十五〜十六世紀のイギリスではその他の儀式も記録されている。クリスマスの酒ワセイルの入った椀をもって町や村をまわり、人の家で乾杯をするかわりに金銭や食べ物飲み物をせがむワセイリングである。[16]ハートフォードシャーのある教会の一四六一年の出納簿に、ワセイリングに来た人にわたした金額が記載されており、少なくともその頃にはこの習慣が始まっていたようだ。やがてクリスマスからの十二日間、若い女性がワセイルの椀を手に「ワセイル、ワセイル」と声をあげながら家々をまわり、パンやチーズやミンスパイと引きかえにワセイルをふるまうようになったが、十七世紀からは現金を受けとることが多くなった。

これらは上位の人間から下位の人間への一方向の支払いと言えるものだが、下の身分から上の身分へ贈り物をする慣習も続いていた。君主や上位聖職者などの権力者は、一年間の引き立てに対する感謝のしるしとして、下位の者から高価な贈り物を当然のように受けとっていた。彼らが何をどれだけ贈るかは、階級と地位によって決まっていた。エリザベス一世の大主教は女王に四十ポンド相当の黄金を贈ったが、地位の低い貴族たちは二十ポンドだけだった。より下の社会階層に目を移せば、小作人はあいかわらず地主に鶏や猟鳥を贈っていた。一五七八年に上演された教訓劇では、ある登場人物がもうひとりから受けた助力に「心から」感謝し、「毎年クリスマスに、あなたに肥えた鶏を贈ることを決して忘れない」と約束している。[17]

異なった階級のあいだで贈り物をするのは、立場の違いを強調するための慣習だった。エリザベス女王の廷臣たちは女王に贈り物をする義務については一切不満をもらさなかったが、社会的地位の高い者が出入りの商人や使用人にクリスマスのチップをわたす義務については、不満の声が絶えなかった。そのもっとも古い記録は、またしても、それが禁止されたさいの記録である。一四一九年、ロンドン市議会の長老議員たちは、召使いが、市のお偉方に食べ物や飲み物を納入している業者にクリスマスの心づけを請求することを禁じたのだ。[18] 一方、見習い職人たちは現代のブタの貯金箱のような、陶器製の箱、「クリスマスボックス」を持っており、そこにチップを入れてもらっていた。クリスマスになるとそれを割って中身を取り出していたことから、クリスマスボックスという言葉は現金のチップを意味するようになった。やがてクリスマスボックスは格言にも使われるようになり、オックスフォード大学コーパス・クリスティ・カレッジの学長はその説教の中で、「人は死ぬまでは何の役にも立たないブタのようであってはならない。あるいは壊されるまで何の役にも立たないクリスマスボックスのようであってはならない」と語っている。[19]

　自分のためではない現金を請求する人々もいた。十五、六世紀イングランドの一部のひなびた土地ではクリスマスにホグラー、ホッゲル、ホグナー、ホーガンなどと呼ばれる人々の一団が募金をしていた。[20]彼らのことはほとんどわかっていない（男か女かもはっきりしていない）。どこから来たのか、金を集めるために何をしたのか――何かのサービスを提供したのか、歌や踊りをしたのか――もわからない。しかし教会の出納簿には彼らがクリスマスシーズンに金を集めて――誰からいくら集めたかもわからない――教区に寄付したことだけが記されている。

　寄付された現金の一部は、グリーナリー（緑の枝と葉を組み合わせた飾り）の購入に充《あ》てられたのかもしれない。中世のイングランドではほとんどの教会の現存する記録に、冬にヒイラギとツタを購入したと書いてある。個人の家や通りも緑の木や枝で飾られていた。七世紀初頭、ローマ教皇グレゴリウス一世は教会や聖なる場所を緑で飾るのはイギリスの伝統だと記しているが、[21]この頃はまだ、ことさらクリスマスシーズンに、ということではなく、夏至にも冬至にも飾られていた。十六世紀のある歴史家は、昔はどの教区にも長い棒が立っていて、夏は五月祭のメイポールとして色を塗ったり花やリボンで飾ったりし、冬はヒイラギとツタを飾ったものだと記したが、一四四四年にはロンドンを嵐がおそって「……クリスマスの呼び物として〔ヒイラギ〕とツタで飾った木の柱を倒してしまった」と書いている。[22]

これは私たちの知るクリスマスツリーではないが、その先駆けだったのかもしれない。樹木とクリスマスを結びつける伝統は、特にドイツで生まれたものだ。十五世紀には、イングランドから布教に来た聖ボニファティウスの伝説がドイツで広まっていた。ある年の冬至の日、聖ボニファティウスはカシの木の下でトール神に人間のいけにえを捧げる儀式があると耳にした。激しい怒りにかられたボニファティウスはそのカシの木を切り倒し、そのあとに小さなモミの木を植えた。そして、常緑のモミの木の枝はキリストの永遠の真実を現すと人々に告げたのだ（畏怖の念にかられたその土地の人々は、その場でキリスト教に改宗したという）。別の十五世紀の伝説によれば、バンベルクの司教はクリスマスイブにリンゴの木が花を咲かせる奇跡を見たという。[23]やがて、クリスマスに花が咲いた奇跡はいくつも知られるようになった。

このような物語が発展したのは、ドイツで楽園劇と呼ばれる劇が広まっていたからかもしれない。[24]クリスマスイブはアダムとイブの祝日であり、楽園劇は「エデンの園」のシーンから始まる。真冬のドイツでは「知恵の木」は常緑のモミの木にリンゴをつり下げて表現されていた。楽園劇の流行が終わってからも、ドイツ語圏の公共の場所には楽園の木が立てられた。初めは材木を四角錐の形に組んだ台の上に木を立て、周囲にキャンドルや飾りを置いたが、そのうちに台はなくなって木そのものにキャンドルや飾りをつり下げるようになった。フライブルクのギルドは早くも一四一九年にリンゴ、聖餅《せいへい》［聖餐式に用いる小型のパン］、キラキラ光る金属片、ジンジャーブレッドなどを飾ったツリーを立てている。[25]＊一四四一年には現在のエストニアの首都タリンにあたるレイバールで、木または緑の枝葉で飾られた柱が市庁舎の外に立てられ、その三年後にはロンドンで立てられたという記録が残っている。

＊　聖餅は小麦粉を練って小さな円盤状にしたもので、カトリックの聖体拝承に使われる。初期のクリスマスツリーの描写の多くに、色を塗った装飾的な聖餅の記述がある。

十五世紀末にはツリーまたは緑の枝を飾ることが広まりすぎ、フランスのストラスブールではクリスマスシーズンにマツの枝を切ることが禁止されたほどだった。[26]一五三〇年代にアルザス地方で定められた法令では、ひとつの家庭ごとに小さな木を一本しか切ってはならないとされ、その二〇年後のフライブルクでは、クリスマスに木を切ることは一切禁止された。しかし森を守るために法律まで制定されたにもかかわらず、記録によればツリーを飾る流行は着実に広まっていった。一五一〇年のリガで立てられたツリーは「ウールの糸と藁とリンゴで飾られており」、ブレーメンのあるギルドは一五七〇年に、会員の子供たちが取ることができるようリンゴやナッツやプレッツェルを枝に飾ったツリーを立てた。

以上は屋外の公的な場所に立てられたツリーの話だが、一五三一年にストラスブールの市場で屋内に飾るためのツリーが売りだされ（まだ飾りはなかったようだが）、新しい流行として広まり始めた。屋内用の飾りつきツリーの最初の記録は一六〇五年のもので、やはりストラスブールでのことだ。これは紙で作ったバラ、リンゴ、聖餅、砂糖ごろもをかけた菓子や、砂糖で作った飾りのついたツリーで、数年後にはクリスマスツリーと呼ばれるようになった。その後、マツの林を見て神の慈愛とのイメージがひらめいたマルティン・ルターが、家族も同じ霊感を得られるようにとマツを一本切り倒して家に持ち帰ったのがクリスマスツリーの始まりだという説も出てきたが、これはありそうもない話である。[27] ルターはストラスブールから七百キロ近く離れたヴィッテンベルクに住んでおり、そこで屋内にクリスマスツリーを飾ったという記録は十八世紀までない。[28]

いずれにせよクリスマスに緑の木を飾る風習はいたるところにあり、「ヒイラギかざろう Deck the Halls with Boughs of Holly」というキャロルを聞けば誰でも、少なくとも十六世紀にこの歌が生まれたウェールズの人なら間違いなく、ヒイラギを飾ろうと思ったことだろう。四世紀に書かれた初期のクリスマスソングは教会の信者が仲間の信者のために書いたものであり、キリスト降誕の神学的な意味についての内容だった。[29] 十二世紀のフランスのキャロルには、ダンスつきの世俗的な春の歌もあった。* 同じく十二世紀には、初のクリスマス・キャロル「久しく待ちにし主よとく来たりて Veni Emmanuel」も作られたようだ。十三世紀から十四世紀にかけて、クリスマス・キャロルは初めラテン語で書かれていたがしだいに各国の言葉が混合し、最終的にはそれぞれの国の言葉だけで書かれるようになった。十三世紀にプロヴァンス地方で作られたフランス語の聖歌「三人の王の行進 La Marche des rois」は、ポーランド語の「まぐさ桶の中で W żłobie leży」[30] とならび、もっともはやい時期に現地語だけで書かれた聖歌だと思われる。イタリアのフランシスコ修道会が作った聖歌は「おチビちゃん bambino, piccolino」や「イエスさま Jesulino」のように指小辞《ししょうじ》［単語につけて小さいこと、愛らしいことを示す接辞］が多用され、クリスマスがもつ大衆向け、子供向けという要素を強調していた。

＊　キャロルはクリスマス限定のものではなかったということは、現代の英語でわざわざクリスマス・キャロルという言い方をよくすることから見てとれる。しかしクリスマスソング以外のキャロルはほとんど皆無に近い。キャロルを正しく定義するのはほとんど困難だ。オックスフォード・イングリッシュ・ディクショナリーはキャロルを「クリスマスにキリストの降誕を祝って歌われる喜びの歌または讃美歌」と定義しているが、この定義では「モミの木」や「豚の頭のキャロル」や「モミの木かざろう」のように木やヒイラギやツタや酒やご馳走を賛美する何百ものキャロルはキャロルではないことになる。さらに「サクランボの木のキャロル」のように民謡やバラードに分類される歌もキャロルとは言えなくなる。キャロルとは人がキャロルだと判断したもの、という定義がいちばんわかりやすいかもしれない。

これらのキャロルはどれもキリスト降誕をテーマとしていた。一方、同時代のイギリスのキャロルは大陸諸国のものとは異なりアングロ＝ノルマン系の特色が強く、ここに挙げる歌は一応クリスマスにちなんではいるが、要するに主題は「酒を飲もう」である。

クリスマスを祝う諸君、そしてこの館のご主人よ
私に乾杯の音頭をとらせてくれ
さあ、飲もう
ワインのグラスをからにしよう
まずは私がいただこう

さあ私の忠告を聞いて
皆で乾杯だ
乾杯しない者は呪われるぞ
さあ、乾杯だ[31]

ヒイラギやツタや祝宴が出てくるキャロルもあり、宮廷や街頭や個人宅で歌われていた。十六世紀、法曹学院の会員たちは、聖トマスの日の祝賀行事の一部として、キャロルを歌い行進した。[32]十五世紀半ばにはデヴォンシャーの聖職者リチャード・スマートが、クリスマスを宗教上の祝日としてでもひとつの季節としてでもなく、ひとりの人物として語りかけるキャロルを作ったようだ。

ノエル、ノエル、ノエル、ノエル
そこでノエル、ノエルと歌うのは誰？
クリスマスさん、ここにいるのは私です
ようこそ、サー・クリスマス[33]

この歌詞の続きでは、サー・クリスマスが人々の飲食するようすを見まもり、その日を祝うための慣習を教え、キリスト誕生の知らせを伝える。そしてその後すぐに「皆さん、十分に飲んでください。どうぞ大声で陽気にやってくださいさい」と続けるのだ。チューダー朝の祝宴の主人は、キャプテン、プリンスあるいはサー・クリスマスとして知られるようになっていった。

「サー・クリスマス」とは楽しいアイデアだが、同じ擬人化でも暗い色合いを帯びたものもあった。冬は迷信あるいは亡霊の季節、人にとって神々や死者の魂が見えやすい季節である。諸聖人の日やすべての死者の記念日は死者を崇拝し、死者の怒りをなだめる日として生まれたものだろう。そして死者は、生者との仲立ちをするものたちを連れてくる。[34]そのものたちは生者に報酬を与えたり、罰したり、祝福したり、追い払ったりする。フランドル地方では、聖マルティン祭の前夜、聖者がやってきて良い子たちにリンゴやナッツをやるが、別の地域では聖者（特に聖ニコラス）に同行する召使いまたは道連れの怪物がそれをする。この怪物は獣の皮をかぶり、革か小枝のムチを持ち、かみつきそうなあごをもつ馬か山羊のようなものを連れていて、オールド・ホブ、シンメル、マリ・ロイド、クラッパーボック、ツィーゲ、ハーベルガイス、ホビー、ホーデン、ユールブックなどさまざまな名前で呼ばれている。

クリスマスシーズンに町を訪れるこのような怪物、妖精、ぼろをまとった隠者、悪魔、その他さまざまな見慣れない形をとった訪問者はたくさんいる。[35]それらの呼び名から連想される言葉は、汚れまたは階級（たとえば召使い）だ。[36]ペルツという接頭辞もよく使われるが、これは動物の皮もしくは「たたく」を意味する方言のペルツェンであろう。スウェーデンにはトムテ・グッベという妖精が、フランスにはペール・フエッタール（ムチのおじさん）というものがいる。ドイツにはクネヒト・ルプレヒト、ペルツ・ニッケル、ルー・クラウス、ルー・パウル、ハンス・ムフ、ハンス・トラップ、ルンパンツ、クラウバウフ（子供の前に果物やナッツをばらまいて、クラウス・アウク

〈さあ、拾え〉と叫ぶのでこの名がついた）などがいる。もっと狭い地域だけを訪れるものもある。コンスタンス湖近辺にはペルツマーテルやシュムツバーテル、シュヴァーベンにはリューペルツやブツマン、アルザスにはピロツゲゼルがいる。ラインラントにはアシェンクラス、プーテンマンドル、シュタンペス、バイエルンにはゼンペルだ。スイスにはサミクラウス（サンタクロース）と一緒に、悪い子をたたくムチと赤ん坊を入れてさらっていくための袋をもった冬の悪魔シュムッツリがやってくる（サミクラウスについては一二一ページも参照）。オーストリアのクランプスは山羊と悪魔が合体したような外見で、悪い子を食べてしまう。* オランダではズワルト・ピート（黒いピーター）が聖者と一緒にやってくる。**

＊　クリスマスにやってくるものはほとんど男性だが、少数ながら女性もある。[37] アルプス地方のドイツ、イタリア、オーストリアの国境地方には十二夜に現れるペルヒタまたはベルヒタ（オーディンの妻ともワイルドハントの一団のリーダーともいわれる）がいる。彼女は犠牲者の腹をナイフで切り裂いて臓器を取りだし、かわりに石や藁を詰めるといわれている。十二夜の菓子を食べるか、地方によってはニシンとダンプリングまたはパンケーキを食べればこの災いを避けられることになっている。ホレおばさん、フリーンおばさん、あるいはフリックおばさんがやってくる地域もある。これは女神フリッガと関係がありそうだ。こうした女性の訪問者のなかには洗礼を受けていない赤ん坊の世話をしたり、働き者の主婦にほうびをくれたりするものもあるが、多くは怒り狂って災難をもたらす存在である。

＊＊　ズワルト・ピート（黒いピート）は二十一世紀まで残った数少ない黒人の道連れで、クリスマスにおもにオランダの各地を訪れる。黒人の道連れの多くはすでに姿を消したため、ズワルト・ピートは人種問題の議論にとりあげられることもある。

どんな名前で呼ばれるにせよ、怪物は恐ろしい。お供の怪物から話をカトリックの聖者にもどせば、プロテスタントの創始者マルティン・ルターはもっとやさしい存在を考えだした。幼子《おさなご》キリスト、クリストキントである。クリストキントは良い子に果物やナッツをくれる。クリスマスシーズンは食べたり飲んだりするときなのだから、子供がおやつをもらうのは当然である。なぜなら、伝説——と、楽観的なものの見方——によれば、クリスマスは、伝説の登場人物が贈り物をくれるのと同じように、度を超した気前のよさが発揮される季節である。荘園領主や大地主たちは友人、家族、使用人だけでなく他人にも館の大広間を開けはなち、誰かれの区別なく歓迎してどんちゃん騒ぎの祝宴をもよおす季節だった——と、その時代の記録にはある。あるいは、かつてはそうだったが今は変わってしまったと書いてあるものもある。しかし実際には、領主や地主はクリスマスシーズンを自分の地所で過ごすより、都会で遊び暮らしたほうがいいと考え、地元の農夫たちはほうっておいた。ある詩人が「古い帽子」あるいは「時の流れ」と題した詩で嘆いている。

……あの頃は、多くの人が寛大なもてなしの心を大切にしていた
クリスマスにはどの家も広間にヒイラギの木を飾っていた
寒さから守ってくれる暖炉の火があり、富める者にも貧しいものにも肉があった
隣人たちはみな招かれ、誰でも心から歓迎された
貧者が門を入ってもたしなめられることはなかった
この古い帽子がまだ新しかった頃は

この詩の制作年代は不明だが、遅くとも一六二〇年代には知られていた。[38] 一六六〇年のある料理書がこの黄金時代について、身分の高い者が低い者に食事を提供していた頃、つまり「イングランドから立派な家庭が消えてしまう前」のことだと書いている。[39] しかし、本当に身分の高い者は低い者に食事を提供していたのだろうか。非常に身分の高い家庭の出納簿などの現存する証拠を見ると、そうでもなさそうだ。

たとえば一五〇七年、バッキンガム公はクリスマスの正餐《ディナー》に百八十二人の客を招き、夕食には別の百七十六人を招いている。[40] 公現祭の正餐《ディナー》には三百十九人、夕食に二百七十九人だ。しかし後世の予想に反し、クリスマスにこの家に来ただけで誰でも大広間に席を与えられたわけではなかった。バッキンガム公の来客リストをよく見れば、彼の寛大さには強い政治的意図があったことがわかる。公現祭の招待客のほとんどは地元の地主階級とバッキンガム公の政治的支援者、そしてそれらの人の支援者だったのだ。残りは公の庇護下にある人か、政治的または家庭的な友好関係があり、彼に忠誠の義務を負っている人たちだった。クリスマスシーズンに彼の食卓に招かれた何百人もの人々の中で、彼とのあいだに明らかな利害関係がない人は三人だけだった。

社会階層のもう少し下のほう、特に政治的野心もない地主階級の家庭を見ても、慈善的なもてなしというより、バッキンガム公と同様の実利的な招待が目につく。[41] 招待客の大半は友人にしても知人にしても主人と同等の階層の人、あるいは血縁か婚姻で結ばれた人たちだった。もっと地位の低い人がいる場合、それはほぼ例外なく小作人か長年にわたり商品やサービスを提供してきた出入り業者だった。食事に招くことで地主たちはクリスマスシーズンに自動的に彼らと接触でき、また食事を供することで相互のきずなを確認できたのだ。もっともその場合でも、主人とその家族は別室か少し離れた高いところのテーブルについていた。したがって、厖大な招待客リストは社会的平等が存在した黄金時代を示すものだと解釈するのは、現代なら雇用主と呼ばれるだろう人々の実利的な考え方を誤解することになる。現代に置きかえれば、これは経営者が会社のパーティーで倉庫係と踊るようなものだった。経営者はパーティーで倉庫係と一緒に踊ることはしても、自宅のファミリークリスマスの食事に招くことはしない。

高位聖職者も、多少スケールは小さくなるが、同じ行動パターンをとっていた。十七世紀初頭、ヨーク大主教は一連のクリスマス正餐《ディナー》を主催している。[42] 小作人のためと、彼の主教区の地主階級の人たちのため、そして彼より低い地位の聖職者たちのために。下位の聖職者もそれにならい、教区教会の職員や聖歌隊員、ベルを鳴らす係、その他の使用人たちを招待した。お腹をすかせた旅人は、クリスマスもほかの日とまったく変わることなく、せいぜい台所の戸口でパンをひと切れもらうことしか期待できなかっただろう。

クリスマスの料理について言えば、それは少しずつ工夫をこらしたものになっていった。すでに裕福な人向けには、クリスマスらしい特別な料理が作られるようになっていた。一五七三年に、農村詩人トーマス・タッサーが次のように列挙している。[43]

おいしいパンとおいしい酒……
豚肉のソーセージにソースとマスタードをのせたもの

牛肉、羊肉、豚肉、最高のミンスパイ
豚、子牛、ガチョウ、雄鶏、凝ったソースをかけた七面鳥
チーズ、リンゴ、ナッツ……

現代と同じで、クリスマスのご馳走の中心は肉だ。何世紀ものあいだ、ご馳走のリストの筆頭はブローンだった。[44] そもそもはイノシシの肉を使ったようだが、やがて豚のかたまり肉を円筒状に丸めて焼き、酢を入れたブイヨンで煮るか、そのまま豚の足や耳の酢漬けとともに供するようになった。さらにその後、豚の頭を酢入りのブイヨンで煮てその肉を細かく裂き、型に入れてパテのようにしたものにマスタードを添えて供するようになった。こうしてできあがった料理は、一見して動物の肉とはわからなかったせいだろうが、アングロ＝ノルマン時代に混乱が起こり、飲食をつつしんで心身を清浄に保つクリスマスシーズンにふさわしい魚料理に分類されていた。[45] いずれにせよ、その後も祝祭料理としての地位はゆるがず、一四一三年のヘンリー五世の戴冠式の祝宴にはブローンのマスタード添えが供されている。

さらに派手なクリスマス料理が、豚の頭の丸焼きだった。これは少なくとも十三世紀から上流階級のクリスマスの祝宴に供されていた。十四世紀、ロンドン市長は肉屋のギルドに、市のクリスマスパーティー用に豚の頭を毎年ひとつ納めるよう注文している。オックスフォード大学の有名なクリスマス聖歌「猪豚の頭のキャロル」が作られたのはおそらく十五世紀で、十六世紀には豚の頭はクリスマスの代名詞になっていた。この歌について後に書かれた文献は多いがどれも似通っており、

最初に書かれた話が次々に書き写されていったようだ。はっきりいつとはわからないが昔のこと、森を歩いていたオックスフォード大学クイーンズカレッジの学生が猪に襲われ、持っていたアリストテレスの哲学書を猪の口に押しこんで身を守った。彼は冷静さを保ったまま「これはギリシア語だ」と叫んだ。* それから彼は猪の首を切りおとして書物を取りかえし、切りとった頭を仲間の学生たちとともに食べた――という話である。この突飛な物語がその後何世紀も語りつがれ、しだいに多少の潤色がほどこされてきたようだ。[46]

＊　この全文は「これはギリシア語だ。読むことができない Graecum est, non legitur」で、英語では「ちんぷんかんぷん」を現す。これくらいのラテン語なら、猪に襲撃されて動揺したとしても、当時の学生なら誰でも言えそうだ。

タッサーの詩に書かれたシュレッドパイは、十六世紀にはミンスパイと呼ばれるようになっており、十八世紀まではさまざまな種類の肉を裂いたりひき肉にしたりしてパイに詰めていた。その後、砂糖の価格が下がって手に入れやすくなると、このパイは塩味の肉料理から甘い菓子のようなものに変わった。そして今のように、カラント、レーズン、デーツ、プルーンなどのドライフルーツや、時にはそれにリンゴやモモなどのフレッシュフルーツ、オレンジやレモンの皮の砂糖漬けとスパイスをきざんだものを詰めたパイになったのだ。

七面鳥は一五二〇年代に新大陸からスペイン人がヨーロッパに持ちこんだもので、タッサーが詩を書いた時代には比較的目新しいものだったが、五十年後には一般に広まっていた。*「雄鶏、雌鶏、七面鳥、ガチョウ、アヒルに牛も羊も全部、盛大な祝宴のために死ななければならない」。そして「プラムとスパイス、砂糖と蜂蜜、何でも全部パイに詰め、ブイヨンに入れろ」[47]。タッサーはほかのクリスマス料理については語っていないが、その当時もプラムスープ、あるいはプラムポタージュ、プラムポリッジはよく知られていた。シュレッドパイと同じく、これらのスープ類も甘くないもので、ビーフスープにパンとドライフルーツでとろみをつけたものだった（十八世紀のあるスイス人旅行者は、これを好きになるためにはイギリス人になるしかない、と断言している）[48]。

＊　ターキー（七面鳥）はトルコの意味なので東方のトルコかインド原産と思われがちであり、ヨーロッパや中東の多くの言語にあてはめると奇妙な感じがする。しかし七面鳥の原産地は南アメリカのペルー近辺である（またしてもポルトガル人が持ちこんだわけだ）。ヨーロッパ原産ならフレンチチキンとかオランダチキンとかあるいは単に西洋チキンとなっていたかもしれない。

一六一九年、法曹学院のひとつインナー・テンプルで行われた仮面劇には「ぽっちゃりして栄養たっぷりの」プラムポリッジが登場し、「クリスマスの親分」がいなくなってしまう、と心配した。博士役の役者がそれに同意して「十二夜（一月五日）には彼はとても元気だった」が、「聖燭祭（二月二日）の頃はふらふらになっていて……もう回復しないかもしれない」と言った[49]。

その後の数十年間に「クリスマスの親分」が受ける傷がどれほど過酷なものか、誰も予想できなかったことだろう。それでも彼は聖燭祭のずっと後まで持ちこたえながら、時節を待つことになる。

第3章　批判　新大陸　擬人化

16世紀と17世紀のクリスマス

十六世紀のイングランドには、生と死について、あるいは来世について深く考えるかわりに、飲酒や賭け事やクリスマスの馬鹿げた騒ぎに興ずることに対し、強い懸念を表明する信仰心の厚い人々が現代よりは少し多かった。それでも、彼らは少数派だった。他の人たちは、クリスマスを改革しようとする者を変人とみなし、彼らがそう考えるのは自由だが自分とは関係ないと考えていた。ヘンリー八世とその後継者のもとで王の宗教がプロテスタントからカトリックへ、そしてまたプロテスタントへと移り、たくさんのクリスマスの慣習が禁止されたり推奨されたりまた禁止されたりしても、人々の考えは変わらなかった。メアリー一世のもとではキリストの復活を扱う聖史劇が禁止され、少年司教が復活した。メアリーが死去してエリザベス一世が王位につくと労働者階級のあいだでは路上の劇より無言劇の人気が高まり、一方、貴族階級のあいだでは宮廷風の仮面劇が好まれるようになった。

こうした変化とならび、しだいに数を増してきたプロテスタントの強硬派は、さまざまな理由からクリスマスの世俗的な慣習を糾弾し始めた。たとえば、プロテスタントは人間と神の仲立ちをする聖人の役割を認めていないのに、クリスマス前後の祝日は聖人を記念するものだという理由、聖書には十二月二十五日をキリスト降誕の日とする記述は一切ないという理由、そして、クリスマスシーズンのお祭り騒ぎは度が過ぎる、というお馴染みの見解もあった。

若者たちはいたるところに群れ集い、
誰もが着飾っている
笛吹き男と一緒になって道を駆け
家々の戸口で歌う[1]……

エドワード六世は戒律を文字通り解釈することで、聖人の祝日の問題に対処した。すなわち宗教改革は聖人の崇拝を認めないが、十二使徒と福音書記者はその禁止に含まれていないとしたのだ。それによってプロテスタントもクリスマス、聖ステファノの日、幼子の日、主イエスの命名の日、公現祭を祝うことができ、昔からの十二日間をクリスマスシーズンの祝日としてもほとんど問題はなくなった。

しかしスコットランドでは新しくできたスコットランド長老派教会が、一五六一年にクリスマスのすべての行事を汚らわしいカトリックのでっちあげだと宣言し、一切の行事を禁止している。一五七〇年代、八〇年代にはローランド（スコットランド中部東部の低地）の法廷では、多くの人が

「迷信による祝日、特に……ユールの日を祝った」罪で有罪宣告を受け、なかには破門を宣告されたケースもあった(権力の中枢から遠く離れているハイランド〈高地地方〉の裁定はもっと緩やかだった)。クリスマスに店を休んだ商店主や、その日を祝ったギルドも制裁を受けた。十六世紀に入る頃には、クリスマスソングを歌うこと、サッカーをすること、仮面劇や無言劇をすること、歌ったり踊ったりすることはすべて不敬であるとして禁止された。とはいえ、それらを禁ずる布告がたびたび出されているということは、禁を破る者が多かったということだろう。

その頃イングランドでは、イギリス国教会の教義に従わず、クリスマスシーズンを認めないプロテスタントの清教徒の人々が暮らしにくさを感じていた。一六〇七年、信教の自由を求めた清教徒の一団がイングランド東部のイーストアングリア地方からオランダに向けて船出した。十三年後には、さらに別の一団が出発したが、そのときの船の名はメイフラワー、行き先は大西洋を越えた西の新世界だった。

イギリス、フランスから北アメリカの植民地に向かった初期の移民は、母国の慣習を新大陸にもたらした。南東部の、特に後にバージニアと呼ばれるようになる地域に植民したのはおもにイギリス国教会主流派の信者で、母国と同じようにクリスマスを祝った。ジェームズタウンに設立されたバージニア会社のジョン・スミス船長は、一六〇八年のクリスマスを先住民族のアルゴンキン族とともに過ごした。「そこはそれまで経験したどこよりも陽気な場所で、すばらしくおいしいカキ、魚、肉、野鳥とおいしいパンがどこよりもたくさんあった。そしてイングランドよりずっとすばらしいたき火があった」[2]。原野であっても、やはりクリスマスには食べ物と温かい雰囲気と良き仲間がつきものだったのだ。

　メイフラワー号でやってきた人々が到着した北東部の、後にマサチューセッツとなる場所では、クリスマスはやはり論争の的になった。一六二〇年、植民者たちが上陸したわずか六週間後に迎えたクリスマスの日、働くことは宗教上の理由からではなく、生きるために必須のことだった。植民者たちはまだ船上で暮らしており、十二月二十五日には「私たちは上陸し、ある者は木を伐採し、ある者は材木をのこぎりで切り、……またある者はそれを運んだ。だからその日、休んだ者はいなかった」[3]。彼らはその日「皆が共同で使う最初の家を建て始めた」[4]のだ。

　それでも、雨風をしのぐ建物づくりにめどがつくと多少の余裕が生まれた。しかし、イングランドとオランダから信教の自由を求めてやってきた熱心な清教徒は、旧世界から出港した時点でわずか四十一人（成人男性十七人、女性十人、子供十四人）と、少数派だった。メイフラワー号の乗客は、清教徒たちの召使いも含めてほかにも六十一人おり、彼らは単に新世界で新しい人生を切りひらく目的で来ていたから、宗教的な対立には関心がなかった。

　このように、二年目のクリスマスに「クリスマスに労働をすることは私たちの信条に反する」という理由で仕事を休もうとした一部の植民者は、メイフラワー号に同乗してきた清教徒以外の人々だったと思われる。植民地総督ウィリアム・ブラッドフォードも、彼らが信条に従うことに異論はなかった。ただしそれは、棒投げ（丸太や棒を投げる力だめし）やスツールボール（クリケットに似た球技）などをして「彼らが路上で大っぴらに遊んでいるのを見るまでのことだった。それを見た総督は彼らから遊び道具を取りあげ、君たちが遊び、他の人たちが働くのを見るのは私の信条に反する、と言った。キリスト教徒としてクリスマスを祝うなら、家でしなさい、路上で賭け事をしたり騒いだりしてはいけない、というわけだ」[5]

実際には、同じ思想信条で一体となった人々が植民地に住んでいたわけではなかった。フランスの植民地は後のカナダの大部分だけでなく、メキシコ湾までいたる広大な土地を占めており、フランス人は彼らの伝統にしたがってクリスマスを祝っていた。宗教的な面でいえば深夜のミサ、世俗的な面でいえばおいしい食べ物と飲み物の伝統である。一六二〇年代、三〇年代、フランス植民地ニューフランスの総督サミュエル・ド・シャンプランは、シカ肉、別々に煮こんでパイに詰めたリスと野鳥の肉、ウナギ、サケと、新世界ならではの調味料メープルシュガーを使って焼いたケーキというメニューの祝宴を開いた。[6]

一六三〇年代にはさらに二万人の新しい植民者が、彼らの伝統とともにニューイングランドにやってきた。数としては圧倒的に不利になったためだろうか、清教徒たちはさらに規制を厳しくした。あれほどの苦難を乗りこえてはるばる新世界に来たのは、これほど大きく異なる慣習をもつ人々に囲まれて暮らすためではない、と彼らは感じていたのかもしれない。あるいはイングランドとスコットランドの情勢を知って、彼らの思想が普及するかもしれないという希望をいだいたのかもしれない。

スコットランド長老派教会にとって、クリスマス好きのジェームズ六世は頭痛の種だった。彼が王位についている限りクリスマスを禁止することは不可能だったからだ。一六〇三年に彼がジェームズ一世としてイングランドの王位まで手に入れたことで世俗的なクリスマス行事に対する規制はさらに緩やかになり、清教徒の敗北は明らかだと思われた。一六一七年、王はクリスマスから公現祭までの十二日間を祝日とする法案を成立させようとした。しかし、結局これは一部しか成功しなかった。一六二五年に王が死去すると、スコットランドでは君主制が力を失い、一六三八年の長老派教会の総会でクリスマス行事は完全に禁止された。そしてしだいに、クリスマスを気にするそぶりを見せるだけでも刑罰の対象となっていった。

イングランドは当初、スコットランドとはまったく異なる様相を呈していた。ジェームズ一世を継いだチャールズ一世のもとで、クリスマスはあいかわらず祝祭と享楽の時だった。若者に「四旬節には敬虔であれ。収穫には勤勉であれ。クリスマスには陽気であれ」と告げる教えもあった。[7] 聖職者までがこれに同意していた。ウィンチェスター主教は、クリスマスは「つどいの時、隣人たちとつどい、招き招かれる時……温かい家庭と温かいもてなしの時」と語った。[8] しかしいったん清教徒革命が始まると、隣人たちとのつどいを受けいれる余地はもはやなかった。重要なのは、聖書に記載のないクリスマスを反キリスト教的とみなす清教徒の見解だった。初めのうち、彼らの攻撃の矛先はクリスマスの世俗的な面に向けられており、一六四二年には、議会がクリスマスの劇を禁止する法案を通過させた。しかし一六四三年、長期議会［一六四〇年から一六五三年まで続き、議会派と王党派の対立の舞台となった］がスコットランド政府に同調し、クリスマスに関するすべての行事は宗教的であれ世俗的であれすべて禁止する、と定めた。そして十二月二十五日に議会を開会し、その日が他の日となんら変わることのない平日だということを広く知らしめた。一六四五年には「大衆に聖なる日と呼ばれている祝日は聖書に何の根拠もない以上、以後は廃止とする」と定めたのである。

しかし、国民すべてがこれに同意したわけではなかった。政府が店を開けておくようにと要求しても、奉公人が親方に休みを強く求めることもあった。一六四六年、ベリー・セント・エドマンズの町で、そうした奉公人たちが通りに出て抗議し、その翌年にもノリッジでさらに大きな暴動が起こり、カンタベリーでは教会がクリスマスの礼拝を行うことを求める群衆が市長の家を襲撃している。[9] クリスマスの慣習は王党派の大義のシンボルとなった。あるブロードサイド（一枚刷りの新聞）がこう書いている。「クリスマスはネーズビーの戦闘で殺された。慈愛の心は虐殺され、……そのとき同じようにローストビーフとシュレッドパイも死んだ」[10]。一六四七年、違法とされているグリーナリーが堂々と市壁につり下げられたロンドンは、緊張に包まれた。市長と司法長官は馬に乗り、その取りはずしの検分に行った。しかし、はしごを要求する彼らの声は群衆のざわめきにかき消され、市長の馬は群衆の声におびえて駆けだした――この出来事を伝えたある王党派の論説は愉快そうにこう記した。「ヒイラギとツタの飾りを取りのぞくことに、市長自身の馬も恥じ入ったのだ」[11]＊

＊ チャールズ一世はネーズビーの戦闘でクロムウェルに惨敗し、それは清教徒革命における議会軍の最終的な勝利につながった。

チャールズ一世を支持する王党派と、より保守的なイギリス国教会の支持者は、世俗的な形であれ宗教的な形であれ、とにかくクリスマスを祝おうとしたが、それは難しく、時には危険なことでもあった。一六五二年、教会は無理やり閉められていたので、著述家ジョン・イーブリンは「説教が聞ける場所はどこにもないから、家で（クリスマスを）祝う」と日記に書き、翌年も「教会も開いておらず、公共の場の集会もない。だが私には、この祝福の日をわが家で家族とともに敬虔に過ごせば十分だ」と記した。一六五四年はさらに厳しくなり、教会で祈ろうとした者には刑罰が科せられた。一六五五年には、イギリス国教会の聖職者が教えることも説教することも禁止となり、イーブリンの日記には「教会ではもはやクリスマスは完全に無視されている」と書かれている。[12] その翌年、イーブリンはラトランド伯のプライベート・チャペルで議会の命令を無視して開かれた礼拝に参加したが、「聖餐式（聖体拝領）が行われているとき、チャペルが兵士に囲まれた。聖餐式に出ていた者、礼拝に出席していた者は捕らえられ、収監された」。イーブリンは拘留され、尋問を受けた。

キリスト降誕（と彼らが考えている）迷信的な日を何人《なんぴと》たりとも祝ってはならないとの法令に私があえて反し、さらにラテン語でなく英語による下品なミサ（それはつまりカトリックとは名ばかりということ）に列席し、さらに聖書に記載されていないチャールズ・スチュアートのために祈ったのは何ゆえか、と私は問われた。私たちはチャールズ・スチュアートのためではなく、キリスト教徒の王や王子や統治者たちのために祈ったのだ、と私は答えた。それはつまり私たちの敵であり、ローマ教皇を支持するカトリックであるスペイン王のためにも祈ったことになる、と彼らは言い、つまらない質問をして罠にかけ、脅そうとした……

イーブリンは礼拝をしようとしたのだが、世俗的な慣習に対する政府の規制と戦った人々はもっと多かった。十二月二十五日には商人は店を閉めるようになっていたが、それは毎年その日には路上で騒乱が起きるからだった。しかしこのことが、王党派も宗教改革派も予見できなかった結果を招いたのだ。店や教会が閉まり、個人的にひっそり祝うことにも疑いの目が向けられるなかで、人々は飲み屋や居酒屋へ行って酒を飲むようになった。宗教改革者がクリスマスを禁じたために、その日はかつてないほど世俗的な日になったのである。

しかし、クリスマスを祝う行事を禁止することと、実際にクリスマスを祝う行事が禁止されることとは違う。一六五九年、アメリカのマサチューセッツ湾植民地裁判所は「クリスマスに仕事を休んでお祭り騒ぎをした者」あるいは「どんな方法であれ」その日を祝った者には五シリングの罰金を科すと定めた。[13] しかし裁判所の記録によれば、この法律が有効だった二十二年間を通して、クリスマスを楽しんだかどで罰金を科せられた者はひとりもいなかった。この地域には清教徒以外の人も多くいたので、誰もクリスマスを祝わないというのは不可能だったのだ。おそらくニューイングランドでクリスマスを祝うことは、二十一世紀のスピード違反のようなものだと考えればいいのだろう。時速四十キロ制限の道を八十キロで走れば捕まるが、四十五キロで走っても見逃してもらえるだろう。クリスマスも内々に祝うのであれば、特に問題はなかったのだ。

いずれにしても、イングランドでクロムウェルが死去し、議会による支配が終わりを迎えるという大変動のあと間もなく、クリスマスの禁止も終わる。イングランドでは一六六〇年に王制が復活し、一六三七年以降に議会が制定した法令は正式に無効となった。しかし国境の北では、スコットランド長老派教会がなおも、南側では認められたクリスマスの祝日に眉をひそめており、一六九〇年には禁止法を復活させている。*

＊　この禁止令は一九五八年まで有効だった。その年、二百五十年におよぶ禁止期間を経て初めて、スコットランドで公式にクリスマスが祝日と認められた。

マサチューセッツ湾植民地では、クリスマスに対する支配層の態度は前ほど寛大ではなかった。クリスマスを解禁するというロンドンの指示に従うまでに二十年もぐずぐずし、一六八一年にやっと解禁した。イングランドでは、打算からではなく信念をもって清教徒の理想を受けいれていた人々でさえ、その多くがクリスマスの楽しみを素直に受けいれていた。熱烈なクロムウェル支持者であった非国教徒のある教区司祭も、一六六七年のクリスマスには「小作人たちとそのすべての子供たちを喜んでもてなす」役を果たしたのだ。[14]

イングランドの多くの人が同じ気持ちであり、昔にもどって食べ、飲み、踊り、カードやその他のゲームで遊び、歌い、語った。しかし一部の特に君主制を支持していた人々のなかには、その昔、一年のこの時期だけに行われていたクリスマスの特別な慣習を、その儀式の力を、宗教面だけでなく、政治的な面でも利用しようとする人々もいた。

詩人ロバート・ヘリックは、十五年以上にわたってデヴォンシャーの教区司祭をつとめており、彼の詩の多くは人々の慣習をテーマにしている。彼の詩はクリスマスシーズンの慣習についての現存するもっとも古い記録とみなされることが多く、歴史家や民俗学者はその時代の情報を求めて彼の詩を研究してきた。したがって、彼が書いたことだけでなく、彼がなぜそれを書いたかも考察することも重要である。[15]

ヘリックは比較的穏健なカルヴァン主義［神の絶対性、聖書の権威、真意による人生の予定などを強調する教え］の家庭で育った。ヘリックの父はロンドンの商人で、彼の家ではクリスマスの「音楽」を楽しみ、クリスマスの「ポリッジやパイ」を食べ、「敬虔な心をこめて祝った」。一六四〇年代、ヘリックは君主制支持者として率直に発言するようになっており、いずれは破滅する運命だったチャールズ一世を称賛する詩を発表していた。彼の主要な詩集である『ヘスペリデス *Hesperides*』の冒頭には、田舎に暮らす人々の習慣を賛美する詩と「妖精の女王マブの宮廷や、妖精の王」についての詩の両方を書く――現実の世界と想像の世界の両方を描く――という意図が述べられていた。田舎での夜通しのパーティー、モリスダンス、聖霊降臨祭《ペンテコステ》のエール、収穫や羊の毛刈りの祭り、ワセイリング、無言劇、十二夜の王と女王について情熱をこめて語る彼の詩にはしかし、同時に政治的な主張がこめられていた。彼が詩に歌いあげた行事の数々は、清教徒革命のさいにチャールズ一世が褒めたたえ、もし王党軍が敗れたらそれらは失われてしまうと訴えたものとほとんど同じなのである。

想像力を働かせて書かれた作品でも、事実を取り出してみると内容が明白になってくることもある。「ワセイル」という詩で、ワセイリングをする、つまり祝福の乾杯をするかわりにビールを請求する人々が出てくる。この詩の中で彼らが立ちよる農園は繁栄している裕福な領主の屋敷ではなく、その亡霊だ。荒廃した荘園の状態が目新しい趣向で描かれているのだ。とはいえワセイリングの慣習は他のところでもたくさん描かれているから、彼の詩を他の文献と対比することができる。

ワセイリングには二通りあった。ひとつは労働者階級の人々が家々をまわり、その家族のために乾杯するかわりに金銭やビールや食べ物をもらうもの。そしてもうひとつは、翌年の収穫が豊かであるように願って、農夫が果樹園のために乾杯するものだった。

木々に乾杯しよう
あなたにたくさんのプラムとナシをもたらしてくれるように
あなたが乾杯すれば
木々はたくさんの実りをくれる

ヘリックが語った木々へのワセイリングは、一六六〇年代、七〇年代のサセックスで少年たちが果樹園にむかって「大声をあげる（howl と書いてあるが Yule の変形だろう）」という風習と符合する。[16] ほぼ同時代に生きた故事研究家ジョン・オーブリーは、ヨークシャーに同じ風習があったと記録している。[17]

ヘリックは残しておいた前年の薪である「クリスマスの薪」に、幸運を願って火をつけるという風習についても書いている。[18] ヘリック以前にはこのような記述はない。ただしクリスマスに大きな薪を燃やす風習はドイツ各地で何世紀も続いていたから、それがイングランドの風習の起源なのかもしれない。これについても、ヘリックの記述以外の証拠はある。一六四八年に自称「テムズ川の詩人」、ジョン・テイラー（彼はテムズ川を行き来する船員だった）は、ロンドンでこの風習がすたれたのを嘆いている。そして二十年後、オーブリーはその風習がヨークシャーでさかんに行われていると記録しているのだ。

ヘリックはまた「聖燭祭の前夜の儀式 Ceremonie upon Candlemas Eve」と題する詩で、クリスマスとヤドリギを初めて結びつけた。聖燭祭の前夜は、クリスマスの枝飾りをはずす日だ。「ローズマリーとともに、月桂樹とヤドリギとともに下へ」下ろされる日。ここでも、テイラーがヘリックの記述を保証し[19]、植物学者ウィリアム・コールズもすぐ後にその事実を裏書きしている。ただ、十七世紀に初めてヤドリギがクリスマスと結びついたのか、それとももっと前からそうだったが、それについての記録がなくなってしまったか、あるいはそもそも記録されなかっただけなのか、これについてはわからない。どこにその風習があったかもわからない。テイラーはほとんどロンドンについてだけ書き、ヘリックも生涯のほとんどをロンドンで過ごしている。この風習について書いたときヘリックはデヴォンシャーにいたのだが、彼がそこで目撃したことを書いたとは限らない。

ヘリックの記録が唯一の、あるいはもっとも詳細な記録だった場合、ことの真偽はますますわからなくなる。「クリスマスイブにはもうひとつ儀式がある」とヘリックは、それが昔からの伝統であるかのように書いている。

今夜はクリスマスパイを守りに来てほしい
悪賢い泥棒が
肉をつるす鉤をもって
それを取りに来ないように

しかし、他には誰もこのような思わせぶりなことを書いていない。ひょっとすると、何か政治的寓意が込められているのかもしれない。クリスマスを口実に政治について書いたのは、ヘリックだけではなかったのだから。一六一六年、劇作家ベン・ジョンソンは「クリスマス、彼の仮面」を書き、当時の政治的混乱について意見を述べている。クリスマスじいさん、ロンドンのクリスマス、クリスマス船長などの名前で呼ばれるある登場人物がその証拠だ。彼は「教皇の頭通り」という通り（この通りはロンドンに実在するが、クリスマスはカトリックの行事だという清教徒の信念を暗示してもいる）に住んでおり、「他の誰よりも良きプロテスタント」なのだ。彼の子供である「祝宴」「キャロル」「ミンスパイ」「子山羊」「ポスト・アンド・ペア（カードゲーム）」「新年の贈り物」「無言劇」「ワセイル」「供物」「ベビーケーキ（十二夜の豆の王を決めるケーキの別名）」はすべて、「昔の」クリスマスの風習の擬人化であり、今はもうない理想のクリスマスを、彼は懐かしく思い出している。[20]

クリスマスを擬人化することは、クリスマス推進派が好んで使う作戦だった。「陽気な祝祭の王」として描くこともあれば、[21]王制崩壊後の共和制の時代に監獄に入れられた老人として描くこともあった。[22]

最初に擬人化が行われたのは少なくとも一世紀ほど前のことだった。それもイングランドではなく、アルザス地方のことだ。ヴァイナハツマン（クリスマスの男）が十六世紀初頭に現れている。[23]彼の後、プロテスタントが住む地域にルターによってクリストキントが持ちこまれた。クリストキントは初め信心深い神聖な子供の姿だったが、十九世紀にはもっとやわらかいイメージの、白いドレスを着て、キャンドルが立った金の冠をつけ、ブロンドで少女のような顔立ちの天使の姿になっていた。[24] もっと幼く、子供っぽく描かれることもあり、そんなときは人形を意味する語をつけてクリストパップと呼ばれた。しかし、聖ニコラスとそのお供ほど多くの場所に現れた者はいなかった。

　聖ニコラスの伝説は、スペイン支配下のオランダで一五八一年から一七一四年のあいだに広まった。オランダの聖ニコラスはムーア人のお供ズワルト・ピートを連れており、良い子の靴にはちょっとしたプレゼントを入れ、悪い子に罰を与えることはズワルト・ピートにまかせていた。大陸の他の場所では、すでに聖ニコラスは収穫と豊かさのシンボルとしてリンゴとナッツを配っていた。現在のオランダ王家はオラニエ＝ナッサウ家で、オラニエはオレンジのことだから、プレゼントにはオレンジも加わっているかもしれない。* プレゼントには焼き菓子も加わっている。[25] クリスマスシーズンには、オランダ中でハチミツのケーキや、パーラメント（議会）ブレッドと呼ばれるスパイスの入ったケーキが売られ、ドルドレヒトでは聖ニコラスのケーキという名前のケーキが名物になっている。

＊　しかしオレンジは、イングランドでも植民地でも十八世紀には年末の贈り物として使われていた。したがってこれは、あとになって意味ありげな事実が生じた幸運な偶然の一致と言えるかもしれない。

　封建制度の衰退にともない、忠誠を示すために領主に贈り物をする風習が衰える一方、聖ニコラス、クリストキント、ヴァイナハツマンなどがくれる食べ物のプレゼントは普及していった。逆にイングランドでは、「クリスマスのおじいさん」はプレゼントをくれる存在ではなかったが、義理の贈り物の風習はもう少し後まで残っていた。日記作者サミュエル・ピープスは、彼の後援者《パトロン》で、チャールズ二世を亡命先のフランスからイングランドへ連れ帰った艦隊の司令官をつとめたサンドイッチ伯爵は、「この季節の当然の慣習として、袋に入れた二十個の金塊を王に贈った」と書いている。[26] しかしその後まもなく君主制はふたたび不安定になり、この慣習は姿を消す。チャールズ二世が受けとった贈り物をすべて愛人にわたしたために、すでに不満の出ていた贈り物の慣習をますます廃止に向かわせたのだといううわさもあったが、[27] これが事実だったのかもしれない。

反対に、対等の人間どうしが贈り物をしあうことは多くなった。オランダではサンクトイェスと呼ばれる聖ニコラスを描いた小さなカードがあった。フランスとイギリスでは、読み書きできる人の増加にともなって本をプレゼントすることが一般的になり、それはその後も続くことになる。またイングランドでは宝石のちょっとしたアクセサリーやワイン、いつもよりぜいたくな食品を贈ることも流行した。だが、なんと言ってもプレゼントの主流は食べ物と飲み物だった。一六六〇年、ピープスは旧友から七面鳥を一羽、自分の田舎から鳥を一羽もらったと日記に書いている。[28] 食べ物と飲み物は十九世紀、二十世紀にいたるまで、年末の贈り物の主流であり続ける。ちなみに後援者《パトロン》からは白ワインを一ダースもらったと、ピープスは書いている。

最後の例は、もちろん対等な者どうしの贈り物ではない。後援者のサンドイッチ伯爵は国家評議会のメンバーであり、貴族だ。ピープスは海軍の行政官、つまり公務員だった。そしてこのような贈り物——一年を通して贈られるチップや給料を補充する性格のもの——は当時のクリスマスシーズンには欠かせないものだったし、その後もそうあり続けた。だがこれはまた、贈る側にとっては常に不満の種だった。クリスマスが禁じられていたときは、奉公人、召使い、配達員、給仕たちは幸運にめぐまれなかった。「彼らのクリスマスボックスもなかった」からだと[29]、テムズ川の詩人ジョン・テイラーは書いている。君主制の復活とともにクリスマスボックスももどってきた。ピープスは、靴屋に支払いをしたとき、「クリスマスが近いので、奉公人のクリスマスボックスに当然のように何がしかのものを入れた」と書き、また別の年には「五、六か所で喜んでボックスにチップを入れた。クリスマスの日なのだから当然のことだ」と書いている[30]。

ピープスがチップを入れたのは十二月二十五日のクリスマス当日だったが、その日、すべての店は開いていた。半世紀のあいだ、店を閉めることがすなわちクリスマスの慣習だった。だが今や、クリスマスに店を開けることが当然になっていたのだ。クリスマスは飲食を楽しむ時間であり、食べ物によってはクリスマス当日に買うしかないものもあったのだから。

一六六二年、ピープスのクリスマスの正餐《ディナー》には、ミンスパイと「豪勢なプラムポリッジとローストチキン」が含まれており、これは中流階級の家族がこの季節に楽しむ典型的なメニューだった[31]。それに対し、当時も上流階級の邸宅では盛大な宴会が開かれていた。初めて家庭向けのレシピを掲載した英語の料理書は、一六六〇年に「クリスマスのための献立表」を出している[32]。

カキ

一、肉のロール

二、ヒツジの骨髄を煮こんだスープ

三、華やかなサラダ

四、雄鶏のポタージュ
五、子牛の胸肉の煮込み
六、ウズラを煮たもの
七、牛の骨付き背肉またはサーロインのステーキ
八、ミンスパイ
九、ヒツジのモモ肉アンチョビソース添え
十、子牛の胸腺と膵臓の盛り合わせ
十一、白鳥のロースト
十二、シカのパイ
十三、腹に詰め物をした子ヤギ
十四、ステーキパイ
十五、シカの脚と腰のロースト
十六、ハトを詰めた七面鳥のロースト
十七、チキンパイの盛り合わせ
十八、二羽のコクガンのロースト、一羽はベーコン添え
十九、二羽の雄鶏のロースト、一羽はベーコン添え
二十、カスタード

前記に続く第二のコース
オレンジとレモン
二十一、子ヒツジまたは子ヤギ
二十二、ウサギ四匹、二匹はベーコン添え
二十三、舌肉のソースを添えた豚
二十四、アヒル三羽、一羽はベーコン添え
二十五、キジ三羽、一羽はベーコン添え
二十六、白鳥のパイ
二十七、ウズラ六羽、三羽はベーコン添え
二十八、パイの盛り合わせ
二十九、ボローニャソーセージ、アンチョビ、マッシュルーム、キャビア、カキのピクルスの盛り合わせ
三十、小鴨六羽、うち三羽はベーコン添え
三十一、ウェストファーレン産の豚バラ肉のベーコン
三十二、シギ十羽、五羽はベーコン添え
三十三、マルメロのパイと洋ナシのパイ
三十四、ヤマシギ六羽、三羽はベーコン添え
三十五、果物の砂糖煮を入れたパイ

三十六、ハト料理
三十七、干した牛タン六個
三十八、チョウザメ
三十九、砂糖をまぶしたガチョウのゼリー

このようなご馳走が供されるあいだは、音楽が奏でられている。「クリスマスと音楽は……切り離すことができない」「そしてキャロルなしでは一杯の飲み物も飲むことはできない」からだ。[33] 食べ物や飲み物と結びついたキャロルの歌詞は、関心のある主題に入る前に少しだけ宗教に触れるのがせいぜいだった。

われらの救世主キリストが
お生まれになった時がきた
食料品庫には牛肉と豚肉がたっぷり
穀物蔵には麦がたっぷり……[34]

この時代、こうしたキャロルはいたるところにあった。非常に初期の歌集は一五二一年にイングランドで作られたものだが、その後、歌集の出版はヨーロッパ大陸が中心となる。有名なもののひとつが現在のフィンランドにあるトゥルクの聖堂付属学校長が一五八二年に編纂したもので、『昔の聖職者の教会と学校の敬虔な歌『*Piae Cantiones Ecclesiasticae et Scholasticae Veterum Episcoporum*』というタイトルがついている。これはドイツ、イングランド、フランス、スウェーデン、フィンランド、イタリアで歌われていたラテン語の聖歌とキャロルを七十三曲、楽譜とともに掲載したものだった。* それぞれの国の言葉で、さらに多くのキャロルが作られた。十七世紀末には、一部を挙げるだけでもイギリスの「ヒイラギかざろう Deck the Halls with boughs of Holly」「牧人ひつじを The First Nowell」「神が喜びをくださるように(星影さやけき) God Rest you Merry, Gentlemen」「おめでとうクリスマス We Wish You a Merry Christmas」「サクランボの木のキャロル The Cherry Tree Carol」「コヴェントリー・キャロル The Coventry Carol」「サマーセット・キャロル The Somerset Carol」、ポーランドの「眠る御子は夢まどか Lulajże Jezuniu」(この曲は一八三五年にショパンが発表した「スケルツォ第一番ロ短調」にとりいれられている)、ルターがみずから書いたドイツの「高き天より我は来たれり(いずこの家にも) Vom Himmel hoch, da komm' ich her」と「モミの木 O Tannenbaum」(この歌の最初の詞と曲はおそらく十六、七世紀のものだが、その後、十九世紀に変更が加えられた)、スウェーデンの「クリスマスがやってきた Nuärdet Jul igen」などはすでに知られていた。アメリカのニューフランス植民地では、宣教師ジャン・ド・ブレブフが初めて先住民族のヒューロン族(ワイアンドット族)の言葉で「御子がお生まれになった Jesous Ahatonhia」と題する歌を作った。その歌詞によれば、イエスは樺の樹皮のテントの中で眠り、そこを訪れた大酋長たちはビーバーの皮を身に着けていた。

* この歌集の中の一曲は、一八五三年にイギリスでクリスマス向きの別の詞をつけられ、「慈しみ深

き王ウェンセスラスGood King Wenceslas」となった。一般にキャロルといっても、初期のものの多くがそうなのだが、この歌集に収められた歌の多くはクリスマスとはまったく関係なかった。

キャロルの歌詞は、キリストの降誕、クリスマスツリーや枝飾り、あるいは愛などを歌ったものだが、コミカルな内容や政治的な風刺を含むものもあった。一六七五年に出た『彼を愛する人はみな、クリスマスのための場所を作ろう *Make Room for Christmas All you that do love Him*』と題するキャロルの冊子には、ある商人が祝うクリスマスが描かれている。隣人たちを訪ね、暖炉でリンゴを焼き、愉快な物語を聞き、「美しいメロディーのキャロル」を歌い「そうして、みんなで大騒ぎする」のだそうだ。[35]

大騒ぎは時に度を過ぎることもあっただろう。クリスマスは人々が「暴飲暴食、違法な賭け事、みだらなこと、不潔なこと、ふしだらなこと、悪態をつくこと」をするように誘惑し、ついには「すべての人を怠惰にする」[36]と恐れる人はまだ多かった。シェイクスピアが名づけ親だったと言われることもある劇作家ウィリアム・ダベナントは、ある登場人物に、他のどのときよりも「クリスマスにはたくさん子供ができる。ミンスパイの精神が血管を満たすからだ」[37]と言わせている。

それでも、イギリス高教会派［教会、聖職者、典礼の権威を高く保とうとした、イギリス国教会の保守派］とトーリー党［国王尊重と国教会堅持をめざす保守政党］に属し、後にエクセター主教となるオフスプリング・ブラッコールは、なんら問題はないという立場だった。クリスマスは「一年のうち、十分に飲食を楽しむべき時である」[38]と彼は書いている。クリスマスの社交的な側面が強まってきたため、より公的で組織的な祝祭の行事は少なくなっていった。清教徒革命が始まる直前の一六三五年、法曹学院のある熱心な幹部は、祝宴の主人（Lord of Misrule）に指名されるための賄賂に二千ポンドを使った。五十年後、法曹学院の上席メンバーは、下位の人にその役割を引き受けさせるために事実上の賄賂をわたさざるを得なくなっていた。[39] 訪れる人を気前よくもてなした中世の伝説はまだ残っていた――寛大さを意味する「クリスマスの邸宅開放パーティーほど自由」という表現は一七七七年まで生きていた[40]――が、自邸で人をもてなしていた（一般に信じられているほど無差別に歓待したわけではないとしても）大貴族でさえ、クリスマスの過ごし方を変えはじめていた。その理由の一部には、邸宅の建築様式の変化がある。上流階級の人々は、中央に大きなホールを備えた邸宅に住まなくなっていた。身分の低い小作人は台所か召使いや家政婦の部屋、あるいは執事が管理する食料品室で、ワインと食事をふるまわれるようになった。居間では、親族や社会的に同等の客、もともと家族と食事をともにしていた農地管理人や家令など地位の高い使用人がもてなされていた。[41]

とはいえ祝祭の行事が減ったわけではない。市民の団体やギルド、地元の貴族、教会の高位聖職者たちは、朝食会や正餐《ディナー》、祝祭の儀式などを催していた。しかし個々の市民、「本当に育ちの良い、粋で上品な人々」はそうした面倒を嫌い、クリスマスシーズン中は「ロンドンに避難して余計な負担から逃れる」、つまり小作人や使用人をもてなす出費を避けようとし始めていた。[42]

今や高貴な人々は中流階級の人々と同じように、こぢんまりとした家族のクリスマスを過ごしていた。一六六一年十二月二十五日、ピープスは教会へ行き、妻とふたりきりで昼の正餐《ディナー》を食べ、散歩にでかけ、友人たちと「楽しい」夕食をした、と日記に書いている。[43]

清教徒革命の混乱と破壊のあとでは、祝祭的な無秩序と混乱は一時的に棚上げということだったのかもしれない。もっとも、少しは路上のお祭り騒ぎも続いていた。スコットランドには「付けひげで変装し」たり「女装し」たり、「顔を黒塗りに」したりして路上で騒いだ人々が裁判にかけられた記録が残っている。[44] だが、そうした慣習はむしろヨーロッパの他の地域に色濃く残っていた。スカンジナビアには、イギリスのホビーホース（棒に馬の頭をつけたものにまたがる小道具）に似たユールゴートがあった。[45] 木で作った山羊のようなもので、てっぺんに本物の山羊の頭蓋骨がついていることもあり、しっぽにはベルがつけてある。あごは棒で動かせるようになっていて、道を飛び跳ねるように進みながら見物人にかみつくこともできた。地域によっては山羊のかわりに雄牛、雄羊、狐、熊が中心となり、クリスマスの司教あるいは司祭に選ばれた若い独身男性がそれに加わっていた。彼らは顔を黒く塗り、首に干し草を巻いて進み、偽の司祭や司教は結婚式や聖体拝領を執りおこなう真似をした。少なくとも十六世紀には、星をつけた少年や紙の冠をつけて東方の三博士に扮した子供たち（ヨーロッパのキリスト教徒のあいだでは、三博士のひとりバルタザールはエチオピア人だという伝説があったので、顔を黒く塗った子供もいた）、時にはヘロデ王やユダヤの兵士やユダに扮した子供たちも加わって、三博士の旅に関するキャロルを歌ったりキリスト降誕のシーンを演じたりしながら、ベツレヘムの星をかかげて家から家へと行進する風習があった。十二月二十六日の聖ステファノの日にはユール・ライドまたはステファノ・ライドと呼ばれる青年たちの競馬も行われた。その日はまた、隠れていたずらをする日でもあった。いたずらをした場所には、聖ステファノのしるしとして人形が置かれていた。スイスでは、サミクラウス（スイスのドイツ語で聖ニコラスのこと）が家から家へと行進してプレゼントを配る役割をつとめ、仮面をつけたお供の青年たちが角笛やベルや鉄砲の音ではやしたてた。[46]

イングランドでは、屋外の行事はクリスマスではなく十二夜の前後に集中していた。ワセイリングは必ずしも特定の日にするものではなく、十二夜の翌日、公現祭の日に果樹園にリンゴ酒をもっていったり、リング状のケーキをいちばん大きい雄牛の角にかけ、牛たちの健康のために酒を飲んだりすることもあった。

椀を満たせ、愉快な仲間たち
牛舎でいちばん立派な牛がここにいる
この牛が最高だ、絶対間違いない
だから公現祭のケーキを冠にしてやろう[47]

十二夜の祝賀行事はかつてのように宮廷の行事としてではなく、家庭で行うことが多くなっていた。行事の中心はインゲン豆とエンドウ豆を入れて焼いた十二夜のケーキを食べることだった。インゲン豆があたった人はその夜の王様、エンドウ豆が当たった人は女王様になる。新世界に目を向ければ、ミシシッピ川流域を探検して地図を作製したフランスの探検家ロベール・ド・ラ・サールは、「公現祭の日、私たちは『王がお飲みになる……』と叫んだ。私たちには水しかなかったのだが……」と書いている。[48] 詩人ヘリックも同じように「喜びのソップ（つまりワインに浸したケーキ）」

でその日を祝ったようだ。彼の客人たちは「今日の王と女王のために、椀の底まで飲み干した」と記録している。このときのケーキはおそらくスパイス入りかプラム（ドライフルーツ）を入れたものだった。もっとも、フルーツケーキを正式に十二夜のケーキと名付けたレシピが現れるのは十九世紀のことだったが。現存するもっとも古い豆のケーキのレシピは一六二〇年にジュネーブで発表されたもので、フルーツケーキではなく、ハチミツとショウガを入れて焼いたケーキだった。[49] ピープスの日記には十二夜の行事について十年間で五回書いてあり、そのときは必ずケーキについての記載がある。*

＊ ピープスはフルーツケーキのレシピが掲載された『淑女の戸棚の鍵を開けて *The Gentlewoman's Cabinet Unlocked*』を一冊所有していた。[50] したがって彼が日記に記したフルーツケーキにはナツメグ、クローブ、メース、シナモン、ショウガ、シェリー酒、ローズウォーターが入っていたかもしれない。

ピープスと友人たちは十二夜の王と女王を選んだだけではなかった。その頃は十二夜の行事はもっと派手になっており、ケーキの中に仕込まれた豆のかわりのメダルにはいろいろな人物像が割りふってあったのだ。パーティー出席者の人数分の役が、当時流行していた劇の登場人物やその他の典型的な人物――ごろつき、妻を寝取られた男、女中（汚れた女）*など――が用意されていた。ケーキに入れるメダルがしだいに大きくなり、数も増えてきたのに対し、ケーキ自体もしだいに手の込んだ高価なものになっていた。そこでケーキにメダルを仕込むかわりに、役割を書いた紙片を帽子に入れておき、くじ引きをするようになった。そのうち、菓子職人はいろいろな人物の姿を版画にした小さなカードを用意するようになり、十二夜にちなむ詩のまわりにさまざまなキャラクターの姿を印刷したちらしのようなものが路上で売られるようにもなった。それを買ってキャラクターを切り取り、帽子に入れるくじに使うためだ。

＊ 汚れた女（slut）というのは、十七世紀には性的にふしだらな女性の意味ではなく、本当に汚れた女、あるいは女中（当時は熱源に石炭を使っており、水道水はなかったから女中は汚れていることが多かった）という意味で使われていた。さらにこの言葉には親愛の情がこもった含意があったかもしれない。ピープスは彼のメイドのひとりについて「最上級の称賛を与えるべきスラット（slut）で、私と妻を非常に満足させてくれる」[51]と書いている。

十七世紀まで、クリスマスはひとつの季節だった。ある本に「すべての行動には……一年のうちでそれに適した月がある。……一月、十二月ではなくクリスマスの月は……」のあとは次のように続く。[52]

それはワセイルの椀について歌う楽しいキャロルがあり、獣と野鳥と魚が命を奪われる（食べられるために）……そしてカードとサイコロが多くの財布を空にする……暖炉が家中を暖め、乞食の祈りには慈善の籠《かご》いっぱいの施しがある。仮面劇や無言劇、王と女王を選ぶ一夜、誠実な人々の親しみと笑い声と喜びに満ちた祝宴の時。

家庭、暖かさ、家族だんらん、クリスマスソング、食べて飲むこと——クリスマスはまたしても変わりつつあった。

第4章　植民地時代の北米　十二夜

17世紀と18世紀のクリスマス

直感的には逆のように思われるが、イギリスおよび清教徒の入植したアメリカのニューイングランドでは、クリスマスは無視されるどころか公然化していた。土地を所有している地主たちのもてなしはよく準備されたものだったが、それは彼らの家の中だけのことだった。小作人や使用人はころよく食べ物と飲み物でもてなされたが、それは彼らがワセイリングの祝福にやってきたときの、家の戸口でのことに限られていた。

アメリカ南部の植民地では、上流階級の人々はイギリスの慣習を受けついでいることを誇りにしており、ウィリアム・バード二世のような大農園主は昔ながらの、個人的な慣習を続けていた。家族とともに教会へ行き、ローストビーフと七面鳥の正餐《ディナー》をとり、「晩には陽気で馬鹿げた行事を召使いたちと楽しんだ」[1]のだ。人々がクリスマスを祝っていても、貴族的な無関心を保ちつづける人もいた。ジェファーソンはクリスマスについてはほとんど触れておらず、ワシントンはその日をキツネ狩りと年末の収支決算をして過ごした。バージニアの農園主ランドン・カーターのように「教養のある人間が馬鹿げたことをしているが、私は私の家族をクリスマスにまったくかかわらせなかったことに満足している」と考える人々もいた。[2] カーターは三十年のあいだにわずか十三回しか、日記でクリスマスに触れていない。しかもほとんどは、単なる日付として――クリスマスまでにタバコを植え付けよう、というような――であった。

しかし一般の人々にとっては、それは飲み屋で過ごす日、飲んだあとは町へくり出す日だった。彼らにとってクリスマスは、冬のカーニバルになっていたのだ。もちろん聖職者は気に入らなかった。清教徒の牧師インクリーズ・マザーは「いわゆるクリスマスというものは、飲酒と賭け事と狂気じみた馬鹿騒ぎのことだ」と教会に集った人々に語り、「飲酒」という言葉を念入りに繰り返した。[3] 会衆のうち社会的地位のある三人は不同意を表明した。「私は反対で彼らは賛成ということだ」とマザーは簡潔にコメントしている。[4] その半世紀後、ニューイングランドの有力な牧師となっていた息子のコットン・マザーは、クリスマスにおける人々の行動は非難しても、クリスマスそのものは否定しなかった。[5] 彼は「ブラックリスト」を作成して自分が見聞きした「悪しき慣習」を糾弾した。パーティーで飲酒と賭け事のあげく乱闘になるのはよくあることだった。そのようなパーティーでは若者が自制心をなくしやすかったと思われる。果たして、若者がクリスマスシーズンに自制心をなくしたのは明らかだった。九月、十月は私生児の出産率が妙に高かったのだ。前年のクリスマスに何が起こったか、想像がつくというものである。[6]

道徳的なことは別にしても多くの人が、一六八二年のある暦が裏付けているように、十二月は「貯えを湯水のごとく使う月」だとみなしていた。一七一四年に出た別の暦は十二月についてこのように表現している。

強いビール、スタウト、リンゴ酒と炉で燃やす燃料の需要が
このシーズンには高まる
祝宴を開いて最高の日とする人もあれば
遊びで金を使い果たす人もいる[7]

だが新世界は、清教徒が支配するニューイングランドだけではなかった。それにニューイングランドでさえ、移民の数が増すにつれて清教徒の支配は弱まっていた。ニューヨーク、ペンシルベニア、南にさがってカロライナ、ジョージア、バージニアの各州ではドイツとスイスからの移民が自分たちの伝統を持ちこんでいた。ペンシルベニア、ニュージャージーにはスコットランドとアイルランドからの移民が押しよせ、その後十八世紀を通して南と西へ広がっていった。イングランドからの移民の多くは主流だったイギリス国教会に通っていた。少数のグループであってもそれなりの影響力はあり、十八世紀初頭のニューアムステルダムの人口は五百人ほどだったが、その人たちは十八の言語を使って話していた。[8]

したがって、一個人がどれほどクリスマスを無視したいと思っても、それは不可能になっていた。フィラデルフィア在住のクエーカー教徒、エリザベス・ドリンカーの日記は半世紀近くの記録を残しており、クリスマスが徐々に、自然に受容されていく過程をたどることができる。当初クエーカ

ー教徒はクリスマスを祝っておらず、一七六〇年代、七〇年代の十二月二十五日にはドリンカーは外出しなかった。一七八〇年代には、他の人々のクリスマスの過ごし方についてのコメントを記している。一七九三年にはまだ少しためらいがあって「いわゆるクリスマス」という書き方をしていたが、その翌年には距離を置こうとする態度は消えて、ただの「クリスマス」と書いている。一七九七年、彼女はクリスマスイブに来客を迎えた。その四年後には家族で正餐《ディナー》をとってから来客を迎えた――祝祭は、彼女に静かに忍びよったのである。[9]

一七七三年、北部に住む長老教会派の神学生だったフィリップ・フィシアンは、バージニアの大農園主で、クリスマスには無関心だったランドン・カーターの子供たちの家庭教師に雇われた。長老教会派もクリスマスは無視していた。しかし、カーターの友人や隣人や家族たちまでがクリスマスシーズンに楽しんだゲームなどについてフィシアンが記したものを読むと、彼が驚いて目をまるくしているさまが想像できる。クリスマスの前の週、彼は誰もが「舞踏会やキツネ狩りや楽しい催しのことしか」話題にしないことにショックを受けた。[10]学校は教師の「締め出し」行事によって休みになった。これはクリスマスの馬鹿騒ぎの子供版で、教室の鍵をかけて――かんぬきをかけて――、教師に無理やり休日を宣言させるのだ。この慣習は十六世紀のイングランドにも記録があり、少年司教の選出と関連していた。一七〇二年、バージニアのウィリアムズバーグでは数人の少年が教室に閉じこもり、入ろうとした教師とふたりの用務員に対して拳銃を発砲した。これは植民地におけるこの慣習の最初の記録であり、発砲したのは生徒たちが慣習のルールをよく理解していなかったせいかもしれない。[11*]

＊　これはクリスマスシーズンだけの慣習ではなかった。のちに『ニューヨーク・トリビューン』紙の編集者となるホレス・グリーリーは、一八二〇年代のニューハンプシャーで過ごした子供時代に「一月一日と、年長の少年たちが祝おうと思ったらしい他の日に」発砲騒ぎがあったことを記憶していた。

フィシアンは、クリスマスイブとクリスマスの朝、近隣のいたるところで銃が発砲されたことにも驚いている。あちこちで発砲してまわることは、多くの文化の伝統行事だった。ニューフランスでは、発砲が教会の礼拝と一体化していた。ケベックでは深夜のミサのさい、大砲が発射された。[12]もっともほとんどの場合、発砲は儀式の正式な一部ではなく、若者たちの憂さばらしにすぎなかった。スイスでは、聖ニコラスの日のサミクラウスの行列は、角笛とベルとピストルの音に満ちている。スイスのある州では毎年十二月五日にベルとピストルを手にした少年たちが聖人を追いかけて村中を走りまわった。[13]スウェーデンでは発砲でクリスマスを「招き入れて」いた――男たちが近所の家に忍びよって拳銃を発砲し、誰のしわざなのかわからないうちに走り去るのだ。[14]スイス系、スカンジナビア系、それにドイツ語を話す移民の多くは母国の風習を新世界に持ちこんでおり、クリスマスに発砲する風習はテキサス、アメリカ中西部、ペンシルベニアと南部一帯に見られた。

イングランドでも「滑稽な衣装」を身につけた若者が「剣と槍を手に」して踊り、心づけをもらった「お礼のしるしに拳銃を発砲」した。[15]とはいえイングランドでは発砲はまれだった。そのかわりに、イギリス諸島では十八世紀を通し、踊りとならんでクリスマスの劇をすることがしだいに増えていった。これは中世の聖史劇とはまったく違うものだった。内容はさまざまだったが、どの地域にも共通する要素もあった。ひとりの英雄が（聖ジョージの場合が多い）、ひとりの兵士、悪魔または「サラセン人」と戦い、一方が命を落とす。だがそこに現れた医者の力で奇跡的に復活するという内容である。[16] わき役には愚か者、医者の助手、こん棒または平鍋をもつ男（ベルゼブブという名前が多い）、掃除人、集金人などがいた。剣の踊りもあった。踊り手たちのほかに、愚か者と女装の男も登場した。この踊りも最後に誰かが死んで、その後に復活する内容だった。* 登場人物は私たちとは異なる者たち——悪魔、兵士、にせ医者など——であり、ローマ時代の風刺劇と同じで、こうした劇は労働者階級にとって、慎重に日常と切り離されたほんのひと時、自分たちの上に立つ人々をあざ笑うための手段だった。少年司教と同じで、このような劇もそれで実際に社会が変化するわけではないが、社会を模擬的に逆転させる内容だった。

＊ 二十世紀初頭、民俗学者たちはこうした演劇の起源を古代ギリシア、古代ローマ、あるいはキリスト教以前の時代とした。[17] しかし聖ジョージ、トルコ人（サラセン人）、医者などのキャラクターが登場する劇に言及したもっとも古い記録は一六八五年のものだ。そして現存するもっとも古い劇の台本はその五十年後のものである。

人気を博していたこれらの伝統に共通するもっとも重要な点は、誰もがそのルールを知っていたことだ。ルールが理解されていれば、それは無言劇であり、ワセイリングだった。ルールが理解されておらず、一方の側が目の前で行われていることの意味を勘違いすれば、それは破壊や不当な侵入や脅迫による強盗のように見える可能性があった。さまざまな背景をもつ移民が住む植民地では、誤解が生ずることはめずらしくない。一六七九年、オレゴン州セーレムで四人の若者が、歌を歌い、梨酒をよこせと言いながら一軒の家に「侵入し」た。おそらくこの四人は、梨酒の製造と無言劇の伝統があるイングランド西部の出身だったのだろう。そしてその家のあるじは別の土地の出身だったのだろう。彼は「今日はクリスマスだから……陽気に騒いで梨酒を飲むために来ただけだ」という抗議を無視して、四人を追い返した。せっかくのクリスマスのお祭り気分を台無しにされた腹いせに、四人は大声で叫び「石やら骨やらを」投げてその家のしっくい壁に傷をつけ、フェンスを倒し、屋外の貯蔵庫に乱入して「五、六箱のリンゴ」を盗んだということだ。[18]

その百年後、無言劇はそれなりに知られるようになっていたが、少なくとも植民地北部の都市部の上流階級からは下品なものとして見下されていた。政治家のサミュエル・ブレックは、一七七〇年代および八〇年代初頭、ボストンに住む裕福な彼の家に「下層階級のごろつきたちが……汚らしい服で仮装して」やってきて、彼の記述から判断するに聖ジョージの英雄劇のバージョンのひとつと思われるもの（ただし彼はそれについて聞いたことがないのは明らかだった）を毎年やるのが、いかに迷惑なことだったかと回想している。[19]

ほかにも彼らの伝統にしたがって家から家への訪問をするグループはいくつもあった。人口が少ない地域に同じ文化的背景をもつ人々の家が点在しているような場合は、公認された乱暴行為は、物理的に離れて暮らす人々をつなぐひとつの方法だった。少なくとも十七世紀から、中西部の北のほうに暮らすノルウェー系の人々のあいだでは、母国にいたときと同じように、ユールブックという山羊の怪物に扮した人（山羊の皮をかぶり角のついた仮面をつけている）を中心にした行列が家々をまわるユールブッキングが行われていた。[20] ペンシルベニア南部とバージニアの一部では、ドイツ系移民によってペルツ・ニコルが家々を訪問する行事、ベルスニクリングが行われていた。ドイツ語のペルツ・ニコルがペンシルベニアのドイツ系移民のあいだでベルスニクルに変化したのだ。この行事の参加者は顔を黒く塗り、動物の皮か毛皮を着て家々をまわり、良い子にはナッツやケーキを配り、悪い子はムチでたたくのだった。[21]*

＊　言語内の同化に注目してほしい。ノルウェー語のユールブック（クリスマスの山羊）に英語の -ing がついて山羊そのものから行為を表すようになっている。ベルスニクラーとベルスニクリングも同様だ。

しかし抑圧的な社会構造のもとでは、羽目を外す行為が単なる憂さ晴らしで終わらず、支配階級に対する反抗になることもある。アメリカ南部ではいくつか非常に激しいクリスマス行事があった。それらを公然たる反乱と言うこともできるかもしれない。多少羽目を外すことは許される季節であり、なおかつ農作業の暦の上からも一息つける時期だったせいでもあろうが、奴隷の反乱はクリスマスシーズンに集中していた。ある歴史家が発見した記録によると、十七世紀半ばから十九世紀初頭までに、大規模なものとひとつの農園だけに限定された散発的なものを合わせれば、約七十回の奴隷による反乱がおこっている。そのうち日付がわかっている反乱の三分の一は、十二月に起こった、あるいは起こそうと計画されたものだった。[22]

反乱を起こさなかった奴隷たちは、その代わりとしてクリスマスシーズンにだけ許された儀式的要素を含むパレードで不満を発散させた。[23]「ジョン・カヌー」（クナー、クーナー、ジャンカヌーとも）と呼ばれたそのパレードは、多くの歴史家が言うように、上に立つ者には単なるお祭り騒ぎにしか見えないが、弱者にとっては年に一度だけ気持ちを表現することを許される、社会に対するひそかな抗議行動だった。ジョン・カヌーがいちばんさかんだったのはジャマイカであり、そこは植民地中でもっとも多くの奴隷がいる地域だった。パレードの内容は地域ごとに異なっていたが、ジョン・カヌーを中心に、楽団と踊り手がねり歩くパレードが基本だった。ジョン・カヌーは非常に派手な装飾をほどこした仮面をつけ、木製の剣を持ち、時には男性が女装した「妻」を連れていることもあった。パレードの一団は、踊ったり、おどけた演技をしたりしながら家々をまわり、心づけの現金や酒をもらう。十八世紀には、ジョン・カヌーの仮面はアフリカ風と言われたが、しだいにもっと派手になっていった。ある版画に描かれたジョン・カヌーの仮面は頭の上に船の模型がのっていて、船員と奴隷と奴隷商人の人形まであった。この種の路上の出し物としてはめずらしいことだったが、このパレードには女性も参加していた。十八世紀のジャマイカで、またその後はニューヨークでも、女王が率いる女性たちのパレードもあった。

こうしたすべてのクリスマス行事に共通していたのは、食べ物や飲み物や現金の授受だった。君主に新年の贈り物をする慣習はなくなっていたが、農村地帯ではまだ、小作人が自分の借地でとれた物などを贈り物として地主に差しだすのが当然と考えられていた。一七〇六年、レディ・ウェントワースは、後にストラフォード伯となる息子にむかって「あなたのずるがしこい小作人たちときたら。よそからは鳥や豚や何かを送ってくるというのに、あなたのところからは何も来ないのよ」と不満をもらしている。[24] このような上位者に贈り物をする義務は十九世紀には消滅する。その一方で社会的上位者から下位者への贈り物は、商店主から売り子へのものであれ、主人から召使いへのものであれ、奴隷の所有者から奴隷へのものであれ、なかば義務のようになっていた。現代のチップである。

十七世紀のピープスと同じように、十八世紀後半のノーフォークのある教区司祭も驚くほど多くの相手にチップをわたしている。仕立屋の下働きに、洗濯係のメイドに、床屋に、ビリヤードの記録係に、友人の召使いや、飲み屋の召使いに、大工に、「施しを求めて村から来た女」に、石炭屋と石炭屋の使用人とその息子にも、肉屋に、石工の下働きに、煙突掃除人とその息子に、鍛冶屋に、モルツ（麦芽）を作る職人にもわたしている。[25] 一定の方法を定めて心づけを請求する集団もあった。イギリスにはベルマン（ベルを鳴らしてまわる町の触れ役）という仕事があり、夜に時刻を告げたり天気予報をしたりしながら町をまわっていた（ピープスは一六六〇年に「一時を過ぎた。風が強くて霜のおりる寒い朝になる」と大声で言いながらベルマンが彼の窓の外を通ったと日記に書いている）。[26] 彼らはクリスマスになると「――教区のベルマンおよび触れ役から、――教区の尊敬すべき旦那様と奥様方に慎んでお伝えする一編の詩」と題する記事を印刷したビラを配って歩いた。ビラには、タイトルに続いてその一年間のニュースの要約が示され、それぞれの家の繁栄を祈る年末の挨拶があり、しめくくりには「皆さんがベッドで安らかに眠るとき……財布が空っぽで寒い思いをしているベルマンを思い出してください。ひとつの慰めもないベルマンを。どうか彼の心を救ってください」[27] と書いてあった。植民地のニューイングランドでも少なくとも一七三〇年代からは、夜まわりや新聞配達人によって同じようなことが行われていた。この慣習はニューイングランドでは新年の通知と呼ばれて十九世紀まで続き、その名前のおかげでクリスマスを祝う習慣のない地域でもさかんだった。[28]

アメリカ南部では、奴隷や召使いはまた別のやり方でチップを要求した。ある種のゲームの形をとったのだ。クリスマスの朝、「クリスマスの贈り物！」といちばん先に叫んだ者が勝ちで、ほかの者は勝者にちょっとしたプレゼントか現金を渡さなければならないルールだった。しかしゲームとは名ばかりで、勝つのはいつも奴隷だった。それに加え、お決まりの心づけをわたすのも事実上の義務だった。フィリップ・フィシアンのような家庭教師はそれほどお金をもっていたとは思えない。それでも彼はクリスマスシーズンに「暖炉の火をつけ、靴を磨いてくれたボーイ」[29]と「教室の暖炉に火をつけてくれた男」にチップをやり、さらに洗濯をした召使い、ベッドを整えた女中、ひげを剃って着替えを手伝った床屋、彼の馬の世話をした馬丁、食卓の給仕、そして「夕食に呼びに来た」召使いにも心づけを渡している。そしてフィシアン自身は、雇い主からチップをもらっていた。[30]

　このようなやりとりのなかで、受けとるのではなく与える側の人々がわずらわしく思うのは当然のように思われる。クリスマスに心づけを渡すことと、それについて不満をもらすことは、百年以上ものあいだ変わらずに続いており、あと百年は続くことになる。一七一〇年十二月二十六日、風刺作家ジョナサン・スウィフトは、「誓って言うが、クリスマスのチップのせいで……私は破産する」[*31]と泣き言をもらしている。文句を言うだけでなく、この習慣を根絶しようとした人々もいた。一七六七年、ロンドンのパン屋のグループは、顧客の召使いにクリスマスのチップをわたすことを止めるという新聞広告を出した。[32]他のグループもすばやくこれに続いた結果、十八世紀末には多くのギルドや商人が同じような広告を出し、彼らの使用人がチップを請求することを禁ずると同時に、自分たちも払わないと宣言した。

＊　十二月二十六日を英語でボクシングデーというようになった起源ははっきりしていない。『オックスフォード・イングリッシュ・ディクショナリー』にこの用例が最初に載ったのは一八三三年のことだ。しかしスウィフトが一世紀以上前にこの日について不満をもらしていることから、起源はもっと古いとも考えられる。一七四三年、ある裁判の証人が、被害者の男性が襲われるのを「ボクシングデーの翌日」に見たと証言したが、彼女はその日が何日か説明する必要を感じていない。[33]

チップの不払いを決めたパン屋たちの理屈は、「下層階級」がクリスマスシーズンに金を持てば全部酒に使ってしまう、というものだった。クリスマスと酒とを結びつけるのはチップに悩まされていた人々だけではなかった。イギリスでも植民地でも、上流階級の人々は社会階層の下にいる人々をそういう目で見がちだった。一七三五年、ボストンのある新聞は、もし機会を与えられれば、誰でも「クリスマスシーズンには酒を飲み続けるだろう[34]」と当然のように書いた。イギリスの新聞も同意見だった。クリスマスを祝うということは「大いに騒いで酔っぱらうことだ[35]」と書いた新聞もあった。そしてこれは、現実とそれほどかけ離れたことではなかった。一七七二年、キャプテン・クックの最初の航海に同行してもどったばかりの博物学者ジョゼフ・バンクスは、エンデバー号の乗組員たちはクリスマスを「彼らの昔ながらのやり方で祝った。全員が彼らの父祖がクリスマスに飲んだのと同じくらい酒を飲んだ[36]」と書いている。

イギリスでも、キャプテン・クックの乗組員に負けず劣らずに飲む人はいくらでもいた。一七八四年のクリスマス、アバディーンでは「飲酒と狂乱状態とで……暴徒化した一団」が、実際にローマカトリックの教会を襲撃した。[37]その数年後ロンドンの裁判所では、ある男が、妻が殺害されたとき自分がどこにいたか思い出せない、なぜなら「クリスマスに起こったことはひとつも覚えていない。酔っぱらっていたから」と語った。一八三一年、泥酔したうえ乱暴行為をはたらいた罪で起訴されたある男の例は、めずらしいものではなかった。彼は自分を弁護して「その日はクリスマスでした。判事さん、どうか許してください」と言った。しかし判事は認めなかった。「この三日間、判事の前に引き出された者は全員がほとんど同じ弁解をした。彼らはクリスマスにはどんな乱行をしても罪に問われないものと、決めてかかっているようだった」（評決は起訴状通り有罪）。

ふだんは絶対酒を飲まない人でさえ、クリスマスの飲酒はやむを得ないと認めていた。オンタリオ州の北部、ハドソン湾の近くに住んでいたある毛皮商人は、個人的には「宗教的な活動をしてクリスマスを過ごした」が、わなをしかけて毛皮をとる猟師たちが「酒を飲みすぎないように」、彼らに「泥酔の罪を戒める説教の一節を」読み聞かせてから、少しだけ酒をふるまった。[38] つまり彼は、配下の猟師たちに酒の害について講義してから酒をふるまったのだ。

アメリカ独立戦争時の流行歌「ヤンキー・ドゥードル」の一節にもある。

もうすぐクリスマス！
チェイス母さんの店に行こう
そこで甘い酒を飲もう
糖蜜の甘い酒を！[39]

酒は明らかにクリスマスの一部だった。それでもどうやって、どこで飲むかということについては人それぞれだった。一七五四年、『ザ・ロンドン・マガジン』誌はクリスマスを「飲食を楽しむことで神聖さが維持される」祝祭だと定義した。[40] この雑誌の読者は酔っぱらった船乗りやどんちゃん騒ぎをする若者ではなく、上流階級や裕福な中流階級の人々だった。

彼らにはクリスマスの祝祭をになう責任があった。少なくとも彼らはそう信じていた。そうなった原因の多くは、十七世紀の大混乱と、十八世紀のクリスマスは昔とは違ってしまったと嘆くたくさんの出版物の論調にある。この懐古趣味は古き良き時代との比較につながり、驚くべき方法で現実を変えていくことになる。

たとえば、これまで見てきたように、賭け事は長いあいだクリスマスの娯楽のひとつだった。ヘンリー八世の時代から一七七二年までは、廷臣たちはある儀式によって国王その人とともに賭け事をすることができた。十二夜になると「国王陛下がお出ましになる」と公式に告知され、王は廷臣たちと対等の一プレーヤーとなる。その夜が終わると「国王陛下はおもどりになった」と告知され、王はふたたび卓越した存在になるのだった。[41] 大農園が買えるほどの、何千ポンドという金額が賭けられることも多かった。しかし十八世紀になり、祝祭における大変な浪費を反省した結果、節度ある家庭的な生活への回帰が起こった。一七八五年の『ベスがイングランド女王だったとき』と題する演劇はその時代をたたえ、[42] カードゲームはクリスマスにだけするようになり「ゲームの回数も減り、大金をかけることもなくなった」。

同じように、家庭で実際に行われることも昔とは大きく違ってきた。雑誌『スペクテイター』はその裕福な中流の読者たちのために、サー・ロジャー・ド・カバリーという架空の人物を作りだした。彼はいかにも昔いたようなタイプの地方の地主で、クリスマスには「先祖たちの立派な慣習にしたがって」クリスマスシーズンの十二日間は家を開けはなち、貧しい人々に肉とミンスパイとビールをふるまう。[43]＊

＊ サー・ロジャー・ド・カバリーというのは、前世紀に流行していたダンスの名前から採ったもの。さまざまな曲に合わせて踊られるこのダンスのさまざまなバージョンを、ユーチューブで見ることができる。

しかし、同時代に実在したふたりの人物のクリスマスの慣習をみると、サー・ロジャーのようなことは仮にあったとしても、ほとんど目につかないほどのものだった。ホレス・ウォルポールはイギリスの首相ロバート・ウォルポールの息子で、上流階級に属していた。彼自身も政治家だったが、今日ではむしろ、ロンドン南西のストロベリーヒルに立てたゴシック風建築の家と、ゴシック風の小説『オトラント城』［井出弘之訳／国書刊行会／一九八三年］によって、ネオゴシック・スタイルを広めたことで有名だ。だが社会史の研究者にとってさらに重要なのは、四十八巻にもおよぶ厖大な彼の書簡集である。その中にある、四十年のあいだに彼がたまたま書きとめたクリスマスに関する記述を読むと、当時の上流階級の人々にとってのクリスマスは、架空の人物サー・ロジャーのものとは大きく異なっていたことがわかる。一七四三年、ウォルポールは彼の友人たちについて「クリスマスの何千倍も感じがいい。ミンスパイに飽きてしまって以来、クリスマスを楽しんだことは一度もない」と書いている。[44] その五年後にも、彼はクリスマス嫌いについてまた書いている。「私は窓に月桂樹もヒイラギも飾らない。七面鳥は食べない。……招待する小作人はいない……」。そしてさらに一七八八年、彼は「隣人や召使いたちを酔っぱらわせる」伝統をいつまでも続けている人々を、大したものだとあざ笑っているのだ。

ウォルポールより一世代若いジェームズ・ウッドフォードはノーフォークの教区司祭で、四十年以上にわたって日常のあれこれを日記に記録していた。[45] これはウォルポールの書簡に匹敵する厖大な量の記録だ。ウォルポールとは違い、ウッドフォードは裕福ではないが、ほどほどの暮らしをするだけの収入はあった。収入から見れば中流の上といったところだが、彼は田舎暮らしを好み、狩りをしたり、地主や近隣の聖職者を訪問したりして暮らしていた。限られた生活区域から出ることはめったになく、ウォルポールが軽蔑していたクリスマス行事の多くを彼は祝っていた。彼が青年時代をすごしたイングランド南西部には無言劇の役者が来ていたが、一七七四年にノーフォークへ引っ越してからはごぶさたとなった。そのかわり、彼が住んでいる牧師館には毎年歌い手が来ていた。また、教会の鐘を鳴らして現金か酒を心づけに受けとる男たちが、年間を通して来てもいた。一七七八年からは「十個のベルを持参して……会衆の前で演奏する」男も来ていた。この男のベルは「彼が自分で作ったもの」で伝統的なものではなかったが、「毎年クリスマスに演奏しに来る」ので、ウッドフォードはその男に一シリング六ペンスと「食事と酒」を与えていた。時には「貧しく年老いた、歌を歌う男」のような、身寄りもなく生活に困った訪問者もあり、そうした場合も六ペンスを与えていた。

その一方でウッドフォードとその家族、友人たちはクリスマスから公現祭までの十二日間をパーティーや正餐《ディナー》をして楽しんだが、クリスマス当日だけを特に重視したわけではなかった。ある年などは、彼のために家事をとりしきっていた姪のナンシーがノリッジに出かけたのだが、ふたりとも、クリスマス当日にウッドフォードがひとりで過ごすことになることを気にしたようすはない。彼の日記には、十二月二十九日に「クリスマス正餐《ディナー》」に出席したとの記載もある。彼ももっと若い頃は、十二夜や元日あたりにパーティーに出かけ、「明け方の四時までダンスをして過ごした」こともあった（もっともそれは、地元の薬剤師が徒弟奉公の年季があけて独立した、お祝いのパーティーだったのだが）ある年の一月十一日、ウッドフォードは「今までのようにあちこち訪問するのは心底うんざりだ」と嘆いたあと、聖職者である以上「もし止めてしまったら皆が気を悪くするだろう」と日記に記した。しかしクリスマスシーズンを大いに祝った年もあった。「一晩中愉快にすごし」朝の六時までカードに興じたあとは「ベッドにいる人たちのためにオーボエで最高のセレナーデを演奏した」のだそうだ。

ウッドフォードが毎年欠かさず祝っていたのは、十二月二十一日の聖トマスの日だった。地元の家々から施しを求められる「グッディング」「ゴーイング・アコーニング」などと呼ばれた風習は十六世紀からあった。しかしそれが聖トマスの日の行事とされ、「ア・トマシング」と呼び名を改められたのは十八世紀になってからのことだった。[46]

懐古趣味という観点から見れば、家を開放し、やってきた人をもてなす慣習も、グッディングと同様かなり限られた範囲の話になる。ノーフォークですごした四十年間を通して、ウッドフォードは教会区の貧しい人々に必ず六ペンスを与えていた。[47] しかしこれは彼の教会区だけに限られたことだった。「私は五十五家族を担当していたが、二軒はわたしの教区に住んでいなかったので、定期的に六ペンス与えていたのは五十三人だった」のだ。一七六四年に彼がこの慈善活動を始めたとき、それぞれの人が受けとったのは六ペンス、そして三十六年後の、フランス革命戦争によってイギリス経済が苦境にあったときも（「小麦の値段が高騰している」「小麦粉がまったく手に入らない」などの記述が日記にある）、あいかわらず六ペンスだった。もうひとつ、クリスマスシーズンの慣習として、ウッドフォードは十二月二十五日に台所で六、七人の男に「上等のサーロインのロースト」と「プラムプディング」をふるまっていた。たいていは彼の教会の事務係が招かれ、ほかに教区内の高齢者（ほぼ男性に限られていた）もよく招かれた。時には女性が招待されることもあり、長年彼に仕えたメイドも一度は食卓をともにした。招待した男性客の家に食事または一シリングをとどけさせることもあった。

もっと組織化されたクリスマスの慈善活動も増えてきた。日曜学校などの教会組織は、クリスマスの食事を食べられない人々を対象に大規模な正餐《ディナー》を催した。ある日曜学校は十二月二十六日のボクシングデーに三百五十人に正餐《ディナー》を提供したが、めずらしくそこで昔の風習「さかさまごっこ」を実施した。「慈善家たち」が労働者階級に給仕をしたのである。[*48] そこで供された食事については記録されていないが、ウッドフォードが「貧しい老人たち」に出したのと同じローストビーフとプラムプディングだった可能性は高い。サマセットの補助司祭だった若い頃、ウッドフォードもクリスマスの正餐《ディナー》に同じものを食べていた。[49] 一七七〇年代、オックスフォードの広間で彼がクリスマスに食べた正餐《ディナー》はもっと手の込んだものだった。「第一のコースは、すばらしいタラを煮たもののまわりに舌平目のフライを盛り、カキのソースをかけたもの、すばらしいローストビーフ、エンドウ豆のスープ、オレンジプディング。第二のコースではカモのロースト、フォアグラ、ラム、サラダ、ミンスパイ……それからおいしいプラムケーキ……を楽しんだ」[**]。しかし彼がイーストアングリアに移ると、クリスマスの食卓からプラムケーキは姿を消している。そのかわり、そこでは七面鳥の飼育がさかんだったので、「立派な七面鳥のロースト」はクリスマスに限らず、何度も彼の食卓を飾った。

＊　ジェーン・オースティンが小説『エマ』で、クリスマスイブに、社会的な野心をもつ成り上がり者のエルトン氏が上流階級の地主であるエマに求婚するシーンを書いたのは、クリスマスシーズンの「さかさまごっこ」の慣習をよく理解していなかったからではないだろうか。エマの拒絶は、社会階層がもつ意味の大きさを明確に示している。「彼女は傷ついていた……彼は身分が下なのだ」。この小説は一八一五年十二月二十三日に出版された。

＊＊　一八六〇年代のイギリスの食事のコースは、料理の皿をたくさん一度に出す中世のメスという方式と大して変わらなかった。当時は、食事をする人が盛り合わせから好きなものだけ選んで食べており、全部食べる必要はなかった。

ここまで来ると、二十一世紀にも食べられているクリスマス料理が登場している。一七四七年に出版されたハナー・グラスの『簡単にできる料理の本 *The Art of Cookery, Made Plain and Easy*』は一般に英語で書かれた最初の家庭料理の本と言われているものの、特にクリスマス料理として載っているものはほとんどなく、わずかにクリスマスとの関係がうかがえるものも祝いの料理という位置づけではなかった[50]。プディングの部にはプラムプディングの項目があるが、クリスマスとの関

「クリスマスのノーフォークの駅馬車」ロバート・シーモア画。『クリスマスの本 *The Book of Christmas*』トマス・ハービー著（1836年）の挿絵より。

係は何も書かれていない。ミンスパイのレシピもあるが、クリスマスとの関係には触れられていない。しかしヨークシャー・クリスマスパイという記載はたしかにある。なぜなら「このパイは、よく贈り物として箱に入れ、ロンドンに送られるからだ。だからパイ皮の部分はくずれないようしっかり作る必要がある」ということだ。スープの部では「クリスマス用にプラムポリッジを作る」方法を学ぶことができる。ビーフスープにパンを入れてとろみをつけ、濾してから煮詰めたら、カラント、レーズン、プルーン、メース、クローブ、ナツメグ、砂糖、塩、シェリー酒、クラレット、レモンジュースを加える、ということだ。

　しかしその後四十年もたたないうちに、『タイムズ』紙は、プラムポリッジは「古くさい」として、「ロイヤルファミリー以外のイギリスのすべての家庭から見捨てられている」と書くようになった。[51] 鶏肉と猟鳥の肉を詰めたクリスマスパイは、ハナー・グラスの本にもあった通り生き残っており、地方の住人から都会に住む友人への贈り物としてよく使われていた。七面鳥も田舎からの贈り物として昔からよく使われており、クリスマスシーズンにはあまりにも大量に運ばれるので、タイムズ紙は「三万羽の七面鳥がその日のために殉教した」と手厳しいジョークを書き、その証拠としてノーフォークから七面鳥を山積みにして運ぶ馬車の版画を添えた。[52]

＊

七面鳥の旅は楽ではなかった。十九世紀に鉄道が開通するまでは、ほとんどすべての動物は生きたまま市場まで駆り立てられ、そこで屠畜されていた。七面鳥は足を痛めないよう革のブーツをはかされて歩いた。その旅は八月に始まる。旅のあいだにすっかりやせてしまうので、目的地につくとまた肥育する必要があった。ブーツの費用、長い旅と再肥育の費用のため、最終的に売り出される価格は驚くほど高かった。しかしクリスマスシーズンには、七面鳥は育てられた場所で屠畜された。ノーフォークはロンドンから荷馬車でたった三日の距離だったからだ。[53]

十八世紀になっても十二夜のケーキはクリスマスシーズンの特別な食べ物だったが、たいていケーキ職人の店から買ってくるものになっていた。もっともそれができるのは金持ちだけで、十二夜のケーキの話題はほとんどロンドン市内だけにとどまっていた。中流階級のケーキ、あるいはロンドン市外に住む人々のケーキについてはよくわかっていない。また、ロンドン以外の場所に、毎年十二夜を祝う習慣があったのかどうかもわかっていない。

というのも、十二夜の祭りはおもに流行に敏感な上流の人々が祝う、ロンドンだけの慣習だった可能性もあるからだ。そもそも歴史というものの大部分は支配階級の行動と記録から描き出されたものであり、国中の誰もが注目していただろうと歴史家が推定したものにすぎない。たしかにロン

「十二夜のロンドンの街角」ロバート・シーモア画。『クリスマスの本 *The Book of Christmas*』トマス・ハービー著（1836年）の挿絵より。

ドンでは、十二夜は重要な日だった。ケーキ職人のカードやキャラクターを印刷したビラは簡単に手に入った。「スクエア・トウズは妻を寝取られた Old SquareToes was Cuckold」というタイトルの風刺画家アイザック・クルックシャンクの版画――ハンサムな若い男がもつ帽子の中から配役の描かれたカードを引くふりをする若い女性に、その男がこっそりメモを渡している場面[54]――が現実を反映していたとすれば、十二夜の行事にはいかがわしい面もあったのかもしれない。

また、たとえロンドンでも十二夜のケーキは高価であり、庶民はケーキ店のウィンドウに飾られた見事なケーキが通行人を魅了するのをあこがれの目で見ているしかなかった。そうでなければ腹いせに、十二夜に少年たちがするいたずら「鋲止め」でもして、こっそり面白がるしかない[55]。「鋲留《びょうど》め」をする少年たちはケーキ店の前の人ごみにまぎれ、何も知らない男性客の上着のすそを近くの壁に留めてしまう。あるいは男性の上着のすそを近くにいる何も知らない女性のスカートに留めてしまうことさえあった。

ロンドンの外に住み、貴族的な習慣をもつ大地主の多くは、十二夜が彼らを素通りしても一向に気にしなかった。イギリスで、ドライフルーツがぎっしり入ったケーキを十二夜のケーキと名付けた最初のレシピは一七六八年にはじめて出版された。そして「これはロンドンでは十二夜のケーキと呼ばれている」とわざわざ書いてあった。[56] ロンドン以外の場所で、上流階級ではない人々も十二夜の祭を祝っていたという証拠はほとんど見つかっていない。一月五日、教区司祭のウッドフォードはノーフォークでたくさんのパーティーに出席したが、それらを決して十二夜のお祝いとは呼ばなかった。彼は一年を通して大いに楽しみ、人を楽しませもしていたが、彼にとって日付がなんらかの意味をもっていたかどうかは確認できていない。ブリティッシュ・ライブラリーに収蔵されている二百以上の全国紙、地方紙を見ても、ロンドンとなんらかのつながりがあるケース以外で、十二夜に言及した記事はほんのわずかしかなかった。[57]*

＊　一七九四年に定められたあることが、今も十二夜のなごりをとどめている。コックや従者として働いた後、ロンドンのドルリー・レーン劇場の俳優になったロバート・バドリーがその年に死去したのだが、彼は遺言で、毎年十二夜のケーキを劇場の仲間に贈るための資金を残した。今も毎年一月五日にはケーキが準備されるが、そのケーキは彼の名前にちなんで「バドリーケーキ」と呼ばれている。[58]

それでも首都ロンドンの影響力は強大なので、ロンドンと十二夜とを関連付ける慣習はいくつかの比喩的表現を生み出している。早くも十六世紀、チューダー朝時代の歴史学者ポリドール・バージルは、十二夜の行事に見られる立場の逆転に目をつけ、通常は立場が下の者に「誰もが従わなければならない」[59]ことから、十二夜の王と女王を「偽り」の同義語とした。そしてレディー・ジェーン・グレイ［十六世紀中頃に九日間だけイングランドの王位にあった女王］は「十二夜の女王にすぎなかった」と切って捨てたのである。その一世紀後、スペインのフェリペ四世は、ポルトガルの王位簒奪者のことを軽蔑をこめて「豆の王」と呼んだ。[60]十二夜のケーキがしだいに手の込んだものになり、砂糖の値段はしだいに安くなっていたので、ケーキの上からたっぷりふりかけた粉砂糖は白髪の比喩、ひいては高齢を意味するようになった。一七七〇年代のアメリカ独立戦争の頃、ある牧師は説教の中で白髪の人について「十二夜のケーキのような人」[61]という比喩を使っている。

その説教はまずイギリスで印刷・出版され、次いでフィラデルフィアへも持ちこまれた。そしてそこでは、この表現は単なる慣用句と理解された。しかし南部では、上流階級の人々がイングランドの上流階級に強い親近感をもっていたので、十二夜の行事を盛大に行っていた。一七四〇年に入植したウィリアム・バードも一七七〇年代に入植したロンドン・カーターも、十二夜のケーキを用意してパーティーを開いていた。[62]一七七五年のバージニアでパーティーを開いた少なくともひとつのグループでは、王に選ばれた人は翌年のパーティーを開き、女王に選ばれた人は「ケーキを作る面倒を引きうけなければならなかった」。

クリスマスシーズンの行事は「面倒」とは思われていなかったかもしれないが、より手の込んだものになりつつあったことは間違いない。

第5章　常緑の飾り物　キャロル　プレゼント

18世紀のクリスマス

十八世紀が進むにつれて、特に中流階級のあいだに新しい慣習が定着し、クリスマスは少しずつ変化し始めた。その理由の一部には、当時流行し始めていた歴史趣味――昔の品物や慣習を調べて記録する――がある。この趣味の広がりのおかげで、かつて田舎や労働者階級のあいだだけで行われていた多くの慣習が注目されるようになったのだ。[1] チャールズ二世による王政復古がなって清教徒の支配が終わり、クリスマスが復活したばかりのピープスの時代に、早くも教会はクリスマスを祝う行事を再開し、緑の枝飾りを飾っていた。一六六〇年の十二月二十三日、ピープスは自分の信者席が「ローズマリーと月桂樹の葉でおおわれている」のを見たと日記に記している[2]（いつものことだが、誰もがこれを喜んだわけではない。会衆の中には教会の説教壇のまわりに積みあげた枝や葉が多すぎて、「『出エジプト記』のモーセのように、柴の中から神の声を」聞くような気がしたと皮肉を言う人もいた）。[3]

詩人ヘリックが書いたように、ヤドリギとクリスマスが結びつけられたのは十七世紀のことだが、ヤドリギの下でキスをかわす風習が始まったのは十九世紀初頭のことであり、なぜそうなったかは不明である。ともあれ、歴史趣味に目覚めた人々はローマの歴史についても読んだ。ローマ時代の博物学者プリニウスによれば、ガリアつまり今のフランスに住むケルト人の祭司ドルイドは、彼らがあがめるオーク（カシの木）に寄生したヤドリギをみつけると、それをうやうやしく刈りとったという。そこからプリニウスは――イギリスのことも季節のことも書いていないのだが――なぜかイギリスではクリスマスにヤドリギを刈る風習があったとしているのだ。こうして「古代の歴史」に基づく新しい慣習がひとつ生まれたわけである。[4]

同じように、歴史愛好家ジョン・ブランドは一七七七年の著書に「私たちの祖先は」クリスマスイブに大きなキャンドルを灯していた、と書いている。たしかに一六三三年、詩人フランシス・クォールズは彼の詩の中で「クリスマス・キャンドル、その良き名前は輝かしい炎で彼の正しい行為をたたえる。しかし……消えた後には嫌な臭いが残る」[5]と書き、少なくとも偽善者を比喩的に表現する手段としては使っている。しかしクォールズの詩とブランドの本では書かれた時期に百五十年の隔たりがあり、その間クリスマスにキャンドルを灯す風習について言及した記録はまったく見つかっていないのだ。風習は続いたが記録が残っていないだけなのだろうか。それともブランドの本はずっと前に絶えてしまった行為を持ち出してきたのだろうか。あるいは彼の本は、一編の詩の中の比喩的表現にすぎなかったものを、大げさにとりあげたのだろうか。私たちにそれを知るすべはない。しかし、ブランドの本が出版された八年後の一七八五年、教区司祭ウッドフォードは「クリスマスだったので、今夜は私の大きなキャンドルを一時間灯しておいた」[6]と、それが例年の行事であるかのように書いている。それ以前に四半世紀にわたって彼が書き続けてきた日記にはキャンドルについて一言も書かれていないのに、である。彼がこの話題を次に日記に記すのは五年後で、それ以後は一七九九年まで続く。そしてふっつりと途絶えてしまう。同様に十九世紀から二十世紀にかけてはヨークシャーにおけるこの風習がよく話題になったが、[7]それが先祖代々受け継がれてきたものなのか、書物などから新たに学んだものなのかもわからない。

十八世紀には、他にも多くの慣習があったことがわかっている。十五、六世紀に、クリスマスイブに花を咲かせた木の報告がドイツで数多く寄せられ、イギリスでもアリマタヤのヨセフの物語が人々の話題にのぼるようになっていた。伝説によれば、福音書で自分の墓所をキリストに提供した人物とされているアリマタヤのヨセフは、聖杯をたずさえてグラストンベリーにやってきた。彼がそこで死んだ後、彼の墓から一本の木が育ち、それは「十二月二十四日には葉も花もついていなかった……その翌日のクリスマスには、花が満開になった……」ということだ。残念なことにその木は「のちに狂信的な清教徒の手で」切り倒されてしまったという。[8]十八世紀のグラストンベリーは観光の目玉を失ったわけだが、またすぐに今のサンザシの木が成長して、毎年美しい花を咲かせている。その木から接ぎ木したといわれるサンザシはイギリス中にあり、毎年春には花を咲かせている。イギリスでは一七五二年にユリウス暦からグレゴリオ暦に切り替えられたが、それにともない九月二日の翌日が九月十四日になって、十一日減ることになった。そのためバッキンガムシャーの一本のサンザシの前には、ざっと二万人以上の人が集まって花が咲くかどうかを見守った（が、咲かなかった）。[*]一七七〇年代、グラストンベリーのサンザシは伝説となっていた。作家ホレス・ウォルポールが使った「クリスマスに花を咲かせるグラストンベリーのサンザシ」という言いまわしは、人生の冬にさしかかっても花を咲かせている人をさす面白い表現である。[9]

＊ユリウス暦では四百年ごとに三日ほど余る。その誤差を正すため、まずスペインとその領地で、一五八二年にグレゴリオ暦が採用された。他のカトリック諸国もそれに続いたが、ヨーロッパのプロテスタント国では採用がやや遅れた。イギリスでは一七五二年にグレゴリオ暦に切り替えられ九月二日の次の日が九月十四日とされた（ちなみに、イギリスの税制年度がユリウス暦で受胎告知祭と新年の初日にあたる四月五日に終わるのは、そのためだ[10]）。

十八世初頭、グリーナリー（装飾用の緑樹、枝、葉）を飾ることはますます盛んになり、クリスマスには欠かせないものということから、飾り自体もクリスマスと呼ばれるようになった。[11]＊下でキスをするための「キスの枝」も同じ十八世紀の、少し後になってから南部と西部に広まったが、これは地方の、労働者階級の装飾だった。木の種類はなんでもよく、手に入りやすく安いものでかまわない。枝で作ったふたつから四つの輪を組みあわせて一メートル半ほどの幅にしたところへ、リンゴやオレンジと「色のきれいなリボンや紙で作ったバラ」や「派手な色の飾り」をとりつけたものだ。[12]もっと裕福な人々には、緑の枝だけで十分だった。教区司祭のウッドフォードは毎年のクリスマスイブに、自分の居間の窓に飾るためと、召使いが台所に飾るためのヒイラギを買っていた。[13]

＊一八二五年に出版された『オックスフォード・イングリッシュ・ディクショナリー』は、クリスマスに飾るグリーナリーという語義を「クリスマス」の用例に初めて含めた。しかし、すでに一七〇六年にある新聞が、「窓全体が……クリスマスで飾られ」という表現を、特別な説明抜きで使っている。

枝やヒイラギの実の飾りは、ドイツ語圏に見られたクリスマスのグリーナリーと比べれば地味なものだった。一六〇五年にストラスブールで初めて個人の家の中にクリスマスツリーが飾られて以来、ツリーは着々と人気を獲得していた。飾りがつきキャンドルがともったツリーは、まず都市に住む上流のプロテスタントの家庭に姿をあらわし、十七世紀の進行とともに階級の階段を下って、地方に広まっていった。このツリーを表す呼び名には、宗派の違いが反映されていた。[14]プロテスタントはこの木をバイナハツバウム（クリスマスの木）またはタネンバウム（モミの木）と呼び、プロテスタントは「モミの木の宗教」となった。また、プロテスタントはツリーをルターバウム（ルターの木）と呼ぶこともあった。カトリックの地域でもツリーは受け入れられたが、それはクリストバウム（キリストの木）あるいはリヒターバウム（光の木）、レーベンスバウム（命の木）と呼ばれた。ビュルテンベルクではクリストキンドラインズバウム（キリストの子供の木）だった。後にフランスのルイ十四世の弟のオルレアン公フィリップ一世に嫁ぐことになる一六五二年生まれの公女リーゼロッテ・フォン・デア・プファルツは、生まれた町ハイデルベルクや数年のあいだ住んでいたザクセンの思い出として、クリスマスツリーについて語っている。ひとりひとりの子供がツゲの木で作られた小さなツリーをテーブルの上に置き、そのまわりには「新しい服、銀製品、人形、砂糖菓子などの」贈り物が「祭壇に捧げるように」飾られていたということだ。[15]名前や飾り方はさまざまだったが、一七七〇年代、八〇年代にドイツのクリスマスでツリーが不可欠な要素となっていたことは間違いない。小さな鉢に入れてテーブルの上に置かれたものもあれば、モミの木の先端の三角の部分をさかさまにして天井からつるしたものもあった。モミの木を上向きに立てて、とがった先端にリンゴを突きさしたものもあれば、あるいは敬虔主義者［教会の形式主義と知識偏重に抵抗し、聖書を中心とした個人の内的な敬虔と実践を重んじた人。福音主義者ともいう］のピラミッドと呼ばれる木製の階段状の枠にキャンドルや菓子を飾ったものもあった。

ドイツの慣習は十八世紀末にイングランドに伝わってきた。ゲーテの小説『若きウェルテルの悩み』は一七七四年にドイツで大成功をおさめ、一七八〇年代に英語に翻訳されたが、その中には菓子やリンゴを飾りキャンドルを灯したクリスマスツリーの描写もあった。一七八九年、ジョージ三世のドイツ出身の王妃シャーロットに仕える女官の夫が「ドイツの慣習通りのキャンドルを灯したツリーを飾ろう」と提案したとき、妻は「私たちの子供はまだ小さいからお金と手間をかけてツリーを飾っても喜ばないでしょう」と言い、近くに友人もいないのだからと言って賛成しなかった。[16] このやりとりから判断すれば、女官と夫はそれ以前に、キャンドルを灯したツリーを見たことがあるわけだ。一方、シャーロット王妃は一八〇〇年に初めてウィンザーでツリーを立て、これがイギリス初のツリーだとされている（ただしこれは現代のようなツリーではなく、「板に枝を固定した」イギリス風のグリーナリーだったのかもしれない）。

興味深いのは、「板に枝を固定した」ものの下に「動物の人形に囲まれた農家の模型があった」と記録されていることだ。[17] モラビア兄弟団は十五世紀にさかのぼる長い歴史をもつプロテスタント教団のひとつであり、一七三〇年代には活発な伝道活動の最前線にたっていた。伝道団は一七四一年にキリスト教が入ったばかりのペンシルベニア州ベスレヘムへ、そのすぐ後にノースカロライナへわたっている。このモラビア教団の人々と彼らが持ちこんだ中央ヨーロッパの伝統は、新世界におけるクリスマスの慣習の形成に重要な役割を果たした。十八世紀の中頃、ベスレヘムのモラビア兄弟団の人々は、キャンドルやリンゴや「愛らしい詩」で装飾された「いくつかの小さなピラミッドと緑の枝で作った大きなピラミッド」を立てた。[18]そしてシャーロット王妃の場合と同じように、記録では「そばには牛とロバのいるベツレヘムの馬小屋と羊飼いの人形があった」と続く。

アッシジの聖フランチェスコが一二二三年につくったと言われて以来、クレシュ、プレゼピオ、クリッペなどと呼ばれるキリスト降誕シーンの模型は、カトリック諸国のクリスマスの呼び物のひとつである。聖フランチェスコのプレゼピオは、洞窟に描かれた馬小屋の背景の前に本物の人間や動物が降誕シーンのポーズをとる「生きた」シーンだったが、すぐに、木や粘土や紙やその他の材料で作った模型や人形を使ったものが普通になった。十四、五世紀にはイタリア北部のチロル地方からモデナあたりまでで見られるようになっていた。

ドナウ川以北で初めて記録されたクリッペは、十六世紀後半にプラハで、イエズス会士が作ったものである。[19]ドイツではバイエルン、ザクセン、シレジアの三つの地方が特にクリッペで有名だった。シレジアは、ペンシルベニアへわたったモラビア兄弟団の多くの人々の出身地でもある。旧世界で彼らを取りまいていたカトリックの共同体と同様、彼らも幼子イエスを崇敬していたので、それを降誕シーンとともに新世界に持ち込んだ。そしてそれは、新世界で「プッツ」と呼ばれるものになる。

ドイツ語の「プッツェン」は「きれいにする」「磨く」という意味だが、十六世紀のザクセンの方言では「飾る」、特に教会を飾る意味で使われていた。[20]ただし、それはクリスマスに限ったことではなかった。ペンシルベニアではそれが、キリストの降誕シーンを意味する言葉になったのだ。初めのうち、ツリーとピラミッドとプッツははっきり区別されておらず、当時の記録を読んでも飾られているのが正確には何なのかよくわからない。一八一八年にペンシルベニアのある人物は、「今日の午後、ヘルマンがクリスマスのピラミッド・プッツを分解して片づけた」と日記に書いている。[21]

　宗教改革後の、キャロルが大いに栄えていた時代のドイツから新世界にわたったモラビア兄弟団の人々は、クリスマス・キャロルももたらしたかもしれない。イングランドでもこの頃、キャロルは清教徒革命による一時的沈滞からよみがえりつつあった。一六九四年、桂冠詩人ネイハム・テートは「教会で用いる曲に合わせたダビデの詩編の新訳 A New Version of the Psalm of David, Fitted to the Tunes used in Churches」を発表した。[22] これには彼のもっとも有名な「羊飼い群れを守る夜に While Shepherds Watched Their Focks by Night」も含まれている。このキャロルに厳粛さのかけらもないことを批判する人々もいたが、全体的に見れば非常に評判がよかった。* イギリスではさまざまな教派の人々がキャロルを書いている。一七三九年、メソジスト［個人、社会の徳義を強調し、規則正しい生活を重んじたプロテスタントの一派］チャールズ・ウェズレーは「天《あめ》には栄《さか》え Hark the Herald Angels Sing」を書いた（メンデルスゾーンのカンタータを別のイギリス人が編曲したのは十九世紀のこと）。その翌年には、フランスに住むローマカトリックのイギリス人が「神の御子は今宵しも Adeste Fideles（英語のタイトルは O Come All Ye Faithful）」（これも曲がついて発表されたのは十九世紀だった）を書いている。そして一七四二年、ロンドンの音楽界は現代のクリスマスには欠かせないヘンデルの『メサイア』の初演を見るのだ。ただし、当時はイースターに演奏されるのが普通だった（キリスト降誕についての歌詞があるのは第一部だけで、二部、三部はキリストの受難と復活、そして最後は世界の救済が歌われる）。

＊　ある時代に駄作とされたものが、別の時代には傑作とみなされることもある。十八世紀の歴史研究家ジョン・ブランドは、一五四八年頃のあるキャロルについて「こんなたわ言がまじめに受けとられていたなんて……信じられない」と嘆いている。[23] ブランドに言わせれば、作者が「この主題を馬鹿げたものに見せたかったのでなければ、もっと適切に作ることができたはずだ」ということだ。彼が引用した「おお私の愛する人、幼く愛らしいイエスよ、汝の魂にゆりかごを用意しよう」という歌詞は、十六世紀スコットランドの子守歌だった。しかし後に作曲家ベンジャミン・ブリテンが手を加えて『キャロルの祭典』（一九四二年）に収録すると、この作品集はもっとも演奏されることの多い彼の代表作のひとつとなった。

キャロルは、ロンドン以外の土地の、あまり教育を受けていない人々にはさらに人気があった。だがそれは、新しいキャロルではなかった。イギリスでは昔から、民謡や伝統的なキャロルが呼び売り本や一枚刷りなどの安価な印刷物の形で、労働者階級のあいだに流通していた。[24] それがここへ来て初めて、中産階級にも注目されるようになったのだ。「ヒイラギとツタ The Holly and the Ivy」は、そうした民間に伝わる民謡を特定の場所や時と結びつけることの難しさを示す良い例である。二十世紀初頭に初めて記録されるまで、一八六四年に印刷された一面刷りのビラしか資料がなく、そのビラそのものにも「一世紀半も昔の」古いビラを刷りなおしたものだと書いてあったので、十八世紀初頭のものということになる。非常に古いわけだ。しかも、古いほうのビラが十八世紀初頭のものだったというだけで、キャロル自体はさらに古い可能性もある。「朝日は昇り、小鹿は走り、オルガンは鳴り響き、歌声楽し」のリフレインは意味がわからない。現代のある研究者は、「一七一〇年のこざかしい一枚刷りの出版業者が、適当につなぎ合わせた昔のたわごとだろう」とあっさり切り捨てている。しかし私たちの情報源は一八六四年の一枚刷りのビラだけだ。その作者が基にしたという古い印刷物は本当にあったのだろうか。あったとしても、それが百五十年前のものだというのは確かなのか。ひょっとしたら、もっと新しかったのかもしれないし、古かったのかもしれない。そもそも基にした古いビラなどなく、一八六四年にビラを売りだした業者が、自分の商品に箔をつけるために作り話をした可能性さえある。

植民地もイギリスと似たような状況だった。十八世紀前半のこの頃、カトリックのラテンアメリカでキャロルが普及し始めていたが、プロテスタントのニューイングランドで出版された「宗教曲集」にクリスマスの曲が最初に現れたのは一七五〇年のことで、ボストンで出版されたある曲集に載ったキリスト降誕についての英語の聖歌だった。[25] その後の十年間でさらに五、六曲が作られ、一七七〇年までには植民地の多くの教会の牧師やオルガン奏者がクリスマスソングを自作していた。奴隷制度があった州では、黒人のあいだで彼ら独自のクリスマスソングが発達していた。[26]「ア・ロッキン・オールナイト A-Rockin' All Night」「ジ・エンジェル・バンド The Angel Band」などの黒人霊歌は十八世紀に生まれたものだろう(それより少し後かもしれない)。十八世紀末には、クリスマス霊歌はアメリカ国内で広く歌われていた。

一般に黒人霊歌は、同じ地域に住む白人が歌うキャロルよりキリスト降誕を——まさに霊的なことを——扱うことが多かった。白人のキャロルはイギリスと同様で、食べ物や飲み物、それに誰でも手が届くわけではないとしても、誰もがあこがれていたもの――七面鳥、プラムプディング、ミンスパイ――が歌詞の中心だった。一七四〇年代以降、イギリスの有名な料理書の中にはバージニアで印刷されていたものもあり、イギリス風の食生活がアメリカ南部にも浸透していた。北部も同様だった。一七七六年、ニューヨーク在住で大陸会議の書記官の妻だった女性はクエーカー教徒として育てられた人だったが、クリスマスのディナーには「手に入るかぎりの最高のミンスパイと太った七面鳥」を用意したということだ。[27]

植民地のものが何もかもイギリスの真似だったわけではない。新しく建国されたアメリカ合衆国はさまざまな文化のるつぼであり、多くのものを新たに生みだした。一七九六年、コネチカットで『アメリカの料理 *American Cookery*』が出版されたが、その著者はニューヨーク州出身だったと思われる。「クリスマスクッキー」のレシピがあるからだ。ビスケットの一種がクリスマスと結びつけられたのはこれが最初である。甘いビスケットであるクッキーはオランダ語のクークュ（koekje）が語源で、ニューヨーク市では元日に食べるものだった。[28] 十九世紀、貿易商ジョン・ピンタード（一七五九～一八四四年）は、クリスマスの別の要素の発展に大きく寄与することになるのだが（一一六～一二三ページ参照）、彼は子供時代をふりかえって、「元日は……とても騒々しかった。……夜中に太鼓の音や鉄砲を撃つ音、友人の家のドアをたたく音や歓声や新年の挨拶をかわす声が聞こえ始める。そして新年の酒とクッキーを口にする」[29]と書いている。

ドイツ人のコミュニティでも本国の伝統を受けつぎ、年末にちょっとした贈り物をやりとりしていた。贈る品物は、ドイツでは中世から続くクリスマス・マーケットで買うことが多かった。[30] ドイツ最初のクリスマス・マーケットは、今はベルリンの一部になっているケルン（Cölln）で開かれ、十五世紀中頃からはハチミツケーキを売っていた。スイスのいくつかの町では聖ニコラスの日の前後にクリスマス・マーケットを開いていた。その後ベルリンでは十二月十二日から年末まで開かれるようになった。一七九六年には二百五十の売店で、布地、おもちゃ、金銀の装身具、かつら、木彫り製品、衣類、クリスマス用の菓子やその他の菓子全般など、あらゆる物を売っていた。[31]裏通りにはもっと小さくつつましい屋台が出て、靴、長靴、籠、その他の日用品や安物の本などを売っていた。

やがて本、特に子供向けの本が「クリスマスと新年の贈り物」[32]の定番になった。このようにクリスマスと新年をひとつにまとめることも一般化した。一七八九年、あるボストンの出版社が、中流階級の子供たちの日常を描いたフランスの児童雑誌『子供の友 *L'Ami des Enfants*』を『子供の友 *The Children's Friend*』として翻訳出版した。[33]その中の「お正月の贈り物 Les Etrennes」には、パリの子供たちが新年の贈り物に、ケーキ、果物の砂糖漬け、砂糖菓子や、おもちゃの兵隊、ボードゲームの得点板、小さな陶器の人形、顕微鏡や腕時計をもらうと書いてあった。この物語のボストン版のタイトルは『クリスマス＝ボックス』となっていたが、贈り物の内容は同じだった。ニューイングランドの子供たちは、このようなぜいたくな贈り物のイメージに満足していたようだ。

贈り物のやりとりは、クリスマスの習慣の変化だけでなく、社会全般の変化の指標でもあった。社会の都市化と工業化により、人間関係が緊密に結びついた小さな村や町から多くの他人とともに暮らす都市へ移り住む人が増えたために、近親者だけの家族が生活の基本単位となった。また子供の死亡率が下がったおかげで、両親はそれぞれの子供に十分な注意を向けられるようになり、専門職層や中産層が拡大したことで子供を早くから働かせる必要もなくなった。それと同時にジョン・ロックのような思想家の考え方が、まさにその中産層に浸透していったのだ。ロックは『子供の教育』［北本正章訳／原書房／二〇一一年］で、生まれたときから良い人間という人はいない、良い人間に形成されるのだと述べている。したがって彼によれば「善人か邪悪な人か、有能な人かそうでないか、今あるその人の素質を十とすれば、そのうち九までは教育によって作られたものだ」[34]ということになる。ならば、おもちゃは親から子への三つの教育となるわけだ。子供に親のありがたみを教えること、親の愛情を表現すること、親にはそのおもちゃを買うだけの財力があると証明すること、である。

おもちゃを与えるのは伝統に即したことでもあった。階級間の贈り物のやりとりの慣習に従っているという意味で、である。つまり、社会的地位と年齢というふたつの観点での上位者（親）から下位者（子）への贈与だ。教区司祭ウッドフォードが甥と姪に渡した贈り物と、彼がパン屋の小僧に渡したチップとでは、その意味に大した違いはない[35]。甥と姪への贈り物は現金だったり、時にはリボンだったり、あるときは年鑑、またあるときは、亡くなったパー叔母さんの形見のグリーンのシルクのガウンだったりした。パー叔母さんが生きていたら、いらなくなったガウンをメイドに押しつけるようすが想像できるというものだ。

このような親や親戚からの贈り物は、召使いのチップと同じ名前で呼ばれることも多かった。クリスマスボックスという名前である。

望まなくても、生まれたときから恵まれた少年たちもいる
伯父さんたちの愛を受け、やさしい伯母さんがいる
そのときになれば伯父さんや伯母さんはクリスマスボックスをもってやってくる
その一日が、彼らを一年中金持ちにする[36]

しかし、しだいに友人どうしでの贈り物のやりとりも増えていった。合衆国政府が計画した初の探検隊であるルイス・クラーク発見隊は、ミズーリ州からオレゴン州まで合衆国の半分以上を踏破したが、一八〇五年の冬、クラーク中尉は「ニットの靴下、下着のシャツとズボン下、ルイス大尉の靴下とモカシン一足」をもらい、彼の部下たちからは籠をもらった。そして野営地の近くに住んでいた先住民からは「イタチのしっぽと……黒い根っこ」をもらった。[37] 探検隊のリーダーは隊員たちに、クリスマスプレゼントとして噛みタバコを分配し、噛みタバコがいらない隊員にはハンカチーフをわたした。イタチのしっぽはクリスマスの贈り物リストにはあまり見られないだろうが、それ以外の品が実用品だったことは注目に値する。靴下、スリッパ、下着はその後もクリスマスプレゼントの中心となる。

クラークの一行は贈り物のやりとりに新機軸をうちだした。新年ではなく、クリスマスに贈ることにしたのである。イギリスでクリスマスの贈り物をすすめる最初の広告のひとつは、一七二八年に印刷された、むずがる赤ん坊をなだめる鎮静作用をうたうネックレスの広告だった。[38] 一七四三年には短編小説やジョークなど軽い内容の文章の選集が「粋な男と素敵な伴侶のためのクリスマスボ

ックス」という宣伝文句とともに売りだされた。また子供向けの贈り物としては本が一番人気だった。たとえば一七五〇年代に子供向けの図書の出版にいち早くのりだしたジョン・ニューベリーの『トゥルーラブばあやの新年のおくりもの *Nurse Truelove's Christmas-Box*』や『小さな子供のための金のおもちゃ *The Golden Play-Thing for Little Children*』などだ（特にニューベリーの出版社は、やがて植民地の新聞広告の常連になる）。内容に乏しく品のないクリスマス用の出版物も、すでにこの頃からあった。[39] 一七六〇年、六一年には『野外トイレの雑文集 *The Boghouse Miscellany*』という本が大々的に宣伝された。

社交サロンを開いていた知的な女性で作家でもあったエリザベス・モンタギューは、一七七三年に幼い息子を亡くした後、ファッショナブルなロンドンを除けばクリスマスは完全に「子供向け」だと切って捨てている。[40] 十八世紀末には広告主もそう考えたようで、本だけでなくおもちゃの広告も出始めている。「魔除け、クリスマスの魔法使い、新しい楽しいゲーム、本物のマホガニーケース入り」という広告の商品は、一シリング六ペンスもする金持ちの子供向けのおもちゃだった。[41]

大西洋を越えた植民地でも、もっとも早く出現したプレゼント用の広告は本であり、教育的で宗教的なものだった。[42] たとえば一七三八年の教理問答集の広告は、「子供向けの新年の贈り物に最適」といううたい文句だった。こうした広告が一般的になるまでには二、三十年かかったが、一七七〇年にはニューヨークのある新聞が、「このシーズンに紳士と淑女がやりとりするのに最適な贈り物」とのうたい文句で、宝飾品や嗅ぎタバコ入れ、爪楊枝のケース、バックギャモンのセットやチェスのセットの広告を載せ、読者をふやすと同時に贈り物の幅を広げた。

こうして贈り物のやりとりがさかんになるにつれて、人々に贈り物をくれる伝統的な存在がふたたび脚光を浴びることになったとしても不思議はない。そして、実際にそうなったのである。

第6章 サンタクロース　クリスマスツリー

18世紀から19世紀のクリスマス

十八世紀には、クリスマスを擬人化することが一般に広まっていた。イギリスにはいろいろなファザー・クリスマスがいたが、たいていは贈り物をくれる人というより、飲んだり食べたりしすぎて大きなおなかをしたおじいさん、というイメージだった。しかし、何か良いものを持ってくる人、それも多くの場合は子供に持ってくる人とみなされているところもあった。クリストキントはドイツ語を話す地域には来ていたが、他の近隣諸国では知られていなかった。一七一一年、ルイ十四世の弟のドイツ出身の妻であるリーゼロッテ・フォン・デア・プファルツは、フランス宮廷にもクリストキントを導入しようと提案して、夫にひどく叱られた。「きみはドイツの慣習をフランスに持ちこんで、余計な金を使わせようというのかね」と言われたのだ。[1] ドイツ語圏の人々は聖ニコラスとそのお供がやってくるのも歓迎していた。オランダ人もそうだった。彼らの国は、過去二世紀にわたり西洋世界でもっともよく知られた贈り物をもたらす人、つまりサンタクロースを生んだのだ。

だがひょっとすると、生まなかったのかもしれない。一般に知られているサンタクロースの物語は次のようなものだ。[2] 聖ニコラスは小アジア南西部リュキア地方（現在はトルコのデムレ）のミラの町で、四世紀に司教をつとめていた。なお、聖ニコラスについてのほとんどの情報は、一二六〇年頃にジェノバ大司教が聖人たちの生涯を書き記した『黄金伝説』によるものだ。それに記された伝説によれば、聖ニコラスは、貴族の貧しい未亡人の三人の娘が娼婦に売られていく運命から救うため、三回にわたって持参金の金貨の袋をこっそり家に投げいれた。別の伝説によれば、ある宿屋の主人が悪者で、三人の旅の学生を殺して体を切りきざみ、塩漬けにして宿の食事に出そうとしたのを助けた。また別のときには、冬に嵐にみまわれた船の船員たちを救った。こうした伝説からの流れで、聖ニコラスは時とともに、船乗りと、そして特に子供の守護聖人とされるようになった。彼の祝日である十二月六日は、子供たちが学校で一年間の成果をほめられたり罰せられたりする日だったり、学校が休みだったりする。また聖ニコラスは袋を持つことになっており、これは金貨を入れて投げこんだ伝説の袋にちなんだものだろう。十六世紀のオランダでは、聖ニコラスの日の前夜に聖ニコラスに扮した男性がお供にズワルト・ピートを連れて家々をまわり、子供を問いただして良い子だったら甘い菓子を与え、悪い子だったらムチでたたいたり石炭のかたまりをぶつけたりしていた。

その後、ニューアムステルダム（後のマンハッタン）に入植したオランダ人が、聖ニコラスも連れてきた。この聖人を彼らは「シントニコラース」と呼んでいたのだが、英語を話すその町の人々によってシンタクラースと発音され、さらに転化してサンタクロースとなった。聖ニコラスの名は、一八二三年にクレメント・クラーク・ムーアが書いた詩「クリスマスの前の夜」の、特にその冒頭部分によって不朽のものとなった。

クリスマスの前の夜、家じゅうがしんとしずまりかえり
ねずみ一匹動かない
暖炉のそばには靴下が、きちんと並べて置かれている
だってもうすぐ聖ニコラスが、ここへやってくるのだから[3]……

だがここでいったん立ちどまって、時代をもどそう。今まで述べたことのほとんどは、実は事実ではないのだから。まず、四世紀のミラにはおそらく司教はいなかった。[4] ミラの司教に関する記録でもっとも古いのは、聖ニコラスがいたとされる時代の二百年後のものである。また、十六世紀、毎年十二月に彼がオランダを訪ねていたとしても、北アメリカへ行くというのはどう考えてもありえない。

一六二四年、北アメリカのオランダ植民地ニューネーデルラントは、ハプスブルク家の支配から独立を勝ちとった七つの州からなるオランダ共和国と協定を結んでいた。[5] その協定により、新世界におけるオランダ共和国領にはプロテスタントの改革派教会が設立されていた。プロテスタントは聖人も聖人の日も認めていない。さらに、オランダ共和国領は政治的・法律的にはオランダの植民地だが、現代のニューヨーク同様、住人はさまざまな民族からなりたっていた。ニューアムステルダムの約三千五百人の住人のうち、二千人ほどはイングランド人で、ドイツ系とスカンジナビア系

が同じくらいだった。十七世紀末には、市の人口に占めるオランダ人の割合はわずか二パーセントにすぎなかったのだ。

だから、聖人の日はなかった。オランダの伝統を守っていたのは、非常に少数の人々だけだったと思われる。したがって、アメリカにサンタクロースが現れたのは、民間伝承からでも、植民地の古い慣習や宗教からでもなく、十八世紀末の政治的状況、すなわち所属する民族あるいは文化ごとに自分たちの地位を高め、お互いに助けあうために形成された共済会や社交クラブの誕生が発端だったのだ。たとえばスコットランド系移民の聖アンドルーズ、ウェールズ系の聖デービッズ、アイルランド系の聖パトリック、イングランド系の聖ジョージなどの各ソサエティがそれだ。一七八六年、おもにアイルランド人からなるグループは、聖タマニーの息子たち（聖タマニー・ソサエティとも呼ばれた）と名のった（タマニーはヨーロッパからの移住者が最初にフィラデルフィアに定住したときの、先住民レニ＝レナペ族の酋長の名前タマネンドからとられている。したがってこの命名はイギリス本国人に対する一種の牽制だった）。

聖タマニーの息子たちの創設者のひとり、商人のルイス・ピンタード（アイルランド系ではなくユグノーだったが）は孤児となった甥のジョン・ピンタードの後見人になった。ジョン・ピンタードも商人になったが、商売より慈善活動と歴史に興味があった。一八〇四年に彼はニューヨーク歴史協会の設立に協力した。ニューヨーク歴史協会のエンブレムは聖ニコラスの図柄だったが、これはユグノーの家系のピンタードに対する気遣いだったのかもしれない。アメリカに住むユグノーの多くはベルギー、ルクセンブルク、オランダの出身者が多く、特にワロニア地方は聖ニコラス信仰で知られていた。ピンタード自身は十二月六日の聖ニコラスの日を、世界初の三つの共和国、フランス、オランダ、そしてアメリカの成立に感謝する個人的な祝日として祝っていた。

これと同じ頃、ワシントン・アーヴィングという若い作家が、人々がもっと親切でやさしかったと彼が思い描く昔のニューアムステルダムと、その当時のニューヨークの喧騒とを対比して、ニューヨークのオランダ人に関する風刺喜劇を書いていた。一八〇九年に彼がオランダ人のふりをしてディートリッヒ・ニッカーボッカーという偽名（そのためこの作品は後に『ニッカーボッカーの歴史』として知られるようになる）で発表した『ニューヨークの歴史』という風刺劇の中で彼は、真のニューヨーカーになるとは、ニューイングランド人でなくニューアムステルダム人になることだと書いている。ニューヨーク歴史協会の会員たちも、当時の目まぐるしく変化するニューヨークには不満を感じ、その対比として昔のニューアムステルダムを見ていた。一八〇九年、聖タマニー・ソサエティの毎年恒例のディナーにおける乾杯の祝辞はこうだった。「聖ニコラスの思い出に。願わくは、オランダ人の祖先たちの徳と簡素な生き方が、この時代の奢侈と洗練の中に失われることのないように」。

アーヴィングの『ニューヨークの歴史』は大成功をおさめ、彼の名を高めた。しかしそのために風刺喜劇の側面があいまいになってしまった。そして彼のパロディー本が、本当にあった事実を書いたものとして読まれ始めた。『歴史』には、ニューアムステルダムに最初にできた教会は、植民者たちの守護聖人、聖ニコラスを祭っていると書いてあった。はたして五十年後には、これがニューヨークの歴史上の事実として語られるようになってしまった[6]（実際には、ニューヨークには二十世紀になるまで聖ニコラスの名をいただく教会はなかった)。[7] 誰かがちょっと調べてさえいれば、この本が歴史書として読まれることは絶対になかっただろう。アーヴィングは、「ニューヨークのオランダ風クッキーのひとつの面にはニューアムステルダム州の副知事リップ・ファン・ダムの肖像が、もう一方の面には「真のオランダ人が崇敬する……有名な聖ニコラス(俗にサンクテクラウスとも呼ばれる)……」が刻印してあると書いている。[8] リップ・ファン・ダムはたしかにニューヨークの政治家だったが、それはオランダ領ニューアムステルダムがイギリス領ニューヨークになった何年も後のことだった。

しかし、聖ニコラスの伝説はまだまだ作られていく。一八一〇年、ピンタードは来るべき聖ニコラスの日のディナーパーティーのために、司教の衣装を着た「聖なる善き人」聖ニコラスが金貨の入った袋を持って立ち、その横には暖炉のそばに靴下をつるす良い子と悪い子がいる絵を添えた一枚刷りのビラを作った。絵の下には英語とオランダ語で詩が印刷してあった。

私の大切な友だちの聖ニコラス！
私はあなたにお仕えします
今何かをくださるなら
私は一生あなたにお仕えします

ピンタードは、この詩は「八十七歳の老婦人から聞いた」と書いている。[9] もちろん彼がこの詩をオランダ人の老婦人から聞いた可能性はある。だが一八一〇年にその人が八十七歳なら、彼女はイギリス植民地生まれではないし、それどころか彼女の両親も違うだろう。したがってこの詩は、そしておそらくは老婦人もピンタードの創作だと思われる。なにしろこの詩には、それまでオランダでは知られていなかったあることが書かれているのだから。それは、聖ニコラスが一年の他の時期をスペインで暮らしているということ。十九世紀ももっと後になると、この伝説は「彼らの」聖ニコラスについて書いたオランダの文献に必ず書かれるようになるが、ピンタード以前のオランダ周辺の文献にそのような記載はひとつもない。[10]

しかし、伝説は簡単に事実を負かしてしまう。ピンタードが宣伝したディナーの二週間後、『ニューヨーク・スペクテイター』紙は「聖なる善き人」——ピンタードが繰り返したオランダ語のフレーズ——についての詩を掲載し、「この人を私たちはサンクテクラウスと呼ぶ」と付けくわえた。この詩もまたニューヨークのルーツがオランダにあると強調し、サンクテクラウスはドイツのようにリンゴを持ってくるのではなく、オランダの王家であるオラニエ＝ナッサウ家（オラニエは英語でオレンジ）にちょっとひっかけて、「輝くようなオレンジ」を持ってくると書いている（この例のように、英語を話す書き手がオランダ語のシントでなくドイツ語のザンクトを採用していることも、注目に値する）。その二年後、サンクテクラウスの名は広く知られるようになり、意外な真実を教えるという子供向けの本『本当は間違っている話 *False Stories Corrected*』が「小さな子供がよく聞かされる、馬鹿馬鹿しいサンタクロー（Santaclaw）のおじいさんの話と、一年に一回、夜になったら煙突に靴下をぶら下げるように言われる話」をとりあげたほどだった。[11]一八三〇年にはサンタクロースは誰もが知る存在になっており、ニューヨークのある本屋は、彼の店の「サンタクロース」の「神殿」に入れば、「お父さんやおじいさんが楽しんだ幸せ」に出会えると宣伝した。[12] アメリカで生まれてまだ二十一年にもならないというのに、サンタクロースは懐かしい思い出になっていた。

というわけで、ワシントン・アーヴィング、ジョン・ピンタードらの人々が、サンタクロースを誕生させた中心人物と言えそうな気もする。ほとんどの証拠からは、そうだと言えそうだ。ただし、ニューヨークのある新聞が一七七三年と一七七四年にサンタクロースについて書いていることを除けば、である。一七七四年ならジョン・ピンタードはまだ十四歳で、アーヴィングは生まれてさえいないのだ。もう一度、立ちどまって考える必要がありそうだ。

一七七三年十二月二十三日、ジョン・リビングトンが発行した『ニューヨーク・ガゼッティア』紙は「先週月曜日、聖ニコラス、別名サンタクロースの日を祝う行事がプロテスタント・ホールで行われ、……この古代の聖人を崇敬する多くの人々が集まり、盛大な式典を催した」という記事を掲載した。翌一七七四年にも同じような記事が載ったが、その後十年間は一切言及がない。

記事にある「先週の月曜日」とはおそらく十二月二十日または十三日だろう。十二月六日ではなかった。その後ニューヨーク歴史協会も毎年のディナーの日付に関しては柔軟な姿勢をとり、必ずしも十二月六日に祝う必要はないとした。「ロングアイランドのサミュエル・ウォルドロン氏のところの」プロテスタント・ホールでの会合という記述から見て、ウォルドロン氏はパーティー会場のあるパブを経営していたものと思われる（この人のところでは聖パトリックの日のパーティーも行われているから、「プロテスタント」ホールというのは名ばかりだったようだ）。これがイギリス本国政府に反抗的な団体だったとは考えにくい。『ガゼッティア』紙を発行していたジョン・リビングトンは強硬なイギリス支持派として知られ、一七七五年には「自由の息子たち」〔独立戦争前夜、イギリス本国政府への抵抗を目的として結成された急進的な組織〕によって、彼を模した人形が絞首台につるされたからだ。それなら「サンタクロース」を名目に集まったこの団体は、いったい何だったのだろう。いかなる説明も、推測すらも、これまでに出されていない。しかし、オランダ系でも偽のオランダ系でもない、このもうひとつの移民グループが、聖ニコラスとサンタクロースについての謎を解くかぎになるかもしれない。

十八世紀、やがてニューヨークとなる土地へヨーロッパから植民してきた人々は、今のドイツ、オーストリア、チェコ、ノルウェー、スウェーデン、フィンランド、そしてイギリスから来ていた。スイスからも、ノースカロライナ、ペンシルベニア、ニューヨークの各州へ、十八世紀だけでも二万五千人あまりの人々がやってきた。その多くはスイスのドイツ語圏の出身だった。その地域の方言で聖ニコラスはサミクラウス、サンティクラウスとなり、どちらもオランダ語のシントニコラースよりはるかにサンタクロースに近い。これらを考えあわせれば、サンタクロースの歴史を探るための、なんらかの手がかりになるかもしれない。

早くも十七世紀、サミクラウスは聖ニコラスの日にスイスの山々を旅していた。[13] もちろん断言はできないが、ニューヨークにスイス人植民者がいて、その人たちはサミクラウスの訪問を祝う慣習をもっていた以上、彼らの方言のサミクラウスがサンタクロースという呼び名のもとになった可能性は高いのではないか。ジョン・ピンタード自身が所有していたことがわかっている一枚の『リビントンズ・ガゼッティア』紙は、そう伝えているのではないだろうか。[14]

結局のところ、クリスマスの新しい慣習とされている他のことも、どこかの慣習が移植されたものだった。ピンタードやアーヴィングの頃からプレゼントを入れるのは靴下であり、後世の人々もそれを当然と思って、起源を考えることはほとんどなかった。子供たちがプレゼントは靴に入れるものと思っていたオランダが起源だとする人もいた。靴の形は、サンタクロースがオランダまで乗ってきた船の形だというのだ。しかし、サンタクロースはふだんスペインに住んでいるという話をこしらえたのがピンタードだとしたら、船がどうこう言うのも後からの付けたしだろう。アーヴィングは一八〇九年に出版した『ニッカーボッカーの歴史』に、「敬虔な」靴下つるしの儀式は「今もオランダの由緒ある家ではおごそかに行われている」と書いている。

ピンタードかアーヴィングが靴下のアイデアを思いついたという可能性はある。イギリスで一八一二、三年頃出版されたある本は、その慣習はイタリアかスペインのものだとしているが、筆者はどちらでも同じだと考えているふしがある。「イタリアの貴族にはサパタ（靴のスペイン語）という慣習がある」と書いているからだ。[16] そして「敬意を表したい相手のスリッパか靴下に衣類や装身具などの贈り物を入れた」のだそうだ。十年ほど後に出版された年鑑は、公現祭の日、ベネチアの子供たちが台所に靴下をつるすと、ベファーナ（イタリア語で公現祭のこと）のおばあさんが「泥やごみやお菓子」を入れると記録している。同じ年に児童雑誌『子供の友 *The Children's Friend*』は、靴下をつるしてサンタクロースを迎える準備ができたようすと、トナカイが引くソリのイラストを掲載した。これは、クリスマスや贈り物の届け主とトナカイが引くソリとを結びつけた初めての例である。* このイラストはピンタードの友人だったクレメント・クラーク・ムーアの『クリスマスの前の夜』にも影響を与えたかもしれない。ムーアは一八二二年に書いたこの詩で、靴下とトナカイを登場させている。トナカイには一頭一頭名前がついていた（赤鼻のルドルフはいない。彼が仲間に加わるのは一世紀ほど後のことだ）。そして、ニューヨーク歴史協会と同じく、ムーアも聖ニコラスの日の日付には特にこだわっていなかった。『子供の友』はサンタクロースの訪問を十二月六日の前夜から二十五日の前夜に変えたが、さらにムーアの詩の成功によって、十二月五日の夜の訪問は完全になくなったのである。

＊　これはボストンの出版社が一七八九年に発行した『子供の友』（一〇八ページ参照）とは別の、一八二一年にニューヨークで発行されたもの。「（イラストの）初めての例」と書いたが、これはアメリカでリトグラフ印刷された最初の本だった。技術革新によってカラー印刷が安価にできるようになったのだ。これはサンタクロースの服装にとっても重大な変化だった。この本の作者はジェームズ・ポールディングだろうと言われている。[17] ポールディングはワシントン・アーヴィングの義弟で、彼自身も「聖ニコラスはニューアムステルダム出身のオランダ人」学派の一員だ。

今やサンタクロースは、良い子の靴下におもちゃや果物やナッツを入れ、悪い子には石炭やカバノキのムチをお見舞いしていた。スイス人移民のふるさとチューリヒでは悪い子は馬の糞や腐ったワインをかけられたことを思えば、まだ良いほうだ。[18]

チューリヒでは、サミクラウスはすべての子供にツリーも持ってきた。一方ドイツでは、このころツリーはまだ裕福な家庭や都市の家庭だけのものだった。裕福でない子供のためには各種の施設——学校、病院、孤児院など——のツリーがあり、そのような場所では子供たちに慈善の贈り物が配られた。後援者や善意の人たちがキャンドルを灯す儀式を行い、みんなでキャロルを歌い、貧しい子供たちは贈り物をもらうのだ。

個人の家の行事も大差はなかった。一七九八年、イギリスの詩人サミュエル・テイラー・コールリッジはドイツ北部ラッツェベルクに住む家族を訪問した。クリスマスイブに子供たちが居間へ行くと、そこには「大きなイチイの枝が……テーブルに留めてあり」、それは「たくさんの小さなキャンドルと……色紙で」飾られていた。[19] 子供たちは彼らの贈り物をその下にならべてから、両親を居間へ招き入れた。翌日はその反対で、両親が大枝の近くに子供たちへの贈り物を置いた。ツリーや飾りや贈り物はそれぞれの家ごとに、また地域ごとに異なっていた。

その夜をどのように演出するにせよ、ツリーを飾る行事は十九世紀にはかなり広く見られるようになっていた。始まりは社会階層の最上部からだ。プロイセン生まれの公女ヘンリエッテ・フォン・ナッサウ＝ヴァイルブルクはオーストリア大公カールと結婚した後、一八一六年にウィーンにクリスマスツリーを立てた。[20] その二十年後、公女ヘレーネ・ツー・メクレンブルクはオルレアン公と結婚してパリに住み、そこでクリスマスツリーを立てた。しだいに王侯貴族以外の人々もそれに続くようになり、デンマーク、ノルウェー、フィンランド、スウェーデン、オランダの上流階級の家にもツリーが飾られるようになった。

イングランドでは、ラトビアのリガ（もっとも早いツリーの記録がある場所のひとつ）の家庭に育ったリーベン侯爵夫人が、一八二九年にハートフォード近くのクーパー伯爵邸でクリスマスを過ごしたとき「ドイツ中の慣習になっているちょっとしたお祝いを計画した」と伝記作家チャールズ・グレビルが書いている。[*21]「大きな植木鉢に立てた三本の高いツリーがピンクのリネンに包まれ、長テーブルの上に置かれていた。それぞれのツリーには、青、緑、赤、白のキャンドルを輪に連ねたものが三段に飾られていた。三本のツリーの下にはおもちゃ、手袋、ハンカチーフ、裁縫箱、本など、それぞれのツリーの「所有者」のための贈り物が置いてあった。ドイツ南西部のサクス＝マイニンゲン出身でウィリアム四世の王妃アデレードは、クリスマスイブにブライトンの離宮にツリーを立てた。後に女王となる王女ヴィクトリアと母親でやはりドイツ生まれのケント侯爵夫人は、ケンジントン宮殿で「いくつかの大きな丸テーブルの上に、キャンドルと砂糖菓子をぶら下げたツリーを一本ずつ」立てた。[22]

＊　チャールズ・キャベンディッシュ・ファルク・グレビル（一七九四〜一八六五）は特に何も問題のない上流階級の一員で、おもにクリケットの名手として知られていた。しかし死後に遺言により彼が四十年以上書き続けた日記が出版されると、ヴィクトリア女王をはじめ多くの人々が「この恐ろしくスキャンダラスな本にはぞっとして、憤慨した。グレビル氏の分別のなさ、下品さ、忘恩と信頼への背信、君主への恥ずべき不忠を見れば、この本は厳しく検閲され信用に値しないことを明確にされるべきものだとわかる」と憤り、特に「王について語る口調は……不埒きわまりない」[23]と怒りをあらわにした。たしかにこれは、ヴィクトリア女王が正しかった。彼の書いたものに敬意のかけらも見られないからこそ、この本は面白いのだ。

サミュエル・コールリッジは、ドイツで経験したクリスマスについてのエッセイを彼個人の定期刊行物『ザ・フレンズ』に書いて一八〇九年に出版した。これは限られた読者向けのものだったが、一八一〇年にはロンドンの新聞三紙に転載された。その後も一八二五年にある有名な年刊誌に、一八二八年には『ジェントルマンズ・マガジン』に、そして一八三四年にはタイムズ紙に転載された。エッセイの抜粋もイギリスの多くの新聞といくつかのアメリカの新聞に掲載された。一八四四年には、ドイツの子供向けのクリスマスの本の英訳本が出版された。巻頭の口絵は飾りをつけたモミの木で、そこには「ドイツ風のクリスマスイブのお祝い」と書かれ、[24] 最後にコールリッジのエッセイが添えてあった。この本の人気のおかげで、ある地域のある家族の伝統が、ドイツ中で行われているクリスマスの行事であるかのように、英語圏のすべてに知れわたったのである。

しかし一八四八年に、これらすべての出来事がかすんでしまう事件が起こった。イラストが売り物の週刊新聞『イラストレイテッド・ロンドン・ニュース』がウィンザー城のテーブルの上に置いたツリーの横にいるヴィクトリア女王とアルバート公のイラストを掲載したのだ。[25] 添えられた文章によれば、これは子供たちのツリーで、女王も夫君アルバート公も女王の母君ケント侯爵夫人も「王家の誰も」が自分のツリーをもっており、さらに食堂にも一本飾ってあるということだった。* このたった一枚のイラストが、一般大衆の心にツリーをしっかりときざみこみ、その印象があまりに強かったために、一八六一年にドイツ出身のアルバート公が亡くなったときには、ヴィクトリア女王と結婚したさいに彼がドイツからイギリスにツリーを飾る慣習をもたらしたと固く信じられていた。[26] このイラストは、アメリカに伝わると民主主義的な改変がほどこされた。一八五〇年、アメリカで人気があった月間婦人雑誌『ゴーディイズ・レディィズ・ブック』は、そのイラストに少し手を加えて掲載している。改変後のイラストは、ヴィクトリア女王の宝飾品を消し、アルバート公の勲章のついた肩帯をなくし（口ひげも消した）、ツリーの下の贈り物を減らしてあった。新たに「ザ・クリスマスツリー」と題されたそのイラストに、王家に関するコメントは一切なく、「ザ」をつけたことで、ウィンザー城に毎年建てられたツリーの小さな森ではなく、一家に一本のツリーという印象を与えていた。

＊ イラストにはプレゼントが描かれているが、いつ渡されたものか日付は書いてない。別の資料によれば、女王は一九〇一年に亡くなるまでずっと、クリスマスイブやクリスマス当日ではなく、元日に渡していたということだ。

そのイラストは一八六〇年にふたたび使われ、その後の十年間にもう一度使われた。アメリカでは、クリスマスツリーはまたたく間に大人気となった（一九三〇年には、約四千五百万の人口に対し、四百万本のツリーが立てられたとする推定もあった）[27]。そもそも、アメリカのツリーは貴族階級が始めたしゃれた流行ではなく、庶民から生まれた流行だった。アルバート公がドイツからイギリスにツリーをもたらしたという伝説がイギリスにあるように、アメリカの伝説では、独立戦争時に傭兵としてイギリス軍とともに戦ったヘッセン出身のドイツ兵は一七七六年十二月二十六日、ワシントン率いるアメリカ軍がデラウェア川をわたったとき、故郷の慣習にしたがってクリスマスツリーを飾っている最中だった、そのおかげでワシントン軍は急襲に成功し、トレントンの戦闘で決定的な勝利をおさめた、ということになっている。しかしドイツのクリスマス行事は十二月二十四日が中心で、二十六日には終わっているはずだから、この伝説は事実ではなさそうだ。とはいえ、

「ペンシルベニア州ヨークの1809年のクリスマス」ルイス・ミラー作（ペンシルベニア州ヨーク郡ヘリテージ・トラスト所蔵）。ミラーは英語とドイツ語の混ざった文でこう書いている――糸を染める藍染屋のジーフェルトと家族。1809年、ジョージ通りの北。女性は「今朝はまだ床を掃いてない」と言い、それからクリスマスの食事のリストを作っているようだ。「ビーフ、スープ、サラダ、卵、良いワイン。良いワインは子供の体にいい」

クリスマスツリーは一七八六年にはノースカロライナに存在していた。その年、ノースカロライナではモラビア兄弟団のメンバーのひとりが、クリスマスイブに小さなマツの木を切ってしまった徒弟をとがめていた。[28]その日は、ドイツでは一般にクリスマスツリーを立てる日だった。彼は「その木は、特に大切に育ててきた木だった」と付けくわえている。一八〇五年のジョージアでは、モラビア兄弟団が運営する先住民向けのミッション・スクールの生徒たちが「クリスマスツリー用の小さな緑の木をとるために」遠足に行ったとの記録がある。翌年にはふたたび「クリスマスの飾りのために灌木とまだ小さい木を何本か切ってきた」との記録があり、それらの木の一部は、キリスト降誕シーンのプッツェに使われたのかもしれない。一八一二年、生徒たちは引率者の友人の家に行ったが、そこには「装飾された小さなツリーがあり……それは生徒たちにとって思いがけない喜びだった」。

「装飾された小さな木」はアメリカ北部にも見られた。そのひとつ、ペンシルベニアの郷土画家ルイス・ミラーの水彩画には一八〇九年と記してある。その年、彼はまだ十三歳だったはずなので、おそらく後年になってから、その頃のフィラデルフィアの家庭のクリスマスを回想して描かれたものだろう。果物と何かの切り抜きもしくは詩を書いた紙片で装飾されたその木の部分には、はっきり「クリスマスツリー」と記してあった（ツリーの下に描かれている裸の赤ん坊には、「クリスマスの贈り物」と書きそえてあるが、これがキリスト降誕を暗示したかったのか、十二月に生まれた赤ん坊を描いただけなのかは謎である）。

一八二一年、ペンシルベニア州ランカスターのある住人が、彼の子供たちが製材所へ「クリスマスツリーのために」行ったと日記に書いている。[29] クリスマスツリーと言えば誰でもわかるかのように彼はそれ以上の説明をしていない。少なくとも一部の地域では、実際にそうだったのだろう。一八二三年、ペンシルベニア州ヨークの青年団は、「クリスキントルの木」という慈善活動の計画を発表した。これは「犬の下毛とオポッサムの毛皮と粗亜麻を織りこんで作った、最高にすごくて、鳥肌がたつほどで、あきれるほどで、とてもあか抜けしたクリスキントルの木になるだろう」と彼らは断言している。[30]*

＊　これはドイツで幼子キリストであるクリストキントChristkindに指小辞がついてクリストキンド

ル Christkindle、クリス・クリングル Kris Kringle と変化したことを示している。一八三〇年にはペンシルベニアのある住人がクリスト・キンクル Christ-kinkle の夜に言及し、一八三七年には子供たちがクリストキングル Christkingle を待っていたという記録がある。一八四二年には『クリス・クリングルの本 *Kriss Kringle's Book*』と『クリス・クリングルのクリスマスツリー——少年少女へのクリスマスの贈り物 *Kriss Kringle's Christmas Tree: A holliday present for boys and girls*』の二冊の本がフィラデルフィアで出版された。この頃にはクリストキントのドイツ的要素は消え、クリス・クリングルはトナカイのそりに乗ったひげのおじいさん、つまりサンタクロースの別名になっていた。一八四八年にはある中西部の銀行の重役が、特別な説明なしにクリス・クリングルをサンタクロースの意味で使った記録がある。

この頃から、クリスマスツリーに関する記録が増えはじめる。[31] 最初は一八四三年にドイツ系移民が住む地域で、日刊紙『ニューヨーク・トリビューン』が掲載したツリーの広告だ。一八五一年にはワシントン市の市場がツリーのための売り場を設けた。一八四〇年代にはツリーが中西部にまで広まっていた。インディアナポリスの弁護士、不動産投資家で銀行家のカルビン・フレッチャーは家族の「クリスマスの贈り物が……居間のツリーにぶらさがっている」と記した（彼はさりげなくこう書いているが、家にツリーがあることを日記に書いたのはこの年が最初だった）。[32] テキサスでは一八四〇年代にまずドイツ系移民によって立てられ、一八五〇年代にはすっかり定着して、苔《こけ》、綿、ペカン、赤唐辛子の花綱や、アメリカならではのポップコーンストリング［ポップコーンとクランベリーなどを糸に通してつくるひも状の飾り］や、旧世界から持ちこまれたレッドベリー、ビスケット、菓子類など土地の身近なものを使って飾られていた。[33]

アメリカ人はまた、きれいに装飾して誰でも楽しむことのできる公共のツリーを再現しはじめた。最初は教会に付属するグループがそうしたツリーを立て、教会の資金集めや、ヨークの青年団のように慈善の資金集めのために見物用のチケットを売っていた。同じくヨークのドルカス会［貧しい人々に衣服を作って与える教会の慈善婦人会］は一八三〇年に、クリスマスバザーの目玉として地元の新聞が「有名な」と形容したツリーを立てた。[34]* 奴隷制度廃止運動の資金集めのためのバザーもツリーを売り物にしていた。一八四〇年代後半からは日曜学校がツリーを立てるようになり、ツリーは教会の資金集めの手段から、教育的な効果をめざすものに変化しはじめた。やがてツリーは、クリスマスの宗教的な展示に欠かせないものとみなされるようになったが、私企業が立てることもできた。ヨークで床屋や商店を経営していたグッドリッジ兄弟は白人と黒人の混血の女性を祖母にもち、奴隷制度廃止運動にかかわっていたようだが、一八四〇年に彼らが立てたツリーの広告にはビジネスに関することしか書かれていなかった。[35]

＊ これはドイツのツリーが有名だったことを示すものだと考える人もいる。しかし「有名な」は話し言葉で立派なというぐらいの意味だったのではないかと思われる。ドルカス会の名称は、聖書の「使徒言行録」九章三十六節から三十九節に出てくる「善い行いや施しをしていた」女性の名前からとられた。普通は教会に所属するグループで、貧しい人たちに衣服を作って与えている。

その後クリスマスツリーは急速に、言葉では説明できない漠然としたもののシンボルになっていった。中産階級の家庭生活のシンボルという側面もありつつ、国民性をあらわすものでもあったのだ。ニューハンプシャー州生まれの大統領フランクリン・ピアスが一八五六年にホワイトハウスに一本立てたことで、ツリーは国家レベルの存在となった。それに続く十年間は、南北戦争で国内のさまざまな地域からやってきた兵士たちが駐屯地で一緒になったりして、ツリーに触れる人の数がふえた。しかし、戦時中もツリーは家庭生活のシンボルであり続けた。特に、当時国内最大の読者数を誇っていた雑誌『ハーパーズ・ウィークリー』に掲載されたツリーがそうだった。

当時『ハーパーズ・ウィークリー』は戦争に関する記事を数多く掲載しており、それを読むために多くの人が購読していた。また、記事に添えられたトマス・ナストのイラストも高い評価を得ていた。ナスト（一八四〇～一九〇二年）はアメリカの共和党を最初にゾウで表した政治漫画家だった。一般に政治漫画家は賞味期限が短く、当面の状況が変われば、彼らも忘れ去られることが多い。しかし、ナストの名が忘れられることはなかった。彼は二十世紀の――そして今のところは二十一世紀の――サンタクロースのイメージを創造した人物として名を残しているのだ。

しかし、サンタクロースのイメージがそこに落ち着くまでには多少の時間がかかった。ワシントン・アーヴィングは『ニッカーボッカーの歴史』に聖ニコラスのようすを描写している――屋根の上を馬車で駆けまわり、煙突から家に入って靴下に贈り物を入れ、人差し指を立てて声を出さないよう合図して去っていく――が、彼の外見については何も書いていなかった。独自の見解を発表した例もある。一八一五年『ニューヨーク・イブニング・ポスト』紙は「すべての立派な女性たちの女王……ファッションの宮廷の女帝である聖女ニコラス」との署名入りで、「この善良で楽しく魅力的な女性の夫である聖ニコラス」からの好意を表明するとの「声明」を掲載した（サンタクロースにかかわる女性が登場したのはこれが最初で、あまり注目されることはなかった）[36]。一八五〇年代にはもうひとつ、ノースカロライナ州のある新聞が、聖ニコラスは「果物や野菜を売る行商人」で、悪い子がいたら鍵穴に口から吐いた火を吹き込む、との記事を掲載している。[37]

『子供の友 *The Children's Friend*』は一八二一年に、トナカイの引く小さなソリに乗って高い煙突の横を駆ける、あごひげをはやした若い小人「オールド・サンテクロース」のイラストを初めて掲載した。そしてクレメント・クラーク・ムーアがその足りない部分を補った。彼の「聖ニック」は「小さな丸いおなか」をした妖精で、毛皮の服を着てパイプをふかし、おもちゃがいっぱい入った行商袋を持っている（アーヴィングの描写をそのまま借用して、ムーアの聖ニコラスも「人差し指を立てる」）。一八四八年に出た彼の詩の最初の版の挿絵では、聖ニコラスは時代遅れのオランダ風の服装をしているが、小さくて丸々しているものの妖精ではなかった。こうして彼の外見は定まってきた。マリア・スザンナ・カミンズのベストセラー小説『点灯夫 *The Lamplighter*』（発売初年にこの本以上に売れたのは『アンクル・トムの小屋』だけだった）に出てくる聖ニコラスは「ベテランのおもちゃ屋」で、やはり毛皮の帽子をかぶり、柄の長いオランダ風のパイプをふかしていた。[38]*

＊　一八五四年に出版された『点灯夫』の成功は、アメリカのサンタクロースをヨーロッパ中で有名にしたに違いない。なぜならこの本はフランス語、ドイツ語、イタリア語、デンマーク語に翻訳されたからだ。しかし、アメリカのサンタクロースが大西洋を越えたのはこれが初めてではなかった。一八二三年にムーアの詩が発表されてすぐに、彼はイギリスにわたっている。一八二七年にイギリスの『ジェントルマンズ・マガジン』誌はこの「アメリカの子供たちの理想的なサンディ・クロース」[39]に言及し、彼はオランダ出身だが、「大半の人の意見では、彼は小さなニグロの老人だ」と付けくわえている。

トマス・ナストはそれらすべてを変えた。クリスマスを有名にした他の多くの人々と同様に、ナストもドイツ（バイエルン地方ランダウ）の生まれである。そこで幼い頃のペルツ・ニコル（ドイツのサンタクロース）の記憶から彼のサンタクロース像の原型を得たのだろうとよく言われる。しかしナストがドイツを出たのは六歳のときで、はっきりした記憶があったとは思えない。しかも一八四〇年代初頭のランダウで、贈り物を届けに来たのはペルツ・ニコルではなかった。さらに言えば、ナストは、アーヴィングやポールディング、ムーアたちが聖ニコラス像を確立した時期のニューヨークで育ったのだ——そこからインスピレーションを得たと考えるほうが妥当だろう。[40]

たとえば厳格な司教が「陽気な年寄りの妖精」のやわらかいイメージに変わったように、クリスマスがしだいに子供中心の行事になったのもニューヨークから始まったことだった。両親にかわって子供がその日の主役になったことで、おそらくクリスマスを祝う路上の騒々しい行為、そのむかし徒弟たちが親方に気がねなく馬鹿騒ぎをした伝統が、曲がりなりにも再現されていたのだ。今は袋を持ったおもちゃの行商人、つまりは労働者階級の人物が、昔の徒弟たちのように家から家へと訪問してまわっても、それは心づけを求めてではなく、無料で物を配るためなのだ。[41] 無償の恩恵をほどこすサンタクロース像は漫画家としてのナストの心に訴えるものがあったのだろう。なぜなら彼は、政治の腐敗と抑圧された貧しい人々の状況を熱心にあばいていたのだから。

一八六二年に『ハーパーズ・ウィークリー』に掲載されたナストの最初のクリスマス特集記事は、サンタクロースについてでも聖ニコラスについてでもなく、南北戦争によって需要が高まる一方の、家族から離れて戦う兵士たちについての家庭向けの記事だった。その翌年、彼が初めて書いたサンタクロースの記事は、完全に北部諸州のための宣伝だった。「野営地のサンタクロース」は星条旗の柄の服を着ていたが、イラストの主役は彼ではなく、ページを埋めつくす北軍の兵士たちだった。「ようこそ、サンタクロース」と書いた横断幕もあるが、それよりずっと大きい合衆国旗のほうが目立っていた。しかしながら、ここにも家庭的なテーマは見てとれる。サンタクロースが兵士たちに贈り物――靴下やおもちゃ――を手渡している。わが家を、子供たちを思い出させるシーンだ。ここに込めた意図が気づかれなかった場合にそなえて、次のイラストには「一八六二年のクリスマスイブ」というタイトルが付けられ、家で眠る子供たちのかたわらで祈る女性がいて、その女性を、壁にかけられヒイラギで飾られた男性の写真が見おろし、次のイラストの中では、その写真の男性らしき兵士が、女性と子供たちが写った写真を見ている。これらの離れて暮らす家族のイラストをつなぐ小さな挿絵の中では、サンタクロースが煙突から下りてくる場面と、野営地の上を飛びながらプレゼントを投げている場面が描かれていた。翌年も離ればなれの家族をつなぐという同じテーマのイラストが続き、たとえば「休暇」というタイトルがつけられたものには、クリスマスツリーを飾った部屋の、夫婦がヤドリギの下でキスをしているまわりで子供たちが踊っている光景が描かれていた。背景にある円形の小窓には雪景色、サンタクロースが煙突を下りるシーン、子供たちが靴下からプレゼントを取りだすシーン、クリスマスディナーのシーン、そしてもちろんキリスト降誕のシーンがあって、クリスマスであることをさらに強調していた。

このような初期のイラストに描かれたナストのサンタクロースは、現代のイメージとは異なっている。とても背が低く、子供より少し大きいぐらいで、色が黒く、黒っぽい毛皮の帽子で額《ひたい》のほとんどが隠され、どんな顔かよくわからなかった。そのうち、柄の長いオランダ風のパイプをくわえるようになった。一八六六年にはまだ妖精サイズで、テーブルの上に手をのばすには椅子に乗らなければならず、良い子と悪い子を記録してある台帳のほうが彼より大きかった。だがその頃には作業場があり、北の国の氷の宮殿に住み、ひげは前より白く、ふさふさしていた。*『子供の友 *The Children's Friend*』に載った彼はコサック風の毛皮の帽子をかぶっていた。高くて先のとがった帽子や、房のついた布の帽子をかぶらせるイラスト画家もあった。丸くふくらんだほほをして、白い毛皮の縁取りがついた服を着るようになるのはもう少し先のことで、それがナストのサンタクロースのしるしになるのは一八八〇年代だった。ナストは常に時事問題に関心をもっていた。ジャーナリストとしてニューヨークの腐敗した政治家「ボス」・トゥイードを批判していたことが、でっぷりとせり出した腹をもつ彼のサンタクロース像に影響していたのかもしれない。しかしサンタクロースのバラ色の頬はローマ神話の酒神バッカスのイメージから、豪華な毛皮はトゥイードの支持者でスラム街の悪徳家主で金権政治家だったジョン・ジェイコブ・アスターのイメージからとったと、ナスト自身が認めている。

＊　サンタクロースの家が北極にあるという話の出所はよくわからない。[42] トナカイからの連想かもしれない。ある歴史研究家は、ジョン・フランクリンを隊長に北西航路を求めて北極に遠征し、行方不明になっていたイギリスの探検隊の悲惨な末路が一八五〇年代に判明した後、サンタクロースが北極に引っ越したと考えている。だが、それではずいぶん時代が離れてしまう。

サンタクロースの服の色もまだ定まっていなかった。一八三七年にアーヴィングの友人で画家のロバート・ウィアーは、サンタが黒っぽいオランダ風の衣装の上にはおった袖なしの外套に赤い色をつけ、ブーツは茶色にした。[*43] 一八五六年、『ブリティッシュ・マザーズ・ジャーナル *British Mother's Journal*』はサンタクロースに「彼の黄色いコート」を着せ、「彼の」という一言で、それが当たり前のような印象を与えた。一八六〇、七〇年代のナストのイラストは白黒印刷だったので、サンタクロースの衣装は濃い色としか言いようがなかった。

＊この絵は、ウィアーがウェストポイントの陸軍士官学校で美術の教官をしていたときに描かれた。彼のもっともすぐれた教え子のジェームズ・マクニール・ホイッスラー［陸軍士官学校出身だが有名な画家となり、おもにイギリスで活躍した］が、これを見たかどうかはわからない。しかし彼が教官をしていた時代の学生には、アメリカ史に名を残す、そうそうたる顔ぶれがそろっていた。ジェファーソン・デイビス（南北戦争時の南部連合大統領）、ストーンウェル・ジャクソン（南軍の将軍）、ロバート・E・リー（南軍総指揮官）、ジョージ・アームストロング・カスター（北軍将校）、ウィリアム・テクマセ・シャーマン（北軍将軍のちに総司令官）、ユリシーズ・S・グラント（北軍総司令官のちに第十八第大統領）などだ。

だがここへ来てサンタクロースは、それまでにいた他の贈り物を届ける存在とはかなり違ってきていた。聖ニコラスやクリストキントほど、宗教と結びついていない。悪い子をこらしめる役目をもっていない――悪い子にはプレゼントをあげないよと言うものの、実際には誰にでもあげるし、ムチなどのおしおき道具は持っていない。もはや、かつてのような怪物を連れた異界からの訪問者ではない。そして果物やナッツだけでなく、もっとプレゼントらしいプレゼントを持ってくるようになっていた。今やサンタクロースはキリストとは正反対の、ほとんど写真のネガとポジのような関係になっていたとも言える。たとえば、サンタクロースは太っている（キリストはほとんど常にやせた姿で描かれている）。年をとっている（キリストは十二月二十五日にはもちろん生まれ立てだ）。赤い服を着ている（白い）。北極に住んでいる（中東の人だ）。奥さんがいる（独身だ）。豪華な品物を作る工場を持っている（キリストはせいぜい水をワインに変えるくらいのことしかしない）。要するに、サンタクロースは楽しいことを奨励する神になったのだ。[44]「金持ちが神の国に入るよりも、らくだが針の穴を通る方がまだ易しい」[45]と説いたキリストとは正反対である。

そして気前よくプレゼントを配るために、サンタクロースはほとんど最初の頃から大きな袋を持っている。聖ニコラスは金貨の袋を持っていたし、『子供の友 *The Children's Friend*』のサンタクロースは行商人の袋を持っていた。早くも一八二六年のことだが、ニューヨークっ子たちの恒例の新年の訪問に異変が起きた。普通なら友人の家をまわって、飲み物と「クッキー」をひとつごちそうになるだけの、上品な行事である。ところがその日は、「片方の面に等身大のサンタクロースが描かれた巨大な袋」を持ったふたりの男性が見つかったのだ。彼らはその中に大量のクッキーを詰め込んでいるところだった。しかし、ふたりはそれを孤児院へ持っていくつもりだとわかり、騒ぎはすぐに収まった。[46]一八二〇年代、タイムズ紙が「大酒盛り」と呼んだ過去の慣習、つまり路上で泥酔しての大騒ぎはすでにすたれ、クリスマスシーズンは「温かい暖炉のまわりで」家族そろってすごすものになっていた。[47]

暖炉のまわり、慈善行為、子供のための新しいクリスマス……これらのイメージの上に君臨する王者といえば、もちろんチャールズ・ディケンズである。一八四三年に発表した『クリスマス・キャロル』は、クリスマスを発明した本と呼ばれることも多い。そこには、家庭の炉辺、クリスマスディナーを調理する火などクリスマスにまつわる楽しいことのすべてが描かれているのだ[*]。

＊ 何千とは言わないまでも何百もの翻案があるこの本の内容をまだ知らない人のために、簡単なあらすじを書いておく。『クリスマス・キャロル』は、主人公スクルージの共同経営者だったジェイコブ・マーレイが亡くなった七年後に始まる。スクルージは、クリスマスの、彼に言わせれば嘘っぱちの善意を忌み嫌っている。身内のクリスマスパーティーに出ることも拒み、慈善の募金にも応じない。事務員のボブ・クラチットにしぶしぶ一日だけの休みを与えるのがせいぜいだ。クリスマスイブに、彼はマーレイの亡霊の訪問を受ける。マーレイの亡霊は生前金もうけに熱中していたときに作った鎖を引きずって歩く宿命を背負っていた。生前仕事に明け暮れていた彼が今は「人類が私の仕事だった。みんなの幸福が私の仕事だった。慈善、慈悲、寛容、仁愛のすべてが私の仕事だった」と言う。そして彼と同じ運命を避けるためには過去のクリスマスの幽霊、現在の幽霊、未来の幽霊と会わなければならないと告げる。過去のクリスマスの幽霊はスクルージを彼自身の寂しい子供時代に、そして婚約者が「私よりお金が大切なのね」と言って去っていった日に連れていく。現在のクリスマスの幽霊は、労働者階級の物質的には恵まれないが心は豊かなクリスマスのようすを見せ、貧しいうえに幼いティム坊やが病気にかかっているにもかかわらず、楽しげなクラチットの家の夕食風景を見せる。未来のクリスマスの幽霊は、悼む人もいない寂しいスクルージの死の風景を見せ、それとは対照的にティム坊やの死に打ちのめされる一家のようすを見せる。スクルージはやり直すチャンスがほしいと心から願う。そして翌朝、すべてが動きだす。スクルージはクラチットの家に七面鳥を届け、家族と和解し、ボブ・クラチットの給料を上げる。「死ななかった」ティム坊やの「第二の父」になる。それからは、

彼は「クリスマスの良い過ごし方を知っている人がいるとすれば、それはスクルージさんだ」と言われるようになった。「みんながそう言われるようになりますように」。そしてティム坊やが言ったように「私たちひとりひとりに神の祝福がありますように」。

ディケンズとその『クリスマス・キャロル』も御多分にもれず、ワシントン・アーヴィングの影響を受けている。[48] ただしこの場合は彼の『ニッカーボッカーの歴史』ではなく、どちらかと言えば忘れられた作品、あまり面白みのない『スケッチブック *The Sketch Book of Geoffrey Crayon, Gent.*』というタイトルの作品の影響だ。貿易を営んでいたアーヴィング家の経営が一八一二年の米英戦争［イギリスの対仏海上封鎖による通称妨害に起因する戦争］勃発で苦しくなったため、一八一五年に彼は経営立て直しのため渡英した。『ニッカーボッカー』が理想化されたニューヨークの歴史を書いた空想物語だったように、一八一九年に出版された『スケッチブック』も、イギリスを訪れた中年のアメリカ人が語る、想像上のイングランド史だった。

物語の語り手はクリスマスに、ヨークシャーのブレイスブリッジ邸を訪問する。大地主のブレイスブリッジ氏は昔ながらの紳士で、クリスマスの伝統が「日ごとに薄れていく」ことを嘆いていた。彼はクリスマスには小作人に食事をふるまい、誰もがゲームやダンスや無言劇、祝宴の主人、ヒイラギ、ツタ、ヤドリギ、ミンスパイ、ローストビーフに豚の頭の丸焼き、自家製のビールや室内ゲームを楽しみ、いつ果てるともなく幸福に過ごしたのだった。

この本も『ニッカーボッカー』同様大成功で、大西洋をはさんだアメリカとイギリスで以後半世紀にわたり十七版を重ねた。アーヴィングは純粋な書く喜びとは別に、歴史について書くという新しい情熱の対象を見つけたのだ。しかしこの本は旅行記の体裁をとっていたため、ニューヨークの歴史についての風刺小説『ニッカーボッカー』のときと同様、これがフィクションだという事実はあっという間に忘れられてしまった。イギリスの読者は一般に、これは自分たちのクリスマスとは違うが、イギリスの昔のクリスマスを正確に描写したものだと考え、アメリカの書評家たちはこの本を、率直な記録文学と理解したのである。*

＊この誤解から、とても面白いものが生まれている。毎年一回、カリフォルニア州のヨセミテ国立公園内で長く続けられているイベントだ。一九二七年、客が増えず経営が苦しかった地元のあるホテルが、苦し紛れにアーヴィングの物語をもとにした一夜のイベントを企画した。大地主の「ブレイスブリッジ氏」が新たに「ネビル・ブレイスブリッジ卿」となってみずからディナーのホストを務めるのだ。その夜のために細かい設定が加えられ、それは一七一八年であると同時にルネッサンス期とされたが、ショーにかかわった二十世紀のある演出家は、「かすかにエリザベス朝風」とも描写した。しかしこのイベントに関係した著名人はアーヴィングだけではなかった。写真家のアンセル・アダムズは五十年近くこのイベントの演出にかかわってきたが、一度は道化の役を演じた（言うまでもないことだが、アーヴィングの原作には出てこない）。今では毎年十二月に七、八回このディナーが催され、ホテルの宿泊とセットで予約できる。[49]

いずれにせよ、アーヴィングは未来のクリスマス、現代的なクリスマスの誕生を用意したひとりには数えられるだろう。

第7章　ディケンズ　店の飾り付け　ラッピング

19世紀のクリスマス　1

　二十一世紀の私たちから見れば、ワシントン・アーヴィングとチャールズ・ディケンズは現代的ではない。彼らは古き良き時代の代表である。しかし、特にディケンズの作品によって、クリスマスは現代世界と初めて出会った。まさにディケンズによって、世界は、クリスマスと現代社会との相性が非常にいいことを知ったのである。

　ディケンズは一八三六年に発表した最初の小説『ピクウィック・ペーパーズ』［田辺洋子訳／あぽろん社／二〇〇二年］で、登場人物たちを田舎へ行かせ、牧歌的な昔ながらのクリスマスを過ごさせている。中心となるのはクリスマス当日ではなくクリスマスイブだ。彼らはパンチを飲み、幽霊の話をする。一曲だけ出てくるキャロルは春の歌だ――要するにクリスマスは田舎のもてなし、食べて飲んで、陽気なお祭り騒ぎをするものであり、大人が楽しむものだった。同年にイギリスの随筆家リー・ハントは『クリスマスの無尽蔵さについて *The Inexhaustibility of Christmas*』でクリスマスに付随するものを書きつらね、どんな人も決して飽きないだろうと書いている。彼のリストには、食べ物が十二、ゲームが十三、キャロルや聖歌が六、家の中でする趣味が六、グリーナリーが三、飲み物が三、ちょっとしたいたずらが二、金銭の心づけや贈り物が三、演劇とカードゲームがひとつずつ挙げてあった。[*1] 彼より前の時代とくらべて目立つのは、飲酒と路上での大騒ぎについての記述が非常に少ないことだ。

＊ リー・ハントの四百八十二行からなるエッセイのうち、宗教に触れているのは七行だけである。オルガン奏者ジョン・ブルには五行が割かれている。

一八五二年出版の何世紀にもわたるクリスマスについて書かれた木が、この変化を目に見える形で示している。十ページ離れて掲載された二枚の絵「昔のクリスマスの浮かれ騒ぎ」と当時のようすをあらわす「クリスマスツリー」がそれだ。[2]

一枚目の絵にはパブか居酒屋のように見える場所が描かれている。床には小型のビール樽が置かれ、その近くには大ジョッキがころがっている。大勢の人々（男性が多い）が手にした飲み物をかかげて乾杯し、大きなヤドリギの束の下では一組の男女がキスをしている。子供の姿はほとんどない。少年がひとり見えるが、彼は給仕として働いている。二枚目の絵には、都会の中流家庭の客間が描かれている。中心は高価そうなカーペットの上に置かれた、天井までとどくツリーだ。しゃれた壁紙をはった壁には絵画がかかっている。部屋にいるのはほとんどが女性と子供で、男性はところどころに見られるだけだ。見たところ飲み物はなさそうだ。かわりに、おもちゃや菓子らしきものが、あちらこちらで手渡されている。

アーヴィングの『ブレイスブリッジ邸』とディケンズの『ピクウィック・ペーパーズ』に出てく

「昔のクリスマスの浮かれ騒ぎ」ウィリアム・サンズ『クリスマスシーズン――その歴史、祝祭、キャロル』（1852年）より

「クリスマスツリー」ウィリアム・サンズ『クリスマスシーズン――その歴史、祝祭、キャロル』（1852年）より

るのは男性のイベントだった。ブレイスブリッジ邸の行事をとりしきったのは大地主のブレイスブリッジ氏自身であり、『ピクウィック』のクリスマスでは女性はほとんど無視されており、食べ物や飲み物を給仕したり暖炉の火の面倒を見たりする女中がいるだけだ。それに対して『クリスマスツリー』の中流階級の女性はほとんどが美しく着飾っている。ディケンズの『クリスマス・キャロル』は未来のクリスマスを見せた。過去のクリスマスの幽霊は、スクルージの雇い主だったフェズウィック老人の家のパーティーを見せ、現在のクリスマスの幽霊は彼の甥のフレッドの家のディナーを見せた。だがディケンズがいちばん書きたかったのは、スクルージが雇っている事務員クラチットの家のクリスマスディナーだったのだろう。ボブ・クラチットはティム坊やを教会へ連れていき、パンチを作り、乾杯の音頭をとっただけで、ディナーの主役は彼の妻だった。「三十秒後、ミセス・クラチットが入ってきた。顔を赤らめ、でも得意そうに微笑んで――両手でプディングをかかげ……光り輝いていた[3]」

『クリスマス・キャロル』のオリジナル版では、この部分の挿絵はなかった。しかし一八七六年に出たアメリカ版では、イラストの半分はクラチット家の場面にあてられていたし、原作を翻案したもののなかには、このエピソードだけをとりあげた本もあった。演劇にも、このシーンを中心にすえた作品もあった。ある作品のエンディングの場面はこうだ。

音楽――舞台奥の幕が開くとストップモーションの「クリスマスの場面」が現れる。中央に、現在のクリスマスの幽霊がたいまつをかかげて座っている。赤い炎が出ている……現在のクリスマスの幽霊の右に、プディングをかかげ持つミセス・クラチットがいる。その右にティム坊やを抱いたマーサ（クラチット）がいる。子供ふたりは彼らの反対側にいて、プディングを見ている。ティム坊やが言う。……「わたしたちひとりひとりに、神様の祝福を！」[4]

ボブ・クラチットがどこにもいないことに注目してほしい。同じように、一八六八年に出版されたルイーザ・メイ・オルコット作『若草物語』のマーチ姉妹の父親も、冒頭のクリスマスのシーンには出てこない。「プレゼントのないクリスマスはクリスマスじゃない」という有名な最初の一行のあと、プレゼントがないことについて数ページにわたって話が続くのだが、父親の不在については、ひとつの文だけで片づけられている。そしてあとになって父親が帰ってくると、彼は「マーチ家にとってもうひとつのクリスマスプレゼントだった」と紹介されている。[5]ここでは父親は、ブレイスブリッジ氏のようなクリスマス行事の主催者ではなく、プレゼントとして渡すものになっている。

マーチ家の人々は自宅で、家族水入らずのクリスマスを祝う。外出は近所の家をちょっと訪ねたり、慈善行事に出かけたりするぐらいだ。その点では、『クリスマス・キャロル』のクラチット家と似ている。クラチットの家にも訪れる親戚はいなかった。スクルージの甥のフレッドは母親を亡くしていたが、父親が生きているなら当然父親の家を訪問し、妻の両親の家にも行っただろう。スクルージの若い頃の雇い主フェズウィックはクリスマスにダンスパーティーを開いている。これは一家の主がとりしきる昔ながらの行事ともとれるが、実際には彼の会社で開かれたもの、言うなればオフィスパーティーだった。

これが、事務所と通勤と、残業と、クリスマスディナーに間に合うように急いで帰宅する（マーサ・クラチットがぎりぎり間に合ったように）ことで成り立つ新しい世界だ。『クリスマス・キャロル』の出版の三年後、タイムズ紙に読者から一通の手紙が届いた。「事務所や会計事務所や倉庫や店などに拘束されている……たくさんの人々」がクリスマスに帰宅できるよう、鉄道会社はクリスマス特別運賃を設定するべきだ、という内容だった。[6] だが一方で、鉄道は、新しく始まった産業化にともなう人々の都市への流入と孤立――クリスマスとは相反するもの――のシンボルだと広く見なされてもいた。イラスト画家のジョージ・クルックシャンクはこのような産業化の悪影響をイラストで表現した。家の中で女性が「私のビーフ！　私の赤ちゃん！」と嘆いている。テーブルの上のクリスマス・プディングと赤ん坊をめがけて、近代化の脅威のシンボル、列車がのしかかろうとしているのだ。[7]

こうした時代の変化に直面して、『クリスマス・キャロル』はクリスマスに関する新しい考え方を認めている。クリスマスはもはや、アーヴィングの本に出てくるような邸宅の主がいて、すべて世はこともなし、とおっとりしていた昔のイングランドのクリスマスと同じである必要はない、ということだ。労働者が会計事務所やオフィスから公共交通機関を使って帰宅するクリスマス、慈善行為は地主が小作人に施すものではなく、新興の中産階級が社会的責任として行うものとなったクリスマスを容認しよう、ということである。ディケンズは産業化社会への変化を受け入れた。それは事務所や工場で働き、都市生活における貧困と欠乏に直面し、家の菜園で作ったものでなく店で買ったものを食べ、使用人が作ったものを大広間で食べるのでなく料理店で調理されたものを買ってくる社会だ。彼はこの消費社会を容認し、スクルージの「転向」を通して、そうすることを神聖な義務と化した。ディケンズに導かれて、七面鳥を料理し、ゲームをし、乾杯し、子供におもちゃを買うことは、新興中産階級の家庭にとってほとんど宗教的な儀式となったのだ。

ディケンズは理想主義者だったが、世間知らずではなかった。私たちがクリスマスはこうあってほしいと思うものと、現実のクリスマスとは違うことを知っていた。『クリスマス・キャロル』の二十年ほどあとに書かれた『大いなる遺産』で、彼は現実のクリスマスを書いた。この小説は、クリスマスイブに主人公の孤児ピップが脱獄囚に脅され、食べ物と鎖を切るためのやすりを盗む場面から始まる。一緒に住んでいる意地の悪い姉からのクリスマスの挨拶は「あんた一体どこにいたのよ」だった。大人たちが慈善について何を言おうと、ピップのクリスマスディナーはしぶしぶ与えられたほんのわずかなものだった。だがこれは回想シーンだ。大人になったピップと読者は、現実のクリスマスを知ることができる。脱獄囚マグウィッチのために盗んだ食べ物が彼の現実のクリスマスディナーだった。やすりは彼の贈り物だった。マグウィッチが彼を「マイボーイ」と呼んだとき、彼は家族の愛情を感じた。慈善はくどくどした説教とともに与えられたのではなく、食べ物を盗んだのは自分だと言ってマグウィッチが彼を姉からかばってくれたときに与えられたのだった。

アーヴィングも、そしてディケンズはさらにそうだが、ふたりともクリスマスの発明者と呼ばれてきた。しかし彼らの本を読めば、そんなはずがないことは明らかだ。彼らの本は、読者がすでにさまざまな慣習について知っており、説明の必要がないことを前提として書かれている。* 逆にブレイスブリッジ氏のクリスマスに対する愛着とスクルージのクリスマスに対する軽蔑によって、クリスマスが長く持ち続けてきた重要性が明らかになると言っていい。ブレイスブリッジ氏の考え方は当然のことと見なされ、同じようにスクルージは今に改心するに決まっていると思われる。クリスマスは与えるときだという認識が彼らの本以前にすでに広く受け入れられていたことを示す何よりの証拠は、どちらの本も現代の私たちがいうギフトブックだったということだ。つまり初めから贈り物にすることを前提に、内容だけでなく外見にも気を配って作られた本だったのだ。『クリスマス・キャロル』の初版は表紙にヒイラギとツタの金色の型押しが施されており、アーヴィングの『スケッチブック』のクリスマスに関する章はそれだけ取りだして独立した本として『昔ながらのクリスマス *An Old-Fashioned Christmas*』や『昔のクリスマス *Old Christmas*』という題名をつけ、イラストを添えて印刷されている。**

＊　ディケンズ以前で、大衆文化におけるクリスマスの重要性を示す小さいながらも雄弁な一例が、軽犯罪を扱う警察裁判所の一八三四年の記録に見られる。[8] 強盗の罪に問われた、エドワーズ・クリスマス・デイという名前の召使いの記録だ。両親のデイ夫妻にとってクリスマスが重要な日だったからこそ、彼らは息子にこのめずらしいミドルネームをつけ、デイという姓に祝祭性を与えたのだろう。

＊＊　『クリスマス・キャロル』の出版が営業的に失敗だったという印象を与えた原因の一部は、出版社の方針にあった。[9] この本はたしかによく売れ、一週間で六千部、最初の五か月で五刷を数えた。しかし装丁に凝りすぎて制作費がかさみ、収益率を下げてしまったのだ。売れ行きはよかったのに、作者の取り分は期待したほどではなかった。

アーヴィングもディケンズもしばらくは拡大を続けるこのギフトブック市場向けに書いていた。十八世紀になると、出版社は新年の贈り物用として一連の特別な商品を出版し始めた。天気予報、教会の祝日、潮の干満、植えつけや収穫の時期を記し、ところどころに気のきいた格言や詩やことわざをちりばめた暦は、十六世紀から人気があった。十七世紀からイングランドで発売されていた『貧しいロビンの暦 *Poor Robin's Almanack*』と、アメリカで十八世紀から発売されていた『貧しいリチャードの暦 *Poor Richard's Almanack*』が特に有名だ。こうした暦と子供向けの本もクリスマスの贈り物商戦に加わってきたのだ。十八世紀の子供向けの本は、道徳的なもの、宗教的なもの、教育的なものなどがあって、「クリスマスと新年の贈り物に最適」と新聞広告も保証していた。[10] イングランドでは十八世紀末に、「クリスマスイブに楽しい時間を過ごすために」本を贈ろうと宣伝していた（広告の中にあった『失敗とその結果 *Errors and their Consequences*』というタイトルの本はあまり購買意欲をそそるとは思えないが）。一八二九年、貧しい教区書記の子供たちに「クリスマスの贈り物」として本をプレゼントした副牧師の物語が出版された。[11] この物語は、副牧師が子供たちにプレゼントするのは毎年のことであり、それは本に決まっているという印象を与えた。ドイツでも、クリスマス本は同じような道をたどった。道徳的な本はしだいに物語、歴史、英雄の冒険などにとってかわられた。同じ頃、もっと精選された、女性向きの、はるかに高価な本がクリスマス本の棚を飾るようになった。イギリスでは一八二二年、アメリカでは一八二六年から出版がはじまった年刊書、つまり一年に一冊ずつ発行されるアンソロジー（名作選集）である。軽い内容の短編小説、詩、愛らしいイラストなどを収録した年刊書はおもに女性をターゲットにしており、編集も女性がすることが多かった。一八二八年にはこうした本が十五種類も出版され、総計十万部以上を売り上げている。*[12]

＊　最近はクリスマス商戦の開始が年々早まっていると言いたい人にはこの情報をお伝えする。[13]一七二八年のむずかる赤ん坊をなだめる鎮静作用をうたうネックレスの広告（一一〇ページ参照）は十一月後半に出された。クリスマスシーズンをねらって年一回発刊される年刊書の一八二〇年代の広告は、さすがに十月には出ていなかった。ドイツの業界誌『広告 *Die Reklame*』は十九世紀末、十二月初めを過ぎると新しい広告を出しても購買者は見向きもしない、と警告している。一九二九年にはロサンゼルスのある小売業団体が「ワンダー・オブ・クリスマス一九二九」の名をかかげて十月から宣伝活動を開始した。それどころか、早くも一六六一年には、ある暦が当然のように、十一月は「クリスマス用の保存食コンフィなどの製造者やコックがクリスマスの準備にかかるとき」だと記している。

年刊書はクリスマス用に売り出されたが、クリスマスについて書いた本ではなかった。クリスマスについて書いた本の流行は、アメリカの児童書から始まった。『聖ニコラスの訪問 *A Visit from St Nicholas*』と、その二年前に出た『子供の友 *The Children's Friend*』がそうだ。一八四〇年代になるとそのアイデアを大人の本にも生かそうということになった。ただし最初はフィクションではなかった。まず雑誌がクリスマス特集号を出すようになった。一八四一年に最初に出したのはコミック雑誌の『パンチ』である。続いてディケンズの『クリスマス・キャロル』がそのアイデアを大人の本にも採用した。こうして、クリスマスプレゼントにクリスマスについて書いた本をもらうのは、子供だけではなくなったのである。

印刷文化――新聞や本から、安価な一枚刷りのビラや呼び売り本、歌詞カードや宣伝用ポスターまで――がさかんになったことと、工業化により現金収入を得て安価な大量生産の印刷物を購入できる人が増えたことが、相乗効果をもたらした。同時に、急速に拡大しつつある中産階級では少子化が進んだ。そのため、前にも見た通り、ひとりひとりの子供に注意が向けられるようになり、女性が家庭という領域にこもって保護されているように、子供も乱暴な外の世界から遠ざけて育てようという考え方が生まれた。このプライベートな領域とそれが属する家庭との相互的な重要性が高まるにつれて、理想的な家と家庭が備えるべき品物を宣伝する新しい本や雑誌が出てきた。

これまでに見た通り、クリスマスは常に消費の時だった。クリスマスディナーの重要性は変わらなかったが、それに加えて贈り物への関心も高まる一方だった。クリスマスシーズンには、事務員は小売店の店主のために「クリスマスの請求書を書く」仕事が増えた。一八二四年の裁判記録には、不正に手に入れた金を愛人の「クリスマス用の帽子や宝飾品の請求書」の支払いにあてた詐欺師の証言があり、別の裁判では、「この時期はどうしても出費がかさむ」から公判の日程を変更してほしい、との申し立てがあった。[14]『ニュー・マンスリー・マガジン』誌も同意見で、一月は完全に霧と風とみぞれとクリスマスの請求書でできている、と嘆いていた。

一八〇二年、シャーロット王妃はウィンザー城で子供たちのためのクリスマスパーティーを開いた。[15]部屋は祭りの縁日のようにしつらえてあり、プレゼントのおもちゃが屋台に並べてあった。屋外に設けた露店は王妃の故郷、ドイツのメクレンブルク＝シュトレリッツのクリスマス・マーケットの思い出だったのだろう。だがそれ以外の点では、この慈善のために行われた一夜のイベントにもかすかに商業主義的なメッセージが感じられた。サンタクロースはかつてのクリスマスの純粋なイメージが商業主義に冒されるのに手を貸したわけではない。だが、おもちゃをマーケットのような商業的な場所に届けるのでなく、無償で子供たちの家に届けることで、サンタクロースはクリスマスからビジネス的な意味合いを拭いさったのだろうか？

いずれにせよ十九世紀末には、サンタクロースは、あるアメリカの雑誌が彼を称したように「わが国の産業活動のいちばんの推進役」になっていた[16]。早くも一八二〇年代に、彼はあるニューヨークの新聞広告で宝飾品を売るのに手を貸していた[17]。一八四〇年代には、さまざまな商店に定期的に顔を出していた。「クリスクリングル、別名サンタクロース」はフィラデルフィアのパーキンソン菓子店の「煙突をまさに下りているところを」新聞記者に目撃されたようで、その店は数年後には「クリスクリングル本部」になった（目撃されたのが変装した人間だったのか印刷だけだったのかは定かでない[18]）。

すでに見たようにサンタクロースは、聖人、ファッションの女帝の夫、行商人をはじめ、いろいろな姿が想像されてきた。しかしトマス・ナストが描いた姿が普及したことで、商店が使うイメージは、ひげをはやした太った年寄りで、袋をもち、トナカイの引くソリで旅をする、というものに落ちついた。サンタクロースのイメージがひとつに統一されることは、ビジネスの面からは望ましいことだった。その店に入った顧客は、すぐにサンタクロースのイメージと結びつけて、そうだ、これをプレゼントにしようという気になりやすいからだ。

では、実際にどんなものがプレゼントとして買われていたのだろう。社会階層と結びついた昔ながらの贈答も続いてはいたが、今では両親から子供へ、そして夫から妻への贈り物が中心だった。扶養家族から一家の稼ぎ手へのプレゼントはずっと少なかった（ただし、ヘアーオイルとダンスシューズの宣伝を見ると例外はあったようだ[19]）。一八〇九年にボストンのある新聞に載ったクリスマス向けの広告五件のうち、四件は子供の本やおもちゃの広告で、残るひとつは女性向けの宝飾品の広告だった。すべて扶養家族への贈り物である。[20] 当時は一年を通しても、一家の大黒柱である父親に、妻や子供が贈り物をするという発想はほとんどなかった。ドイツの家庭を訪問して、その家の子供が両親に贈り物をするのを見た人は、それを「とても奇妙なこと」と感じていた。[21]

多くの業界が、クリスマスプレゼント用の特別な商品を売りだすことの利点に気づいていた。歌詞カードを印刷していた業者は、キャロル集を印刷した。衣料品は、クリスマスパーティーに最適と宣伝されるようになった。どう見てもクリスマスとは関係なさそうな商品も、ここぞとばかりに宣伝された。「クリスマスパーティーに間にあうように」「ムダ毛を処理する」ためのヒューバートのバラ色パウダーの瓶入りをもらって喜ぶ人のようすはちょっと想像しにくいが。[22] むずかる乳児をなだめるためのシロップの宣伝文句は「これこそ本当のクリスマスプレゼント」だった。

子供向けのプレゼントの主役はあいかわらず本だった。ルイス・キャロルの出版担当者は、『鏡の国のアリス』は「クリスマスシーズン向けに出版しなければならない」と覚え書きに書いている。[23] ほかの時期に出版された本でも、クリスマスにどれだけ売れるかは最重要課題だった。「いったいどうして『スナーク狩り』［穂村弘訳／集英社／二〇一四年］がクリスマスシーズンに売れたのか？」とキャロルは不思議がった。「たぶん……発売したときに何部売れるかより、クリスマスの売り上げを見たほうが……この本の人気がよくわかるのだろう」。

一年中売られている他の商品も、クリスマスには派手な装いで登場するようになった。十九世紀半ば、ベルリンのクリスマス・マーケットの主会場は、輝かしい過去の寂しい遺物になっていた。[24]

安い小物や装身具を売る露天商のたまり場に、もっとつまらないものを歩きながら呼び売りする者や酒場やあやしげな賭博場が加わっていた。一八七〇年代にはマーケットの規模はさらに縮小され、貧しい人だけが行く場所になっていた。裕福な人はちゃんとした店構えをしたひいきの店、特に新しくできたデパートに行くようになった。どの店も、手の込んだクリスマスのディスプレイで飾られていた。菓子店には砂糖菓子で作った戦争の一場面や、その界隈の道路や建物の模型が飾ってあった。各新聞社はいちばん豪華なディスプレイを選んで記事にとりあげた。詩人で批評家のルートヴィヒ・レルシュタープは一八二六年から一八五九年まで、毎年クリスマスにベルリンの町を散策し、『フォスの新聞 *Vossische Zeitung*』紙の読者に各店舗の買い物客や商品、雰囲気などを伝えていた。彼の個人的な評論として始まったこの記事は、十九世紀末になると、記者たちによる評論記事の体裁をもつ広告に変わっていた。彼らは店のおもちゃ、家具、宝飾品、その他のプレゼント候補の品をとりあげて説明し、値段も忘れずに書きそえた。業界誌『広告 *Die Reklame*』は、毎年十一月にクリスマス商品の「合同展示会」を開いてキャンペーンを行う計画をたてた。各新聞社にそれをとりあげてもらい、「クリスマス風景」、「クリスマスめぐり」などの見出しで、普通の記事をよそおって掲載させようというねらいだった。

アメリカの商店主たちは初めこそドイツに遅れをとったが、すぐに追いつき、追い越した。[25] 一八三〇年代のブロードウェイはニューヨークでいちばんのショッピング街で、ウィンドウにはクリスマス商品がぎっしり並んでいた。やがて「ウィンドウ装飾」は商品を並べるだけでは不十分だということになり、すでにイギリスで始まっていたようにグリーナリーを飾ったり、照明を工夫したりするようになった。やがてクリスマス用のウィンドウ装飾には必ずしも商品は含まれなくなり、人目を引くことだけが目的になった。ボストンのある店のウィンドウは、サンタクロースとソリとトナカイのぬいぐるみを並べ、ニューヨークのあるおもちゃ屋は、蒸気機関車を走らせた。[26] 織布店として急速に業績を伸ばしていたR・H・メーシー社はブロードウェイに近い六番街に店を構えていたが、一八七四年にはたくさんの人形を使った一万ドル相当のディスプレイを展示した。メーシーの展示で特筆すべきことは、かけた経費の額だけでなく、人形を使ってひとつの場面を作りあげたことだった。ある年の展示は、人形たちによるクリケット・パーティーの一シーンだった。一八七六年はアメリカの独立百周年がテーマで、一八八九年は植民地時代のピクニックだった。ドラマチックな冬のシーンは『アンクル・トムの小屋』の物語をもとにしたもので、氷の上を逃げるイライザをブラッドハウンド犬が追いかけていた。

ニューヨーク、ロンドン・ベルリンなど大都市の多くにデパートができたことで、クリスマスの新しい慣習が生まれた。装飾されたクリスマスウィンドウを見に行くという慣習である。やがてブロードウェイを散歩する人々はそれぞれのウィンドウの前を通りながら、一連の物語を「読む」ことができるようになった。ナイアガラの滝（本物の水が流れていた）を見物する人形たちもいれば、身なりのいい人形が、道路掃除人にチップを渡す「慈善」のシーンもあった。ドイツで日曜日の営業禁止が解除され、町を歩く人が増えると、クリスマス前の二回の日曜日はそれぞれ銀の日曜日、金の日曜日と呼ばれるようになった（小売業者からの要望で後に銅の日曜日もできた）。[27] イギリスでは、「クリスマス」という言葉が木や枝葉の飾りであるグリーナリーを意味するようになった。

一方、一八九〇年代のアメリカでは、「クリスマス」という言葉がクリスマスプレゼントの買い物、あるいは大都市では、ウィンドウの飾りを見に行くことを意味していた。たとえば「子供たちと一緒にメーシーへ『クリスマス』を見に行く」という具合だ。[28]

ニューイングランドの非常に厳格な家庭も、クリスマスと無縁ではいられなかった。詩人エミリー・ディキンソンは、少女時代にサンタクロースとプレゼントの入った袋の話を聞いて「うっとりした」ことをよく覚えていた。[29]十九世紀末には、社会の周縁に暮らす人もプレゼントを期待するようになっていた。ある雑誌に掲載された物語の中で、荒野に住むわな猟師は、箱を受けとったとき反射的に「クリスマスプレゼントだ」と思った。[30]もちろんこの物語の作者には、わな猟師の知り合いはいなかっただろう。むしろこの頃には、中流階級の人々の心にクリスマスプレゼントへの期待が深く浸透していたために、作者も読者もこの猟師の反応に何の違和感も持たなかったということだろう。中流階級の人間の多くが贈り物を受けとるときにそれを当然と思う気持ちは、決して想像上のものではなかった。一八九八年、ニューヨーク州ロチェスターのある少女は、自身が受けとったプレゼントについてこう書いている。[31]「もらった物を全部書き出しても何の意味もないことはわかっているけれど……金時計以外は、ほしかったものが全部もらえた」。つまり、彼女が記録したたったひとつの品は、もらわなかった物なのだ。もらった物を全部リストにした十代の子もいたが、最後に残念そうにこう書いていた。「全部で三十個のプレゼントをもらった。マリー・ファン・Lは七十個以上もらったけど」

プレゼントへの期待と宣伝や陳列の工夫は、クリスマスプレゼントの別の一面を引きだした。何を贈るか、誰に贈るかだけが重要なわけではないということだ。プレゼントそのものと同じくらい、あるいはそれ以上に、どのように手渡すかということも重要なのだ。一七九八年にコールリッジがドイツ北部で経験したクリスマスについて書いたとき、ドイツの子供たちは兄弟への贈り物を、渡す直前まで隠しておいた。いよいよ渡すときのわくわくした感じを損なわないためだった。つまり、贈り物は包装されていなかったわけだ。一八四八年のヴィクトリア女王とアルバート公の有名なイラストでも、ツリーの下に置かれたプレゼントはむき出しだった――おもちゃの兵隊（ひとつはローマ風の衣装をつけているようだ）、汽車、ドールハウスが見える。他のプレゼントはツリーの枝に結びつけてあったり、小さな籠に入れてあったりした。

ドイツのツリー飾りは、飾りであると同時にプレゼントでもあった。見て楽しんだあとは取りはずして配り、食べることができた。スイスの「サンタクロースの物 Samichlaus Züg」には、生の果物、ドライフルーツ、ナッツ、動物の形のビスケット、型抜きした薄い固焼きビスケットのティルッゲル、ハチミツやナッツ類やスパイスを入れてハート形などにした定番の硬いクッキー、レープクーヘンなどがあった。[32]ドイツのツリーには他にも、動物の形に型抜きして着色されたマジパン――前足で木の実をもつリス、マジパンで作ったキャベツの葉をもぐもぐ食べているウサギなど――も飾ってあった。[33]ペンシルベニアに住むドイツ系住人は、マジパンとともにアーモンドペーストを動物、鳥、花などの型で抜いて焼き、着色したマッツェバウムというビスケットも好んで飾っていた。[34]南北戦争のさなか、北軍の兵士たちはドイツ風のツリーに、軍から配給されたビスケットを伝統的なクリスマス飾りの形に切り、塩漬けの豚肉と牛肉を細かく切ってまき散らしたものを飾って間に合わせるしかなかった。
食べられるプレゼントがそれだけではツリーに飾れない場合は、なんらかの容器に入れて飾った。たとえば一八三二年、ハーバード大学のあるドイツ人教授は「金色のエッグスタンド」や「紙で作ったコーヌコピア（円錐形の飾り）」に入れてツリーを飾ったということだ。[35] コーヌコピアのいちばんシンプルなものは、普通の紙かボール紙を円錐形に丸めた中に、砂糖菓子、ビスケット、ナッツ、ドライフルーツなどを入れて、ツリーの枝からひもでつるすものだった。これはほとんど費用をかけずに家庭で作ることができた。しかしツリー装飾の流行にともない、多くの店がもっと手の込んだ既製品――天使やサンタクロースを印刷したもの、飾り縁をつけたもの、特別な紙を使ったものなど――を売るようになった。一八八〇年代にはドイツから輸入した「ドレスデン」が流行した。これは型押ししたボール紙にラッカーを塗って磨いた金属の風合いをだし、「犬、猫、太陽、月、……カエル、カメ、……ありとあらゆる海の魚……シロクマにラクダ、コウノトリ、ワシ、クジャクなど動物園にいるようなめずらしい動物」[36]や、自転車、スケート靴、ソリ、船など現代的なものの形に作って、その中にプレゼントを入れるようにした飾りだった。コーヌコピアと違ってドレスデンはぜいたく品で、中に入れる菓子などよりずっと高価だった。一八八二年に売り出された天使の形のドレスデンはなんと、一個十二セントもしたのである。[37]
コーヌコピアからドレスデンへの変化は贈り物の渡し方の変化だが、プレゼントそのものにも変化があった。前に見た通り一八四八年のウィンザー城のテーブルの上にあったプレゼントは、王家のものであっても包装はしてなかった。ツリーに下げてあったコーヌコピアや籠の中に菓子類が入っていただけだ。しかしドレスデンは中が見えないから、プレゼントはミステリアスな色を帯びる。そして、コーヌコピアからドレスデンへと変化したこの二十年ほどのあいだに、プレゼントそのものを何かでおおうことが始まった。

贈り物を包装することについての古い記録は少ない。また、購入した商品を家へ持ち帰るあいだ保護するために商店が使った白や茶色の包み紙との区別も難しい。一八六〇年代にボストンで出版されたある子供向けの本に、ツリーの下にある「白い紙で包んだプレゼント」という表現があり[38]、それは誰もがしていることのような印象を受ける。しかしナストが南北戦争中の一八六三年に軍の駐屯地にいるサンタクロースを描いたイラストの中では、兵士たちへのクリスマスプレゼントはむき出しのまま、船積み用の木箱に入れて届けられている。一八八〇年代になっても、ドイツのクリスマスについて書いたイギリスの子供向けの本は、説明しないと理解できないと考えたようで「プレゼントはみんな紙に包んであります。そしてたとえばメアリーからジェーンへ、とかジェーンからメアリーへというラベルがはってあります」と書きそえている[39]。

十九世紀中頃に始まったプレゼントをラッピングする習慣は、ヴィクトリア時代に普及した装飾の考え方、つまり中に物を入れるための物と物をカバーするために使う物の広まりと時期的にほぼ一致していた。この普及には好みの問題もあったが、ガス灯と石炭の火を使う当時としては実用的な意味もあった。ガス灯はロウソクやオイルランプよりずっと明るく使いやすかったが、布や金属を痛め、色あせをもたらすという大きな欠点があった。さらに、あらゆる物の表面にねばねばした残留物を残す。そこに石炭を燃やして出た煤《すす》がこびりつくため、毎日の掃除が欠かせないが、それは時間のかかる大変な作業だった。そのため、何でもカバーする、何でも中に入れておく、という目的にかなうヴィクトリア朝ならではのそうそうたる顔ぶれがそろっていたのである――花や装飾品を入れておくガラスの壺、眼鏡やハンカチや懐中時計を入れるケース、マッチ箱のカバー、タバコを入れる袋または壺、吸い取り紙や文房具や切手を入れるホルダー、刺繍にかぶせるカバー、針入れ、針山、端切れやボタンを入れる袋、化粧台カバー、スリッパ入れ、ストッキング入れ、ナイトガウンや下着の袋などなど。

　物にカバーをかけることが普通になるにつれて、プレゼントにカバーをかけるというそれまで誰も思いつかなかったことも、当然のように見えはじめたに違いない。プレゼントのラッピングを推進する変化は他にもあった。[40] プレゼントが両親から子供に渡すだけのものだったとき、その品物は子供が欲しがるちょっとぜいたくな物か、実用品だった。ぜいたく品にはたとえば「揺り木馬、おもちゃの乗合馬車、きれいなドレスを着た高級な人形……幻灯機、〔あやつり人形〕、踊る人形、手品のタネ、おもちゃのディナーセットやティーセット……アーチェリーの弓と矢など」があり、実用品には靴下、シャツ、ブーツなどがある。前者のようにもらってうれしい贈り物を最初に見たときの喜びを、茶色や白の包み紙で邪魔したいと誰が思うだろう？　あるいは後者のような実用品をわざわざ包む人がいるだろうか？　同じように、子供が両親や兄弟にプレゼントをし始めた頃は、手作りの品物が中心で、カバー類が多かった。父親には眼鏡ケース、母親には刺繍をした針入れ、学校へ行くために家を出る兄には吸い取り紙の入れ物といった具合だ。カバーするための品にカバーをつけるのは無意味である。だがそのうちに産業革命がおこり、大量生産によって物の値段が下がると、子供でも親や兄弟へのプレゼントを買えるようになった。この新しいプレゼントは昔の品とは違う。ぜいたく品ではなく（子供はそれほどのお金はもっていない）、実用品でもない（親は子供にブーツを買い与えるがその逆はない）。手作り品でもない。だがプレゼントを買うことにはいくぶんかの後ろめたさがつきまとう。手作りに費やす時間と労力がない分だけ、贈る相手を思う気持ちが足りないような気がする。だからプレゼントをラッピングするのは、渡す前にひと手間かけ、大量に生産された商品に相手への気持ちを付けくわえることで、後ろめたさを薄める方法なのである。*プレゼント用にラッピングすることは、自分が買った品物を、どこかでも売っている品物と差別化することなのだ。包装紙を選び、ラベルに名前を書くことで、商業主義的な品物に愛情と心配りを添えるのである。

＊　これが贈り物用のラッピングの役目だということは次の事実からもわかるはずだ。つまり、今でも手作りの品（食べ物が多い）をプレゼントするときはそれを包装しないで、せいぜいラベルかリボンを添えるぐらいでわたすことが多い、ということ。わざわざ作ったという事実そのものが相手へのまごころを表しているのだから、凝ったラッピングは不要なのだ。

商品の製造が小規模な作業所から大規模な工場へと変化したことで、ひとつひとつの商品を個別化することは前より簡単になった。国中あるいは世界中に製品を安全に輸送するために、商品をひとつずつボール紙で作った箱に入れるようになったからだ。それは、地元だけで商品をさばいていた頃には必要のないことだった。そして十九世紀後半にはデパートがどんな商品も箱に入れるよう、製造業者に求めるようになる。箱に入っていれば不規則な形の商品でも山積みにして、大量に売り場に並べることができるからだ。郵便小包の発達も、箱入り商品の人気をいっそう高めた。一八八三年にはイギリスで小包料金が値下げされ、その同じ年、アメリカの通信販売会社であるモンゴメリー社のカタログは一万点の商品を掲載し、近くに商店のない地域に住む何千人もの人々がそれらを熱心に買い求めた。

技術の進歩もラッピングに貢献した。一八三〇年代に特許を取得した石版多色刷り印刷の価格が十九世紀後半に下がり、美しい多色刷りの紙が手に入りやすくなった。そのおかげで、模様のついた紙はそれ自体を大切に飾るような高価なぜいたく品ではなく、プレゼントの包装に使っても採算がとれるものになったのだ。

すると今度は包装材の製造がビッグビジネスになった。[41]アメリカ、メーン州のデニソン・マニュファクチャリング・カンパニーは、一八四〇年代から宝石店向けの箱を製造していた。一八七〇年代のデニソン社は小売店向けに包装用の薄紙を輸入したが、そのうちにシアーズ・ローバック社のカタログを通してそれを通信販売するようになり、後にはプレゼントのラッピングのしかたを教える小冊子も売るようになった。次いでラベルやリボン、ヒイラギとヤドリギを印刷したボール箱の製造に乗りだし、一九〇八年におそらく業界初と思われる、ヒイラギを印刷したクリスマスギフト用の包装紙を売りだした。これは個人でも購入できたが、のり、ひも、ヒイラギの葉を印刷したラベルなど、家庭でプレゼントを包装するために必要な物すべてをセットにした「ハンディボックス」もあった。

こうしてラッピングは、店でするものと家庭でするもののふたつに分かれた。第一次世界大戦中、カンザスシティで絵葉書を売っていたある商人が、店で売っていたデニソン社の包装材を入手できなくなった。そこでしかたなく美しいフランス製の封筒を仕入れ、きれいな模様のついた裏張りを慎重にはがし、シートにして売りだした。これがとても評判がよかったので、翌年はたくさん束にして売った。そして昔からクリスマスカードの定番だったヒイラギ、ヤドリギ、キャンドル、星、雪景色などのモチーフや、そのとき話題になっている図柄を包装紙やラベルやリボンに印刷し、客に「あなたのラッピングはあなたの個性を反映します」とキャッチフレーズをつけた小冊子とともに売りだすようになった。大恐慌のときも包装材の需要は増すばかりだった。ラッピングは高価でない品物をより豪華にみせたからだ。技術の進歩のおかげで新しい色のリボンややカールしたリボンが市場に出てきて、家庭でのラッピングはより美しくできるようになった。そして一九三二年、スコッチテープとセロテープが発売されたことで、自分でラッピングすることがますます容易になった。

クリスマス用のラッピングは小売業にも変化をもたらした。一八九〇年代、多くの小売業者は生まれたばかりのラッピング業界の仕事を引き受けることにした。こうして買い物に疲れた客は、買った店ですぐに商品をきれいにラッピングしてもらえるようになった。ある店の店員は、世紀の変わり目の頃に起きた大きな変化をよく覚えていた。彼のいた小さな店はクリスマス商品が品切れになってしまった。そこでみんなでクリスマスに関係ない商品をヒイラギの絵のついた箱に入れ、ヒイラギ模様の紙で包み、ヒイラギのタグをつけて、なんでもない商品をクリスマスの贈り物に変身させたのだ。こうして、それまで存在すらしなかった新しい市場が生まれた。製造業者もすぐに続き、クリスマスと関係のないたくさんの家庭用品や個人用の商品をヒイラギの模様と「〇〇から」「〇〇へ」という枠を印刷した箱に入れて売りだし、普通の日用品——包丁などの台所用品、ベビー用品、衣類、それも特に下着やストッキングやシャツのカラーを留めるボタンなどの小物、あるいはその他の高価で個人的な品物——を贈り物に変身させた。家族で使うペンやインク壺などはクリスマスに宣伝されることはほとんどなかったが、個人が使う万年筆はクリスマスの広告に必ず顔を出していた。

そして、ツリーに下げられた、あるいはツリーの下に置かれたプレゼントがより美しく装飾されるようになったのと同様に、ツリーも美しく装飾されるようになる。

第8章　飾り物　家族　工業化社会

19世紀のクリスマス　2

社会の近代化と商業主義はクリスマスを大きく変容させたが、それは古くからの伝統にとって代わったわけではなく、伝統の新しい解釈と楽しみ方をもたらした。

ペンシルベニアのクリスマス飾りは、長いあいだキリスト降誕シーンの模型であるプッツが中心だった。[1]そしてプッツは、十九世紀にその頂点をきわめる。多くの家が、たとえ小さくてもひとつはプッツを飾っていた。テーブルの上に木の枝を並べ、その上に陶器製の聖家族の小さな人形を置く。もっと凝ったものになると、わき役や降誕シーン以外の舞台背景――天使や羊飼い、聖書にあるエジプトへの逃避のシーン――が加えられ、さらには「湖、洞窟、小川、滝、岩山、山、丘、野原、明かりのともった教会のある村、城……家や小屋」も添えられた。なかには機械仕掛けで動くものまで現れた。非常に大きいものもあった。一部屋全部を使って小さな子供も見られるような低い台の上に人形や舞台装置などを飾り、壁は常緑樹の枝でおおって、時にはツリーのようにその枝にキャンドルや果物やビスケットをぶら下げてあった。ほとんどのプッツは手作りで、飾り物は自分で作ったものか、あちこち探して見つけてきたものだった。人形も自分で木を彫って作ったものか、家に代々伝わるものだった。台には岩と木の根（さかさまに置けば伸びた根が森に見えた）を置き、秋に森でとってきて、涼しい地下室で水分を与えながら育ててきた苔でおおった。

子供たちはクリスマスイブのお披露目までプッツを作っている部屋を見せてもらえなかったが、いよいよその日になると、どの家も出入り自由になった。人々は連れだっていろいろな家のプッツを見てまわり、子供たちにはクッキーなどの菓子がふるまわれた。説明役がいて、プッツに描かれた物語を解説してくれるところも多かった（二十世紀になると、まだプッツの伝統を守っている地域では、録音した音楽やラジオ番組を同じ目的で流していた）。プッツの歴史の研究者たちは、プッツの中心はキリストの降誕シーンだと断言しているが、彼らが紹介するさまざまなプッツから判断すると、もう少し柔軟な見方がされていたようだ。あるプッツは背景を「三世紀ほど前」の「インディアンの一団が……碧玉を掘りだしている」シーンに設定し、また別のプッツは、プロテスタントのメノー派の家族が、近くにある運河と工場のわきを通って教会へ歩いていくシーンを描いていた。一八七〇年代には、山と湖畔のシーンに滝や湖、カエル、魚が添えられ、納屋の前庭では牛と馬が「ごく小さいポンプから出る」水を飲んでおり、その横では脱穀機が動き、製粉所まであるプッツも登場した。ひとつの村――家も、教会も、納屋も、店も、家畜も、犬も、馬も、荷馬車も――と村人全員、それに山のトンネルを通る汽車まで、紙で再現したプッツもあった。

クリスマスツリーと同じで、プッツも善意の募金を集めるために使われることもあった。ツリーといえば、この頃にはツリーが商品として売られるようになっていた。当時のドイツとイギリスでツリーを立てる家は、事実上すべてツリーを買っていた。アメリカでは、初めのうちはツリーにする木をとりに行く家が比較的多かったが、これは一八四〇年代までの都市生活者のあいだの流行程度のものだったようだ。[2]

買ってきたツリーは、買ってきたほかの商品を展示するためのラックの役割を果たした。十九世紀初め、ツリーの枝に飾ったプレゼントが食べられるものであれば、人々は枝からはずして食べていた。[3]ちょうど商店の棚から商品をとって客にわたすのと同じようなものだ。アメリカのツリーは道路に面した窓際に置かれることが多く、無意識に商店のウィンドウ・ディスプレイの雰囲気を出していた。だから、ツリーの飾りに売り物の商品を買ってくるようになるのは自然の流れだったのだ。

ツリー飾りの生産に関しては、初めからドイツがリードしていた。[4]十八世紀初頭、ザクセン州にあるエルツ山脈のスズ鉱山は衰退していた。そこで鉱山の労働者たちはなんとか生計をたてようとして、クリスマス・マーケット向けに手作りの飾りを作り始めた。地元の特徴をいかした木彫りのくるみ割り、おもちゃ、装飾品などは、もともと地場産業だった手吹きガラスで作る飾り（手吹きガラスは十四世紀に鉱山が操業を始めるずっと前から、この地方で作られていた）とともに、すぐにドイツを代表する商品となった。

それぞれの土地でその土地なりの名産品が生まれた。当初ニュルンベルクの錫《すず》細工職人は錫板を花の形や幾何学的な形に打ち抜き、時にはそれにガラスをはめたりして、ツリーのキャンドルの灯を反射する飾りを作った。[5]その後、「アイシクル（つらら）」と呼ばれるツリーにたらすための銀箔の細長いひも飾りや、針金で作った鳥、花、星などの形の飾りも作るようになった。ドレスデンに近いゼープニッツは、金属板に綿をかぶせて、ソリ、キリスト降誕のゆりかご、あるいは農家やつるべ井戸など地元ゆかりのデザイン、後には飛行船や蓄音機に耳を傾ける犬などを浮き彫り加工した飾りを作って売りだした。マンハイムはセルロイド（非常に燃えやすいのが欠点だ）のおもちゃや人形を作った。チューリンゲンではぬいぐるみの天使や妖精に多色石版刷りの顔をつけたものが作られた。ここではクレープペーパー（縮れた紙）やセルロイドで作った小屋、つらら、果物や野菜をかたどった飾りも作られていた。

ツリーの最上部を飾る天使は初めニュルンベルクで作られ、次にゾンネベルクでも作られるようになった。どちらも地場産業の人形作りから発展したものであり、ロウか磁器で顔を、紙張り子で胴体を作り、金色のドレスでおおってある。ツリーの最上部用には、極楽鳥や鉄琴、金やガラスや真鍮製の花など、もっと凝った飾りもあった。ベツレヘムの星をあらわす星はツリーの最上部の飾りとして人気があった。だんだん小さくなっていっていちばん下は釘になる一連のガラス玉も人気があった。しかし一番人気は天使だった。もっとも、それはすぐに世俗化して妖精になる。一八五〇年、ハリエット・ビーチャー・ストウ〔『アンクル・トムの小屋』の作者ストウ夫人のこと〕の母親は、「金色のスパンコールをちりばめた白いドレスを着て頭に金色のベルトを巻き、額には星がついていて、先に星がついた金色の杖をもち、金のスパンコールのついたゴーズ〔オーガンジーに似た透ける布〕の羽がある、妖精のような小さな人形[6]」をツリーに飾るために作ったという。*

＊　クリスマスの思い出について書かれた文章については、慎重に検証する必要がある。ストウ夫人

の一八一三年生まれの弟ヘンリー・ウォード・ビーチャーは、三十歳になるまで「クリスマスは……私には無縁の日だった。町には監督教会派の教会があったので、そういう日があることは知っていた。彼らが教会を常緑樹の枝で飾るのを見て、私は何のために教会に木を入れるのだろうと不思議だった。しかし満足できる答えは得られなかった」[7]と書いている。そしてその七年後、彼の母親(彼にクリスマスのことを聞かれて答えられなかった大人のひとりだと推測されるのだが)はツリーの飾りを作ったということになる。これと同じように、一八六〇年にヨークのある新聞は、その年、一本のツリーの最上部に「一世紀前にルイス・ミラーが木から彫りだした天使の像が飾られた」という記事を掲載している。しかしミラーは一七九六年生まれなので、彼が作ったというのは間違いか、あるいは「一世紀前」というのが事実というより単なる懐旧の情の現れだったかのどちらかだろう。

これは手製の人形ということだが、アメリカに商品としてのクリスマス飾りが入ってきたのがいつだったのか、正確なことはわかっていない。一八六〇年代以前のイラストを見ると、ツリーには手作りの飾りがついていることが多い。しかしこれは、必ずしも本当のツリーの形を描いたのではなく、人々がツリーはこうあるべきだと思う形で描いたからとも考えられる。一八六〇年、ペンシルベニアのある新聞は慈善のために立てられた一本のツリーに、動物の形をしたビスケット、マッツェバウムが飾ってあると称賛する記事を載せた。[8]新聞社の見解では、マッツェバウムは「昔ながらの」菓子だからである。ということはつまり、それ以外のツリーはもっと現代的な飾りをつけていたことになる。その少し後に出版されたある子供向けの本は特に説明をつけずにガラスの飾りという言葉を使っている。[9]この筆者が、読者の子供たちはガラスの飾りを知っていると考えていたのは明らかだ。

誰もが昔ながらのクリスマスを求めていると思われがちだ。各種の雑誌がいくら新しい装飾を提案してもである。一八六〇年代末、『ハーパーズ・バザール』誌が、「色つきガラスの球体、果物、花、キラキラした錫の反射鏡」や、政治家、道化師、天使などの人形といった既製品の飾りをとりあげた。[10] ドイツでは一八七八年にフーゴ・エルムスが出した『黄金のクリスマスブック *Das goldene Weihnachtsbush*』などの本が、アメリカのカリスマ主婦マーサ・スチュワートばりの口調で、どんな飾りがファッショナブルかを語っていた[11]（巻末にはファッショナブルなオーナメントの広告がしっかり掲載してある）。「重要なことは」手作りの品――リンゴ、ナッツ、金色に塗った松カサやマジパン――と、買ったもの――チョコレート、吹きガラスの球体、果物の形の飾りやキラキラする金属片、造花、リボン、そしてさっそうとした肩帯のようにツリーにかけられた「いと高きところでは栄光は神にあれ」と書いた旗など――を上手にミックスすることだ、と筆者は上昇志向の強い読者に向けて書いている。

購入した飾り物の中でもガラスの球体（クーゲル）は特によく使われていた。[12] 当初これは手吹きガラスだった。そして、銀色などの色をつけるのも手仕事だった。一八六〇年代になると工場で生産されるようになり、色と形のバリエーションも増えた。一八八〇年、ペンシルベニア州ランカスターのある雑貨店主が、輸入業者からドイツ製のガラスのオーナメントを紹介された。クリスマスツリー文化の中心ともいえる地域に住んでいた店主だが、このオーナメントが売れるとは思わず、ほんの少しだけ、それも売れ残ったら業者が引き取って返金するという条件で注文した。「全然売れると思っていなかったから」と後に彼は回想している。「その商品を無造作にカウンターのうえに並べておいたんだ」。だがそれは二日後には売りきれていた。翌年は注文を思いきって増やしたが、それでも足りなかった。そして一八九〇年、十三店舗を数えるチェーンのオーナーになっていたかつての雑貨店主ウールワース氏は製造元を直接訪れた。そしてチューリンゲン地方のラウシャの工場で、吹きガラス製オーナメントを二十五万個近く注文したのである。

第一次世界大戦で通商が途絶えるまで、ラウシャはずっとアメリカが輸入するガラス製オーナメントの主要供給元だった。そして大戦後は、すぐにその地位に返り咲いた。吹きガラス産業をもつ他の地域はなかなかラウシャの牙城を崩すことができなかったので、製品を多様化する方針をとった。チェコの吹きガラス業界は、もっぱらガラス製ビーズをひも状につないだ製品を作った。さまざまな色と形のビーズはツリーのキャンドルの明かりをあびてキラキラ輝き、おまけに紙や綿を使う飾りと違って、燃えないという利点があった。

火事は大きな問題だった。多くの人にとってクリスマスツリーの存在意義は、イブにキャンドルの灯った幻想的なツリーが披露される、息をのむような瞬間にあった。日常生活においても、キャンドルと火がむき出しの炉を使う生活は、現代の私たちが思うよりずっと火事の危険が多かった。ツリーにキャンドルを灯せば、その危険はさらに増すことになる。徐々に乾燥していく枝に針金やひもで固定されたキャンドルは、燃えるにつれて溶けたロウがかたまって積みかさなり、重さや傾きが変わっていくからだ。キャンドル一本一本を安定して取りつけるための発明や工夫はさまざまになされてきたが、灯をともしたツリーにまったく火事の危険がないということはありえない。多くの家庭は、用心のため水と先にスポンジのついた棒を準備したうえで、クリスマスイブの一回だけキャンドルに火をつけるのだった。

一八八二年、エジソン電気照明会社は世界初の発電所を建設し、八十二軒の顧客の四百個の電灯を灯した。その四か月後、一本のクリスマスツリー（もちろんエジソンの社員の家の）が赤、白、青色に輝く八十個の電球で飾られた。[13]だが電気が届いていない地域もあり、何より電球の値段が高すぎるので、社員でない限りそのような飾りは別世界のものだった。目にする機会があるとすれば、公共のイベント用ということになる。一八九一年、ニューヨークのある病院の小児病棟に電飾を飾ったクリスマスツリーが立てられ、その四年後にはホワイトハウスのツリーに電飾が輝いた。二十世紀直前にゼネラル・エレクトリック社がエジソン電気照明会社を買いとると、まもなく「二十八燭《しょく》［燭は明るさの単位。ほぼロウソク一本分の明るさ］の小型エジソン電球」をつないだ「セット」を十二ドルで売りだした。だが、これを購入できる人はほとんどいなかった（当時、シアーズ・ローバック社のカタログにある割安の台所用レンジが四ドル八十五セントだった[14]）。電気を自宅に引いている人はさらに少なかった。しかし、電飾セットに添えられたパンフレットは「小型の白熱電球はクリスマスツリーの照明に最適です。これまでのキャンドル照明につきまとっていた危険は完全になくなり、油脂や煙や汚れの心配もありません。スイッチを入れればすべての電球がいっせいに点灯し、好きなだけつけっぱなしにしておいても大丈夫です。消すのも簡単です」と解説していた。一九〇三年、果物や花や動物、あるいは雪ダルマやサンタクロースの形をした電球をつなぎ、電池式——電気が来ていない家でも使える——のオーストリア製電飾セットが発売された。第一次世界大戦が始まる頃には、あいかわらず高価ではあるが、手の届かない価格でもない一ドル七十五セントにまで下がっていた。多くの保険会社が、キャンドル式のクリスマスツリーを立てる家の火災保険の契約延長を拒否するようになったことも、炎の出る照明から電球照明への移行を、あこがれだけでなく実利にかなうものにした。一九一二年マディソン・スクエア・パークにツリーが立てられたとき、その電飾は「いかにも現代的でアメリカらしい」と称えられた。

高さ二十メートルのこのツリーには千二百個の電球が輝き、たしかに十九世紀の家庭のあこがれとはまるで違って、現代的かつアメリカ的だった。ドイツやアメリカでは、教会のホール、日曜学校、孤児院、病院など公共施設の屋内にツリーが飾られてきた。だがそれは、中流家庭の楽しみを、自分ではそれを手に入れられない不幸な人々にも分け与えようという発想のものだった。一八七〇年から七一年の普仏戦争時、ドイツでは病院や軍の駐屯地にツリーが立てられ、公共のツリーにも家庭の味が加えられた。一八七一年のビスマルクによるドイツ統一後は、ツリーは新しい国家の、そして新しい産業化社会のシンボルとなった。[15] 大量生産された商品――かつてはぜいたく品だったが、今はより多くの国民の手に届くようになった商品のシンボルである。

そのような商品の多くは、子供向けだった。公共のツリーが立てられた場所の多くが子供向けだったのと同じで、ほとんどの人はアメリカの女権拡張論者でジャーナリストのマーガレット・フラーが書いたように「クリスマスは……もっぱら子供のための日だ」[16]と考えていた。しかしだからといって、クリスマスがその祝祭的な、騒々しい雰囲気を完全に失っていたわけではない。そうではなく、むしろツリーやプレゼントと同じように、それらの行為も売ったり買ったりできる商品と化していたのだ。

たとえばフィラデルフィアでは、多くは同じ仕事をしている労働者である若者たちが、事実上昔のギルドのようなグループを作り、毎年クリスマスになると路上で騒いでいた。そして、彼らに眉をひそめる人たちに言わせれば、酒を飲み、あちこちでトラブルを起こしていた。それも特に、クリスマスに地元の慣習にしたがって中心街をそぞろ歩き、知り合いに会えば挨拶をかわしている家庭的な中流の人々とひと悶着起こすのだ。新聞各社は表向きには中流の人々の側にたち、労働者階級の乱暴者たちの不快な行動に舌打ちしていたが、記事の見出しにはどっちつかずの態度が見え隠れしていた。「クリスマスの悪ふざけ」「クリスマスのお楽しみ」「クリスマスの馬鹿騒ぎ」「クリスマスの気晴らし」といった具合である。[17] これは多分、中流の人々も馬鹿騒ぎに加わっていたからだろう。

一八三〇年代、昔の田舎風の行事ベルスニクリング［クリスマスに顔を黒く塗り、動物の皮をかぶって家々を訪ね、いい子にはほうびを与え、悪い子はムチでたたくなどした］の行列は、仮装して顔を黒く塗った男たちが、手作りの楽器――ドラム、鍋、やかん、その他音の出るもの――をもって行進する行事に変容した。[18] 彼らはみずから「気まぐれ隊 fantsticals」あるいは「騒がし隊 callithumpians」などと名のっていた。* 一八五〇年代からは民兵パレードが始まり、若者たちはグループに「気取り屋〇〇護衛隊」などと勝手な名前をつけては、兵士の真似をしてふざけまわった。だが、こうした労働者階級のグループは、同じようなことをしている別のグループに邪魔され、馬鹿にされた。この対抗グループは職業別のグループではなく、たとえば節制などの善行を訴えるグループ、あるいは消防団員などの市民で結成されたグループであり、労働者階級でなく権力者が率いていた。彼らのパレードは社会やビジネスにおける自分たちの優位性を高めるためのもので、路上で社会的に下位の人々あるいは主流派とは異なる主張をもつ人々のグループと出会えば、しばしば暴力的に解散させてしまうのだった。一八四〇年にはあるボランティア民兵のパレードが、黒人参加者のいる鼓笛隊をねらって襲撃していたにもかかわらず、「立派な服装をし、規律正しくふるまう良家の子弟のグループ」と称賛された。

＊　今は騒がしいパレードを意味するようになったcallithumpianという言葉だが、もとは政治的な意味があった。時にgallithumpianともいうこの言葉は、そもそもジャコバン党などの過激な反体制勢力の呼び名だった。そこから、社会的経済的な抵抗を示すために仮装したり男性が女装したりすることのあるグループにも使われるようになったのだ。

ひろく承認されているパレードの後援者は大物のビジネスマンや商人であり、公職についている人も多かったので、この種のパレードはしだいに公的な認可を受けているような雰囲気をまとうようになった。そして一九〇一年の一月一日からは、フィラデルフィアのいかなるグループも、勝手にメンバーや日時や場所を決めてパレードしてはならないことになった。スポンサー、費用、歩くルート、衣装や音楽のすべてを市の役人が監督し、取り締まった。もはやパレードは自己表現の場でも、労働者にとっての年に一度の楽しみでもなく、中流階級の人々が楽しむ商業的なイベントとなった。ある雑誌が「今やクリスマスはもっぱら『家庭で楽しむ祝日』だ」と書き、元日を「家庭から離れて楽しむ祝日だ」と書いたのは[19]、一面の真実だった。公共の場所も中流階級の手に下ったというだけの話だったのだ。

このようにして、どれだけ多くの本や雑誌が懐かしそうに過去のクリスマスのお祭り騒ぎを讃えても、そのお祭り騒ぎ自体が変容してしまった。中流階級の作家とその読者たちがお祭り騒ぎと飲酒と賭け事と騒々しさに満ちたクリスマスをいくら望んだとしても、それはもう想像の中でしかありえなくなったのだった。歴史家トーマス・バビントン・マコーリーが書いているように、人々は「家庭の幸福と社会の秩序」[20]のあるクリスマスを望んでいたのだ。

その目的を達成するために、かつては明らかに大人向けの娯楽だったものの一部が、子供向けになった。劇場の多くは子供はもちろんのこと、中流階級の女性が行く場所でもなかったが、今や子供向けに冬の出し物を企画し、中流階級の少年少女に提供するための、おとぎ話をもとにしたパントマイムなどあらゆるジャンルの演目を開発していた。この傾向はさらに進化し、神話や伝説も子供向けに書きかえられた。ノルウェーのある地方には「ハウグカラー」という農地を守護する精霊がいて、祖先を埋葬した塚の近くに住んでいた（ハウグは古ノルウェー語で塚の意味）[21]。十八世紀になるとハウグカラーは力を失い、「ニッセル」にとって代わられた。*ニッセルも農地を守っていたのだが、十九世紀初頭には人間とともに暮らすようになった。納屋に住み、人間たちが残した粥を食べ、しだいに子供のように小さいサイズで描かれるようになった。やがてユールニッセル、あるいはクリスマスのエルフが納屋のニッセルの仲間に加わった。ユールニッセルはエルフらしく人間にいたずらするかわりに、プレゼントをもってくるようになった。スウェーデンでは家に住むグレムリンである「トムテン」がいた。かつてトムテンは恐ろしい小悪魔で機嫌をとる必要があり、長い鼻と鉤づめのある外見も醜かったのだが、この小悪魔も人間に飼いならされてユールトムテンになり、可愛い帽子をかぶって白い木靴をはき、クリスマスのプレゼントをもってくるようになった。**墓の塚から納屋へ、恐ろしい存在からいたずらな存在へと変わった彼らの道は、聖ニコラスのそれと重なる。

＊　ニッセはニルスという名前の指小辞で、畏怖する存在から小さくて親切な妖精に変わるというヨーロッパによくあるパターンに沿っている。

＊＊　このグレムリンはフィンランドでは「トントゥーヤ」となり、トナカイの皮のモカシンを履いている。

大人中心から子供中心への移行は社会経済的、あるいは情緒的なものだけではなかった。クリスマスが子供中心の行事になった理由の一部には、単純に大人の休日が減ってきたという事情があったのだ。歴史上のほとんどの時代において、労働時間は雇用主が決めるものだった（農業などは自然が決めるものだから長い農閑期もあった）。ことわざにある通り、クリスマスは年に一回しかないが、一日しかないわけではなかった。一方、工業化社会には自然のサイクルというものがない。労働者は一年を通してコンスタントに働くことを求められていた。イギリスでは、十九世紀の三分の二を過ぎるまで、有給休暇は雇用主の一存で決められていた。だから労働者は無理に休暇をとらされることを喜ばなかった。『クリスマス・キャロル』のスクルージがボブ・クラチットにクリスマスの休みを一日しかやらなかったのは有名な話だが、クラチットと同じ立場のたいていの事務員は、それ以上の休みは欲しくなかったはずだ。それだけ給料が減ってしまうのだから。*

＊　ディケンズは一八三一年にタイムズ紙に掲載された手紙を見たかもしれない。ある国会議員の銀

行家に雇われていた事務員が、クリスマス休暇の給料が支払われなかったことを治安判事に訴えた件だ。治安判事は、遺憾ながら給料の支払いを義務づける法律はないとし、この事務員の行動を「さもしい」と思うと付けくわえた。[23]

六世紀からずっと、クリスマスは十二日間続いていた。そして、給料制で働いていない人々は、その習慣を続けてきた。しかし十九世紀の多くの労働者には、そんなぜいたくは許されていなかった。ロードアイランドで働くある青年は、一八五一年、中西部の故郷に住む家族にあてた手紙で、自分がどれほど驚いたかを語っている。「このヤンキーの町では……クリスマスイブもクリスマスの日も、ほかの日と区別がつかない。工場はずっと動いていて、店も一日中開いている。……花火もないしピストルや鉄砲を撃つ音も聞こえない。インディアナにあったものが何もない」[24]。その同じ年、捕鯨船ピークオッド号が、白鯨モビー・ディックを求めて、クリスマスの日にナンタケット島から船出した。捕鯨産業にはクリスマス休暇はなかったのだ（『白鯨』はフィクションだが、著者メルヴィルは一八四〇年に実際に捕鯨船に乗り組んでいた）。イギリスでは、サセックスのある村の教区司祭は、クリスマスでも普通に教区民の結婚式を行ったり、埋葬をしたりしていた。[25] 新聞の印刷と販売も行われていた。* その他のサービスもほどほどに行われ、止まることはなかった。一八四〇年代、イギリスの郵便業務は二十五日には半日だけ休みとし、通常は十二回の配達回数も減らした。[26]

＊　現在のイギリスを訪れた人は、クリスマス（多くの場合ボクシングデーも）には新聞が発行されないことに困惑する。だがこれは二十世紀になってから始まった習慣だ。タイムズ紙は一九一三年に

クリスマスの、一九一八年にボクシングデーの発行を中止したにすぎない。

普段より大幅に仕事量が増える人も多かった。現代社会でサービス業と呼ばれる分野で働く男性と、特に個人の家で女中として働く女性たちである。その数は何十万人にもおよんだ（一八九一年には、イギリスの人口の三分の一にも相当する人々がサービス業に従事していたようだ）。中流の家庭が穏やかに家庭的なクリスマスを過ごすためには、彼らのために働く人々の膨大な仕事が必要だった。鉄道が普及したことで、それまでは時間と費用の面であきらめていた人々も、家族や友人に会いにいけるようになった。イングランドのいくつかの地域では、クリスマスの時期に鉄道を利用した人の割合は一八六一年から一九一一年のあいだに五百パーセントも増えている。[27] したがって、十九世紀後半には家族の人数が減ったとはいえ、クリスマスシーズンに親族や友人が集まればかなりの人数になったはずだ。五、六人から二十数人の人々に一日四食を提供し、炉の火を絶やさず、ランプの明かりを保ち、それだけの人数の人々に洗面用の水を運び、終わればそれを下げ、人数分の室内便器をきれいにしておく……果てしない仕事だ。

歴史家トーマス・カーライルの妻、ジェーン・カーライルが書いた一八四三年のパーティーのようすを見てみよう。

……私がロンドンで経験した最高に楽しいパーティーだった……ディケンズが一時間たっぷりかけて披露した手品だけでも、私が今まで見た最高の手品だった……しかもフォースター〔原注　批評家。後にディケンズの伝記を書く〕が助手をつとめたのだ！――手品の最後は、ある紳士の帽子の中に小麦粉と生卵とその他の材料を入れ――それをゆでたら――一分もたたないうちに湯気のたつプラムプディングが出てきた。子供も大人もびっくり仰天だった。ほかにも、女性たちのハンカチをコンフィに変えたり、箱いっぱいの糠《ぬか》を生きたモルモットに変えたりした！　本を売る仕事をやめても、彼は手品で生計を立てられるだろう！　そのあとはダンスだった。偉大なサッカレー［ディケンズと並びヴィクトリア朝を代表する作家］をはじめ、あの人もこの人もみんなメナード［酒神バッカスの巫女］さながらに跳ねまわった！……夕食後は、クラッカーを鳴らしたりシャンパンを飲んだり、演説したりして一段と盛りあがった。そして全員でカントリーダンス［イングランド起源の、男女が向かい合って二列になったり輪になったりして踊るダンス］。――フォースターは私の腰をつかんでぐるぐるまわしてふらふらにさせ、そして無理やり踊らせた……わたしが「お願いだから離して！　頭の中身が飛びだしてドアまで飛んでいってしまう」と言っても、彼は――（誰でも彼の口調が想像できるだろう）――「あなたの頭の中身？　そんなものを気にする人がここにいるわけがないでしょう。飛びださせておけばいいんです！」と答えた……時計を見た誰かが「十二時ですよ」と叫ぶと、私たちはみんなコートを置いたクロークルームに駆けこみ、……ディケンズ夫妻はサッカレーとフォースターを連れて家路につき……そこでその夜は終わった！[28]

この日記から約二十年後、ロンドンのある家の女中のひとり、ハンナ・カルウィックが書いたクリスマスの舞台裏の記録を見てみよう。[29]

一八六三年十二月二十三日

朝早く起きて、台所の火をつけた。ローストの準備のためだ。七面鳥一羽と鶏八羽のロースト。明日のクリスマスイブには四十人が集まって劇のようなことをするらしい。一度通してやってみるために、彼らは今晩やってくる。温かい夕食を十五人分用意するようにと奥様に言われた。一日中とても忙しい。朝食の準備もしなければならない。ベルが鳴っている。考えること、しなければならないことが多すぎる。ブーツ二足とナイフをきれいにした。朝食の食器を洗った。廊下を掃除してドアマットをふるった。ディナー［昼食］を食べて後片づけをした。火の調子を見て、ローストしている肉のようすを見たり肉汁をかけたりしているうちに、熱気とにおいで気分が悪くなった……私たちは十時十五分前に夕食をとり、二階と一階を行ったり来たりして劇の一部を見た。廊下からだけど……後片づけをして十二時にハムとプディングを食べ、火を大きくし、もうひとつ火をおこし、それから床についた。四時にはまた台所へ来た……火をかきたてて石炭を足さなければならなかった。プディングをもう一度ゆでてから六時まで寝た。六時に起きて着替え、テーブルと炉をきれいにしてやかんのお湯をわかし、また一日が始まった。

十二月二十四日

朝食後、ブーツを一足みがいて、二階の暖炉に火を入れた。寝室と広間を掃除した。朝食のテーブルにクロスをかけ、ベルが鳴ったら片づけた。ローストビーフの用意にかかった。ナイフをきれいにした。カスタードとミンスパイを作った。ディナーを食べた。食器洗い場でディナーの食器を洗った。台所のテーブルと炉をきれいにした。もう一度火をおこし、やかんをいっぱいにした……台所で夕食をとってから、居間の料理を皿に盛りつけた。カーターの店からたくさんのお菓子やゼリーが届き、もってきた人がそれを盛りつけた。私たちは二階へ行って食堂のドアの陰から別室でやっている劇を見た。ミスター・ソーンダーソンが……私たち召使いのところへ来て話しかけ、握手しようとしたが、私は「手が汚れていますから」と言った。……夕食が終わると、旦那様が温かいミンスパイに指輪と六ペンスを入れて二階へもっていった。皆さんとても楽しそうだった……下にいる私たちは何も面白くなかった。四時までずっと忙しく働いて、それから寝た。

十二月二十五日

八時に起きて火をおこした。食堂のカーペットをはずしてふるい、もう一度敷いた。家具を磨いて位置を直した。朝食をとった。ブーツを一足みがいた。朝食の食器を洗った。玄関の階段を掃除した。ディナーを食べて、石炭入れに石炭を足した。家族の皆さんは外出。私はからだをふいて、エレン〔原注 彼女の姉妹〕に会いに行ったが頭痛がして、とても疲れて眠かったので椅子にすわって五時まで寝た。それからお茶を飲んだら少し気分がよくなった……。夕食を少し食べ、家に帰り、十時に寝た。

ハリファックス卿が、彼の家族はクリスマスイブに「メイドに楽をさせるため、火はいらないと言ってがまんすることもあった」[30]と書いたのを現代の私たちが読んでも、さほど大したことではないように思うが、ハンナの日記から推察するに、メイドはきっと大喜びだったに違いない（だが「こともあった」という慎重な表現を見逃さないようにしてほしい）。

一八五〇年代のプロイセンでは、クリスマスイブとクリスマス当日（時には二十六日も）、すべての労働を禁ずる法律があった。[31]しかし家庭の召使いは法の適用外とされていた。ほかにも多くの労働者が、中流階級の人々が困らないよう、法を無視して仕事をしていた。具体的には、労働者が休日を楽しむために出かける場所――ダンスホール、バー、キャバレーなど――が、法律違反に問われる危険がいちばん高かった。

独立後のアメリカでは、イギリス式の祝日はすべて廃止され、国として祝日を設ける努力も特にされなかった。十九世紀の三分の一が過ぎた頃、多くの人が祝うのは元日と独立記念日と感謝祭とクリスマスだけという状況だった。しかし感謝祭は一定の地域限定の宗教的な行事の日であり、具体的には伝染病や凶作や戦争からの解放に感謝する祈りの日だった。これは、南部に住む白人の多くからは、奴隷制度廃止論者が好みそうなニューイングランドだけの慣習と見なされる傾向があった。ところが一八四八年に最初に感謝祭を州の祝日と定めたのは、テキサス州だった。ニューイングランド州は、さらに多くの南部州が祝日と定めてからやっと、感謝祭を州の祝日と宣言した。ニューイングランドにそれを促すキャンペーンを展開したのは、雑誌『ゴディズ *Godey's*』の著名な編集者サラ・ジョゼファ・ヘイルだった。彼女自身もニューイングランドの出身であり、ちなみに

「メリーさんの羊」の作詞者でもある。彼女のキャンペーンと南北戦争の影響もあって、この日は家族と家庭生活を大切にする日、グローヴァー・クリーヴランド大統領の言う「家族が集い……友人と会って旧交を温める」[32]日となった。

第9章　信仰心　クリスマスカード　新たな伝統

19世紀のクリスマス　3

過去を振りかえり、十九世紀の人々は規則正しく教会に通う敬虔な人々で、内に向けては神の教えを大切にまもって暮らし、外に向けては誠実と希望と寛容を実践していたと思いこむ人は多い。一八三一年にアメリカを訪れたフランスの政治家アレクシ・ド・トクヴィルは「世界中を見てもアメリカほど人々の心にキリスト教が大きな影響力を持ちつづけている国はない」[1]と断言している。現代のヨーロッパでも、十九世紀の祖先に対して同じように考える人は多い。

しかし調査から導かれた数字を見ると、別の景色が見えてくる。一八五一年、イングランドとウェールズにおける教会の礼拝への出席状況を、教派別の出席者数を調査するのでも、どれくらいの頻度で教会へ行くかをひとりひとりに尋ねるのでもなく、ある特定の日曜日（ユダヤ教のシナゴーグは土曜日）に教会の信徒席がいくつ埋まっているかを数えるという方法で調査した結果がある。[2]結果は多くの人の予想を裏切るものだった。その日の出席状況はわずか六十パーセントだったのだ。そしてその数字でさえ、実際の出席人数よりは多かった。人がすわっている椅子を数えたわけだから、その日二回の礼拝に出席した人はふたりとカウントされていたのだ。したがって確実に言えるのは、ある特定の日曜日に教会へ行くのは教区信徒の三分の一から半分までのあいだだということだけだった。この数字は、二十世紀のアメリカで教会へ行く人の数とも一致している。[3] 一九三九年には、四十三パーセントの人が教会へ週に一回行っていたが、一九九八年は四十パーセントだった。* ある宗教を信仰する家庭に生まれ、その教区に属している人の数と、実際にその教区の礼拝に出席する人の数とでは、かなりの隔たりがあったのだ。

＊　一八五一年の調査とは異なり、このアメリカの調査における出席者数は自己申告だったので、実際より多い可能性がある。二十一世紀のアメリカにおける数字は自己申告の場合は三十七パーセント前後、ひとりひとり数える方法で二十二パーセント前後だ。しかしヨーロッパと比べれば、この後者の数字でも非常に多い。ヨーロッパでもっともキリスト教徒が多いいくつかの国の調査結果（マルタとポーランドで五十パーセント以上、アイルランドで四十六パーセント）を別格とすれば、二桁の数字に達する国はほとんどない。[4]

しかし、自分は名ばかりの信者だと自覚している人も、子供たちは日曜学校へ通わせ、子供中心になった家庭的なクリスマスは熱心に祝っている。ツリーを飾ること、いくつか違う呼び名があるにしても、サンタクロースに代表される贈り物をくれる人がいること、この二点は聖職者も認めている。そしてクリスマスには贈り物がもらえることで、宗教色のない元日よりも宗教的なクリスマスのほうが重視されていたのだ。[5] 福音主義〔キリストの伝えた福音にのみ救済の根拠があるとする思想。聖書にもとづく信仰のみを強調する〕の運動も、子供たちがクリスマスに礼拝することを推進していた。

会衆教会主義者［各教会による独立自治をめざす立場］の牧師アレクサンダー・フレッチャーは「子供たちの友」と呼ばれ、一八二七年、ロンドン北部にある彼の教会に二十八の日曜学校から四千人以上の子供を集めて、クリスマスの礼拝を行ったことで有名である。[6]

クリスマス前後に重点的に慈善活動に取りくむ傾向も、よく見られた。イングランドでは少なくとも十八世紀から、囚人はクリスマスにビーフ、ビール、パンの特別配給があり、時には暖房用の石炭も余分に配られていた。[7]この贈り物はたいてい市長や州長官といった公職にある人の名で与えられ、納税者から過度のぜいたくだと苦情が出ないよう、家父長的な慈悲のよそおいを帯びていた。イギリスで新救貧法が制定され、貧困者の最後の頼みとして救貧院が設けられたさいにも、クリスマスにいつもより多めの肉が提供されたのは、この伝統があったからかもしれない。よく話題にのぼるが具体的な数字に表れにくいのが、クリスマスに行われる個人的な慈善活動だ。ホイットワース卿は、地元の陸軍歩兵連隊の名誉中佐の称号があったので、ある年のクリスマスに七百人の兵士全員をクリスマスディナーに招待したという。[8]そして時とともに、慈善活動はより家庭向けになっていった。マスタード製造から洗濯のりや漂白剤製造も手掛けたJ・J・コールマン社のオーナーは熱心な非国教徒［イギリス国教会にしたがわないプロテスタントの信者］だったが、クリスマスディナーに家族そろって食べられるだけのロースト用骨付き肉を従業員全員に配っていた。[9]肉の大きさは家族の人数によって決められていた（ミセス・コールマンが間違いのないよう気を配っていた）。二十世紀に近づくにつれて、他の会社のオーナーも従業員の子供のためにパーティーや茶会などを開くようになり、血縁はないが仕事でつながる者どうしの家族的な行事が行われるようになった。

かくして、クリスマスの中心はあいかわらず世俗的な行事だった。新聞、雑誌、本などの多くはキリスト降誕というテーマに一応触れはするものの、クリスマスに関しては世俗的、家庭的な内容の記事のほうがはるかに大きなスペースを占めていた。『クリスマスの本 *The Book of Christmas*』は、食べ物や飲み物の買い出しなどのクリスマス準備に十五ページをさいているが、宗教に関する記述は十行しかなかった。[10] アメリカではクリスマスの宗教的背景に対するおざなりの敬意と、スペースが足りないという問題の両方が実感できる出来事があった。一八五八年、『サン・アントニオ・ヘラルド』紙がクリスマスの起源をすっかり忘れてしまったらしく、「あなたがクリスチャンでも、ユダヤ人でもユダヤ人以外でも、すべての人に幸せなクリスマスが来ますように……教派の違いも関係なく[11]」と書いたのだ。また、中流階級向けの読み物にあった、クリスマスに小包を受けとった荒野に住むわな猟師の物語を第7章でとりあげたが、猟師はその日を「今日という日は……笑い、食べ、陽気にすごす日にしよう[12]」と決意している。

言うなれば、商業主義が宗教に接ぎ木されたのではなく、宗教が商業主義の幹に接ぎ木されたようなものだ。大量生産された商品が入手しやすくなり、それにともなってサンタクロースとプレゼントがクリスマス行事の中心となったこの時代、クリスマスの宗教離れは当然のなりゆきだった。アメリカのある衣料品店の経営者が一八七〇年代に配ったトレードカード［名刺が普及する以前に経営者が社交の場などで自分のビジネスの宣伝のために配った美しいカード］には、ひざまずいて祈るふたりの子供が描かれ、もう一枚のカードには「祈りは届けられた」とのキャプションとともに、プレゼントの箱をあける子供たちが描かれていた。[13] 添えられた詩では、子供たちは「イエス様」と呼びかけてほしいもののリストをあげ、最後に義理堅く「イエス様、パパにお恵みを」と付けくわえている。

一八九八年、ニューヨークの有名なデパートのウィンドウに、すべてハンカチで作られた長さ約三メートル、高さ一メートル半の教会が登場した。[14] 商品で作られた教会の登場から、商品を売る場所が教会に変容するまではほんの小さな一歩だった。フィラデルフィア出身のデパート経営者、ジョン・ワナメーカーは専業の聖職者ではないが牧師であり、後にアメリカ最大となる日曜学校を創設した人物だった。彼は一九一一年にデパートのフィラデルフィア本店を建てなおしてからは、毎年クリスマスにその広い催事場を大聖堂のようにしつらえ、キャロルや讃美歌の録音を流し、来店客には聖句を印刷したパンフレットを配った。[15] クリスマス気分が盛りあがったところで買ってもらおう、ということだ。

新しく生まれたもうひとつの習慣であるクリスマスカードを見ても、多くの人が宗教をほとんど気にかけていなかったことが一層よくわかる。現代のようなクリスマスカードが最初に作られたのは一八四三年、イギリスでのことだった。その二年前に、料金が一律一ペニーのペニー郵便制度が誕生している。最初のクリスマスカードを制作させたヘンリー・コールは、ペニー郵便制度の立案者の補佐をつとめていたのだが、これが偶然のはずはない。[16]* そのカードでは、中央のクリスマスの食卓のまわりに家族三世代がつどい、そこにはいない、キャプションに書かれた友人に向けて乾杯している。そしてその場面の両側には、慈善の贈り物をわたすシーンが描かれていた。カードは一枚一枚手で彩色されていたので、一シリングという非常に高価なものだった。このカード自体はあまり売れ行きがよくなかったが、その後、カードはぞくぞくと発売されることになる。

＊ ヘンリー・コール（一八〇八〜八二）は公務員であり、議会記録委員会の職員をしていた。しかし彼はすぐに、委員会の仕事は実働を伴わない閑職で、腐敗の温床になっていると訴えた。次いでローランド・ヒルの下で郵便制度の改革に取りくみ、鉄道制度の改革にも着手した。子供の本も書いている。インダストリアル・デザインでは一連の「アート・マニュファクチャー」（ペイント・ボックス）をプロデュースしたり、ミントン社と共同で開発したティーセットをコンクールに出して賞をとったりした。一八五一年のロンドン万博では事実上の運営責任者をつとめた。芸術とデザインを学ぶための学校設立も手がけている。彼が設立を担当したサウス・ケンジントン博物館は、現在のヴィクトリア・アンド・アルバート博物館だ。

アメリカ最初のクリスマスカードは一八五〇年に印刷され、プレゼントをもったサンタクロース、パーティー場面、プレゼントをあける家族が描かれていた。コールのカードと違って白黒印刷で、クリスマスのメッセージはなかった。かわりに「夢の神殿にあるバラエティストア、ピーズ」と書いてあり、つまりはある店の宣伝用のトレードカードだった。その後もこれと同じパターンの、クリスマスにちなんだ絵柄に「喜び」や「歓喜」などの文字が添えられたトレードカードが作られていた。ドイツ系移民のルイス・プラングが大規模な美術印刷会社を設立し、クリスマスの挨拶文も入れたアメリカ最初のクリスマスカードを売りだしたのは、一八七五年のことだった。その後プラングはアメリカ最大のクリスマスカード業者となり、ヨーロッパへも販路を広げた。彼には絵の素養があり、その経歴をカードのデザインに生かす一方で、多色石版印刷の技術にもすぐれていた。高価なカードには最新の流行を採りいれた装飾をほどこし、飾り房や縁どり、レース、スパンコールなどをあしらった。文学作品や子供向けの本の抜粋を印刷したカードもあった。適度な大きさで豪華に仕あげられ、内容にも工夫があるこれらのカードは、血縁でも、自分を頼る存在でもなく、特に贈り物をするほどの関係ではない人に挨拶がわりに贈るものとして重宝された。

クリスマスは何よりまず宗教的な祝日だと信じつづける人は、英語圏に流通するすべてのカードには初めから宗教的な内容はなかったと知れば、ショックを受けることだろう。ある研究者が、一八九〇年以前に印刷された十万枚のカードをその観点から調査したことがある。[17] 大半のカードには、ヒイラギ、ヤドリギ、クリスマス・プディング、サンタクロース、クリスマスツリー、ベルとコマドリ、食べ物とパーティーの絵柄がついていた。* それに次いで多かったのは雪景色とベル、時には雪景色の村に教会の尖塔があるような絵柄だった。十九世紀末にプラングが引退すると、多色石版刷りの世界をリードしてきたドイツの印刷業者たちが、クリスマスカードの市場を支配することになった。ドイツのカードには聖家族、天使、クリストキントが描かれていたが、それらと一緒にツリー、プレゼント、サンタクロースなどの世俗的な絵柄もついていることが多かった。[18]

＊ コマドリがなぜクリスマスカードの常連になったのかは不明である。[19] 赤い胸がヒイラギの実を連想させるからかもしれない。あるいはイングランドとアイルランドの一部に伝わる、十二月二十六日の聖ステファノの日にミソサザイを捕まえる風習からの連想かもしれない。少年たちがミソサザイの死骸を棒につるして、次のような詩を唱えながら村をまわる風習だ。

ミソサザイ、ミソサザイ、鳥の王様
聖ステファノの日にハリエニシダの中につかまった

ミソサザイは小さいけれど家族はたくさん
どうか、おかみさん、私たちにお菓子をくださいコマドリの赤い胸はハートをあらわし、前からバレンタインのカードに描かれていたのが、なんとなくクリスマスカードにも描かれるようになった、という説明のほうがわかりやすいかもしれない。

どの国でも食べ物や飲み物――七面鳥、ガチョウ、豚の頭、猟鳥、プディング、飲み物のびんやパンチのボウル――と、家庭のパーティーはカードの図柄として人気があった。一八七〇年代には擬人化された動物――人間の服装をしたり、人間と同じ行為をしていたりする――が流行した。いつも変わらず人気があったのは、昔のクリスマスをイメージした風景だった。中世やチューダー朝のクリスマス、田舎の邸宅や乗合馬車の風景だ。ドイツ製のカードには山や村の景色（冬景色も冬以外の景色もあった）が描かれることも多かった。送り手の写真を印刷した個人用カードを注文することもできた。スコットランドのダンディーにあったある写真店は、一八六〇年代に一ダースあたり六シリングの「クリスマスカード・ポートレート」の新聞広告を出していた。[20] この広告にそれ以上の説明がついていないところを見ると、読者はすでにそれが何か知っていたのだろう。しかし、キリスト降誕シーンの絵画を写真にとって使うこともできたはずなのに、そのような宗教的な絵柄のカードは、ふたりの歴史研究者がそれぞれ「非常にまれ」「微々たるもの」と表現したほど少なかった。[21]

クリスマス用のクラッカーはカードの数年前に登場し、あっという間に新しい慣習になった。ロンドンの貧困地区だったクラーケンウェルで菓子製造業をしていたトム・スミスは、自分の商品に特徴をもたせようと火薬をまぶした紙で菓子を包み、開けたときにパンと音をたてるようにして、「ファイヤー・クラッカー・スイーツ」と名づけて売りだした。[22] やがて菓子のかわりにちょっとしたおもちゃを入れ、包み紙に格言やジョークを印刷した紙片も入れて、今あるようなクリスマス・クラッカーが誕生した。トム・スミス社はクラッカーを専門に作るようになり、一八九〇年代には年間千三百万個のクラッカーを製造した。

もうひとつの比較的新しい慣習が、おもにドイツ語圏を中心に広まったアドベント・リースだ。[23] リースは何世紀も前から飾られてきた枝や葉の飾りであるグリーナリーを輪の形に整えただけのものだが、輪の中心にキャンドルを置く儀式は、ハンブルク市内でミッション・スクールを開いていたルーテル派の牧師、ヨハン・ヴィヘルンの思いつきだった。一八三三年から、彼はアドベント期間中の毎日曜日にスクールの子供を集め、キャンドルを一本ともしてはキリスト降誕の物語を聞かせ、募金を集めた。この行事はすぐ家庭にも広まり、教会や業者がリース、キャンドル立て、着色したキャンドルを作って売るようになった。

アドベントの日曜日の行事がドイツ以外の国にも知られるようになったのは二十世紀のことだが、リースよりあとに生まれたあるアドベントの行事は、リースよりも急速に広まった。アドベント・カレンダーである。もともとは、アドベントの最初の日曜日からクリスマスまでの日付を書いた手作りのカレンダーであり、時には、それぞれの日付のところに聖書の詩句が書いてあることもあった。一八三〇年代から一八七〇年代までのドイツ北部のある家庭の栄枯盛衰を描いたトーマス・マンの『ブッデンブローク家の人々』の中では、ブッデンブローク家のヨハン坊やが「〔乳母が〕作ってくれた、最後の日付のところにクリスマスツリーの絵のあるカレンダーの助けをかりて」クリスマスまでの日にちを数える場面がある。[24] この小説が発表された二年後、ミュンヘンのある文具商がアドベント・カレンダーを初めて商品として売りだすと、すぐに大人気となった。このカレンダーは、今ではアドベントの最初の日曜日ではなく十二月一日から始まる。[25] そうすれば、在庫が残っても翌年に持ちこすことができるからだ。初期のアドベント・カレンダーは毎日の日付のところに聖書の一節やきれいな絵がかいてあった。次にはその上に、めくったりはがしたりできるカバーがついた。ついには宗教色が薄れ、ジョークや菓子や小さなおもちゃ、あるいはテレビや雑誌の漫画に出てくるキャラクターがカバーの下から出てくるようになった。

生まれた場所から外に広まるまでに、ある程度の時間がかかった慣習もある。[26] クリストキント（幼子イエス）は昔の乱暴な野人に代わるものとして意識的に生みだされたわけだが、北欧の「聖ルチア」もそうだった。聖ルチアは信仰を守るために視力を失った三世紀の殉教者であり、それゆえに暗い冬の日々に光をもたらす守護神とされていた。十八世紀以降のスカンジナビアの多くの地域では、この聖女の祝日である十二月十三日に、聖ルチアに扮した女性が星のついた帽子をかぶった星の少年たちを――ある裁判記録によれば、それ以外のならず者も――つれて町へ出る。[27] 十九世紀になると、もうお馴染みのパターンでこの聖女の日も宗教色が薄れ、より家庭的な行事になった。今では家族の中でいちばん年下の女の子が、白いドレスを着てキャンドルのついたリースを頭にかぶり、夜明けに家族のもとへコーヒーとケーキをもっていくことになっている。フィンランドには、十九世紀初頭にスウェーデンから移り住んだ多くの人々とともにこの風習が伝わり、その後もスウェーデンからの移住者がこれを各地に広めた。そのうちスウェーデンの会社や商店はミス・聖ルチアを選出するようになった。市町村を代表するミス・聖ルチアも選ばれるようになった。スカンジナビア諸国からアメリカに移住した人々の子孫もこの風習を採りいれはじめ、一九五〇年代にはノルウェー系の人々も聖ルチアの日を祝うようになった。

このような風習は移民の祖国から移植されたもののように見えるが、実は新しくできたものだ。移民一世の人々は、旧世界の伝統的なものをきっぱり捨ててしまうことが多かった。しかしその子孫たちが遠い先祖の国の風習を学びなおし、もういちど作ろうとした結果うまれたものなのだ。一八九六年にはスウェーデン系アメリカ人の親睦団体ヴァーサ・オーダーが設立されたが、住人の三分の二がスウェーデン系というカンザス州の町リンズボーグでさえ、聖ルチア祭の行事が始まったのは一九六二年のことであり、行事そのものも地元商店の売り上げを伸ばすために町の商工会が後押ししたものだった。[28]

その他の点では、北欧の国々のクリスマスは西欧やアメリカほど家庭志向にはなっておらず、地域社会にひらかれた祝日としての性格を保っていた。もちろん中心は食べたり飲んだりすることだ。クリスマスのご馳走は地域によってさまざまだが、海岸地方ではルーティフスク（干したタラをやわらかくもどして調理したもの）や魚のスープを食べた。クリスマスのために屠畜した豚の料理を食べる地域も多かった。ほかにもニシンのサラダ、ライススープ、ライスプディングがあった。焼き菓子やパンはクリスマスの食卓に欠かせないもので、テーブルいっぱいに並んでいた。ノルウェーではクリスマス前日からテーブルいっぱいにご馳走を並べるユールボードと、クリスマスの朝に食べる冷たいブッフェ料理のコルトボードが定番だ。

北欧の多くの地域では、麦わらもクリスマスに欠かせないものだ。その昔、クリスマスイブには家族が麦わらを敷きつめた床で眠った。麦わらで人形、特にクリスマスの山羊をかたどった人形を作る風習もあった。麦わらで星型や正方形、長方形などを作り、飾りをつけて天井から下げるクリスマス・クラウンもあった。クリスマス・シーフ［シーフは束のこと］という、麦の束を家の外に置く風習もあった。この風習の起源は定かではないが、十八世紀中頃までは行われていた。これが古い異教の慣習のなごりなのか、死者に食べ物を捧げるためなのか、あるいは鳥のえさにするためなのか、諸説あるが本当のところはわかっていない。それでもこのシーフの絵柄は、小さな妖精ニッセとともに北欧のクリスマスカードやプレゼントの包み紙に、今もよく登場する。

これはよくあるパターンだ。クリスマスの風習やシンボルは、経済的に恵まれていない人々のあいだから生まれ、それが商品化され、大量生産されるようになり、愛されるようになり、時には世界中に、真の民俗文化を表すものとして広まっていく。直接には商品として売ることのできない、品物でなく考え方や行事のようなものも多いが、それらでさえ、本や雑誌に素朴な田舎の人々の風習として取りあげられることで、商品化され、売られるのである。特に十九世紀は趣味としての歴史研究の人気が高く、それだけに形を変えて新たに根づいた風習も多かった。真に昔のままの要素が残っている風習もあったが、ごく細い糸だけで昔とつながっているもののほうが多かった。さらに、意図的かどうかは問わないとしても、完全なでっちあげと言わざるをえないような風習も常にあった。ウィリアム・ホーンの『英国歳時暦 *The Every-Day Book*』は、ホーンが「過去から現在までの……庶民の娯楽、スポーツ、儀式、マナー、習慣や各種の出来事」[29]を概略すると語っている通り、さまざまな資料を編纂したものだ。そこにはたとえば、ケント州のふたつの川のあいだにあるサネット島の風習として「ホーデニング hodening」があげてある。馬の頭の作り物を持った人々が練り歩き、見物人にかみつく真似をするこの行事についてホーンは慎重に「私たちの祖先のサクソン人」の「古い風習のなごりかもしれない、としか言えない」（傍点は引用者が付した）と書いている。*

＊『バスビーのコンサートルームとオーケストラの逸話 *Busby's Concert Room and Orchestra Anecdotes*』と題する滑稽本を情報源として引用したことで、ホーンに対する信用はいくぶん損なわれている。二十世紀のある民俗研究の専門家は、ホーデニングの行事について最初に言及した資料は一八〇七年のものだと書いている。そして彼はさらに、伝統について書いた文章に「異教の」「豊穣」「ケルト」などの言葉が出てきたらその文章は疑わしく、「いけにえ」「ドルイド」「大地の女神」「草木の精霊」が出てくるものは「まったくナンセンス」だと、容赦なく付けくわえている。[30]

新しく作られた伝統もある。「スター＝アップ・サンデー」は、イギリス国教会でアドベントの前の最後の日曜日に唱えられる短い祈禱文の始まりの言葉「あなたを心から信じる者たちの心を、神よ、どうぞ呼び覚まして（スター＝アップして）ください」から名づけられた日である。[31]しかし今では、この日は昔からクリスマス・プディングを作る日だったと思われている。だがそれは昔からの風習ではなく、十八世紀末にある牧師が書いたパロディー詩のせいだった。その詩は一八四三年に出版された民間伝承を集めた本に収録されている。「どうぞ、煮たてて（スター＝アップして）

ください。鍋のプディングを。家に帰ったら私たちは熱々を食べますから」というものだ。その本の編集者も牧師だった。そして彼は、この日にプディングを作る伝統を不敬だとみなしていた。その後、何人かの作家が、スター＝アップ・サンデーという表現を、プディングには触れずに、日付を表すために使っている。もうすぐ学校がクリスマス休暇に入るという意味でこの表現を使う例もある。ベストセラー作家ローダ・ブロートンが、現代では「昔からそうだった」とされるプディングを作る日の意味でこの言い方をしたのは、一八七〇年になってからだった。『スター＝アップ・サンデー』が過ぎた。どこの家もレーズンとスエット［牛の腰まわりの硬い脂肪でプディングに使う］とオレンジピールを買ってある」と、それが当たり前のように書いている。

それほど多くの例はないが、それでも十九世紀を通して常に見られたのが、なんでもないことに昔の王侯貴族を結びつけようとする傾向だ。クリスマスのローストに使う牛の上等の部位に貴族の称号がついたのは、それが国王（ここでヘンリー八世とか、ジェームズ一世とかチャールズ二世とか適当な名前が入る）の前に出されたとき、王は「陽気に」この肉はとてもおいしいからナイトの称号を与えると宣言し、それを「サー・ロイン」と呼んだ[32]、という具合だ（古いフランス語でその肉の部位「腰《ロイン》の上」を意味するシュルロワーニュ〈surloigne〉がなまったものという、もっと平凡な説もあるのだが）。ほかにも、新聞記事が昔から好んで使う方法として、外国人を馬鹿にする、特に、面白い話をこしらえて外国人はクリスマス・プディングの作り方を知らない、と馬鹿にする手がある。たとえば○○（ここに有名な外国人の名前を入れる）は、クリスマスにやってくるあるイギリス人に敬意を表するためにクリスマス・プディングを用意しようと考え、自分のコックにその材料をわたしておいたが、いざ食卓に出てきたものを見ると、どろどろのかたまりだった。「彼は布巾で包むことをすっかり忘れていたのだ」（ここでたいてい感嘆符が入る）[33]。この主人公は、身分の高い中国人だったり、もっと近いフランスのアンリ四世やルイ九世だったりする。

一部だけ作り話が混ざった伝統も多い。新年を祝う火祭りはたくさんあるが、そのほとんどは古い伝統があるように見せかけているだけだ。スコットランドのマリー湾に面した町バーグヘッドでは毎年一月十一日にタールの入った樽に火をつけ、町の通りを転がす火祭りが行われる。一月十一日は、一七五二年にユリウス暦からグレゴリオ暦に切りかえられるまでは元日だったことから、一七五二年より古い伝統だと思われがちだ。しかしバーグヘッドの町ができたのは十九世紀初めなので、それより古い祭りならどこか他の場所からやってきたことになる。これと似たような例がシェトランド諸島のラーウィックで現在も続いている火祭り「ウップ・ヘリー・アー（Up-Helly Aa）」だ[34]。これは常々バイキングに起源をもつ祭りだと言われていて、その奇妙な名前は、非常に入り組んだ語源的解釈によれば、古いノルウェー語で「祭り」を意味することになっている。だが実際には、ウップ・ヘリー・アーの始まりは禁酒団体が一八七〇年代に、新年の祝いに若者が酒を飲みすぎるのを防ぐために企画したもので、その名称はアップ・ホリデー（休暇は終わった）が訛《なま》ったものだった。さらに、副司祭のフランシス・キルバート師が一八七七年の日記に、ヘレフォードシャーの人々は「元日に低木の茂みを燃やす古い風習がある……元日の早朝には谷全体が炎で赤く輝くようすが見える」[35]と書いたとき、彼が言われた通り、見た通りを記録したのは確かだろう。しかし一八五〇年代より前にはそのような記録はなく、二十世紀初めにはすでにそのような祭りは姿を消していた。

一方スコットランドとイングランド北部では、変化はクリスマスの形そのものに起こっていた。スコットランドでは十七世紀からクリスマスは公式の祝日とは認められていなかったが、禁止を厳密に守るかどうかは地域によって差があった。政治の中枢から地理的に遠いほど、住人が禁止を守らない傾向にあった。アウターヘブリデス諸島とシェトランド諸島では、十七世紀以前の古いクリスマス――長く続く祝祭、特別なパンやケーキ――の伝統が絶えることなく続いていた。クリスマスを禁止したスコットランド長老教会が成功したのはクリスマスから宗教色を除くことだけであって、それは人々にとってはどうでもいいことだった。

政府の目が届きやすいところでは、クリスマスのさまざまな行事を宗教的な意味をもたない大みそかと元日に移動させて祝う方法もとられた。それなら禁止されることはない。子供たちが家々をまわり「ホグマネー hogmamay」あるいは「ハングマン hangman」などと言って、ちょっとした菓子や飲み物や金銭をねだる、ワセイリングに似た行事をする地域もあった。[36*] そのとき子供たちが歌いながら歩いた詩は次のようなものだった。

＊『オックスフォード・イングリッシュ・ディクショナリー』は若干の躊躇をまじえながらも、「ホグマネー」の語源は中期フランス語で新年を表す言葉だとしている。さらにつづりのバリエーションとして hagmena, hagman heigh, hagnuna, hogmena, hagmana, hagmane, hagmonay, hoguemennay, hog-money, hugmenay, hogmanay 等々たくさんの例をあげている。

今夜は大みそか、あしたは元日だ
私たちの権利と光にかけて私たちは来た
ハリー王の時代にしていたように
さあ歌おう、ハングマン、ヘイ!

古き良き時代のイギリスの意味で「ハリー王」の時代と言っていることから、これは十九世紀の創作のように思われる。事実、「ホグマネー」が十八世紀以前に使用された唯一の例でも、新年の贈り物の意味で使われていた。

「元日の初客」などと呼ばれる風習も、新しく作られたもののひとつだった。これは、一家の新しい年の運勢は、元日に最初にその家の敷居をまたいだ人で決まるというものだ。時とともに、この風習に地域ごとのバリエーションが加えられた。一般に、初客が女性なのは不運のしるしだった。髪の黒い男性なら幸運が訪れるというところもあれば、金髪の男性が幸運のしるしというところもあった。初客が贈り物をもってきたら、あるいは「皆さまの健康がいく久しく損なわれることがありませんように」などの一定の決まり文句を口にしながら入ってきたら、あるいは部屋の中を定められた方向にまわったら――幸運がやってくるという地域もあった。

第10章　大みそかとクリスマスイブ　キャロル集

19世紀のクリスマス　4

　多くの人にとって元日は、来るべき十二か月の幸運を無邪気に願う日というよりは、それを祈る日だった。一七四〇年代、ブリストルのメソジスト教会の信者たちは、満月の日に――明かりのない夜道を安全に歩くためにその日が選ばれた――讃美歌を歌い、祈り、聖書を読む「夜の礼拝」を始めた。この礼拝はしだいに大みそかの夜に行われる「除夜の礼拝」となり、一年の行動を振りかえって至らなかった点を反省し、来年こそはと誓う時になった。十九世紀になると福音派の多くの教会の会衆も「除夜の礼拝」を始め、今ではクリスマスイブにも行われるようになった。高教会派もそれに続き、たとえばリーズのセント・セイヴィアー教会ではクリスマスイブに聖餐式を行い、高さ三メートルのツリーと入念に作られたキリスト降誕シーンがそれを見守っている。

　インディアナ州の銀行家カルビン・フレッチャーは一八二九年にメソジスト派になっていたが、初めはこの礼拝にあまり興味を示していなかった。一八三〇年の元日の日記を見ると、「一発の銃声もなく、新年の贈り物をねだって通りを駆けまわる子供もいない」[1]と、その静けさに驚いている。

彼が「メソジスト教会で……新年が訪れるまで続く集会」に参加したのは、一八三三年から一八三四年にかけての大みそかが初めてだった。「新年の抱負」ということばが『オックスフォード・イングリッシュ・ディクショナリー』に初めて収録されたのは一八五〇年だが、その概念はもっと前からあった。[*] 厖大な量の覚え書きを残したことで有名なグレビルは、一八七三年を振りかえってこう書いている。

＊『オックスフォード・イングリッシュ・ディクショナリー』の用例は昔から新聞や雑誌などの最新の記事ではなく書籍からとられることが多かったので、新しいことばが収録されるまでに時間がかかることもあった。しかしこの「新年の抱負」についていえば、一八五〇年以前の用例はほかでも見つけられなかった。だが私が発見した最初の用例も、一八六四年の『ベルファスト・ニュースレター』紙で見つけたその次の用例も、すでにお馴染みの表現であるかのようにこの言葉を使っていた。

この一年、私は何をしてきたか——非常に怠惰で無益な日々を過ごした。ほとんど本を読まなかった……そして、そのせいでずっと満足できなかった。だから、もうこんな生活はやめると固く決意した……決意というよりは希望をこめて、私は新しい年を始める。心を入れかえて生活を一新するのに遅すぎるということはない、との信念とともに。[2]

とはいえ、グレビルよりカルビン・フレッチャーのような人のほうがもちろん多かった。フレッチャーは規則的に礼拝に通っていたが、大みそかの騒々しいお祭り騒ぎにも魅力を感じていた。祝砲など火薬を使うお祭り騒ぎはイギリス系以外のコミュニティから始まったものだが、インディアナ州でもさかんになっていた。十九世紀初頭、第三代大統領ジェファーソンが西海岸にいたる通商路開拓のために派遣したルイス・クラーク探検隊の指揮官は、部下のクリスマス行事に祝砲などが含まれるのは当然と心得ていた。クラーク中尉は一八〇三年の日記に、「クリスマスを祝う空砲の音で目がさめた。部下の何人かが酔っているようだった［「ふたりがけんかした」と書いてから、線を引いて消してある］。彼らはうかれ騒ぎ、一日中祝砲を撃っていた……[3]」と書いている。十九世紀のプロイセンでは、十二月二十四日から二十六日までは、祝砲などの「騒音をたてる行為」は法律で禁止されていた。[4]一方スウェーデンでは「クリスマスの祝砲」は伝統的な行事だった。[5]鉄砲をもった男は近所の家に忍びより、（多分、空中に）発砲し、正体を知られないうちに走り去るのだった。

　クリスマスや新年に祝砲を撃つ風習はドイツやスウェーデンからの移住者が住む多くの地域で見られることから、おそらく彼らがアメリカに持ちこんだのだろう。アメリカに入ったこの風習は、やがて花火や爆竹や小型の打ちあげ花火に進化した。*異なる風習が出会うことで、新しくコミュニティに加わった移住者と前からの住人のあいだにあつれきが生じることもあった。一八四九年にヒューストンに移住してきたあるドイツ人は、クリスマスイブに「テキサス人」と一緒に家々をたずね歩き、空砲を撃っては住人を起こしてまわった。[6]クリスマスに祝砲を撃つ風習はその地域ではまだ知られていなかったが、襲撃を受けたわけではないことがわかると、住人も彼らをこころよく迎えた。彼らが賢明にも「鞍袋に入るだけのウィスキーを」持参していたからかもしれない。ある住人のグループは、この新しいドイツ人の友人の去りぎわに「まったく、あんたは大したドイツ人

（Dutchman）だ**」とほめたそうだ。

＊　有名な「タイムズスクエア・ボール」（報時球《ほうじきゅう》）は、中西部出身のドイツ系ユダヤ人の息子、『ニューヨーク・タイムズ』社主のアドルフ・オックスが考案したものだ。はじめ彼は、新年を迎えるために中西部のドイツ人風の花火を打ち上げていた。トリニティ教会前の広場で毎年新年を迎えていた群衆は、当然そちらへ移った。そして一九〇七年、オックスは新しいイベントとして、むかし港湾の測候所などにあった、長い棒の上にとりつけたボールを毎日一定の時刻に落として船員に時を告げるための「タイムボール」（報時球）を使うことにしたのだ。

＊＊　「ダッチDutch」は今ではオランダ人を表すが、「ペンシルベニア・ダッチ（Deutsch）［ドイッチュと発音すればドイツ人の意味］」のダッチはおもにドイツ南西部、アルザス地方やモラビア地方（モラビア兄弟団については前述）の出身者のことだった。

フィラデルフィアの住人はイングランドの無言劇とドイツのラインラント（ライン川の西部地方）からの移住者が伝えたベルスニクリング、さらには北欧出身者が伝えた「第二のクリスマス」の行事も楽しんでいた。「第二のクリスマス」は十二月二十五日を家族水いらずで静かに過ごしたあとの二十六日に、友人知人を訪ねる風習である。お祝いの食事としては、七面鳥とプラムプディング、七面鳥とザウアークラウトが人気の組みあわせだった。[7]アメリカ南部と南西部では、南ヨーロッパ、特にスペインで行われていた公現祭にかがり火を燃やす風習とメキシコのランタン祭がひとつになって、クリスマスイブの行事になった。ルイジアナの大かがり火はミシシッピ川に沿ってテキサスとニューメキシコに伝わり、ルミナリアまたはファロリトスという紙製のちょうちんをいくつも飾る行事になっている。[8]

移民一世の子供が大人になる頃には多くのクリスマスシーズンの慣習の起源は忘れられ、その次の世代にとっては、もはやドイツやオランダやノルウェーやスペインやフランスの慣習ではなく、彼ら自身の慣習になっていた。ウィスコンシン生まれ、ミネソタ育ちの経済学者ソースティン・ヴェブレンの両親はノルウェー出身で、故郷のノルウェーの慣習にしたがって、クリスマスイブから第二のクリスマス、そして「クリスマスから十三日目（公現祭）」までを過ごしていた。しかしソースティンと彼の兄弟は、現代のアメリカの慣習にしたがって、クリスマスプレゼントにおもちゃをもらっていた。[9] 一八七〇年代のモンタナの鉱山町には、モンテネグロ、セルビア、アルバニア、ブルガリア、ウクライナ、ロシア、イングランドのコーンウォールの出身者が住んでいた。[10] 東方正教では一月七日にクリスマスを祝う。スラブ系の人々はクリスマスイブの晩に小麦をばらまいて「キリストがお生まれになった」と言う。コーンウォールの出身者は仮装して家々をまわり、ワセイリングやクリスマスの薪（ユール・ログ）の風習を守り、その下でカップルがキスをかわす枝飾りに非常によく似たものを天井からつるした。[*]

＊ この記録には現実にはありそうもない記述もあった。スラブ系住人の家を訪問した人が暖炉にあった三本の薪のうちの一本にキスをしたというのだ。真冬のモンタナで暖炉の薪に火がついていないとはとても考えられないのだが。

クリスマスの行事が屋内の家族中心のものになっても、音楽はまだ、屋外の大きな楽しみのひとつだった。イングランドでは十六世紀から十七世紀にかけて「ウェイト」と呼ばれる少人数の楽隊が市町村に雇われて屋外のイベントで演奏していたが、これがしだいにクリスマス限定のものになっていった。ロンドンのウェストミンスター大聖堂区の住人は「古き徹夜祭（Ancient Wake）」と呼ばれるいくつかの楽団に許可を与え、クリスマスシーズン限定で真夜中過ぎから路上で演奏させた。無許可の楽団もそれに加わって陽気に演奏したという。十九世紀には、この真夜中の演奏に文句をつけるという新しい「気晴らし」が生まれた。「すこやかに眠りたい善良で穏やかな人々には邪魔でしかない」とヨークシャーに住むある教師が一八二六年の日記にうめくように書いている。「あの者たちは人を眠らせず、そのくせずうずうしくも報酬をよこせと求めている」[11]

もっともこの夜の音楽は、ほとんどの場所で歓迎されていた。イギリスでは十八世紀に新しいキャロルが生まれていたが、中流以上の人々は年に一度の村の楽団のセレナーデぐらいしかキャロルに出会う機会がなかったのだ。オリバー・ゴールドスミスの『ウェイクフィールドの牧師』［小野寺健訳／岩波文庫／二〇一二年］にあるように、これは辺鄙な田舎にはよくあることで、「今もクリスマス・キャロルを歌い続けている」ことからもわかるように、村人は「大昔の簡素な生活を保って」[12]いた。

ドイツでは状況が異なり、キャロルを愛することにかけてはイギリスやアメリカの比ではなかった。そして一八一八年にはもっとも有名なドイツのキャロル「いざ歌え、いざ祝え O du Fröliche」が、その二年後には「きよしこの夜 Stille Nacht, heilige Nacht」（一八五九年に英語の訳詞ができ、その前後にも多くの言語に訳されている）が作られると、ドイツのキャロルはさらに多くの人々を魅了した。*ここにあげた二曲はどちらも一応はキリスト降誕に関係のある詞になっているが、同じくらい有名な「モミの木 O Tannenbaum」には一八二四年に新しい詞がつけられ、その「明日はサンタクロースがやってくる Morgen kommt der Weihnachtsmann」という詞はツリー、おもちゃ、そしてまたおもちゃ、がテーマである。

＊クリスマスに関する話題にはよくあることだが、このキャロルについても、じつに魅力的だが完全に嘘っぱちの古い逸話がある。[13] オベルンドルフという小さな町の教会のオルガンが、何より大切なクリスマスの礼拝の直前にこわれてしまった。そこで副司祭のヨーゼフ・モールが詞を、オルガン奏者の助手フランツ・クサーバー・グルーバーが曲を大急ぎで書き、ギター伴奏つきのキャロルができたという話だ。しかし本当は教会のオルガンはこわれてなどおらず、このキャロルができてから何年も使われていたという。さらに、たまたまこの曲を聞いた民謡好きの人がこれを「本物の」チロル民謡だとして、一八二三年にライプツィヒで開いたコンサートで紹介すると、客のひとりだったある楽譜出版社の社員がこの曲を伝統的な曲として出版してしまった。モールとグルーバーが本当の作詞作曲者だと公認されるまでには少し時間がかかった、という大して面白くない話なのだ。

イングランドでは一八二二年に、下院議員で特にコーンウォールの歴史に興味をもつ歴史愛好家デイヴィス・ギルバートが『イングランド西部で公式に歌われていた古いクリスマス・キャロル』を出版した。これはイギリス初のキャロル集というわけではない。それまでにも、安物のキャロル集や一枚刷りで出されたものはたくさんあった。しかし、裕福な中流階級の読者を対象とし、「迷信を信じる無学な人間が書いた」[14] ために簡単に捨てられてしまう一枚刷りの楽譜ではなく、それなりの地位の家庭と高位聖職者の生活にキャロルをもたらしたという意味では、最初の歌集と言えた。初版では八曲しか収録されていなかったが、翌年の第二版には十一のキャロルが加えられた（そのうち今もよく歌われているのは「まきびと羊を The First Noel」だけだ）。この本の重要な点は、何が収録されていたかではなく、この本がどう受けとめられたか、である。この時代の多くの歴史家と同じようにギルバートも、そして少し前に『ウェイクフィールドの牧師』を書いたオリバー・ゴールドスミスも、このキャロル集をタイムズ紙のいう「過ぎ去った時代の標本」、「大切に守るべきもの」、今は消滅してしまった伝統を記録した貴重な宝物だと見なした。[15] ウィリアム・サンズも同じ意図で一八三三年に『クリスマス・キャロル——古いものと新しいもの』を編纂したが、ギルバートの本と違って、「まきびと羊を」「神が歓びをくださるように（星かげさやけき）God Rest You Merry, Gentlemen」「猪豚の頭のキャロル（花たば添えた）The Boar's Head Carol」「明日はわたしが踊る日 Tomorrow Shall be My Dancing Day」「三艘の船を見た I Saw Three Ships」「天には栄え Hark the Herald Angels Sing」など、今もまだ歌われているキャロルが数多く収録されている。

一八二六年、ウィリアム・ホーンは『英国歳時暦 *The Every-Day Book*』で、彼の中流層の読者にキャロルを紹介したが、それはまるで彼らにとって未知のものを教えるような書き方だった。キャロルという言葉自体のややこしい語源や由来（完全に間違っている）について語ったあと、彼は聖職者の世界へ読者を導く。ただし、「昔、司教はクリスマスに他の聖職者とともにキャロルを歌っていた[16]」と書いたかと思うと、その直後に「（本書では）家庭内での使用」だけをとりあげる、などと奇妙な文章が続いている。実を言えば彼はそう書くしかなかったわけで、聖職者はキャロルとはほとんどかかわりがなかったのだ。そう、キャロルは世俗的、民衆的なものだった。が、それではホーンたち歴史愛好家が望む厳粛さや気高さという性質をキャロルに付与することができない。そこでホーンは、比較的新しい風習をとりあげ、それに合う歴史を作りあげた。つまり、本来は世俗的なキャロルに宗教的な意味をこじつけたのだ。そしてさらに重大なことに、労働者階級が路上で行っていた慣習を、中流階級の家庭内の慣習として紹介してしまった。キャロルの収集家は、その後何十年もホーンらの「説」を踏襲し、人気のある庶民的なキャロルを「洗練された聞き手の興味には堪えない」「まったくのクズ」「すぐれた嗜好と道義心」に反する、などと言って取りあわなかった。[17] サンズは、キャロルはロンドン、バーミンガム、「その他の場所」（とあいまいに言葉をにごして）――要は大都市ということ――の一枚刷りの庶民的な印刷物によって伝えられてきたと認識し、そう書いてもいるが、歴史愛好家の性《さが》で、それらのキャロルの起源を、現実には存在しない、牧歌的な美しいイングランドに求めた。[18] 実際にキャロルが花開いていた場所――いち早く工業化したほこりっぽい都市――の現実を離れた、もっと本物のイングランドらしい場所に求めたのだ。同じ理由で「世界に告げよ Go Tell it on the Mountain」など十九世紀に作られた黒人霊歌も、文化の主流にいる人々から価値を認められるには二十世紀の到来を待たなければならなかった。

都市の労働者階級の世俗的な歌をキャロルらしく見せかけるひとつの方法は、教会の礼拝に組みいれることだった。ちょうどその頃、イギリスで儀式を重んじる高教会派が勢力を増したことで合唱の重要性が高まり、それまでの小規模で組織化されていないグループの歌唱に代わって、言わば組織化された合唱団の演奏会のようなことが行われるようになっていた。そして、そうした演奏会では讃美歌のあいだに庶民的なキャロルも混ぜて歌われた。やがて、庶民的なキャロルが教会で歌われるようになったのは最近のことだとは誰も信じなくなっていた。一八七二年に出版されたR・R・チョープの『教会で使うためのキャロル *Carols for the Use in Church*』の冒頭には、「礼拝時にキャロルの使用を回復する」（傍点は引用者が付した）のは「時間と手間のかかる」作業だった、と何気なく書かれてある。[19] また、キャロルは十八世紀には「教会で一般に歌われていた」などと歴史に反することも平気で書いてある。リーズのセント・セイヴィアー教会ではクリスマスイブの深夜の礼拝の始めに、副司祭のチョープ自身が「讃美歌」と呼んだ歌――「神の御子は今宵しも O Come All Ye Faithful」を歌っていた。[20]＊ クリスマスに宗教的な歌を歌うという新しい流行を盛りあげるため、牧師たち（一部にはその妻なども）がたくさんの新しいキャロルを書き始めていた。「ダビデの村に Once in Royal David's City」の詞を書いたのはアイルランドの首座司教の妻だった。「我らは来たりぬ We Three Kings of Orient are」はペンシルベニアの教区牧師が、「神の子イエス Away in a Manger」の詞はおそらくペンシルベニアのルーテル派の信徒が、「天なる神には It Came Upon a Midnight Clear」の詞はマサチューセッツのユニテリアン派の牧師が詞を、教会のオルガニストが曲を、「ああベツレヘムよ O Little Town of Bethlehem」の詞は監督教会派の牧師が書いた。

＊ このような態度は長く続いた。一九九二年刊の『新オックスフォード版キャロルの本 *New Oxford Book of Carols*』の編者たちでさえ、世俗的なキャロルに関する厖大な知識がありながら、宗教的なキャロルを「食べたり飲んだりばかりの退屈な羅列」で型にはまった内容だとけなしている。[21] つまり、「宗教的なキャロル」の存在は認めているわけだ。

意外な作者によるキャロルもある。「天には栄え Hark the Herald Angels Sing」はメンデルスゾーンの曲の一部を使っている。メンデルスゾーンはユダヤ人の家庭に生まれたが、子供のときに洗礼を受けていた。「さやかに星はきらめき O Holy Night」はユダヤ人の作曲家アドルフ・アダンの作だ。宗教色のまったくない「ジングルベル」は一八五七年にある教会のオルガン奏者のジェームズ・ピアポントが作曲したものだが、スティーブン・フォスターのミンストレルソングのコーラス部分をもとにしている。[22]＊

＊　スティーブン・フォスター（一八二六～一八六四年）は「アメリカ音楽の父」と呼ばれ、二百以上のパーラーソング［中流以上の家庭の居間でピアノなどを弾きながら歌う歌］やミンストレルソング［白人が顔を黒く塗って黒人の真似をするミンストレルショー（労働者階級の白人の娯楽だった）で歌われたバンジョーやフィドルなどの伴奏で歌う歌］を作った。「ケンタッキーの我が家 My Old Kentucky Home」「金髪のジェニー Jeanie with the Light-Brown Hair」「おおスザンナ O! Susannah!」「草競馬 Camptown Races」「故郷の人々（スワニー河）The Old Folks at Home (Swanee River)」「夢路より Beautiful Dreamer」などが有名だ。

このようなキャロルの大衆化は大成功で、サンズの曲集の出版からそれほど時を置かないうちに、キャロルは昔からあり、ずっと人気があったと誰もが思うようになっていた。ある男性が一八六〇年代にハンプシャーで過ごした子供時代を回想して、二十年前に歌詞が英語に訳されたばかりの「神の御子は今宵しも O Come All Ye Faithful」などの「古いイングランドのキャロル」（傍点は引用者が付した）を歌っていたものだと語っている。[23] 一九〇三年、ある雑誌がオックスフォード大学はその「古くからの」伝統、つまりキャロルを歌う礼拝と、クリスマスツリーと、『メサイア』の抜粋の演奏を今も続けていると称賛する記事を書いた。[24] この三つはどれひとつとして、百十年以上の歴史はもっていない。それが今や全部「古くからの」と言われる。新しい風習が古くなるのはあっという間であり、かつ、次々に新しい命が吹き込まれるのである。

このようにあらゆる風習が――神聖なものも世俗的なものも、キリスト教的なものもユダヤ教的なものも、白人の風習も黒人の風習も――お互いがお互いの上に接ぎ木されたように、アメリカ国内でのクリスマスシーズンの過ごし方もまた、国民のさまざまな出身地のものがつぎはぎになっていた。したがって祝日の過ごし方は、場所と住人によって異なってくる。

南部と南西部は、アメリカ風のパーティー文化地帯だった。特に共同体単位で用意することが多い食べ物は非常に重視されていた。そして飲み物はそれ以上に重要だった。十九世紀を通して、クリスマスでは多くのバーや居酒屋が「友人や得意客」に無料で酒をふるまった。[25]『リーマスじいやの物語――アメリカ黒人民話集』〔河田智雄訳／講談社文庫／一九八三年〕で有名なジョーエル・チャンドラー・ハリスは、南北戦争中の山国での暮らしを描いた別の物語も書いている。その中で「平和と豊かさがあった昔の日々を彼らに思い出させる」ために用意された食事は、「本物のクリスマスディナー」だった。[26]アップルダンプリング〔リンゴの芯を抜いて砂糖やシナモンを入れ、パイ皮で包んで焼いたもの〕、チキンパイ、子豚のバーベキュー、羊と七面鳥。テーブルの真ん中にはエッグノッグの入った大きなボウル。ある女性がそれを見て悩んでいたが、自分に言い聞かせるように「この中にはクリスマスがいっぱい入っているから、それを私の中に入れると思えばいいのよね」と言う。ここでは「クリスマス」は酒の同意語らしい。

事実上、エッグノッグは十二月の国民的飲料だった。テキサスがメキシコから独立して共和国になったときの初代大統領サム・ヒューストンは、一八三六年十二月二十五日に「常にしらふで真剣に努力を続けることによってのみ、立派な共和国を作ることができる」[27]と演説した。演説のあとはダンスとエッグノッグだった――クリスマスでは、しらふでいることは必ずしも正しいことではなかったのだろう。*

* 十九世紀のエッグノッグには侮れない量のアルコールが入っていた。あるレシピによれば、牛乳一パイント（五百六十八ミリリットル）あたりブランデー半パイントとマディラワイン一パイント（合計八百五十二ミリリットルのアルコール）を入れるとある。[28] 現代のレシピの一例を見ると、牛乳九百四十ミリリットルにアルコール百七十五ミリリットルだ。

ジョン・ピアポントはのちに奴隷制度廃止運動の指導者となるが、若い頃にサウスカロライナの農園主の子供の家庭教師をしたことがあり、その機会に南部におけるクリスマスの飲酒の実態をつぶさに見たという。* 奴隷たちに与えられた二、三日の休みは、主人が注文したクリスマス用の肉料理を食べ、歌い踊って「浮かれ騒ぐ」ことで「一年分の苦労を多少なりとも軽くするための」ものだった、と彼は書いている。それは「酒神バッカスの饗宴にも古代の享楽にもまさるほどの祝宴だった」。しかし彼らのお楽しみは「手桶二、三杯分は入る桶に入れられた……ラム酒と砂糖と水がもたらしたものだった。それが彼らのあいだを運ばれ、全員そこから飲み物をくんで自分のカップを満たすのだ」[29]。逃亡奴隷を経て奴隷制度廃止運動に身を投じたフレデリック・ダグラスが書いたように、クリスマスは主人たちが奴隷の「反乱の動きを」封じこめる手段だった。[30] 三百六十五日のうち三日間だけ公認された飲酒と公認された馬鹿騒ぎは義務であり、「クリスマスの休みに酒を飲んで酔わないことはけしからんこと」だったのだ。

＊　この人と「ジングルベル」を作ったジェームズ・ピアポントは兄弟で、ふたりは後に銀行家となるJ・P・モルガンの叔父にあたる。

十九世紀も後半になると、クリスマスの行事はしだいに、大人の奴隷のための行事から奴隷の子供たち中心のものになる。主人の家庭における変化と同じことだ。時には主人がサンタクロースに扮してプレゼントを配りもした。奴隷の子供たちがツリーを見たり靴下をつるしたりするために「お屋敷」に招かれることもあった。しかし主人にとってそれは、南部のクリスマスに付随するささいなことにすぎなかった。南部のクリスマスと言えばとにもかくにも、もてなし、パーティー、娯楽である。前出のアーヴィングの小説のブレイスブリッジ邸が良い手本になっていた。気前のよい大地主が気前のよいプランテーションの農園主にかわり、幸せな小作人が幸せな奴隷にかわっただけのことだった。しかし現実はそれよりもっと騒々しく、もっと酒びたりだった。男も女も子供も、みんな酒を飲んだ。[31] 朝食の強いエッグノッグに始まって夜遅くまでずっと飲んでいた。加えて、実在したことのない古き良きイングランドの屋敷解放のイメージにしばられ、金銭面の微妙な話は表面化しにくくなっていた。ミシシッピ州のある農園主の娘の回想によれば、彼女の両親は「どうせみんな来るだろうから」[32] と言って招待状を出さなかった一方で、一晩は退職した農園の監督たち、もう一晩は「ただの隣人たち」のもてなしにあてていたという。

アメリカ北部でも飲酒はクリスマスの一部だったが、すでに「彼ら」と「私たち」の区別がはっきりしていた。町へ出て酒を飲みうるさく騒ぐ若者たちと、家で妻と子供とすごす上品な男性たちのことである。クリスマスシーズンの過ごし方の変化については、ジョン・ピンタードが一八一六年から一八三三年にかけて書いた書簡を読めばよくわかる。[33] 初めのうちは大みそかの「楽団……バグパイプ、太鼓、横笛、少年たち、ベルの音……夜が明けるまで」続く騒ぎについて書かれていたのが、家族でクリスマスを祝うようになると、「静かな食卓にいる両親と妹から」その場にいない娘とその家族に向けた乾杯だけになっている。一八三一年の話題はもっぱら靴下とサンタクロースとミンスパイだ。

カナダとの隣接地帯でも似たような変化が起きていた。大西洋沿岸地域にはアカディア人と呼ばれたフランス系入植者が住んでおり、旧世界の伝統が色濃く残っていた。[34] 一八六七年になっても、ニューブランズウィック州のある新聞に掲載されたクリスマス関係の記事は、深夜のミサに関するものだけだった。クリスマスプレゼントの広告はひとつもなく、やっと「メリー・クリスマス」という言葉を載せたときも、フランス語でなくわざわざ英語で書いて、これは外国の習慣だということを強調していた。ケベック州のある一家では家族や友人が集まって夜のパーティーを開き、飲食を楽しみながら歌ったり踊ったりしたが、大西洋に面した州のある信心深い一家のように、深夜のミサに出てから家族でささやかなパーティーをする人々もいた。ニューブランズウィック州のクリスマス料理に、すりつぶしたジャガイモで豚肉を包んでゆでたプティーヌ・ラペがある。これはドイツ料理のクヌーデルと同じもので、十八世紀後半にペンシルベニアの入植者がカナダに持ちこんだ。イギリス人入植者のいる地域では、プラムプディングをプティーヌ・アン・サック（袋に入れたプティーヌ）やプティーヌ・オ・レザン（レーズン入りプティーヌ）の名前で取りいれていた。*

フランス西部にはミ＝カレームというおばあさんが四旬節に（ミ＝カレームは四旬節の中日の意味）良い子たちに菓子をやるという風習があった。カナダの大西洋岸地域では、十九世紀にこのおばあさんがクリスマスプレゼントを持ってくるようになったので、サンタクロースは十九世紀末まで出る幕がなかった。

＊ 現代のケベック名物プーティン（フライドポテトにグレーヴィーソースとチーズカードをかけたもの）は二十世紀後半になって生まれたものだ。[35] プーティンの語源としては、英語の「プディング」、フランスのプロヴァンス地方の方言で「まずいシチュー」、ラングドック地方の方言で「混ぜ物」を意味するなど、さまざまな地方の言葉が候補にあがっている。

ミ＝カレームのおばあさんの場合は、せいぜいプレゼントを届ける日がキリスト教のひとつの祝日（四旬節）から別の祝日（クリスマス）に変わっただけですんでいたが、アメリカではクリスマスを祝う人々の勢力が非常に強かったので、他の宗教は自分もクリスマスに参加したり、あるいは別の祝日を作って対抗するなど、それぞれの手段をとりはじめた。一八七七年の『フィラデルフィア・タイムズ』紙はこう書いている。「ヘブライの同胞たちも孤高を保ってはいなかった。多くのユダヤ教徒の家にもクリスマスツリーが飾られ、ユダヤ人の子供もキリスト教徒の子供と同じようにツリーを喜んでいる。子供のひとりは『ほかの人の家にもあるから、私の家にも飾ったのです』と語った[36]」。「ほかの人の家にもある」というのは重要なことだ。ユダヤ教の祝日ハヌカ［ヘブライ語で奉献の意味。日付はユダヤ暦では決められているが、西暦では十二月のいずれかの日となる］は、昔も今もあまり盛大に祝うことのない祭りだ。＊ アメリカでこのハヌカに前より多くの人が参加するようになり、同時に宗教色が薄れていったのは、クリスマスツリーが宗教のかき根を越えて広く普及したのとほぼ同じ十九世紀後半のことだった。これは偶然ではない。アメリカに住むドイツ系ユダヤ人は、ドイツでツリーを見なれていた。しかしロシアやポーランド出身のユダヤ人にとっては目新しいものであり、それは自分たちがはやく同化したいと願っているアメリカの象徴に見えたのである。宗教は関係なかった。[37]

　ユダヤ教の神学者や教師は一八七〇年代頃から、それまで無視してきたクリスマスに彼らの新しい伝統を付与することにした。キリスト教の日曜学校にあたるユダヤ教の学校では、キリスト教の降誕物語に対応する物語を教えはじめた。子供たちはキャロルのかわりにハヌカの歌をならい、キリスト教徒の子供がツリーにキャンドルを飾るように、メノラー（八本の枝と九つの火皿がある祭事用の燭台）に八夜にわたってキャンドルを灯した。そして「家族のパーティー、楽しいひと時、プレゼント、貧しい人への施し、子供の楽しみ」のための祝日となったハヌカに、プレゼントをやりとりするようになった。ハヌカが盛大に祝われるようになり、現代までずっと盛大に祝われ続けているのは、クリスマスに対抗するものと位置づけられたからだという説がある。現代のイスラエルではハヌカは二次的な祝日であるが、アメリカのユダヤ人社会では、クリスマスと同じように、子供だろうと、ユダヤ教の信者でなかろうと、ユダヤ教以外の共同体に同化して暮らす改革派のユダヤ教徒であろうと、みんなが広く祝う祝日になっているという事実は、たしかにこの説を裏付けている。

＊　ハヌカの歴史的背景は紀元前二世紀にさかのぼる。セレウコス朝シリアのアンティオコス四世エ

ピファネスがユダヤ教の聖地エルサレム神殿を破壊したあとにゼウス神殿を建設しようとした。ユダ・マカバイは四人の兄弟とともに反乱軍を指揮して戦い、紀元前一六五年にシリア軍を打ち破った。エルサレム神殿に奉献する火を灯すためには神官が清めた油が必要だったが、残っていたのは一壺だけで、一日灯すのがやっとの量だった。しかしその油で灯した火は奇跡的に八日間燃え続け、追加の油を清めることができた。そこから八日間ロウソクを灯す祭りが始まった。

子供がハヌカに遊ぶおもちゃのドライデルは、この同化の好例だ。ドライデルは四つの面をもつコマで、イングランドに住むアイルランド人が賭け事に使うコマ、ティートウタムが起源とされている。それぞれの面には文字が書かれていて、Tは「とるtake」、Hは「半分half」、Pは「支払うput down」Nは「なしnothing」を表した。コマが倒れたとき上に出た文字で賭けの勝敗が決まる。ティートウタムはドイツで広まり、大人はこれを賭け事に使い、子供はまわして遊んだ。アメリカではドライデルの各面にハヌカを象徴するヘブライ語の四つの単語*Ness Gadol Haya Sham*（そこで偉大な奇跡が起きた）の頭文字が書いてあって、ゲームのやり方もそれに合わせて決められている。

二十世紀初頭には、ハヌカ用のプレゼントやハヌカ用の食品（広く言えば油を使う料理、厳密にはジャガイモのパンケーキ、ラトケスが伝統的な定番料理。神殿に油を捧げた故事にちなんで油が使われている）の広告が、アメリカの新聞に載るようになった。「アントジェミマのパンケーキ・フラワーはラトケスに最適」とか、「クリスコのショートニングはハヌカの味と現代科学を合体させた」などの広告である。クリスマスと同じで、ハヌカの飾りも市販されるようになっていたが、家庭で手作りすることもあった。針金のモールを星型に曲げたり、紙で作った鎖をメノラー（燭台）

やドライデル（コマ）の形につないだりするのだ。雑誌はハヌカ用の料理のレシピ（特に、カテージチーズと果物をきざんだものを型に入れてメノラーの形にしたサラダは、なかなか印象的なメニューである）を紹介していた。

アメリカのクリスマスの風習は多くの文化から取り入れた多様なものだが、一方、イギリスのクリスマスはひとつになりつつあった。それまでまったく異なるものだったクリスマス――第8章で紹介した上流の婦人ジェーン・カーライルと女中のハンナ・カルウィックは、どちらもパーティーについての日記を残しているが、ふたりのクリスマスはまったく別のものだった――が、前よりも距離を縮めてきたのだ。富裕層と貧困層、上流階級と労働者階級ではクリスマスのために使える金銭も時間も大きく異なっていたが、十九世紀末になってようやく彼らのめざすところが一致してきたのである。ハンプシャーの小さな農家の子供も、ロンドンの建築家の息子も、植民地総督の爵位をもつ未亡人も、アイルランドの地主もみんな、クリスマスの食卓には七面鳥かビーフ、ミンスパイ、プラムプディングが並ぶようになり、ツリーも――自宅にはないとしても学校か友だちや近所の人の家には――あり、グリーナリーその他を飾るようになった。プレゼントはたいてい靴下に入れてあって、キャロルは家か学校の催しかパーティーで耳にできる。クラッカーやカードなども手にはいる[38]。

貧しい労働者層も、新しい伝統であるこれらの行事に可能な範囲で参加するようになった。ツリーは、金銭的な面でも、家が狭すぎて飾る場所がないという面でもなかなか手が届かなかったものの、枝と葉を使ったグリーナリーや綿で作った「雪」、天井からつるした紙の鎖など、せめてなんらかの飾りを手に入れようとした。早くも十九世紀初頭には、一日単位か、良くても一週間単位でしか支払いできないような人々が住む下宿屋でもクリスマスの準備がされるようになった。ある下宿屋の台所で、ひとりの意欲的な住人が「とても見事な七面鳥と、すばらしいプラムプディングと申し分ない豚肉の塩漬け」を、普段は共同で洗濯用に使っている銅の釜で作ったという記録が残っている。[39]

あらゆる階級のすべての人の胃袋を満たすため、クリスマス前の肉屋のディスプレイは「よく太った牛の肉を積み重ねた厚い壁と羽をむしった七面鳥がはてしなく続く荒野」のようなありさまとなり、食肉を運ぶ列車は、鶏や猟鳥の重みで「ぎしぎし音をたてていた」[40]。だが時とともに、もはや列車ではなくなった。蒸気船が、冷凍技術が、そして現代文明そのものがクリスマスを届けるようになっていた。古き良きイングランドのご馳走を成り立たせているのは、たとえばアルゼンチンとオーストラリアから届く牛肉であり、ヨーロッパやカナダからくる七面鳥であり、中東のドライフルーツである。あるいは、ヨーロッパのあらゆる港から、カナリア諸島やアゾレス諸島から、そしてカナダやアメリカからも届く新鮮な果物、ヨーロッパやトルコからくるナッツ、スペインのシェリー酒とマデイラワインを使って作り、フランスのブランデーを浸みこませたプディングだ。これらの材料とそれを使ってできた料理はイギリスのものでも、ヨーロッパのものでも、アメリカのものでもないが、それでもすべてクリスマスだ。現代という時代がそれぞれの家庭にもたらす、昔ながらのクリスマスなのだ。

第11章　戦争　パレード「特別な日」
20世紀のクリスマス　1

二十世紀のクリスマスは社会の動きから大きな影響を受け、変容しないではいられなかった。完全に姿を変えることはないにしても、映画、テレビ、ラジオなどの新しいメディアによって新しい慣習が生まれた。だがその新しい慣習もそれまでのものと同じように、生まれたとたんに古い慣習になる。

もっとも注目すべき新しい慣習は、クリスマスの神聖化だろう。何であろうとそのとき世界で起こっている悪いことをクリスマスにはいったん休止して、平和と博愛の時間を過ごそうという考え方だ。始まりは第一次世界大戦中の最初の冬に起こった、今ではクリスマス休戦と呼ばれる出来事だった。[1]

二十世紀初頭、クリスマスは戦争と密接な関係をもつようになった。イギリスのある新聞が愛国的な読者に向けて、南アフリカでボーア戦争［イギリスとオランダ系アフリカーナー（ボーア人）が南アフリカの植民地を争った戦争］を戦っているイギリス軍兵士にチョコレートを送ろうというキャンペーンを行ったのが最初だった。この企画は大成功で、メアリー王女によるイギリス軍へのクリスマスギフト基金の設立につながる。王族が象徴として先頭にたち、政府が認可し、個人が資金を提供した。基金はひとりひとりの兵士にタバコ（吸わない人には菓子）と「王様」からのカードが入った箱を送ったのだが、賛同する国民が非常に多く、この贈り物を輸送船に載せるために戦地に送る食糧と弾薬が積み残されることさえあった。第一次世界大戦中には、ドイツの新聞各紙も「愛の贈り物」キャンペーンを繰りひろげた。新聞に掲載されたイラストの代表的なものには、前線にいる士官がこの贈り物を受けとる場面が描かれていた。彼がいるのは清潔で湿気もなくて明るく照らされた場所で、弾薬の箱の上に小さなツリーが置かれ、近くにはヒイラギのリースがかけられて、クリスマスの雰囲気を出している。そこには泥もネズミもシラミも、また、まだ埋葬されていない死体もなかった。

クリスマス休戦のきっかけは、一九一四年、ドイツ軍バイエルン連隊がベルギーのメシーヌで、破壊された修道院の跡に野営していたときの出来事らしい。何人かのドイツ兵が爆破された修道院の地下室にクリスマスツリーを立てていた。そして十二月二十三日、彼らは敵軍から見える位置の塹壕に沿ってクリスマスのキャンドルを灯したのである。それとは別に、イギリス陸軍航空隊の兵士は、クリスマスイブにリールにあったドイツ軍の前線の上からクリスマス・プディングを落とした。するとすぐにドイツ軍からラム酒が一本お返しに届いたという。このような休戦は一か所だけの出来事でも、一回きりの出来事でもなかった。一九一四年のクリスマスには、半年以上続きながらいっこうに終わりの見えない命令された殺し合いを、一時的にでも休止したいという気持ちが双方の兵士に芽生えていたのだ。あるところでは塹壕の後ろに「YOU NO FIGHT（あなたたち、戦わない）WE NO FIGHT（私たち、戦わない）」と書いた看板がかかげられた。またあるところではシンプルに「こっちへ来いよ」「そっちこそ来いよ」と双方が呼びかけた。こうした働きかけは、ドイツ軍兵士が先に始めることが多かったらしい。その頃はドイツ軍のほうがはるかに優勢で、精神的に余裕があったのだろう。彼らがツリーなどを飾ったのを見て、イギリスの兵士たちもクリスマスのことを思い出したのかもしれない。さらに、ドイツ軍にはキャロルもあった。あるザクセン連隊はクリスマスイブに、塹壕にキャンドルをともしながらキャロルや民謡を歌い、キャンドルが一本灯るたびにイギリス兵は歓声をあげた。ドイツ兵は「きよしこの夜」「モミの木」「いざ歌え、いざ祝え」を歌い、イギリス兵はミュージックホールで流れる歌や伝統的な歌を歌った。「ボニー・スコットランドの少年たち The Boys of Bonnie Scotland」「ヘザーとブルーベルはどこで育つ Where the Heather and the Bluebells Grow」「俺たちゃフレッド・カルノの軍隊さ We Are Fred Karno's Army」「西部の小さな灰色の家 My Little Grey Home in the West」などだ。「ウェンセラスはよい王様 Good King Wencelas」「神の御子は今宵しも」「まきびと羊を」などのキャロルも歌ったが、ドイツ兵にくらべるとイギリス兵の選曲のほうがずっと世俗的だった。[2]

敵が歌うのを聞き、暗闇にキャンドルが灯るのを見つめるのと違い、冷たい日中の光の中で両軍の前線のあいだの物理的な距離を実際に越えるにはかなりの大胆さが必要であり、それが実現するまでには少し時間がかかった。それでもひとつの塹壕からもうひとつの塹壕へ、ある場所から別の場所へと、特にフランドル戦線で、前日まで全力で殺しあってきた相手と言葉をかわすために塹壕から出て歩み寄る兵士が少しずつ現れた。そして暗黙のルールができあがった。戦死者の遺体の回収を妨げてはならない、前線の補強をしてはならない、一発でも銃声が聞こえたら協定違反とみなして休戦は終了とする、ただし双方が一発かぎりで終わらせることを了承すれば休戦は維持される、といったルールだ。

休戦中の行為の中心は、クリスマス気分とは程遠い陰気でつらいものだった。中間地帯からの遺体の回収である。それまでは回収のしようがなく、腐敗するままに放置されていたのだ。両軍の兵士がサッカーの試合をしたという報告が少しあるが、ほとんどは自分は見ていないが友人が目撃したというような、また聞きの報告だった。だが食べ物や飲み物を少し分け合ったとか、制服のバッジやボタンや記章を記念に交換したなどの交流はたしかにあった。クリスマスの翌日も同じような雰囲気が続いていたが、両軍の指揮官はそれをこころよく思ってはいなかった。両軍の兵士のあいだに生まれた親しみはこれからの戦闘に悪影響をもたらすのではないか、人情にふれたことで愛国的な自己犠牲の精神や義務感が消えてしまうのではないかと心配したのだ。戦闘を指揮する立場から見れば、クリスマス精神に即した行動は反逆にあたる。かくして戦闘は再開された。とはいえ、時にはあらかじめ警告が伝えられることはあった。「明日は気をつけろ。将官がひとり、うちの陣地の視察に来る。われわれの名誉にかけて、攻撃しないわけにはいかないからな」

この休戦は一日か二日で終わり、将軍たちはもう二度とないと断言した。しかしそのときの不思議な雰囲気は人々の記憶に残った。一九八九年にBBC放送で包装されたコメディー『ブラックアダー』は、この休戦にまつわる要素――キャロルとサッカー――はイギリス人の常識になっており、解説なしでコントに使っても意味が通じると判断、実際に使ってみせた（「あのサッカーの試合を覚えているか？」「忘れるわけがないだろう。あれは絶対オフサイドじゃなかったぞ！」）。BBCの判断は正しく、これで十分話は通じたのだった。さらに、『ブラックアダー』のコントは宗教には一切言及しなかった。これも正解だった。第一次世界大戦中のクリスマス休戦は、宗教とはほとんど関係のない出来事だった。もう何年も前から、クリスマスそのものが宗教とはほとんど関係のない行事になっていたのだから。

この事実は、一九三六年にニューヨークのデパート、ロード・アンド・テイラーが、クリスマスのウィンドウ・ディスプレイにバックグラウンド・ミュージックを流す計画をたてたときにも露呈した。宗教的な音楽は却下されたのだ。「ここはロード・アンド・テイラーだ。セント・パトリック大聖堂ではない」*という理由だった。[3]一九五〇年代には、何年も前から十二月には本店の内部を大聖堂のようにしつらえていたデパート、ワナメーカーズが「ワナメーカーズで一日を過ごさなければ、クリスマスがクリスマスにならない」という広告を出している。[4]二十世紀のデパートとクリスマスの関係は、それまでとはまったく違うものになったといったほうがいいかもしれない。路上の娯楽を中心としたクリスマスと、家庭で過ごす子供中心のクリスマスがひとつになったのだ。

＊　このときは、世俗的な歌のあいだにいくつかキャロルをはさむということで妥協が成立した。しかし、宗教を重視する立場の人々がクリスマスの世俗化を心配して、後に「クリスマスをめぐる戦争」と名づけたものがこの時代に始まったのは偶然の一致ではないだろう。ただしそれはクリスマス商戦とは関係がないし、クリスマスと直接的な関係もない。一九二一年、反ユダヤ主義者として知られる

ヘンリー・フォードがその著書『国際ユダヤ人』［島講一編訳／徳間書店／一九九三年］で、クリスマスとイースターを根絶しようとするユダヤ人の陰謀について警告を発した。一九五八年にも、極右の反共団体であるジョン・バーチ・ソサエティが出した「クリスマスがなくなる?!」というタイトルの論説に、その心配がとりあげられている。この論説の著者による「冷戦・共産主義者はそこにいる」「米ソ冷戦時代の一九五〇年代に赤狩り旋風を主導したマッカーシー議員が使った表現」的な被害妄想は、二十一世紀初頭に復活している。当時極悪人とされた人々は、今では大都市のリベラル派だ。

クリスマスのウィンドウ・ディスプレイは、商戦のためというより市民のための年中行事のひとつとなった。初めて披露するときはバンド演奏やスピーチが行われ、市長をはじめ地元の名士や有名人が訪れるデパートもあった。二十世紀前半のアメリカではクリスマスのウィンドウ・ディスプレイは商戦に欠かせないものだった。しかし町が郊外へと広がり、郊外型のショッピングセンターができたことで、街歩きのついでの買い物客が減少し、ウィンドウ・ディスプレイの重要性は低下してきた。イギリスでは、ロンドンのオックスフォード・ストリートにあるデパート、セルフリッジのウィンドウは、当初はクリスマスの呼び物だったが、しだいにセルフリッジだけでなく通り全体の行事になっていった。ウィンドウ・ディスプレイの重要性の低下とともに、「クリスマス・イルミネーションの点灯」が通り全体の年中行事になった。これが行われるのはショッピング街だが、当初の商売目的という要素はすっかり消えていた。

ウィンドウ・ディスプレイにしてもイルミネーションにしても、テーマはほとんど子供の本や子供向けのエンターテインメントに基づいていた。サーカス、巨大なドールハウス、お茶会やピクニックのシーン、『若草物語』、『不思議の国のアリス』、ドクター・スース［アメリカの絵本作家、児童文学者］の作品、ディズニー映画のキャラクターなどである。クリスマスプレゼントを受けとるのは子供が圧倒的に多いのだから、子供の気を引こうとするのは賢明な作戦だ。だがそれだけではなく、私たちすべての大人の中に住んでいる子供の心も引こうとしていたのかもしれない。ディスプレイの主要なテーマは懐かしさなのだから。大人の中にある子供時代の記憶、本物にせよ想像上のものにせよ、今ほど複雑でなかった時代の記憶を呼びおこそうとしているのだから。

ウィンドウ・ディスプレイのテーマとは異なり、デパートの中のサンタのほら穴、ウィンター・ワンダーランド、サンタの家、などと名づけられた場所は、徹底してプレゼントを買いに来た客をターゲットにしていた。サンタクロースを登場させるというアイデアは一八八〇年代からすでに多くあったが、サンタが店にやってくることによる宣伝効果は高まる一方だった。郊外のモールに店が移ってからはなおさらである。一九五六年、ミネアポリスのデパート、デイトンズが都心部から郊外のショッピングモールに移り、それにともなって外を向いていたウィンドウを内向きにして、店に入った客が装飾と展示商品のあいだを通るようにした。[5] こうした新しい店内装飾には子供向けのものもあった――ボルティモアのあるデパートはミニチュア版のディズニーランドを作った――が、大人の郷愁を誘うようなテーマもあった。ディケンズ作品のある場面、グランマー・モーゼス［七十五歳から絵を描きはじめ、おもに田園風景などを描いた素朴派の画家］の絵画、あるいはカーリア・アンド・アイブスの版画や植民地時代を再現したディスプレイなどである。*

＊　アメリカのカーリア・アンド・アイブス印刷工房は一八三四年から一八九五年のあいだに非常に

多くのテーマの版画を作成したが、現在彼らの名前と結びつけてよく語られるのは、今は消えてしまったアメリカの古い田園風景を描いた作品である。それらの作品はたしかに彼らの主要な商品だったが、彼らには、戦場での大量殺戮やリンカーンの暗殺などの時事問題を扱った作品もあった。もっとも、このふたつのようなテーマが二十世紀のデパートの客寄せになることは絶対にありえないことだが。

そして、それらの中心にはサンタがいた。この当時はもう赤い服に白いひげのおじいさんの姿が定着しており、助手の妖精《エルフ》たちがやってきた子供をひとりひとり順番にサンタのところへ案内する。子供はクリスマスにほしいものをサンタに打ちあけ、両親がそのようすを写真に撮る（後になると助手の妖精《エルフ》が撮ることもあった）。ユーモア作家デビッド・セダリスは一九八〇年代にニューヨークのヘラルド・スクエアにあるデパート、メイシーズで、彼自身が妖精《エルフ》として働いた経験を書いている（面白くするために多少は誇張しているかもしれない）。彼によると、クリスマスシーズンには毎日二万二千人もの客がサンタランドを訪れる。「一万個もの電球がまぶしくまたたいている。つくりものの雪が敷き詰められ、ジオラマの中を列車が走り、橋があり、クリスマス風に飾りつけされた樹々もある。機械仕掛けで動くペンギンやクマのぬいぐるみが置かれ、キャンディーケインが何本も立っている」。中を通り抜けると「サンタ小屋」がある。サンタ小屋は「こぢんまりしていて、居心地がよさそうだ。なかはおもちゃでいっぱいだ。そして、このサンタ小屋を出ると、ずらりと並んだレジが待ちかまえている」[6]［『サンタランド日記』デビッド・セダリス著／倉骨彰訳／草思社／二〇一三年より引用］

サンタランドが売り上げを伸ばすためのものであることは誰の目にも明白だ。それとは対照的に、二十世紀の新しい慣習となったクリスマスシーズン前のパレードは、外見としては祝祭であり、カーニバル的である。今も北米地域ではメイシーズのパレードがもっとも有名だが、初期の担当者のあいだではこれを「クリスマスパレード」と呼んでいたものの、表向きには常に「メイシーズの感謝祭パレード」で通していた。クリスマス商戦のオープニングを飾るこのパレードから、売り上げ目当てというイメージを払拭するねらいがあるのは間違いなさそうだ。しかし、クリスマスのパレードをしたのはメイシーズが最初ではなく、それどころかアメリカが最初でもなかった。クリスマスパレードは、国境を越えた北側、カナダのトロントでデパートチェーンのイートンズが始めたものだ。[7]

イートンズは一八九〇年代から広告にサンタクロースを使っており、一九〇三年からはトロント店が毎年十二月にサンタがやってくるイベントを開催してきた。そして一九〇五年、サンタが列車でやってくるから駅へ迎えに行こうという広告を出した。このイベントが大成功だったので、翌年は駅からイートンズまでの移動をよりドラマチックに演出することにした。サンタクロースは白馬が引く馬車に乗り、四人の従者がトランペットを吹いて賓客の通過を知らせるという趣向だ。この駅からデパートまでの短い旅は、一九一一年からは、「イートンズのおもちゃ王国」と書いた横断幕を先頭に、イートンズの店員とオーナーまでもが参加する行列をしたてて町をねり歩くという二日がかりのイベントになった。前年にはなかった新しい工夫――ラップランドから来たトナカイ、二十人編成のバンド、童謡に出てくるキャラクターをのせた山車《だし》など――が毎年くわえられた。ある年はサンタクロースが巨大な魚の上にのっていた（何か理由があったのかもしれないが、今となっては謎だ)。また別の年は、氷山の上でシロクマに囲まれていた(これは納得できる)。一九一九年になると、サンタクロースは列車ではなく当時は刺激的だった飛行機でやってきた。そのようすを撮影したフィルムは映画館でも上映された。

ここへ来てアメリカのデパートも動きだした。一九二〇年、フィラデルフィアのデパート、ギンベルズは十九世紀から続く市のパレードに、クリスマス・バージョンで進出した。数年後にはデトロイトのハドソンズもクリスマスパレードを始めた。そして一九二四年、メイシーズは人形師トニー・サーグを雇ってウィンドウ・ディスプレイをまかせた。その機械仕掛けのディスプレイは、長く語り草になるほど巧妙なものだった。サーグは小さな人形博物館を所有し、そこでディケンズの小説『骨董屋』[北川悌二訳/ちくま文庫/一九八九年]を翻案した人形劇などを上演していた。サーグが演出を担当したメイシーズのパレードは、サーカスの団員や動物とともにデパートの店員がニューヨークの百四十五丁目から三十四丁目のメイシーズまで行進するものだった。これは当時まだクリスマスセールの客寄せの中心だった巨大ウィンドウ・ディスプレイのお披露目を景気づけるためのパレードという意味合いが強い。しかしその後の数年でパレードはどんどん凝った趣向になっていき、それにつれてウィンドウ・ディスプレイへの関心は低下していった。特に群衆の後ろからもよく見える巨大な風船の人形がパレードに登場してからは、その傾向にさらに拍車がかかった。

デパートのウィンドウ・ディスプレイは固定されていて、客はそれを見るだけの受け身の存在だ。一方パレードは、ただ見るだけでなく参加できるものだった。カナダのウィニペグでは、イートンズのパレードに参加する資格を得るためのコンテストに三百五十人の子供が参加した。モントリオールでも市民の関心は非常に高く、一九三七年のパレードには住人の四分の一から三分の一にあたる人々が参加した。[8] 一九五二年のトロントのパレードはテレビで中継され、一九五九年にはメイシーズもそれに続いた。テレビカメラはウィンドウ・ディスプレイの細部までは伝えきれない。パレードが何よりも重視されるようになった。デパートのパレードがない地域では、こうしたパレードに影響された地元の団体――ガールスカウト、ボーイスカウト、ロータリークラブ、ライオンズクラブなど――が、自分たちのパレードを企画し、実行しはじめた。

多くのパレードが一応は「感謝祭のパレード」と称していたが、本当の目的は明らかだった。メイシーズのパレードでは最後尾の山車《だし》にはいつもサンタクロースがいて、クリスマス商戦の開始を告げていた。* 宗教的グループと愛国者グループは、常々メイシーズのパレードの日程に抗議していた。感謝祭の祝日には宗教的意味があると同時に、国の歴史を記憶しておくための日だという主張である。メイシーズは批判を受けとめ、教会の礼拝と家族の食事が終わったあとの午後にパレードをすることにした。ところが感謝祭の日の午後は、十九世紀末からずっと、アメリカンフットボールの試合が必ず行われる。それに気づいたメイシーズは大急ぎでパレードの開始時間をもとにもどした。

＊ イートンズのパレードは一貫してクリスマスパレードと呼ばれていた。カナダは寒いので感謝祭の祝日を十一月末ではなく十月に定めているからだ。

こうしたパレードには、昔の路上でのお祭り騒ぎのなごりはほとんど見られない。現代のパレードは、ビジネス上の目的をもつ整然としたものだ。たとえそのビジネス上の目的が、子供の楽しみと愛国心という薄い膜をかぶっているにしても。しかしその膜を少しはがしてみれば、ビジネスの都合は一目瞭然だ。十九世紀に連邦の休日と定められて以来、感謝祭は十一月最後の木曜日と決まっていた。ところが一九三九年の十一月最後の木曜日は三十日で、そのあとのクリスマスの準備期間が三週間だけ（つまりクリスマス前の週末が三回だけ）となってしまった。商工会議所連合会と小売業組合は、クリスマスショッピングに便利なように感謝祭の日にちを変えてほしいと訴え、一九四一年からは十一月の第四木曜日を感謝祭とする、と公式に定められた。これによって感謝祭は十一月二十八日より後になることがなくなり、クリスマスまでに少なくとも四週間のショッピング期間が確保できるようになった。[9*] こうして感謝祭のパレードは、金品のやりとりにほんの少しドラマ性を与えるイベントになってしまったのである。

＊ この翌年の一九四二年にアメリカで公開された映画『スイング・ホテル（原題 Holiday Inn）』に、この祝日（holiday）の移動をからかうシーンがあった。[10] 祝日が記されたカレンダーをカメラがずっと追っていくと、十一月までいったところで、一羽の七面鳥がどちらに落ちつけばいいかわからないようすで、ふたつの日付のあいだをうろうろするのである。

アメリカの「クリスマスクラブ」にも同じことが言える。これは昔のイギリスのグース（ガチョウ）クラブ、クリスマスクラブ、石炭クラブなどからヒントを得て、多くの銀行や信用組合が設立した積立預金制度である。前例となったイギリスのクラブは、人々がクリスマスのぜいたくのためにわずかばかりの金銭をパブなどに積み立てておくという、インフォーマルな取り決めだった。そのアイデアを一九一〇年からアメリカのいくつかの銀行が採用しはじめ、一九一二年には八百以上の銀行がクリスマスクラブを設立し、大恐慌の嵐が吹き荒れる中でも千二百万人以上がその口座をもっていた。これは普通の預金口座とほとんど同じ（ほとんどすべての銀行で利子が通常の預金より低いことを除けば）だが、人口の一割の人がクリスマスにかける費用を別に貯めておくことに価値を認めていた。[11] そうしておけば日常の買い物や突然の出費に使ってしまうことがないという理由は当然あったはずだが、たとえ利子が低くてもとにかく別にとっておくこと自体が、買い物という消費行為になにか特別な雰囲気をまとわせたいという気持ちの表れでもあった。それはパレードがデパートのために果たしていた役割、贈り物用のきれいな包装が商品に果たしていた役割と同種のものである。*

＊ このような消費者心理は今も存在する。その証拠に、二〇〇七年、ドイツ観光局は「クリスマスシーズンを支配するコマーシャリズムにうんざりしている人」向けに、ドイツの田舎のクリスマス・マーケットを訪ねる旅を勧めている。[12] だがしかし、コマーシャリズムにうんざりしたらこちらへどうぞと言っておきながら、そこでも商品を売るという図式は守られている。

かつてはカーニバル的な混沌とともにあったものが秩序ある慣行となる一方で、昔の馬鹿騒ぎの伝統は奇妙なところで生き続けている。イギリス陸軍では今も、クリスマスの日には上官が部下にクリスマスの食事を給仕する慣習があり、なかには上官が「ガンファイア」（少量のラム酒を入れた紅茶――クリスマスの伝統だった祝砲と飲酒の二十一世紀版）をベッドまで運んで起こす連隊もあるという。[13] だがこれはやはり例外というものだろう。すでに見てきたように、大人はもはやクリスマスの主役ではなく、中心は子供となった。そして、クリスマスを仕切るのは女性の役割だ。一八八〇年代、物語や雑誌のイラストには家にプレゼントを持ち帰る男性や、四十年前にクリスマス・キャロルのスクルージがクラチット家のためにしたようにクリスマスの七面鳥を手配する男性が描かれていた。しかし一九〇〇年代のイラストは、買い物をする女性、料理をする女性、部屋を飾る女性ばかりである。男性の仕事は、お金を持って帰ること、場合によってはツリーを家まで運ぶことぐらいだった。実際に、家庭でのクリスマスの準備は女性を中心にまわっていた。計画を立て、部屋を飾り、買い物をし、包装し、料理を作る。クリスマスをめぐるさまざまな思いの中心を占めるのは、女性になったのである。

もはやクリスマスディナーは、単に七面鳥を食べればよいというものではなくなった。それは、必要なものを買う金銭のやりとりや、商品そのもの、さまざまなサービス、そしてそれらを使って家族のきずなと愛情を表現すること、それらすべてを合わせたたくさんの思い出が一点に収束する行為だった。そして、たとえどこかで買ってきたものであっても、それを繰り返し使い、それを使うことがしきたりにまでなることで、家族みんなにとって特別なものになる経験はどの家庭でもしばしば起こることだ。クリスマスだけに使う「いいお皿」は、毎日使う皿より高価なものというより、昔うちのおばあちゃんが特別な日に使っていた皿だから「いいお皿」なのだ。クリスマスツリーに飾ってあるオーナメントは、たしかに大量生産の安物かもしれない。だが毎年それを飾る子供たちを見ながら、新婚旅行先でこの不格好なネオン管のサンタを買ったときの思い出話を両親が繰り返し語っていたとしたら、それは特別な意味をもつ。さまざまな行事の方法――プレゼントをわたすのはイブかクリスマス当日か、教会へ行く前か帰ってからか、七面鳥かビーフか、昼食に食べるか、ディナーにするか――も、家族でいったん決めてそれを毎年繰り返していれば、特別な気持ちのこもったものになる。毎年テレビで同じ映画を見ていれば、それもクリスマスにまつわる立派な思い出の一部になる。会話の内容やジョークでもそうだ。「父さんは毎年何回も同じ話をする。母さんの親類がものすごくたくさん食べるとか、こっちが向こうへ行くより彼らがうちに来ることのほうがうんと多くて、それにどんなに金がかかったかとか……」[14]

繰り返すことで特別な儀式になるという現象は家庭内だけでなく、地域全体に見られることもあった。一九二〇年代と三〇年代のドイツでは、クリスマスイブにカップルが婚約することが増え、ラジオ局はウェディングソングをバックに「婚約者の時間」という番組を放送していた。[15]同じ頃、英語圏では幼い子供たちが演じるキリスト降誕の劇が一般的になった。[16]クリスマスが家族中心の傾向を強めるなかで、その傾向が地域にも拡大したのである。

家庭中心の傾向は、アフリカ系アメリカ人の祝日クワンザの発展にも見ることができる。[17]これは一九六六年にアメリカの倫理哲学者、アフリカ研究者であり活動家でもあるマウラナ・カレンガが創設したアフリカ系アメリカ人のための祝日だ。ユダヤ教の祝日ハヌカはその日にちがクリスマスに近いためにアメリカで重視されているだけで、本来は地味な祝日だった。一方クワンザは、あえてクリスマスシーズンに、カレンガがゼロから作った祝日である。十二月二十六日から一週間続くこの祝日は家族と共同体を重視し、クワンザの期間中のそれぞれの日に七つの原理がひとつずつ割りあてられている。その七つとは、結束、決意、集団としての責任、協調経済、目的、創造性、信頼である。クリスマスもハヌカもキャンドルを灯すが、クワンザでも、キナラと呼ばれる儀式用の燭台に、「アフリカ系の人々」「彼らの苦悶」そして「救済」を表す赤、黒、緑のキャンドルを灯す。さらに、クリスマス、ハヌカと同様、クワンザの意図するところは心的、霊的なものだが、ビジネス上の効果も大きい。クワンザに使う品物――カード、本、文房具、マグカップ、キャンドル、アフリカの父祖の歴史を象徴する藁のマット、祖先の霊を飲みこむためのカップ、ケンティ布（色鮮やかなガーナの織物）のショールなど――の特別セールが開かれる。カリブ海諸国、南米、アフリカ、北米にいるアフリカ系移住者たちの伝統料理を、新しいクワンザの「伝統料理」のレシピに取りこんだ料理書もある。雑誌はクワンザのために部屋を飾るアイデアを特集し、別のページには装飾用の商品の広告を掲載する。クリスマスと同じように、人々は集まって食べては飲み、プレゼントをやりとりする。そしてその集まりは、家族から友人、そして共同体へと伸縮自在であることもクリスマスと同じだ。

そしてどの祝日においても、家族とは、つまりは子供だ。一九八八年のイギリスのある調査によると、半分より少し多い回答者がクリスマスでいちばん重視するのは家族だと答え、十八パーセントは子供が祝うのを見守ることだと答えた（つまりこの人たちも家族を重視しているわけだ。クリスマスに他人の子供を見守るわけがないのだから）[18]。スウェーデン人社会学者の質問に対するある女性の回答が、その点をはっきり言い表している。彼女はクリスマスに自分の娘の家庭を「訪問しないわけにはいかない」。なぜなら「誰かがあの子たちのクリスマスのお祝いを見てやらないと」孫たちがきちんとクリスマスを祝った気分になれないからだ、と言う[19]。家庭のクリスマス行事は、メイシーズのパレードのミニチュア屋内版なのかもしれない――見る人がいなければまるで意味がない、という意味で。

第12章　サンタの変貌　政治と商業主義

20世紀のクリスマス　2

　二十世紀のイギリスとアメリカで、クリスマスのいちばんのシンボルがサンタクロースであることは、誰の目にも明らかになっていた。そしてサンタクロースは、社会の変化に応じて変わりつづけていた。交通手段は列車、飛行機、自動車と変わった。良い子を見守りつづけるために初めは電報を使っていたが、途中から電話も使うようになっていた。セントラルヒーティングの普及で煙突の数が減ったときは、窮地においった。一九八二年の『サタデー・イブニング・ポスト』誌の表紙では、子供のリストを記した台帳が第一世代のパーソナル・コンピューターとなっていた。

　だがどんなに時代が変化しても、彼が「疑いぶかい時代の疑いぶかい人たち」に対してさえ「愛と寛容と献身」の価値を持ち続けていることは変わらなかった。その好例が、一八九七年に八歳の少女が『ニューヨーク・サン』紙に送った手紙の、サンタクロースは本当にいるのですか、という質問に対する返事である。『サン』の論説委員フランシス・チャーチが「そうだよ、バージニア、サンタクロースはいる」という見出しのコラムは多くの人の胸をうち、その後『サン』が一九五〇年に経営破綻するまでは毎年、再掲されていた。

この話は示唆的だ。サンタクロースはずいぶん昔から本来の仕事のほかにもビジネスに携わってきたのだから、彼の広告効果が新聞という一大メディア帝国のある部分を担っていたとしても驚くにはあたらない。サンタクロースは、パイプタバコ、アルコール飲料、万年筆、朝食用シリアル、かみそり、シェービングフォーム、ブラシ、せっけん、靴下、スープ、スプーンの宣伝をしてきた。[1]比較的早い時期にサンタクロースを起用した広告のひとつに、ウィスコンシン州に本拠をおくホワイトロック・ミネラルウォーター社があった。同社は一九一五年から二五年まで、家でくつろぐサンタクロース、仕事中のサンタクロース、配達中のサンタクロースを広告に登場させていた。ホワイトロックは単なる炭酸水だが、アルコール飲料のソーダ割りにも使われていた。そのためホワイトロックの広告は禁酒法時代にも行われていたが、いつの間にかアルコールの同意語のようになっていた。大人向けの商品を宣伝することで、サンタクロースは酒がつきものの昔ながらのクリスマスに復帰したのだ。[2]

一八八〇年代にはカラー印刷がそれまでより安くできるようになったので、サンタクロースの赤い服はすっかり定着し、ホワイトロックの広告は、トマス・ナストが確立したサンタクロースの画像にいくつかの要素を付け足していた――毛皮の縁取りがついた上着、ベルト、ブーツなどである。しかし二十世紀前半、サンタクロースの画像にもっとも大きな影響を与えたのは広告ではなく、アメリカの人気雑誌『サタデー・イブニング・ポスト』の表紙イラストレーター、J・C・ライエンデッカーが長年にわたりクリスマスシーズンのために描きつづけたイラストだった。その多くはワ

ホワイトロック・ミネラルウォーター社の炭酸水の宣伝に登場するサンタクロース。雑誌『ライフ』1923年12月。

シントン・アーヴィングが小説に描いたようなクリスマスのようすであり、イブに家々をまわる楽団、大地主、駅馬車などの疑似歴史的なイメージである。だが一九一二年、彼がその雑誌のために初めて描いたサンタクロースは、予想外に近代的な姿だった。それは「本物の」サンタクロースではなく、チャリティーの募金を集めるためにサンタクロースに扮したやせた男性で、赤い上下のスーツではなく赤いローブをはおり、その下からは普通のズボンが見えていた。サンタに扮した人物のイラストというアイデアは、四年後にライエンデッカーより少し若い同僚のノーマン・ロックウェルが、初めて『サタデー・イブニング・ポスト』の表紙を描いたときにも踏襲された。彼は、コスチューム・ショップの鏡の前でサンタクロースの帽子と付けひげをためしている男性と、それを見ている店員を描いた。その後ライエンデッカーのサンタクロースはナストのサンタと同様に戦場へ、ただし今回は星条旗ではなく第二次世界大戦中の軍服を着てでかけている。ロックウェルその他のイラストレーターが描いたサンタクロースとは異なり、ライエンデッカーのサンタはクレメント・クラーク・ムーアが描写した妖精《エルフ》のように、普通の大人より小さく描かれていた。したがってロックウェルのサンタクロースが現代のサンタ像の原型と言えるだろう——太っていて、あごひげを生やし、北極で仕事をし、子供の名前を書いた台帳にはいろいろと書きこみがしてあり、おもちゃを作り、贈り物を届けるために郊外の住宅地の上空を飛んでいくイメージだ。

しかし、一九三一年から一九六四年にかけてと一九八〇年代、九〇年代にコカ・コーラ社が行ったキャンペーン広告ほど、サンタ像に大きな影響を与えたものはほかにない。最初のキャンペーンの二年目、コカ・コーラ社はスウェーデン系アメリカ人ハッドン・サンドブルムとデザイナー契約をかわした。彼はその後三十年以上もコカ・コーラ社のためにイラストを描きつづけることになる。[3]やがて飲み物のコカ・コーラと同様にサンタクロースの広告も世界中に広まり、現代のサンタクロースのイメージ――白い毛皮の縁取りがついた赤い上着を着て大きなおなかにベルトをしめ、赤いズボンに黒いブーツをはき、白い毛皮の縁取りがついた赤い三角帽子をかぶった、白いひげの太ったおじいさん――を広めたのである。サンドブルムのサンタクロースの背景は北極の彼の家だったり、プレゼントを受けとる子供の家だったりと、ほとんどいつも家の中だった。

サンドブルムのサンタクロースがサンタ像を世界中に広めたと言われるのは、彼の描いたものが初めてのサンタ像だったからではなく、彼のサンタの広告が非常に長いあいだ、非常に多くの地域で使われたからだ。そして、サンタクロースの姿が確立したあとも、新しい変化が追加されては定着していった。たとえば、今では誰でも知っていると思われるが、サンタクロースのトナカイの名前の話がある。すでに見たように、サンタクロースのソリを引くトナカイはサンタ本人とほとんど同時期の、一八二一年の『子供の友 *The Children's Friend*』に登場している。そして一八二三年にはクレメント・クラーク・ムーアが『クリスマスの前の夜』で一頭一頭に名前をつけた。「それ行け、ダッシャー! 行くんだ、ダンサー! 行け、プランサーとヴィクセンも! すすめ、コメット! すすめ、キューピッド! すすめ、ダンダーとブリクセン!」。しかし、ここにはルドルフの名前は出てこない。彼が誕生するのは一九三九年、ちょうど世界がまた戦争になだれこもうとしているときだった。

ルドルフはビジネス上の戦略から生まれた。一九三九年、通信販売会社モンゴメリー・ウォードの広告宣伝コピーライターをしていたロバート・L・メイが顧客の子供向けにパンフレットを作った。それはクレメント・クラーク・ムーアの『クリスマスの前の夜』をまねた二行で一対の詩の形でこう始まっていた。[4]

クリスマスの前の夜、丘じゅうで
トナカイたちが遊んでいた

メイの物語では、トナカイたちは鼻の赤い一頭のトナカイを仲間外れにしていた。

ハ、ハ！　ルドルフを見ろよ！　あの鼻は見ものだぞ！
ビーツみたいに真っ赤じゃないか！　大きさも二倍だ！　明るさも二倍だ！

だが、あるクリスマスの日、濃い霧が出てサンタクロースがプレゼント配りに出発できなくなった。困ったサンタクロースはたまたまルドルフの寝室に入り、光る鼻を見て彼に手伝ってくれとたのんだ。物語はアンデルセンの「醜いアヒルの子」のような展開になり、いじめっ子のトナカイたちはこう言うのだ。

いつも馬鹿にしていた変な顔のやつが、

仲間外れにしてきたやつが、
今はみんなにうらやましがられている
トナカイにこんな名誉なことがあるだろうか
サンタと一緒に出かけて彼のソリを案内するなんて
最高の日の、最高の仕事だよ！

モンゴメリー・ウォード社はこのパンフレットを二百五十万部印刷し、宣伝用に配布した。大きな反応は特になかったが、十年後、メイの義兄弟にあたるソングライターのジョニー・マークスがこの物語をもとに歌を作った。それを「歌うカウボーイ」ジーン・オートリーが録音し、なんとミリオンセラーになったのである。

その頃アメリカの音楽業界では、十九世紀に世俗的なキャロルの人気が高まったのと同じように、宗教色のないクリスマスソングの需要が高まっていた。二十世紀初頭、すでに音楽業界はクリスマスシーズンを、売り上げを伸ばすチャンスだととらえ始めていた。一九〇五年には歌や漫談、コントなどで人気者だったあるボードビリアンが、消えゆくアメリカの農村地帯への郷愁を歌った「パンプキンセンターのクリスマス Christmas Time at Pumpkin Center」が大ヒットしている。一九二〇年代にはラジオのある家庭が増えてポピュラーソング全般の人気が高まっていたが、クリスマスソングは特に好まれていたので、プロの作詞作曲家が活動を始めていた。第二次世界大戦中は、そうしたクリスマスソングが兵士たちの家族への思いをつのらせ、愛国心をかき立てるのにも役立った。移民や移民二世には特にそうした郷愁の念が強かった。だからだろう、有名で長く人気を保っているクリスマスソングには、ユダヤ人が作ったものが多い。アメリカ国内の楽曲の著作権使用料を集めるASCAP（米国作曲家作詞家出版者協会）が二〇一四年に、二十世紀にヒットしたクリスマスソングのリストを作成しているが、[5]それによると一九三四年以前に作られた曲は一曲も上位三十位以内に入っていない。また一九五九年以降に書かれた曲で上位二十位以内に入っているのも二曲しかない。そして、上位三十曲のうちの半分は少なくとも作詞作曲のどちらかでユダヤ人がかかわっていた。なお、上位十曲のうち、キリスト教徒が書いた曲は三曲だけだった。

話をもどそう。クリスマスは別の面でも戦時に適応していた。[6]第二次世界大戦を戦った国々は、自分たちの大義のために、クリスマスに関する事実に変更をくわえたことが明らかになっている。一九三九年、アメリカはまだ正式に参戦していなかったが、CBSラジオの従軍記者は中継の最後に「私たちのサンタクロースとトナカイの伝説が生まれたフィンランドからでした」と述べている。それまで氷の宮殿、あるいは北極に住んでいると言われてきたサンタクロースが、突如フィンランドにいることになったのには政治的な理由があった。フィンランドは当時まさにソ連軍の攻撃を受けていた。この中継のわずか数週間前にはソ連による傀儡政府が設立されていたが、それでも抵抗を続けているフィンランドに、アメリカは国としての正当性を認めたかったのだ。また、ドイツ軍占領下にあったオランダで出された、ドイツ軍の宣伝活動用のニュースレターには、聖ニコラスがニューヨークの良い子たちを訪問する写真が添えられていた。

ハリウッドもこうした動きに加わった。「ホワイト・クリスマス」を作詞作曲したアーヴィング・バーリンは、はじめこの歌を太陽輝くカリフォルニアにいる男についての歌として書いた。「太陽は輝き、草は緑……、こんなに素敵な日は初めてだ。ああ、ビバリーヒルズよ」。しかしこの冒頭部分はすぐになくなり、作者が若かった頃のクリスマスをなつかしむ歌に変わった。その後この歌は戦時中の映画『スイング・ホテル』の中で歌われ、バックにはリンカーンとルーズベルト、弾薬工場、家でクリスマスを祝う権利のために戦場を去る軍隊の映像が流された。クリスマスと愛国心を見事に一体化させたシーンだった。

ドイツが宣伝活動にクリスマスを使うことは、第一次世界大戦後にもあった。[7] 敗戦後、ドイツ帝国「プロイセン国王を皇帝と戴き、ビスマルクが宰相を務めた連邦国家」の崩壊の一因となったドイツ軍と社会主義者グループとのクリスマス闘争（一九一八年十二月二十四日）などの反乱を口実に、戦前のクリスマスこそ本物で、近代的な新しいクリスマスは巧みに作られた偽物だという考え方を広めたのだ。一九二〇年代、ドイツ民族の起源の優秀性を力説するナショナリズムの高揚により、真のドイツ国家（負けたのは真のドイツ国家ではなかったという論理だ）から受けついだ多くの伝統を復興しようとする動きが生じた。「我が国にキリスト教が伝わる以前からの、原初の父祖の時代から伝えられた」「古代のクリスマスの慣習」もそのひとつだった。だが同時に、二十世紀の文明の利器――電気、ラジオ、公営住宅に備えつけられた近代的な調理器具――は容認されるどころか、歓迎されていた。それらは昔からあったとされるクリスマスの行事を再現する――ツリーに電球を灯したり、キャロルを聞いたり、伝統的な食事を調理したりする――ための道具と位置づけられたのである。しかし、いくつかは本当に昔から伝わる真の伝統だったかもしれないのに、すたれてしまったものもある。サンタクロースの勢力が増し、クリストキントは影が薄くなってしまった。サンタクロースには宗教色がなく、登場もずっと遅かった――一八四七年の詩に書かれているのが最初だった――ことで、採りいれやすかったのだろう。

ヒトラーがドイツの首相になった一九三三年、第一次世界大戦の退役軍人でその年の五月からナチ党（国家社会主義ドイツ労働者党）の党員だったハインツ・シュテグヴァイトは、第一次世界大戦中のクリスマス休戦を題材にした戯曲「ペーターマンは和睦する Petermann Makes Peace」を発表した。その物語の中のドイツ兵ペーターマンはキャロルの声に合わせて塹壕の後ろにツリーを立てたが、連合軍の狙撃手に撃ち殺されてしまう。[8] 狙撃手はツリーにともされたロウソクを一本一本ねらったのだった。「本物のドイツ人」が継承していた「本物のクリスマス」は、そこにかなり明白なメッセージをこめても、やはり危険と無縁ではなかった。

とはいえ現実には、クリスマスに関するものごとは、政治的な境界をやすやすと越えていった。十九世紀のドイツでは、すでに見たように多くの公共の建物が、おもにツリーを立てることでクリスマスの家庭的な雰囲気を出そうとしていた。アメリカの公共のクリスマスツリーは、さらに大がかりだった。一八八四年から八十五年にかけてニューオーリンズで開かれた万国博覧会の会場に飾られた、高さ十四メートルのツガの木のクリスマスツリーがその最初の例だと思われる。[9] 一九一二年には、ニューヨークのマディソンスクエアガーデンにさらに大きな――高さ二十メートル以上の

――ツリーが立てられ、クリスマスイブ・コンサートのドラマチックな背景となった。他の町もこのアイデアが気に入ったようで、一九一四年にはテキサス州オースティンの州庁舎前にツリーを立て、バンドや合唱団や子供のグループなどが集まって演奏した。[10] ニューヨークのマディソンスクエアガーデンのツリーは一九二六年にタイムズスクエアに移動し、その後ロックフェラーセンターに移った。*

* ロックフェラーセンターのツリーが初めて公式に建てられたのは一九三三年のことで、このビルが建つ土地の所有者たちが費用を負担した。しかし、まだビルが建築中だった一九三一年にも、建設労働者たちが自前で飾りつけた明かりのないツリーが、彼らの給料を支払うデスクのそばに建てられていた。二十世紀最後の年には、週末ごとに五十万人もの人々がロックフェラーセンターのツリーを見物に訪れた。

やがて公共のツリーは家庭ではなく、政治と結びつくようになった。アメリカでは、ツリーは大統領セオドア・ルーズベルトの社会改革、具体的には彼の進歩政策の象徴となった。進歩政策を支持しない人々にも、貧富にかかわりなく誰もがその夜だけは一体になる、という考えは広く支持された。[11] 一九二三年、ホワイトハウスはそれまで屋内に飾っているツリーを外へ出すことにした。このツリーに明かりが灯ると、クリスマスは国民的、政治的なイベントになった。ほぼ同じ頃ドイツのワイマール共和国では、個人でツリーを用意できない人のために「みんなのツリー」と名づけられたクリスマスツリーが立てられていた。[12] ナチ党の支配下では、ツリーはドイツ民族に伝わる精神と伝統の象徴ととらえられていた。ナチの準軍事組織ＳＡ（突撃隊）はツリーの下で「私たちは約束します。この神聖なユールの夜に、わが民族のための聖なる戦いに、たゆむことなく身を捧げることを」と、忠誠の誓いをたてた。ベルリンにある宣伝省の建物の外に飾るこのツリーは、当番制でドイツの各地域から送られることになっており、「国の結束」の象徴とされた。ドイツ各地に飾られたツリーは、慈善の品を配る場所にもなった。一九四一年、十二月七日の日本による真珠湾攻撃のあと、ワシントンでは灯火管制が敷かれたが、クリスマスのイルミネーションは士気を高めるためのセレモニーの進行に必要だと認められた（訪米中だったイギリスのチャーチルも、熱のこもった演説をして士気を高めるのに一役買った）。[13]

このように、クリスマスツリーの枝には常に政治が絡みついてきた。オスロ市は一九四七年以後、「一九四〇年から一九四五年までのあいだにロンドン市民がオスロに与えた援助への感謝のしるしとして」毎年ロンドンにクリスマスツリーを送ってきた。[*] 二〇〇一年に行われたロックフェラーセンターのツリーの点灯セレモニーは、三か月前のワールドトレードセンター攻撃による犠牲者の追悼にあてられ、大統領夫人とニューヨーク市長がスピーチを行った。二〇〇五年のセレモニーには、ハリケーン・リタとハリケーン・カトリーナによって住むところを失った子供たちが招待された。

＊ ユダヤ教の祝日ハヌカも忘れられてはいなかった。ホワイトハウスは一九七九年には年に一度のメノラー（祭事用の燭台）の点火セレモニーを行った。ロンドンでも、二〇〇七年からはトラファルガー広場のオスロのツリーの横に、メノラーが飾られている。

ドイツ第三帝国では、ツリー以外のクリスマスの要素も政治的に利用された。反ユダヤ的な新聞やラジオ局は、「神聖なクリスマス」をビジネスに利用しているとして、ユダヤ系デパートのオーナーを痛烈に批判した。愛国的な市民は「神聖なクリスマス」が冒瀆される心配のない、キリスト教徒が経営する小規模な店をひいきにせよということだった。

クリスマスカードも政治的な影響を受けた。二十世紀にはカード業界にもさまざまなことがあった。まずイギリスとアメリカで圧倒的なシェアを誇っていたドイツの印刷業者は、第一次世界大戦中にその市場を失った。戦後はアメリカとイギリスでは大恐慌が、ドイツでは極度のインフレが起こってカードがぜいたく品になってしまった。そこでカードの製造・販売業者は、人々の「良識」を示すためのカードを売りだすことにした。一九四〇年代には愛国心をかきたてる内容のものが多かった。大戦後は、荒廃したヨーロッパの子供たちに食料と医薬品を援助するために設立されたUNICEF（国連児童基金）の資金援助にあてるカードが売りだされた。ほかにもチャリティー用のカードが売りだされ、さらにさまざまな組織——博物館、ギャラリー、オーケストラ、ボーイスカウトやガールスカウト、子供のための木工グループなど——の資金集めのカードが続いた。良識ある市民は、良い目的のためのカードを送ったのである。*

＊ しかし百五十年つづいた伝統もコンピューター世界を生き抜くことは難しそうだ。第二次世界大戦の開戦以前、イングランドとウェールズではひとり平均十枚のカードをクリスマスの時期に送っていた。一九七七年にはそれが十八枚まで増え、一九九二年は二十七枚になった。だが二〇〇四年にはそれが半減して、ひとり十四枚になった。クリスマスカード史上初めて、ひとりあたりのカードを贈る枚数が減ったのである。[14]

クリスマスのショッピングも政治と無縁ではなかった。ドイツでクリスマスシーズンに買い物をする場所といえば、いわば十五、六世紀のクリスマス・マーケットの末裔のようなところだった。しかしそうした場所は二十世紀半ばにはすっかり衰え、かすかな痕跡が残っているだけだった。十八世紀にはクリスマス・マーケットが大いににぎわっていたベルリンやニュルンベルクでも、わずかに残った露店は市の中心部から遠く離れ、労働者階級の住むみすぼらしい町に移っていた。そこではもう、ぜいたく品は売っていない。客はせいぜい安い小物や土産物用の品を買うだけで、本格的な買い物をするときは新しいショッピングセンターに向かうのだった。しかしナチ党が政権をにぎった最初の年、ベルリンとニュルンベルクのクリスマス・マーケットはどちらも、ユダヤ人が経営するデパートより思想的に優るとして復興され、利用を推奨された。一九三三年には新たに復活したニュルンベルクの伝統的なクリスマス・マーケットのオープニングを祝うセレモニーが行われている。開会の言葉を述べたのは、ツリーの頂上を飾る金色の天使(長くこの町で製造されていた)の扮装をした役者だった。ベルリンもそれに続き、マーケットは十九世紀に建造された大聖堂わきの、新しい中心街に場所を移された。このマーケットも伝統の復活と位置づけられ、ナチ党の有力者ゲッベルスやゲーリングなどがオープニング・セレモニーでスピーチした。その後のパレードではヴァイナハツマン[ドイツ版サンタクロースで、英米の典型的なサンタクロースとは服装が違う]と白馬に乗った女優シリー・ファイントが先頭をつとめた。キャロルとナチ党歌(事実上の国歌)「旗を高く掲げよ Horst Wessel Lied」が歌われるなか、ツリーが点灯され、「美しきドイツのクリスマス」の伝統を記したパンフレットが配られた。

第三帝国のクリスマスはキリスト教とはまったく無縁のイベントであり、昔の異教徒的な慣習がいくつも導入されてはいたが、それは一般大衆にはまったく未知のものだったので、一から説明する必要があった。[15]クリスマスと聞いて思いうかべるイメージ――ツリー、雪景色の村、家族のだんらん、キャロル、マーケット、ディナーのガチョウ――は基本的に変わっていなかったが、宗教色は厳しく排除された。クリスマスはアーリア人国家としての新しいドイツの未来、ひいてはアーリア人の家庭の未来を表現する機会として利用されたのである。クリスマスが家庭生活におよぼす影響がいかに重視されていたかは、ナチの「国家社会主義女性同盟」がドイツ民族の女性（ドイツ民族の家系だが国外で生まれ育った女性）に正しい家庭の運営法を教えるために開いた講座で、衛生と健康、家の装飾と料理、育児などとならんで、クリスマスの準備――飾りの作り方、クリスマス料理の作り方、キャロルの歌い方など――が教えられていたことからも見てとれる。それでも、非ドイツ的、現代的なアングロ＝アメリカンの風習を完全に無視することは難しかったようだ。一九四四年、そうしたドイツ民族の母親講座で、受講生向きに開かれたパーティーに出席したSS（ナチ親衛隊）の将校は、ヴァイナハツマンではなくサンタクロースの服装で現れたのである。

英米人と同様にドイツ人も、クリスマスの多様な風習とそれらが融合して新しく生まれたクリスマスにすっかりなじんでいたので、起源が遠い異国のものだったとしても、それはもともと自分たちのものだったと感じるまでになっていた。[16]ラジオ、映画、テレビと進んだ二十世紀前半のテクノロジーの進歩も、この傾向を加速させた。進歩したメディアは、新しい習慣を広めると同時に、それが昔からあったかのように感じさせるものだ。一九二四年、ベルリンで放送されたドイツ初のクリスマスイブのラジオ番組は、非常に宗教的な内容だった。少年少女聖歌隊が讃美歌を歌い、キリスト降誕の物語が語られた。一九三〇年には三百万以上のドイツ人がラジオを所有しており、製造販売するジーメンス社に言わせれば「家庭になごやかさと幸せなクリスマスの雰囲気をもたらす」家財道具になっていた。ラジオ放送は多くの人のクリスマスのスケジュールに沿うものだった。キリスト教の礼拝（教会で参列）、子供中心の行事（家族で祝う）、クリスマスソング（コンサート）、そしてダンスミュージック（パーティー）といった具合だ。主婦や子供など特定の聞き手を想定したり、特定の地方を考慮して地元の作者による物語や方言を採りいれたりした番組もあったが、キャロルやバッハの『クリスマス・オラトリオ』、ペーター・コルネリウスの『クリスマス歌曲集』、ドイツの有名な作家による物語などを放送することで、国民共通のクリスマス気分をもりあげてもいた。番組の構成は、家族がそれぞれの放送時刻に合わせて行動できるよう考慮されていた。『婚約者の時間』があったように、プレゼントをあけるための音楽が流されたり、ラジオに合わせて歌ったり踊ったりする番組があったりした。ツリーに点灯する瞬間のために、マッチをする音まで番組中で流された。

イギリスの初期のラジオ放送にも似たような押しつけがましさはあった。[*] BBCは一九二二年にイギリス唯一のラジオ放送会社として設立を認められたが、熱心な長老教会信者だった初代会長ジョン・リースは、この新技術はお祭り気分の家庭におけるラウドスピーカーとして、クリスマスのために有効に利用できると考えた。そこでBBCは早くから自分たちが作りだした新しい慣習を放送し、それは即座に、特に意識されることもなく、昔からあった慣習として広まった。一九一三年から一九三六年までコーンウォールの教区司祭をつとめていたバーナード・ウォークが、中世のチエスターで演じられていた奇跡劇をもとに一九二〇年代に書いたキリスト降誕劇『ベツレヘム』は、まったくの新作であるにもかかわらず、「過去と現代をつなぐ」「昔のものごとや慣習」として、一九二六年から毎年放送されていた。[17]

＊ BBCは一九二二年、ラジオを製造販売していたイギリスとアメリカの多くの会社が共同して、製品の需要を伸ばす手段として設立したもの。一九二七年には民間会社から公共放送へと移行した。

その二年後には、もうひとつの「古い」慣習が初めてラジオで放送された。一八八〇年、当時のトルロ司教（後のカンタベリー大司教）エドワード・ホワイト・ベンソンがキャロルを伴うクリスマスイブの礼拝を行った。その後多くの教会がこれをまねたが、一九一八年にはケンブリッジ大学のキングズカレッジのチャペルでも同じような礼拝が行われた。当時のチャペルの責任者は従軍牧師をつとめたことのある人物で、礼拝の会衆を増やしたいと考えたのだ。彼の望み通りキャロルつきの礼拝は人気を呼び、一九二八年には、BBCが毎年十二月に放送するたくさんの礼拝やコンサートのひとつになった。[18] 翌一九二九年にもBBCはキングズカレッジの礼拝を放送したが、特別な思い入れがあったわけでもなさそうで、一九三〇年には番組からはずし、三一年にまた復活させた。不思議なことに、十三年前から始められたこのキングズカレッジのコンサートは、BBCの宣伝広告によると「長年の伝統」ということになっていた。一九三九年の広告には、「この祝祭行事は五百年近く前にチャペルが完成したときからずっと続いている」とまで書かれている。

この頃にはイギリスの全人口四千七百万のうち、三千四百万以上の人が定期的にラジオを聞いていた。ラジオはもはや国の基本構造の一端を担っていたのだ。ジョン・リースはこの先もそうあり続けたいと願った。ラジオは使わないにしても、国家元首が国民に直接訴えかけるということ自体はそれまでになかったわけではない。一八八八年、ジョージ・バーナード・ショーは、ヴィクトリア女王が議会にあてたクリスマス・メッセージに冷ややかな反応を示している。

隠遁生活は女王陛下を、今世界で起こっていることから遠ざけてしまった……機関銃によるスーダンの人々の虐殺も、不幸なチベットの人々への山上の砲台からの攻撃も、それぞれ「すばらしい軍事作戦」と「難なく収束した混乱」として寛大に見過ごされてしまう——なんともはや、クリスマスにふさわしいものの見方だ。[19]

ラジオを通じての国民へのメッセージは、王室からの声を伝える良い機会だと誰もが思う。ノルウェー王ホーコン七世も一九三四年の大みそかにラジオ・メッセージを送っている。その二年前、イギリスではクリスマスが新年にまさる地位を獲得していた。国王の（後には女王の）クリスマス・メッセージとして知られるものの最初のラジオ放送が行われたのである（短く穏やかすぎて記憶に残らないほどのものではあったが）。王はクリスマスの意味を強調し、「いま私はわが家から……子供や孫に囲まれて……クリスマスを祝っている皆さんに話しています」と語りかけた。翌年の一九三三年には「世界中の皆さんへ……」と語りかけたが、翌年はまた「家族の祝祭」という表現にもどった。その年、王は家族という言葉を七回、家庭という言葉を三回繰り返し、これまでに歩んだ道を示した。その後も、家庭、家族、子供、父親、母親などの言葉を毎年繰り返し、戦時中は、母国、友愛、帰郷、家庭的、故国などを加えた。開戦時にはクリスマスは「何よりも平和と家庭のための日」「何より子供のための日」「家庭の祭日」「家庭に捧げられたこの古く愛すべき祭り」「子供の祝祭」だと国民に向かって断言した。[20] 感情に訴える言葉の羅列である。このクリスマス・メッセージを通じて二十世紀のイギリス王室は、家庭と家族とだんらんをどれほど大切に思っているかを明らかにしたわけである。*

＊　これに続く今や神話化された過程は、映画『英国王のスピーチ』（二〇一〇年公開）に語られている。ジョージ六世が困難を克服する実話に基づく物語である。戦時中、毎年恒例のラジオ・メッセージを録音しなければならないことはわかっていても、なかなか吃音を克服できない国王の苦闘が描かれていた。映画では王のスピーチは成功し、多くの人の心を打つ。しかし、ある労働者階級の女性はそのときのことを日記に「彼が話さなければよかったのに、と思う」と書き、彼の放送は「本当に気まずい十五分間」で、彼女は「その間ずっと、私が代わってあげられたらいいのにと思っていた」と書いている。[21] 彼女のように感じた人がどれくらいいたか分からないが、放送には必ず反論もあることを示す意見だ。

クリスマス・メッセージに先立ってBBCが送る前置きは、毎年違っていた。一九三四年は、アナウンサーが自分は「空飛ぶ郵便配達人」だという設定で、世界中の空から通り過ぎる国を見下ろし「ハロー、ブリスベーン」「バンクーバー、起きていますか」などと、クリスマスプレゼントを配るサンタクロースのようなことを言っていた。別の年にはさまざまな人のプロフィールを紹介した。「大柄な年老いた羊飼い」や炭坑夫、島の農夫――どれも絵になる、あるいは古風でめずらしい仕事をしている人物であり、大都市で働く人は出てこない。ウールワース・デパートの化粧品売り場で働く女性や自動車工場の組み立てラインで働く人もいない。クリスマスは家族が仲よく一緒に過ごす日だから、たとえばクリスマスシーズンのあとは一年でいちばん離婚率が高くなるのはなぜか、家庭内暴力が三割増加するのはなぜか、などという話題は間違っても出てこない。[22]

クリスマスの神話化と、絵本のような世界を見下ろす語り手の全知全能は、ラジオだけのことではなかった。一九七六年、商品化された現代風のプッツが売り出された。この陶器製の村のミニチュアを最初に売り出したのはデパートメント56という会社だったが、[23]すぐに多くの業者が続いた。デパートメント56は毎年ひとつ以上の新しい「雪景色の村」を市場に送りだした。「アルプスの村 Alpine Village」シリーズ、「ニューイングランドの村 New England Village」シリーズ、「霜の村 Frost Village」シリーズ、「シティのクリスマス」シリーズ（断言はできないが、このシティはニューヨークのことだろう。エドワード・ホッパーの不安と疎外感をはらむ絵画「ナイトホークス Night Hawks」から名前をとったらしい食堂がある）。ディケンズも「ディケンズの村 Dickens Village」シリーズと「ディケンズのクリスマス・キャロルの村 Dickens Christmas Carol Village」シリーズで二度登場している。他社が作ったプッツにも、あるカリフォルニアのメーカーが製造した日干しれんが造りの村のように、地方の村をテーマにしたものがあった。映画やテレビ番組をテーマにしたデパートメント56の商品には、「エルフ（エルフ・ザ・ムービー）」シリーズ、「フローズン（アナと雪の女王）」シリーズ、「グリンチの村（ドクター・スース作の絵本）」シリーズ、「ピーナッツ」シリーズなどがある。キリスト教と直接関係したものは、降誕シーンを描いた「ベツレヘムの小さな町」シリーズだけである。別のある業者は、一九四六年公開のフランク・キャプラ監督の映画『素晴らしき哉《かな》、人生 *It's a Wonderful Life*』の主人公が住むベドフォード・フォールズの町のミニチュアを売りだした。

この映画は二十世紀後半から二十一世紀にかけての、つまり現代のクリスマス・キャロルである。ヴィクトリア朝の人々にとって想像上の理想化されたチューダー朝のクリスマスがそうだったように、二十世紀の人々にとってディケンズが描いた想像上のヴィクトリア朝のクリスマスがそうだったように、キャプラが描いた一九四〇年代のクリスマスは、二十一世紀を生きる私たちにとって、より善良で理想化された自分の姿を映しだすプリズムなのである。その場合、現実や歴史上の真実はかえって混乱のもとになる。たとえばハリウッド初のトーキー映画の『クリスマス・キャロル』は、「天には栄え Hark thr Herald Angels Sing」の合唱から始まっているが、このキャロルはディケンズが『クリスマス・キャロル』を書いた二十年以上あとに作られたものだ。それでもこのオープニングシーンは、これから始まる映画は「一世紀以上むかし」——ディケンズがこの物語を書く五年前——の話だと観客に伝えていた。

時間的な隔たりは恐怖をぬぐいさる。ディケンズの『クリスマス・キャロル』は全編が恐怖におおわれていた。飢え死にする恐怖、そして、「道は狭く汚く、店舗も住宅もうらぶれていました。路上にいる人たちは半裸でぼろをまとい、泥酔し、みすぼらしく、目を背けたくなるほど醜悪でした。小路やアーチ道はまるで汚水溜め同然で、不規則に延びたいくつもの道に悪臭やごみや人間を吐き出していました。その地区全体に犯罪、汚物、不幸が充満していました」[『クリスマス・キャロル』井原慶一郎訳／春風社／二〇一五年より引用]という社会の恐怖である。ディケンズの『クリスマス・キャロル』の中でキャロルを歌っていたのは「犬が骨をかじるように寒さによって鼻をかじられた」少年だった。しかしデパートメント56の「ディケンズのクリスマス・キャロルの村」シリーズにあるのは、スクルージの事務員クラチットの一家がみんな一緒に暖かい毛布にくるまり、帽子とスカーフとミトンを身につけてソリで楽しく遠出するシーンだ。ディケンズの『クリスマス・キャロル』に出てきたある店は「誰も詮索したくないような、いくつもの秘密が、見苦しい古着の山、腐敗した脂肪の塊、地下埋葬所のようなたくさんの骨のなかで生み出され、隠されて」いたが、デパートメント56のシリーズにある古物屋はきれいにペンキが塗ってあり、多少傾いてはいても、不気味というよりは可愛く仕あげてある。

二十世紀に作られた『クリスマス・キャロル』の翻案物はおそらく五百をくだらないだろうが、それらはほとんど例外なく、原作より暮らしやすい、幸福な社会、原作より安定した安全な社会を背景としていた。[24] 登場人物のキャスティングにさえ、安定志向が見てとれる。一九三四年から一九五三年まで、二年の例外を除く毎年、アメリカのラジオドラマではライオネル・バリモアがスクルージを演じていた。そしてほとんどのドラマにはスクルージの甥フレッドは登場しなくなっていた。スクルージはクラチットを事務員として雇っているのではなく、クラチットの一家の面倒を家族同様に見ているのだ。スクルージはボブ・クラチットがビジネスを始める援助をする——大恐慌時代の社会進出物語である。*

＊ 一九二二年に劇作家のジョージ・S・カウフマンとマーク・コネリーは、ふたり合作の脚本で、ティム坊やの「わたしたちひとりひとりに神の祝福がありますように」というせりふをパロディー化

して、スクルージの会社「ティム坊や製作所」ができたときのスローガンにした。ほかにも多くのコメディー版の翻案で、改心と慈善ではなく金銭的な要素を無意識に採用した例が見られる。一九七四年制作の『ミッキーのクリスマス・キャロル』では、スクルージ・マクダックが山積みの金貨のあいだをミニトラクターで走る場面があった。一九八八年の『ブラックアダーのクリスマス・キャロル』では、ブラックアダー家で唯一の「まともな人間」だったエベニーザ・ブラックアダーは「イングランドでいちばん寛大で高潔な人物」なので、将来の子孫が金銭に困ることがないよう、けちになる努力をしなければならなくなる[25]［エベニーザはスクルージのファーストネームである］。

一九三五年にイギリスで作られた翻案物は陽気で気分を高める内容だ。ぼろをまとった貧者と市長のパーティーの客が仲良くイギリス国歌を歌う場面がある。誰もが社会の一員としての一体感をもち、それでいて誰もが社会の中の自分の位置づけを理解していたのだ。一方、一九三八年のハリウッド版では階級社会の色は薄れ、よりアメリカ的な社会になっている。クラチットの家は小さいが、みすぼらしくはない。スクルージは人に金を払ってクラチットの家に七面鳥を届けさせるのではなく、自分で持っていく。雇い主と使用人であるスクルージとボブ・クラチットが、一緒に雪の中で遊ぶ。アメリカでも熱心なキリスト教徒向けには、原作にない教会のシーンが加えられている。スクルージの改心をしめす贈り物は、食べ物から袋いっぱいのおもちゃに変わっている。クリスマスの精神が、空腹を満たすことから子供を喜ばせることに変わっている。「アンディー・ハーディー」もディケンズの世界を映像化している［「アンディー・ハーディー」は一九三〇年代、四〇年代に制作された青春映画シリーズ。アンディーを演じたミッキー・ルーニーは一九八四年制作のテレビ映画『天使がくれたクリスマス *It Came Upon the Midnight Clear*』に出演した」。

『素晴らしき哉、人生』には、小さな町に暮らす男性が自分の人生に疑問をもつというサブテーマがあった。この映画の細かいストーリーは、フィリップ・ヴァン・ドーレン・スターンという新人作家が書いた『クリスマス・キャロル』の翻案のひとつに基づいている。ジョージ・ベイリー（ジェームズ・スチュアートが演じた）は、冷酷な銀行家ポッター（スクルージを演じたことのあるライオネル・バリモアが演じた）から故郷ベドフォード・フォールズの町を守るため、大都会に出て成功したいという夢をあきらめていた。しかしポッターを負かすことは難しく、ジョージの破滅と家庭の崩壊が目前にせまっていた。ついにジョージが自殺しようとしたところへ守護天使のクラレンス（ヘンリー・トラヴァース）があらわれ、『クリスマス・キャロル』の幽霊のように、もし彼が存在しなかったらベドフォード・フォールズがどうなっていたかを見せる。強欲な資本主義に翻弄されてジョージの弟は死に、多くの者が破産して、牧歌的だったベドフォード・フォールズは、ぎすぎすした、どこにでもあるようなポッターズヴィル（ポッターの町）という町になっていた。現実世界にもどったジョージは、スクルージと同じようにクリスマスの精神に突き動かされ、狂ったように町中を走りまわって出会ったすべての人にメリー・クリスマスと言うのだ。

この『素晴らしき哉、人生』は一九四六年に公開されたが、ほとんど話題にならなかった。クリスマスの物語としてではなく、小さな町の出来事を描いた映画として宣伝されていた。クリスマス映画という扱いではなかったのだ。これはその当時、そういうジャンルがなかったからである。キャプラ監督の『素晴らしき哉、人生』の前後には一九四二年公開の『スイング・ホテル *Holiday*

Inn』と一九五四年公開の『ホワイト・クリスマス』があり、一九四七年公開の『三十四丁目の軌跡 *Miracle on 34th Street*』も合わせて、クリスマス映画という概念ができたのだろう。『スイング・ホテル』は四人の男女の恋愛模様をえがいた映画で、そのうちのひとりが祝日――イースター、独立記念日、バレンタインデーなど――だけ営業するホテルを経営しているという設定だった。冒頭のシーンはクリスマスイブ、ラストシーンは大みそかだ。音楽担当のアーヴィング・バーリンが作った挿入歌「ホワイト・クリスマス」「イースター・パレード」「ビー・ケアフル・イッツ・マイ・ハート」は、この映画から生まれたヒットソングだった。一方、『三十四丁目の軌跡』の舞台は大都市ニューヨークのクリスマス商戦の中心、メイシーズ・デパートだ。ここになんとサンタクロース本人（エドマンド・グウェンが演じた）が、別名のクリス・クリングルを名乗ってあらわれ、サンタクロースを信じないドリス（モーリン・オハラが演じた）によってデパートの専任サンタクロース役に採用される。だがクリスのサンタクロース特有の寛大な言動は精神異常のせいだと判断されてしまい、法廷で「本物の」サンタクロースであることを証明しなければならなくなる。結局、彼はサンタクロースだと裁定され、ドリスは仕事をやめてクリスの弁護士をつとめたフレッドと結婚し、幸せな家庭を築く。めでたし、めでたし、である。

これらの映画には、現代資本主義は善であり、そこでは善人はさかえ悪人は報いを受けると決めつけて疑わない姿勢が見られる。『素晴らしき哉、人生』は違う。この映画は、社会の暗部を認めている点で、よりディケンズの『クリスマス・キャロル』に近い。ジョージはボブ・クラチットと同じように幸福になって終わる。しかしスクルージに対応するポッターは改心していない。彼の犯罪は罰せられるどころか、明るみにもでない。だから、映画はしりすぼみになってしまった。そして新しいメディアであるテレビが、もう一度クリスマスの描き方に変更をくわえるのだ。もちろん、テレビのクリスマス・スペシャル番組は、内容が昔ながらのバラエティーだという意味でスペシャルではなかったし、クリスマスらしさも特になかったのだが。

そのようなスペシャル番組の典型的な例が「不思議の国の一時間 One Hour in Wonderland」で、これはその後間もなく公開されるウォルト・ディズニー社の長編アニメ映画「不思議の国のアリス」の名場面を宣伝用に編集したものだった。[26] ここではウォルト・ディズニー本人がパーティーのホストを演じ、彼の家族が番組のゲストや俳優などを「歓迎」していた。だから予告編を見せる番組であっても、ゲストが芸能人であっても、表面的には家庭的な、「子供向け」「家族向け」の体裁を保っていた。それは、郷愁、家族、子供、与えるという行為がテーマだった『三十四丁目の軌跡』や『素晴らしき哉、人生』と同じことだった。多くのクリスマス・スペシャル番組は、クリスマス映画（『三十四丁目の軌跡』は別として）のように、小さな町を舞台にスターが自分のルーツである場所へ「帰る」内容になっていた。カントリー歌手であるドリー・パートンはテネシーを、歌手アン・マレーはカナダのノヴァ・スコシアを訪れている。まるで、中心市街地出身のスターはいないかのようだった。いたとしても、テレビ局のお偉方は、都会出身のスターをとりあげたクリスマス・スペシャル番組を制作させることはなかった。市街地や都市郊外に住む人々は、田舎への郷愁のレンズを通して自分と自分のいる社会を見ることを好んでいたのだ。[27] テレビのクリスマス・スペシャルで祝福されていたのはベドフォード・フォールズであって、ほとんどの視聴者が現実に住んでいるポッターズヴィルでは決してなかった。

このような番組は、利他主義、友情、家族といったテーマを繰り返し語っていた。一九六五年の『チャーリー・ブラウンのクリスマス』や一九六六年の『グリンチ *How the Grinch Stole Christmas*』など六〇年代の漫画映画は、品物より暖かさのほうが大切だ、何よりも家族がいちばんだということを強調していた。意地の悪い緑色の生き物グリンチも『クリスマス・キャロル』のスクルージのように、クリスマスは「(店で買うものより)もう少しだけ意味の深いものだ」と気づく。しかし、映画のシーンにはツリー、リース、食品、プレゼントなどさまざまなクリスマス商品がはっきり映っており、商業主義に踊らされる必要はないという製作者が本当に訴えたいメッセージとはうらはらに、クリスマスを楽しく過ごすためにあれを買わなければ、というサブリミナル・メッセージを見る人の意識下に送る結果となっていた。

人気がぱっとしなかった映画『素晴らしき哉、人生』が毎年のように放映され、もっとも愛されているクリスマス映画のひとつになった理由の一端には、多くの人が、クリスマスは資本主義に大きく影響されていると気づき始めたことがあったかもしれない。だがいちばんの理由は、純粋に資本主義的なものだった。この映画の著作権が一九七四年に失効し、使用料を支払わずに放映できるようになったのだ。もうひとつのさらに大きな理由は、一九四六年以降、世界が大きく変わったことだ。第二次世界大戦直後、映画の流れは夢の世界より厳然たるリアリズムに向かい、フィルムノワール[虚無的、退廃的な指向をもつ犯罪映画]の影やコントラストを多用したカメラワークと、死と絶望におおわれたストーリー展開が映画界を席巻していた。[28] その合間で、ベドフォード・フォールズは無菌化されて陶器製の「コレクション」品となり、『素晴らしき哉、人生』は郷愁を誘う映画となったのだ。『クリスマス・キャロル』の他の多くの翻案物と同じように、暗い要素はうしろに追いやられ、新しい視聴者は、凍った池でスケートができ、店主が客の名前を全部覚えているようなドラッグストアがある懐かしい世界にどっぷりと浸かるようになっていた。時は流れ、ポッター式の資本主義も今ではそれほど悪いことではないように見える。天使がジョージに見せた、ジョージがいなければそうなっていたはずのベドフォード・フォールズでは、彼の妻は町の図書館のオールドミスの館員になっていた。二十一世紀の緊縮財政のもとでは、そもそも地方の町の図書館が存続しているだけでも、すばらしき人生と言えるだろう。

第13章　消費資本主義とノスタルジー

20世紀と21世紀のクリスマス

二十一世紀には、これまでまったくクリスマスを祝う伝統のなかった人々、名目だけのキリスト教徒ですらなかった人々もクリスマスを祝うようになった。雑誌、本、映画、テレビが、クリスマスのさまざまなシンボルがもつ意味にはほとんど関心のない地域にも、クリスマスの慣習を伝えた。とはいえ、これは西洋世界全般、あるいは現代世界全般への文化的適応ではなく、単なる模倣である。

日本では十六世紀に、キリスト教宣教師がクリスマスの宗教的意味を伝えた。しかしキリスト教徒でない日本人が、世界的に人気のある文化としてのクリスマスに参加するようになったのは、二十世紀のことだ。一九〇〇年代初頭に東京の一部の商店がクリスマスの装飾をしたが、もっと大々的に取りいれられ、日本独特のクリスマス――装飾、照明、絶え間なく流れるクリスマスソング、プレゼントと買い物、そしてサンタのおじいさん――に作りかえられたのは、もっと後のことだ。[1]

クリスマスが日本でこれほど容易に広まったのは、もともと日本の年末には、道教を起源とするお歳暮という贈り物の習慣があったからかもしれない。というのも、日本のクリスマスは限りなく消費するための時間であるからだ。道を歩けば店から流れ出るクリスマスソングが聞こえる。店内はもっとにぎやかだ。「ジングルベル」はこの季節に絶対欠かせないが、日本のポップグループも、毎年それぞれにクリスマスソングの新曲を売りだす。欧米と同じようにデパートにはサンタクロースがやってきて、子供たちからほしいプレゼントを聞きとるし、いたるところにキリストの降誕シーンや、クリスマスらしい装飾品が設置される。屋外に目を向ければ、明るく点灯されたツリーがここかしこに立っている（伝統的な装飾ばかりとは限らない。東京のあるショッピングセンターは、ゴジラの形をしたツリーを飾ったことがある）。

しかし、欧米のクリスマスのように家族、特に子供に重点をおくということは、日本では見られない。クリスマスに確認しあうきずなはバレンタインデーと同じもの、つまり若いカップルのきずなだと解釈されているようだ。欧米では夏が近づくと、「水着がにあうボディ」になるためにあと何日しかないなどと、若い女性に容赦なく思い出させるコマーシャルが流れるが、それと同じでクリスマス前の日本のビューティーサロンは「あなたはクリスマスまでに綺麗になれる」と厳粛に告げるコマーシャルを流している。クリスマス気分を出そうと「静かな夜 Silent Night」のようなキャッチコピーを使うコマーシャルもあるが、この言葉自体の意味は歴史的に見てもあまりクリスマスと関係はない。シャンパンとチョコレートの写真に「静かな夜の彼への甘いメッセージ」とキャプションをつけたコマーシャルがあったが、「聖なる夜 Holy Night」は、カップルが一緒にレストランで食事をし、プレゼントを交換し、ホテルで一夜を過ごすという意味になっている。

クリスマスはいくつもの文化、いくつもの国の伝統を吸収し同化してきたので、限りない柔軟性をもつように見える。しかし例にあげたようなコマーシャルを見た欧米人がショックをおぼえ、完全に間違っていると感じる事実から見て、この柔軟性に富んだ祝日にも、明文化されていない多くのルールがあることは明らかだ。たとえば一九七〇年代にインディアナ州で行われた研究調査によって、研究者が「ツリーのルール」と名づけたものが明らかになった。[2] この調査の対象となった人は誰もこのルールに従っているつもりはなかったし、クリスマスツリーに関するルールがあるとも考えていなかった。だが、あるはっきりとした傾向が認められた。

- 結婚して子供のいるカップルは、子供の年齢にかかわらずツリーを飾る。
- 結婚しておらず、子供もいないカップルはツリーを飾らない。
- 子供がいて、生別死別を問わずシングルの親は、ツリーを飾ることもあるが、そうしなければならないと考えているわけではない。

調査の対象者のうち、九十パーセントの人がこのパターンに従っていた。また、飾らなかった人の中で、やむを得ない理由――家を留守にしていたとか、体調が悪かったとか――なしにそうした人は十パーセントしかいなかった。[*]

＊　一世紀以上前、中西部ではツリーを飾る慣習は始まったばかりだったが、第6章で紹介したインディアナの銀行家カルビン・フレッチャーも、「ツリーのルール」に従っていた。子供が小さいうちは

家にツリーを飾っていたが、子供たちが成長して家を出たあと、ツリーは孫のいる家に移ったのである。

クリスマスに関するそれ以外の慣習についても、同じように明文化されていないルールは存在する。新しい慣習だとか、商業主義的な慣習だとの理由で無視されることの多いものであっても（あるいはそうだからこそかもしれないが）、ルールはある。それは、商業主義的ではあっても社会的なつながりを強化する意味で大切な役割を果たしているものを守るルールである。インディアナ州の研究では、プレゼントを郵送する場合、包装は二重でなければならないと全員が明確に答えた[3]。つまり、まず贈り物用にラッピングしたうえで、郵送用にもう一度包むのだ。そうすれば、外側の包み紙だけはずして置いておき、いざプレゼントをあけるときになったら、うやうやしくギフトラッピングをはずすことができるからだ。もっとも、プレゼントを直接わたさないケースはわずか十パーセントしかなかった。ほとんどのプレゼントは、家庭でおごそかに開かれるのが普通だった[*]。プレゼントの九十パーセントは大人から十八歳以下の子供にわたされ、大人がもらうのは十パーセントにすぎなかった。このアンバランスはプレゼントの価格にも見られた。大人が子供からもらうプレゼントの三分の二には、金銭的な価値はあまりなかった。しかし調査結果を見ると、より遠い親族や友人、知人とプレゼントをやりとりする場合は、その量や価値のつりあいがとれるよう気が配られていた。

＊もちろん、「家庭」というのは流動的な言葉である。あるスウェーデンの調査によると、八十パーセントの人がクリスマスイブを「家庭で」過ごすと答えたが、六十一パーセントの家庭がクリスマスイブには家に六人以上の人がいたと答えている。しかしスウェーデンにおける一家庭あたりの平均人

数はふたりより少し多いだけだ。[4]

サンタクロースがデパートにやってくるようになったことで、プレゼントを贈る行為とプレゼントを期待する気持ちには大きな変化があらわれた。以前は、子供はためになるプレゼントをもらっていた。サンタにおもちゃを頼むようになる以前は、両親がこれなら子供が気に入るだろう、あるいは気に入ってほしいと考えたものを選んでいた。しかし子供がサンタの膝にすわり、欲しいものをリストアップするようになると、プレゼントは両親から子供への希望や期待や愛情を表現するものではなくなってしまった。今や子供たちは、両親を介してではあるが、結局は買い物をしているのと同じであり、消費を擁護する文化に能動的にかかわっている。

この消費を擁護する文化には、ふたつの面がある。商品は買われるものだ。が、それと同時に、ただの品物は思い出を内包する容器へと姿を変える。たとえばスウェーデンでは、ジャーナリストのエヴァ・フォン・ツヴェイベルクが一九四七年に出版し、長く愛されている絵本『ヨーアンのクリスマス *Johans Jul*』は、多くの人にとって「正しい」昔ながらのクリスマスを教えてくれるものだ。アメリカ人が『素晴らしき哉、人生』のベドフォード・フォールズにあこがれ、スウェーデン人がイングマール・ベルイマン監督の映画『ファニーとアレクサンデル』に描かれた二十世紀初頭のフィクションのクリスマスを「本当のクリスマス」として想起するように、映画やテレビ番組を手本にする人々もいる。[5]

本や雑誌や新聞、そして映画やテレビ番組は、クリスマスに関する私たちのシンボルや伝統を標準化するだけでなく、国境を越えて広めてもきた。ドイツのエルツ山脈地方で十九世紀に作られていた木彫りのくるみ割り人形は、一八一六年にドイツの公務員（判事）だったE・T・A・ホフマンが子供向けに書いた『くるみ割り人形とねずみの王様』によってドイツ中に知られるようになった。これをフランス人のアレクサンドル・デュマが翻案してフランス語に訳し、それをもとに振付師のマリウス・プティパとレフ・イワノフが振付け、作曲家ピョートル・イリイチ・チャイコフスキーが曲をつけて、バレエ『くるみ割り人形』とした。この作品は、ロシアのマリインスキー劇場で一八九二年に初演された。

当初、このバレエ『くるみ割り人形』はあまり評価されなかった。そこでチャイコフスキーは、オーケストラの演奏会用にこのバレエ音楽から数曲を抜粋し、組曲『くるみ割り人形』として改めて発表した。こちらは初演から大きな評判を呼び、世界各地で演奏されるようになった。ロシア人ギオルギ・メリトノヴィッチ・バランチヴァーゼはマリインスキー劇場で振付師の修行をしたのちロシア革命時にパリへ、次いでニューヨークへわたり、振付師ジョージ・バランシンとして生まれかわった。一九四四年、サンフランシスコ・バレエ団の創設者ウィラム・クリステンセンは、バランシンとロシアから亡命したダンサーで彼の同僚だったアレクサンドラ・ダニロヴァの記憶をもとに、バレエ『くるみ割り人形』をアメリカで初めて上演した。[*] 十年後、すでにニューヨーク・シティ・バレエ団を創設していたバランシンは、独自の振付けによる公演を行った。

＊　一九四〇年のディズニー映画『ファンタジア』はチャイコフスキーの組曲『くるみ割り人形』を非常に効果的に使っていたので、それもこのバレエ公演を後押ししたのだろう。

ドイツからフランスへ、フランスからロシアへ、そしてロシアからアメリカへと『くるみ割り人形』は国を移動するたびに進化した。この作品にはクリスマスのエッセンスがある。ととのった様式はクリスマスの儀式を思わせる。たとえ子供時代だけがもつ魔法の時間と、子供時代のおもちゃが強調されていても、ここには家族の愛情と不和の感情があふれるほどにある。このバレエ作品の新しいふるさとになったニューヨークで、バランシンはステージ上に巨大なツリーを立てることに固執した。「このバレエにはツリーがなければならない」と彼は宣言した。ニューヨーク市民にとって、ロックフェラーセンターのツリーがクリスマスに不可欠なのと同じことなのだ。バレエ『くるみ割り人形』は一九五七年と一九五八年にはテレビ放映され、最高の視聴率を記録した（今でも歴代一位だ）。この作品は、急速に増えていたクリスマス特別番組――ツリーやリース、雪景色、家庭と子供、プレゼントのやりとりなどで（キリスト教抜きの）クリスマス精神を高らかにうたう新しい伝統――のひとつとして認められたのである。

二十一世紀の現在も、事実上アメリカのすべてのバレエ団とその他の国のバレエ団の多くは、クリスマスの『くるみ割り人形』の観客に、年間収入のかなりの部分をたよっている。ロビーでは「くるみ割り人形Tシャツ」「くるみ割り人形ジグソーパズル」や、ふたに回転する小さな踊り子人形のついた宝石箱などのグッズを販売している。ミッキーマウスとミニーマウスのくるみ割り人形バージョンやバービーとケンのくるみ割り人形バージョンもあれば、くまのプーさんのくるみ割り人形や、スターバックスのくるみ割り人形「ベアリスタ」と称するクマのぬいぐるみもある。[6] また、こうしたさまざまなキャラクターの「くるみ割り人形バージョン」とは逆に、「くるみ割り人形」に登場するキャラクターを使うブランドの商品も誕生している。どんな商品だろう――もちろん、ツリーのオーナメントなどの飾り物である。

いま見てきたような、ドイツのエルツ山脈の木彫り職人と、メディアと共同開発したキャラクター商品との隔たり、そしてそこにいたるまでのさまざまな変化こそが、現在のクリスマスを作り上げた。クリスマスとは、みずから姿かたちを変え、いついかなるときにも、私たちの文化が求める形に合わせて変身する祭日なのである。クリスマスにかかわるたったひとつの慣習の起源をさかのぼり一直線にたどっていけたとしても、その慣習にかかわるこまごまとした要素や、その慣習に対する人の気持ちは決して同じではなく、驚くほど異なっていることもある。たとえばサンタクロースだ。彼は「良い人」だ。わざわざ私たちの家に入ってきてくれて、時には彼のために用意してあったお茶を一杯飲み、クッキーを一枚か二枚つまんでいく——そう、彼は無害なのである。北欧神話のオーディンやフレイヤのように、ワイルドハント（幽霊の狩猟）の恐ろしい猟師の一団をひきいて冬の空で暴れまわることはない。ラップランドでクリスマスに現れる怪物ユールスタアロのように、邪魔をした人間を銀のナイフで切り裂き、はらわたを食べてしまうことはない。[*7]

＊ サンタクロースはシベリアのシャーマンの子孫でもない。毒のあるベラテングタケを食べてトランス状態になり、赤と白の衣服を身につけてトナカイの精霊に守られたソリに乗り、空を飛んで煙抜きの穴から住居に入ってきていたシベリアのシャーマンがサンタクロースの先祖だ、という魅力的な説が一九八〇年代に出された。しかし残念なことに、シベリアのシャーマンはトランス状態でソリに乗ることはなく、トナカイの精霊とはほとんど、あるいはまったく関係はなく、赤と白の衣服を着る

こともなく、煙抜きの穴から入ってくることもないことが後に明らかにされた。[8]

私たちはサンタクロースをすっかり良い人にしてしまったが、「冬の物語」にはいつも「夜の闇の中を音もなく動く……亡霊や幽霊」の恐怖が多少なりとも潜んでいる。[9] なぜ冬の、特にクリスマスの頃に幽霊の物語が多いのだろう。シェイクスピアによれば、一年のうちでクリスマスだけは「どんな亡霊も人前に姿を見せることはできず」、「どんな妖精も……魔女も、人を惑わせる力がない」らしい。[10] おそらくクリスマスは「非常に神聖な日」であり、悪いものが人に近づくことができないゆえ、普段は恐ろしくて口にできないようなことを人は話してしまうのかもしれない。

理由はともあれ、クリスマスと幽霊物語は強く結びつけられてきた。一六五八年出版の『幻影、託宣、お告げ、預言の歴史 *history of apparitions, oracles, prophecies, and predictions*』には、幽霊や不可思議な現象とクリスマスとを結びつけた物語が五編収録されている。[11] だが一七三〇年には、クリスマスに幽霊の話を語るのは「田舎者」の気晴らしにすぎないと見なされていた。[12] そして十九世紀に歴史愛好趣味が高まると、ふたたび幽霊物語に注目が集まるようになった。作家ウォルター・スコットは「魔法使いや幽霊、悪鬼《ゴブリン》や魔女」の物語がクリスマスに好まれるはずだと断言した。[13] ディケンズの『ピクウィック・ペーパーズ』〔田辺洋子訳／あぽろん社／二〇〇二年〕のディングリー・デルにおけるクリスマスの場面の中心は悪鬼《ゴブリン》物語の再話であり、クリスマスの幽霊物語として読まれるには絶好のタイミングで出版されている。

おそらく、クリスマスの幽霊物語が大変な人気を獲得したという事実こそが、クリスマスがまったく毒のない家庭的な祭日となったことの証明なのだろう。安全な社会に暮らしているからこそ、犯罪小説を楽しく読むことができるのと同じように、まわりで子供たちが新しいおもちゃを壊したりしている中でゆったりとくつろぎ、温かい飲み物を飲みながら読めば、幽霊が出てくる物語は恐ろしいものではなく、むしろ楽しいものなのだろう。イギリスのユーモア作家ジェローム・K・ジェロームがこんなことを書いている。「英語を話す男がクリスマスイブに暖炉のまわりに数人集まると、必ず怖い話を始めるのはなぜだろう……ゆったりくつろいだお祭り気分のときに、墓場とか死体とか殺人とか血とかについて語りたくなるのはなぜだろう」[14]。この傾向は今も続いている。クリスマスに恐ろしいことが起こる数々のホラー映画の人気を見れば明らかだ。

十九世紀末になると、あえてクリスマス気分の正反対をいく産業は、ホラー映画だけでなく、クリスマスのあれこれに文句をつけるという分野にも市場を見出した。お祭り気分に水をさしたくなる性向の作家や美術家に、不機嫌のはけ口ができたのだ。その多くはユーモア小説のかたちをとっていた。ジョージ&ウィードン・グロウスミスが一八九二年に出版した『無名なるイギリス人の日記』は、イギリスの郊外に暮らす中流下層レベルの人々の生活を描いた傑作だが、ある登場人物がこんなことを言っている。

クリスマスに身内が集まるなんてまっぴら御免だ。一体どういうつもりですか。たとえば、誰かさんがこう云う。――ああ、ジェイムズ伯父さんも気の毒なことをした。去年は姿を見せたのにねえ――そこで皆が啜り泣く……陰気な話がさらに続く。――ああ、次は誰の番かしら？――またまた皆が啜り泣き、それから、旺んに飲み食いが始まる。〔『無名なるイギリス人の日記』

梅宮創造訳／王国社／一九九四年より引用」[15]

ジョージ・バーナード・ショーのクリスマス嫌いはさらに広範囲におよぶ激しいものだったが、彼の不機嫌の底流には、わかっている、私たちはみんな同じだ、という物わかりのよさとユーモアのひねりがある。彼は大仰な調子でこう書いた。

クリスマスとは、品の悪いもの、非情で貪欲なもの、酒に飲まれて無秩序なもの、不経済で破滅をまねくもの、邪悪で、人にたかってばかりで、嘘つきで不潔で冒瀆的で風紀を乱すもの……世界中の憎しみの炎の熱い息をあびて、おのずとしぼみ、衰える定めのものだ。それを追憶する者は誰でも、脂じみたソーセージの柱に変えられてしまうだろう。[16]

クリスマスを憎む気持ちは笑い事ではすまない、という人もいた。普段はかなり激しい言葉を使うアンブローズ・ビアスは、クリスマスについてはいくぶん控えめに「他の日とは区別してとってある特別の一日。暴食、酩酊、涙もろい感傷、贈り物を頂戴すること、世間一般の怠惰、および家庭における行事に捧げられている」と定義している〔『新編・悪魔の辞典』西川正身訳／岩波書店／一九八三年より引用」。[17] 対照的にイギリスの詩人フィリップ・ラーキンは、「このクリスマスという愚かきわまりないものは、わけのわからないよだれを垂らす一団が洪水のように人の家を突然襲い……あなたの家が礼儀知らずの中流階級の悪がきどもの大群に占領され、あなたのせっかくのごちそうと飲み物が、真偽はともかく彼らの親だと主張する連中の、歯のはえた騒々しいあごのあいだに消えていくのを見ることだ」と書いた（「真偽はともかく親だと主張する」の部分が、クリスマスに対するこの痛烈な批判を、記録されたなかでもっとも悪意のこもったものにしている）[18]。西暦一千年以前の聖職者がクリスマスの飲酒とダンスを禁止したという記録から、当時それが行われていたことがわかったのと同じように、この二十世紀のふたりの人間嫌いがクリスマスに痛罵を浴びせた事実から、大多数の人にとってクリスマスがどれほど大きな意味をもっていたかがわかる。クリスマスに大した意味がなかったとしたら、そしてこのふたりのへそ曲がりが言うようにクリスマスが本当に嫌われていたとしたら、いくら悪口を言ったところで、彼らの発言は誰の興味もひかないだろう。

一九六〇年代、七〇年代にイタリア政府観光局の熱心な後援によって南チロル地方に作られたクリスマス・マーケットについて考えてみよう。この地方はかつて、オーストリアのハプスブルク家の支配下にあった。現在も住人の半数以上がドイツ語を話す。したがってドイツ式のクリスマス・マーケットを導入したといっても、単に異国の文化を取りいれたというレベルのものではなかった。この観光地に新しくできた昔ながらのマーケットは、ビジネスとしては大成功を収めた。だが、批判も多かった。このクリスマス・マーケットは商業的すぎるというものだ[19]。世俗的すぎる、あるいは歴史的すぎるという批判もあった。いずれにしてもこれらの批判は、歴史的にみて本物であることと、訪れる客が買いたいものを提供することとの食い違いを示していた。歴史的に正しく再現しすぎれば、買い物客は減るだろう。客が買いたいような現代的な品物をそろえれば、ショッピングセンターとほとんど変わらないという非難を受けるだろう。このようなクリスマス・マーケットは本質的には両立し得ない。しかしだからこそ——一時だけでも幻想に浸れる場所を作りたいという思いと、同時にその場所を現代的なビジネスとして機能させたいという思いが交錯するのである。

この矛盾を解消するにはふたつのうちのどちらかを選ぶしかない。懐古趣味派は、比較的近年に生まれたクリスマスを受けいれない。サンタクロース、ディケンズ、アーヴィング、ツリーはだめだ。彼らは本物のクリスマスを求めてどこまでも時代をさかのぼり、少しでも古い慣習を発掘しようとする。第一次世界大戦直後にイギリスで出版されたクリスマスに関するアンソロジーは、十九世紀のキャロル、クリスマスの薪（ユール・ログ）、雪景色、「陽気な大地主」を排除したことを誇っていた。[20] コマドリでさえ、彼らの排除の対象だった。このようなクリスマス原始主義者にとって、「本当の」クリスマスとは、まさに「めずらしいこと」「秘められたこと」でなければならなかったのだ。[21] 彼らの求める「本当の」クリスマスの魅力とは、まさに大衆が求める癒やしや温かみとは無縁のものにほかならなかった。それとは対照的に、一般大衆にとってのクリスマスはほとんどが近年の慣習であり、七面鳥かガチョウ、赤キャベツ、ツリー、プレゼント、『素晴らしき哉、人生』をテレビで見ること、キャロルを歌ったりデューク・エリントン楽団の『くるみ割り人形』組曲やナット・キング・コールの「ザ・クリスマス・ソング Chestnuts Roasting in a Open Fire」を聴くこと、イギリスなら女王陛下のスピーチを聞いたり、キングズカレッジのキャロル・コンサートを聴いたりすることなのだ。

クリスマスは長い年月のあいだにみずからの姿を変容させてきた。クリスマスは貴族や大地主が使用人や小作人に富を顕示していた時代から、大人がなけなしの金をはたいて浮かれ騒いだ時代へ、そして何よりまず子供が中心のお祭りになった時代へと移りかわってきた。エリート階級から大衆へ、大人から子供へ、共同体から家庭へと主役が代わるなかで、クリスマスは姿を変え、生き残り、栄えてきた。なぜならクリスマスとは今あるものではなく、今まであったものでもなく、私たちがこうあってほしいと思うものだからだ。

クリスマスの価値の一部は「繰り返し」にある。それは非常に特殊な形の繰り返しだ。忘れては思い出す、思い出しては記憶違いをする、の繰り返し。二十世紀初頭のジャーナリストで作家、批評家でもあったG・K・チェスタトンにはクリスマスに関する多くの作品があるが、そのひとつに「幽霊たちの店 The Shop of Ghosts」がある。[22] ロンドンにある一軒のみすぼらしい店に、白いひげを生やした「年寄りの弱々しい」店主がいる。彼はあるおもちゃを買った客から代金を受けとろうとしない。物語の語り手である客は、この店主がサンタクロースだと気づく。そこへもうひとり客が入ってくる。それは、ほかならぬチャールズ・ディケンズその人だ。サンタクロースはディケンズに向かい、自分はもうすぐ死ぬと打ちあける。ディケンズは手で払いのけるしぐさをして「冗談でしょう。あなたは私の時代にも死にかけていたのに」と言う。次に入ってきたのは十八世紀の著述家サー・リチャード・スティールだ。彼もサンタクロースの言葉に驚き「私たちが『サー・ロジャー・ド・カバリー』とクリスマスに関する記事を書いたときも、サンタクロースは死にかけていたのに」と言う。十七世紀の劇作家、詩人だったベン・ジョンソンも、当時サンタクロースは体調が悪そうだったと言う。最後にやってきた「ロビン・フッドのような緑色の服を着た男」も同じように不思議がる。語り手はディケンズより一歩先に深遠なる真実を理解する。ディケンズは大仰な動作で帽子をとって挨拶し……そして「やっとわかりました。あなたは決して死なないのですね」と言った。

この死と再生の繰り返しこそがクリスマスの核心だ。そのおかげで私たちは安定という幻想を、確固として存在し続ける共同体という幻想を抱くことができる。路上で子供が安心して遊べた時代、誰も家の鍵をかけず、隣人は顔見知りばかりだった時代という想像上の過去が、本当にあったと思いこむことができる。その一方で、その時代にあった不都合な事実は無意識のうちに記憶から消してしまう。私たちはトーマス・カーライルの妻ジェーンが楽しんだクリスマスパーティーを、想像上の過去の中で自分が経験したように感じ、その一方で女中のハンナ・カルウィックが一日十八時間も汗と脂と煤《すす》にまみれて働いていたことは忘れてしまう。庭で大きくなった野菜のおいしさは想像できても、水を入れたバケツをもって遠くまで歩く苦労、日照りの下で草取りをするつらさ、干ばつに襲われれば飢餓が待っている事実は見逃しがちだ。

過去の家庭的なクリスマスについても同じことが言える。不都合な事実には霞がかかり、無意識に和らげられ、ギザギザしたところもなめらかになるものだ。記憶について研究している心理学者は、時がたち世代が代わるうちに、家庭内で起こった不都合な出来事は記憶から消されていくことを明らかにした。[23] 一族の後の世代にとって物理的にも感情的にも価値のない出来事は忘れ去られる。どの国を後の世代に理解できないような出来事の細部は、彼らが理解できる形に置きかえられる。どの国を見ても、クリスマスの行事について常にこれが起こっている。クリスマスの古い伝統がなくなって残念だと人が言うとき、真夜中に他人が家に忍びよって鉄砲を撃つ慣習を懐かしがっている人はほとんどいないはずだ。自分も頭に山羊の頭蓋骨をのせて歩きたかったと思う人もいないだろう。クリスマスの日にだけ肉が食べられた昔を懐かしむ人も。

彼らが懐かしがっているのは、クリスマスの核心だと感情的に信じているもの、私たちの現実の生活ではなく、そうあれかしと願っている生活、つまり、家族や宗教や個人的あるいは社会的関係が、堅固な基盤の上に築かれている世界なのだ。そう考えれば、クリスマスの行事に大きな変化が見られたのが、西洋の近現代における四大革命――チャールズ一世を倒してクロムウェルが政権をにぎった清教徒革命、アメリカ独立戦争、フランス革命、そして産業革命――とほぼ同時期だったことも驚くにはあたらない。これらの革命は不可逆的な変化をもたらしたのだから。工業化。近代化。都市化。それらすべてが、共同体の全員にとって過去――私たちの誰もが愛され、守られ、慈しまれていたはずの、実際には存在しなかった場所、存在しなかった時――が恋しいものとなる要因だった。

クリスマスの慣習は、たとえ一年に一日だけでも、私たちにこの世界が存在することを信じさせてくれる。ひょっとしたら本当の魔法が存在することも。その慣習を繰り返すことで、私たちは毎年同じ場所へ帰ることができる。クリスマスに対する郷愁は、私たちの子供時代のクリスマスに対するものだけではなく、読んだことのあるクリスマス、映画やテレビで見たことのあるクリスマスに対する郷愁でもある。クリスマスとは、そうしたすべてのクリスマスが合成されたものであり、種々の伝統や感情や慣習をとりまぜたひとつの集合体だ。私たち自身のもの、両親のもの、あるいは両親がした子供時代の話を私たちが聞いて覚えていたような気がするものもある。本や雑誌で読んだもの、あるいはテレビでよく見る有名人が、これは「いつも」こうだったと教えてくれたものも含め、とにかく自分の慣習も新しい慣習も、長い歴史があるということにして採用するのだ。

ある十七世紀の歴史家が書いている。「儀式とはすべてを保持するものである。それはコクのある酒やおいしい水を入れるペニーグラスのようなものだ。それがなければ水はこぼれ、酒はなくなってしまう」[24]。クリスマスという容器も同じことだ。儀式や慣習は、そのなかにある豊かな感情や価値を私たちに味わわせてくれる。

最後に、『クリスマス・キャロル』に出てきたスクルージの甥のフレッドがクリスマスについてスクルージに語った言葉を紹介したい。彼の言葉を信じようではないか［前出の井原訳より引用］。

> 僕は……それを、ありがたい日だと思うんです。親切と、寛容と、慈善と、喜びの日。一年の長いカレンダーのなかで、この日だけは、みんなが心をひとつにして、普段閉じている心の殻を破って楽しく付き合うんです。そして、困っている人たちのことを、別の目的地に向かう赤の他人ではなく、つかのまの人生をともに生きている同じ旅の仲間と考えるんです。だからね、おじさん、銀貨や金貨の一枚が僕のポケットに入るわけじゃないけど、クリスマスは僕のためになるし、これからもそうだと信じています。だから、クリスマス万歳！

訳者あとがき

本書は、ジュディス・フランダーズ（Judith Flanders）著、*CHRISTMAS: A Biography*, Picador, London, 2017 の全訳である。

テーマはクリスマス。キリスト教徒でなくとも、多くの人はクリスマスの起源や、その歴史的変遷、あるいは地域的な差異について、すでにいくつかの断片的な知識をお持ちだろう。だがそれらは真実なのか。たとえばクリスマスの起源について、私たちは何の疑問も抱かずに、十二月二十五日はイエス・キリストの生まれた日であり、キリスト教が誕生して以来、敬虔な信徒によって連綿と祝われてきた祭日だと思いこんでいるのではないだろうか。昨今では、その敬虔であるべきクリスマスが時代とともに商業主義に侵され、「本来の姿」を失ってしまったと嘆く声も聞かれる。

ところが、である。本書によれば、そもそも聖書にはキリスト降誕の日付は記されていない。クリスマスが現在のように十二月二十五日になった理由すら推定の域を出ないのだ。とはいえ、キリスト教以前からヨーロッパ各地にあった冬至祭や収穫祭などさまざまな習俗との関連は否定できないところだ。本来は敬虔な宗教的行事だったという点もあやしい。すでに四世紀末には、クリスマスの過度の飲食と浮かれ騒ぎを戒める布告が出されているという。当初から宗教的祭日とは名ばかりの、世俗的なお祭り騒ぎになる宿命を背負っていたとも言えよう。時代ごと、地域ごとにさまざまな変貌を遂げながら、それでもなぜか人の心に甘酸っぱい郷愁を呼びさますもの、なぜか人をうきうきさせるもの、それがクリスマスなのだ。

サンタクロースに代表される「年に一度訪れるもの」についても、一般に起源と言われている司教の聖ニコラスだけでなく、さまざまな土地にさまざまな来訪者があった。良い子にプレゼントを配る優しいおじいさんとは程遠い、悪い子に罰をあたえる怪物のような恐ろしい来訪者もあった。今もそうしたものが訪れる地域は世界の各地にある。

クリスマスに付き物だとされる食べ物、飲み物、装飾、音楽、行事などの慣習が、時代や地域によっていかに多様であるかも本書を読めばよくわかる。たとえば中世には、クリスマスの贈り物は借地人から領主へ、臣下から君主へ、つまり下位の者から上位の者への進物、日本でいえば歳暮のようなものだった。上位から下位へのチップのような形の贈り物は近代になってからのもの、親しい者どうしや家族間のプレゼントのやりとりも比較的最近のものだ。

十九世紀に書かれたディケンズの『クリスマス・キャロル』には現代的なクリスマス像が描かれている。家庭的な、子供中心のクリスマス、誰もが普段より少しだけ優しい気持ちになるクリスマスだ。『クリスマス・キャロル』はもともとクリスマスの贈り物用書籍として出版された。クリスマスプレゼント用に特化された商品、クリスマスプレゼント用のラッピング、クリスマスカードなどはどれも十九世紀の発明だ。今では十二月になれば必ず聞こえてくるクリスマスソングだが、庶民のあいだで歌い継がれていた歌をまとめたクリスマス用の「キャロル集」がイギリスで出版されたのは十九世紀初めのことだった。

二十世紀、クリスマスは今日一日くらい争いごとや暗いことは忘れようという特別な日にもなった。第一次大戦中の西部戦線で自然発生的に起こったクリスマス休戦はその好例だろう。ドイツ軍とイギリス軍の兵士たちがそれぞれの塹壕にろうそくを灯したり、キャロルを歌ったりして交流したという。だがこれは宗教心というよりは、共につらい時を過ごしている者どうしの一体感の表れだったと思われる。クリスマスには、そんな力もあるのだ。

そして現代のクリスマスの定番といえば、デパートのクリスマス用ウィンドウ・ディスプレイや巨大なツリー、十二月になると世界各地にやってきてクリスマス気分を盛り上げるサンタクロース、テレビで放映される『三十四丁目の奇跡』や『素晴らしき哉、人生！』などの、ほのぼのとした古い映画。デパートやショッピングモールに絶え間なく流れるクリスマスソング。ちなみにサンタクロースのお馴染みの赤い衣装と白いひげは、コカ・コーラ社のコマーシャルによって広まったイメージだ。たくましい商業主義と知りつつも、何故かこみあげてくるノスタルジー。

厖大な歴史資料にあたり、クリスマスにまつわる習俗慣習を広範に調査して本書を書き上げた著者フランダーズは言う。これが本物のクリスマスだという定義はない。ひとりひとりが特別な自分だけのクリスマスを持っている。誰もが自分のクリスマスの慣習を繰りかえすことで、帰るべき懐かしい場所があることを確認する。クリスマスに対する郷愁は各人の子供時代のクリスマスの思い出だけでなく、本で読んだり、映画やテレビで見たりしたクリスマスへの郷愁もある。両親や祖父母から聞いた話に対する郷愁もある。そうしたすべての特別なクリスマスがひとつになった集合体こそが、クリスマスの本質なのだと。

最後になったが、本書の出版にあたっては多くの方々にお世話になった。とくにこの翻訳の機会と多くの助言を与えてくださった原書房編集部の中村剛さんとオフィス・スズキの鈴木由紀子さんに心からお礼申し上げる。

二〇一八年十月

伊藤はるみ

参考文献

クリスマスは40年ほど前から研究テーマとして真剣にとりあげられるようになっており，今では多くの学術書や一般読者向けの書物がある。

クリスマスについて概観するなら Mark Connelly, *Christmas: A History*（2012）と Paul Frodsham, *From Stonehenge to Santa Claus: The Evolution of Christmas*（2008）がある。

イギリスのクリスマスに関しては J. M. Golby and A. W. Purdue, *The Making of Modern Christmas*（2000）; J. A. R. Pimlott, *The Englishman's Christmas: A Social History*（1978）; and Gavin Weightman and Steve Humphries, *Christmas Past*（1987）が基本となる。これらは一部にやや古い情報もあるが，重要であることにかわりはない。Ronald Hutton's *The Stations of the Sun: A History of the Ritual Year in Britain*（1996）のクリスマスに関する項も必読である。

ドイツのクリスマスに関して英語で書かれた書物としては Karin Friedrich (ed.), *Festive Culture in Germany and Europe from the Sixteenth to the Twentieth Century*（2000）と，Joe Perry, *Christmas in Germany: A Cultural History*（2010）がある。特に後者は信頼できる大著である。

アメリカのクリスマスに関する書物は多いが，Karal Ann Marling, *Merry Christmas! Celebrating America's Greatest Holiday*（2000）は，さまざまな慣習について，独創的かつ革新的な検証をくわえている。Stephen Nissenbaum, *The Battle for Christmas*（1996）と Penne L. Restad, *Christmas in America: A History*（1995）は，どちらも日記，書簡その他の一次資料を典拠としており，強くお勧めしたい。

社会学的側面に関心がある向きには，Daniel Miller (ed.), *Unwrapping Christmas*（1993）が，クリスマスに私たちが何故，どのようにして，何をするのか，に関する基本的知識を与えてくれる。

クリスマスツリーの起源に関しては Bernd Brunner, *Inventing the Christmas Tree*, trans. Benjamin A. Smith（2012）に，わかりやすくまとめてある。

サンタクロースと聖ニコラスについては，Charles W. Jones, *Saint Nicholas of Myra, Bari, and Manhattan: Biography of a Legend*（1978）が，今もいちばんに参照すべき書物であることに変わりない。

慣習や伝統の流動性に関しては，Svetlana Boym, *The Future of Nostalgia*（2010）による概説を超えるものは今のところ見当たらない。

クリスマスに関する記述はそれほど多くないが，Eric Hobsbawm and Terence Ranger (eds.), *The Invention of Tradition*（1983）は，歴史について，また歴史をどう読み解くかについて多くを学ばせてくれる。

参照したすべての文献のリストについては www.christmas-biography.com を参照されたい。

注

第１章　聖書　お祭り騒ぎ　祝宴――古代から中世までのクリスマス

1　E. P. Sanders, *The Historical Figure of Jesus* (Harmondsworth, Penguin, 1993), p. 87.

2　キリスト生誕の詳細については Paul Frodsham, *From Stonehenge to Santa Claus: The Evolution of Christmas* (Stroud, History Press, 2008), pp. 57. を参照した。

3　Bruce David Forbes and Je rey Mahan, eds., *Religion and Popular Culture in America* (rev. edn, Berkeley, University of California Press, 2005), pp. 22.

4　Forbes and Mahan, *Religion and Popular Culture*, pp. 25, 29-30.

5　Frodsham, *From Stonehenge to Santa Claus*, p. 90.

6　Frodsham, *From Stonehenge to Santa Claus*, p. 75.

7　Frodsham, *Stonehenge to Santa*, pp. 11-12.

8　異教の冬至祭については多くの研究報告があるが，調べてみると，ほとんどは実態のない影のようなものだった。たとえばイギリスの新石器時代のいくつかの遺跡はそのレイアウトと冬至の太陽の位置に関係があるように思われる。しかし同時代の遺跡にはそのような関係がまったく認められないものも多い。そうした遺跡が紀元前2000年紀に放棄されてから紀元後1～2世紀のローマ帝国による支配の時代までを見ても，冬至の太陽を特別視した形跡はひとつも見つかっていない。鉄器時代のイギリスでは崇敬の対象は湿地であり流れる水だったと思われる。ケルト人の時代には，儀式は冬至や夏至ではなく農事歴に基づいて行われていた。太陽とのかかわりを示す唯一の証拠は，5世紀の聖パトリックが，太陽を崇敬する者には「罰としてみじめで不幸なことが起こる」と語ったという言葉だけだ。ナジアンゾスのグレゴリオスがクリスマスに浮かれ騒ぐことを戒めた記録と同じで，太陽を崇敬する風習がないのにそのような警告を発したはずはない。Frodsham, *From Stonehenge to Santa Claus*, pp. 47-51, は，新石器時代のわずかな痕跡を見てあまり想像をたくましくするのは間違いのもとだと警告している。Ronald Hutton, *The Stations of the Sun: A History of the Ritual Year in Britain* (Oxford, Oxford University Press, 1996), pp. 5-8 も，もっと強い言葉で同様の発言をしているが，彼自身も古代に関する中世の文書をまるで確かな証拠のように引用している。

9　カレンズと農神祭（サトゥルナリア）に関する情報は Frodsham, *Stonehenge to Santa*, pp. 81-4, and Hutton, *Stations of the Sun*, pp. 2-3 から得た。リバニウスは Clement A. Miles, *Christmas in Ritual and Tradition, Christian and Pagan* (London, T. Fisher Unwin, 1912), pp. 168-9 に引用がある。引用した6世紀のある神父はヒッポのアウグスティヌスとされることが多いが，Frodsham はアルルのカエサリウスではないかとしている。p. 83.

10　Frodsham, *Stonehenge to Santa*, pp. 85-91; Hutton, *Stations of the Sun*, p. 1.

11 Sciptor Syrus, cited in Hutton, *Stations of the Sun*, p. 1.

12 Frodsham, *Stonehenge to Santa*, pp. 90.

13 Scott C. Lowe, *Christmas Philosophy for Everyone: Better than a Lump of Coal* (Chichester, Wiley-Blackwell, 2010), p. 40.

14 Iørn Piø, 'Christmas Traditions inScandinavia', in Thomas Pettitt and Leif Søndergaard, eds., *Custom, Culture and Community in the Later Middle Ages: A Symposium* (Odense, Odense University Press, 1994), p. 57.

15 尊者ベーダとユールの伝統については Frodsham, *Stonehenge to Santa*, pp. 97 による。(ただしスプレイニルのニンジンに関する疑問は私見である); Hutton, *Stations of the Sun*, pp. 6-7; Bruce David Forbes, *Christmas: A Candid History* (Berkeley, University of California Press, 2007), p. 11; and Lowe, *Christmas Philosophy*, pp. 39-41.

16 Kathleen Stokker, *Keeping Christmas: Yuletide Traditions in Norway and the New Land* (St Paul, MN, Minnesota Historical Society Press, 2000), pp. 6-8.

17 Steve Roud, *The English Year: A Month-by-Month Guide to the Nation's Customs and Festivals from May Day to Mischief Night* (London, Penguin, 2006), p. 11.

18 Hugh Keyte and Andrew Parrott, eds., *The New Oxford Book of Carols* (Oxford, Oxford University Press, 1992), p. 182.

19 Cited in Keyte and Parrott, *New Oxford Book of Carols*, p. 120.

20 This fifteenth-century French denunciation cited in Frodsham, *Stonehenge to Santa*, p. 111.

21 Bridget Ann Henisch, *Cakes and Characters, An English Christmas Tradition* (London, Prospect, 1984), p. 35.

22 *Schweizerisches Idiotikon, Schweizerdeutsches Wörterbuch*, 'Chlaus', https://digital.idiotikon.ch/idtkn/id3. htm#!page/30687/mode/1up, accessed March 2017. 私にこのめずらしい資料を示してくれた Gabriele Coppetti に感謝したい。また翻訳を助けてくれた Heidi Gerber にも感謝する。

23 Horace Walpole, *The Yale Edition of Horace Walpole's Correspondence*, ed. W. S. Lewis, et. al (48 vols., London, Oxford University Press, 1937-83), vol. 9, p. 125; a mere rag: Henry Greville, *Leaves from the Diary of Henry Greville*, ed. Vicountess Enfield (4 vols., London, Smith, Elder & Co., 1883-1905), vol. 2, pp. 78-9.

24 J. A. R. Pimlott, *The Englishman's Christmas: A Social History* (Hassocks, Harvester Press, 1978), p. 21.

25 William Sandys, *Christmastide: Its History, Festivities, and Carols* (London, John Russell Smith, [1852]), p. 3.

26 Rev. Gordon Huelin, 'Christmas in the City', Guildhall Studies in London History, vol. 3, no. 3, 1978, p. 165.

27 Philip Massinger, *The City Madam*, in *The Selected Plays of Philip Massinger*, ed. Colin Gibson (Cambridge, Cambridge University Press, 1976), p. 306.

28 *Sir Gawain and the Green Knight*, trans. Simon Armitage (London, Faber, 2007),

p. 44. この原典の内容は前後関係が混乱していて，私自身よく理解できない点があったことを告白しておく。 Gawain has travelled, p. 38, 'until Christmas Eve'; p. 39, the next morning he moves on, which would suggest that it was now Christmas Day. But if he's eating fish on 'penance plates', it's a fast day, which should mean it's the 24th, the last fast day of Advent. The next day, p. 49, is plainly Christmas Day, as they enjoy 'feasting . . . fun, and such feelings of joy . . .'

29 Thomas Tusser, *Some of the Five Hundred Points of Good Husbandry* (Oxford, John Henry Parker, 1848 [1577]), p. 36.

30 Miles, *Christmas in Ritual and Tradition*, pp. 202-4.

31 この物語は Geo rey of Monmouth, *History of the Kings of Britain*, Book VI, ch. 12 (ジェフリー・オブ・モンマス著『ブリタニア列王史―アーサー王ロマンス原拠の書』[瀬谷幸男訳。南雲堂フェニックス。2007年]) にある。そして the 1730s *Round About Our Coal Fire*, to John Brady, *Clavis Calendaria; or, A Compendious Analysis of the Calendar* . . . (London, Longman, Hurst, Rees, Orme, and Brown, 1812-13), vol. 2, pp. 336-7 などを始め，まるでモーセの石板が受けつがれるように，イギリスのクリスマスに関するほとんどすべての書籍に繰りかえし引用されてきた。

32 Roud, *English Year*, pp. 402-3.

33 The following examples appear in Jean-Michel Mehl, 'Games in their Seasons', trans. Thomas Pettitt, in Pettitt and Søndergaard, *Custom, Culture and Community in the Later Middle Ages*, pp. 71-80.

34 Cited in Frodsham, *Stonehenge to Santa*, p. 119.

35 George Gascoigne, *A hundreth sundrie flowres bounde up in one small poesie* . . . (London, Richarde Smith, 1573), STC (2nd edn) / 11635.

36 Letter of 24 December 1459, *Paston Letters*, ed. Norman Davis (Oxford, Clarendon Press, 1958), p. 28.

37 *The dictionary of syr Thomas Eliot knight* (London, Thomæ Bertheleti, 1538), STC (2nd edn) / 7659.

第2章　無言劇　贈り物　怪物――中世から16世紀までのクリスマス

1 James VI and I, *Basilikon Doron* (1599), cited in Peter R. Roberts, 'The Business of Playing and the Patronage of Players at the Jacobean Courts', in Ralph Houlbrooke, *James VI and I* (Aldershot, Ashgate, 2006), p. 89.

2 John Ashton, *A Righte Merrie Christmasse!!! The Story of Christ-tide* (London, Leadenhall Press, 1894), p. 65.

3 Henisch, *Cakes and Characters*, pp. 38-9.

4 John Stow, *A Survey of London, written in the year 1598*, ed. William J. Thoms ([facsimile of 1603 edition] London, Chatto & Windus, 1876), p. 37.

5 Cited in Frodsham, *Stonehenge to Santa*, pp. 122-3.

6 Gray's Inn records, cited in Henisch, *Cakes and Characters*, p. 40.

7 Henry Machyn, *The Diary of Henry Machyn, Citizen and Merchant-Taylor of London, from A.D. 1550 to A.D. 1563*, ed. John Gough Nichols (London, Camden Society, 1848), pp. 28-9.
8 From records of the Inner Temple account books, reprinted in D. B. Wyndham Lewis and G. C. Heseltine, eds., *A Christmas Book: An Anthology for Moderns* (London, J. M. Dent, 1928), pp. 264-6.
9 Penne L. Restad, *Christmas in America: A History* (New York, Oxford University Press, 1995), p. 7.
10 Samuel Pepys, *The Diary of Samuel Pepys*, ed. Robert Latham and William Matthews (London, Bell & Hyman, 1970-76), 6 January 1663, vol. 4, p. 6.
11 Huelin, 'Christmas in the City', p. 164.
12 Cited in Jacqueline Simpson and S. Roud, *Dictionary of English Folklore* (Oxford, Oxford University Press, 2000), p. 402.
13 Calendar of State Papers, Domestic.
14 Piø, 'Christmas Traditions in Scandinavia', pp. 58-9.
15 Herbert Halpert and G. M. Story, eds., *Christmas Mumming in Newfoundland* (Toronto, University of Toronto Press for Memorial University of Newfoundland, 1969), passim. This study of mumming investigates several communities in depth. I have here merged the customs reported separately in di erent communities to give an overall picture.
16 Roud, *English Year*, pp. 402-3.
17 Thomas Lupton, *All for Money*, STC (2nd edn) / 16949.
18 Huelin, 'Christmas in the City', pp. 164-5.
19 Thomas Anyan, 'A sermon preached at Saint Marie Spittle, April 10 1615', STC (2nd edn) / 698.
20 ホグラーはグロスターシャー，サマセット，デヴォン，サリー，サセックス，ケントの各州やリンカクシャー州のフェンズなどに活動の記録が残っている。どうやらイングランド南西部が活動の中心だったらしい。Hutton, *Stations of the Sun*, pp. 12-13.
21 Gregory the Great to Abbot Mellitus, 601 ce, cited in Ronald Hutton, *The Rise and Fall of Merry England: The Ritual Year, 1400-1700* (Oxford, Oxford University Press, 1994), p. 51.
22 Stow, *Survey of London*, p. 37.
23 Alexander Tille, *Yule and Christmas: Their Place in the Germanic Year* (London, David Nutt, 1899), pp. 172-3.
24 Philip Snyder, *The Christmas Tree Book: The History of the Christmas Tree and Antique Christmas Tree Ornaments* (New York, Viking, 1977), pp. 11-12; Reval tree: ibid.
25 Bernd Brunner, *Inventing the Christmas Tree*, trans. Benjamin A. Smith (New Haven, Yale University Press, 2012), p. 3; German ordinances: ibid.
26 The development of the tree that follows has been gathered from Snyder, *Christmas*

Tree Book, pp. 4, 6, 12, 13; Brunner, *Inventing the Christmas Tree*, pp. 5, 25.

27 The legend is recounted by, among many others, Restad, *Christmas in America*, pp. 57-8.

28 Brunner, *Inventing the Christmas Tree*, p. 8.

29 初期のキャロルの成立年代を特定するのはほとんど不可能だ。これまでに多くの専門家が，残存しているものそれぞれに使われている言葉，詩，年代に関してさまざまに異なる意見を言ってきた。私はおもに Richard Layton Greene, *The Early English Carols*（2nd edn, Oxford, Clarendon Press, 1977）, John C. Hirsh, ed., *Medieval Lyric: Middle English Lyrics, Ballads, and Carols*（Oxford, Blackwell, 2005）; Keyte and Parrott, *New Oxford Book of Carols*; and William E. Studwell, *Christmas Carols: A Reference Guide*（New York, Garland, 1985）を参考にした。

30 ポーランド語のスペルと英訳に助言してくれた Eme Sipta に感謝している。

31 Cited in Miles, *Christmas in Ritual and Tradition*, p. 36.

32 Greene, *The Early English Carols*, pp. xl-xli.

33 Percy Dearmer, Ralph Vaughan Williams and Martin Shaw, eds., *The Oxford Book of Carols*（Oxford, Oxford University Press, 1928）, no. 21, pp. 41-3.

34 Miles, *Christmas in Ritual and Tradition*, pp. 199.

35 Charles W. Jones, *Saint Nicholas of Myra, Bari, and Manhattan: Biography of a Legend*（Chicago, Chicago University Press, 1978）, pp. 309-12.

36 全体を通してドイツ語の英訳に協力してくれた Tobias Hoheisel に感謝している。また 方言についての助言をくれた Shaun Whiteside にも感謝する。

37 Paul Hawkins, *Bad Santas, and Other Creepy Christmas Characters*（London, Simon & Schuster, 2013）, pp. 56-7.

38 この詩は19世紀に何度も印刷され，そのたびに「古い歌」と注記されていた。1666年と年代を特記した印刷もあった。ブリティッシュライブラリーは1枚刷りの現物を1部所蔵している。Roxburghe Ballads, Roxburghe 1.406-7, which the University of California English Broadside Ballad archive dates to pre-Civil War England, suggesting ?1619-?29.

39 Robert May, *The Accomplisht Cook, or, The Art and Mystery of Cookery*, facsimile of 1865 edition, with foreword, intro. and glossaty by Alan Davison, Marcus Bell, Tom Jaine（London, Prospect, 2012）, n.p.

40 Felicity Heal, *Hospitality in Early Modern England*（Oxford, Clarendon Press, 1990）, pp. 56-8, 70.

41 Heal, *Hospitality*, pp. 72-6.

42 Heal, *Hospitality*, p. 280.

43 Thomas Tusser, *Five Hundred Points of Good Husbandry . . .*（London, Richard Tottil, 1573）, STC（2nd edn）/ 24375.

44 Claire Hopley, *The History of Christmas Food and Feasts*（Barnsley, Remember When, 2009）, p. 124.

45 Sandys, *Christmastide*, pp. 32-3.

46 *The Times*, 26 December 1826, p. 3, 'Christmas. The Curious and Ancient Ceremony of the Boar's Head at Christmas'. この物語はさまざまな書物の中で繰り返されている。おもなものを挙げれば Ashton, *Merrie Christmasse*, Thomas K. Hervey, *The Book of Christmas*（London, William Spooner, 1837）, and William Hone, *The Every-Day Book, or, The Guide to the Year . . .*（London, William Tegg, 1827）などだ。

47 ［Nicholas Breton］, *Fantasticks: Serving for a Perpetuall Prognostication . . .*（London, Francis Williams, 1626）, n.p., 'December'.

48 This was César- François de Saussure, cited in Pimlott, *The Englishman's Christmas*, p. 47.

49 Thomas Middleton, *The Collected Works*, ed. Gary Taylor, John Lavagnino, et. al.（Oxford, Clarendon Press, 2007）, 'Masque of Heroes; or, The Inner Temple Masque', pp. 1320-30.

第３章　批判　新大陸　擬人化――16世紀と17世紀のクリスマス

1 これを書いたのはドイツ宗教改革時の文筆家トーマス・ナオゲオルグス（Thomas Naogeorgus）で，1555年のことだった。それが広く伝えられて，1570年にはイギリスの宗教改革派の詩人バーナビー・グージ（Barnabe Googe）が英訳した。Thomas Naogeorgus, 'englyshed by Barnabe Googe', *The popish kingdome, or reigne of Antichrist*（London, Henrie Denham, for Richarde Watkins, 1570）, STC（2nd edn）/ 15011.

2 John Smith, *The generall historie of Virginia, New-England, and the Summer Isles . . .* STC（2nd edn）/ 22790, 1624, p. 74.

3 *Mourt's Relation or Journal of the Plantation at Plymouth*, Henry Martyn Dexter, ed.（Boston, John Kimball Wiggin, 1865［1622］）, pp. 66-7.

4 William Bradford, *History of Plymouth Plantation*, ed. Charles Deane（Boston, privately printed, 1856）, p. 88.

5 Bradford, *History of Plymouth Plantation*, p. 112.

6 Drawn from Mary Barber and Flora McPherson, *Christmas in Canada: The Early Days from Sea to Sea, Spirit of Christmas Past, Spirit of Christmas Present*（Toronto, J. M. Dent & Sons, 1959）, pp. 3-8; and Leslie Bella, *The Christmas Imperative: Leisure, Family, and Women's Work*（Halifax, Fernwood, 1992）, pp. 66-7. 次のパラグラフにあるニューイングランドへの移民の数は，Bella, p. 66.

7 'The Husbandmans lesson to his sonne' in William Basse, *A Helpe to memory and discourse . . .*（1630）, STC（2nd edn）/ 13051.3. による。

8 Bishop Lancelot Andrewes, cited in Michaela Thurner-Uhle, *The Representation and Function of Christmas in English Literature of the 19th and 20th Centuries*（Hamburg, Verlag Dr Kovac, 2009）, p. 53.

9 *Mercurius Aulicus*, 24 December 1643.

10 'The world is turned upside down' (London, s.n., 1646), Thomas 669.f.10 [47].

11 Huelin, 'Christmas in the City', p. 168. クリスマスに関する清教徒と王制支持派との争いについては，おもに以下を参照した。Chris Durston, 'Lords of Misrule: The Puritan War on Christmas, 1642-60', *History Today*, 35, December 1985, pp. 7-14; Restad, *Christmas in America*, pp. 7-8; Katharine Lambert Richards, *How Christmas Came to the Sunday-schools: The Observance of Christmas in the Protestant Church Schools of the United States. An Historical Study* (New York, Dodd, Mead, 1934), pp. 42-3; and Sutton, *Stations of the Sun*, pp. 25. (the latter being unusual in outlining clearly the Scottish narrative as distinct from the English).

12 *The Diary of John Evelyn*, ed. John Bowle (Oxford, Oxford University Press, 1985), 1652, p. 151; 1653, pp. 152-3; 1655, p. 167; 1657, pp. 173-4.

13 Cited in Stephen Nissenbaum, *The Battle for Christmas* (New York, Alfred A. Knopf, 1996), pp. 13-14, 15.

14 Ralph Josselin, *The Diary of Ralph Josselin, 1616-1683*, ed. Alan Macfarlane (London, The British Academy, 1976), p. 539.

15 この章のヘリックに関する記述は，すぐれた解説書である *The Complete Poetry of Robert Herrick*, ed. Tom Cain and Ruth Connolly (Oxford, Oxford University Press, 2013)を参考にした。特に彼の生涯と作品の翻訳については vol. 1, pp. xv, xxiii に拠るところが大きい。Leah S. Marcus, *The Politics of Mirth: Jonson, Herrick, Milton, Marvell, and the Defense of Old Holiday Pastimes* (Chicago, Chicago University Press, 1986), pp. 140 からも多くを学んだ。詩はすべて上記2冊から引用した

16 Hutton, *Stations of the Sun*, pp. 46-7. The suggested linking of 'howl' and 'yule' in: Bob Bushaway, *By Rite: Custom, Ceremony and Community in England, 1700-1880* (London, Junction, 1982), p. 157.

17 Cited in Robert W. Malcolmson, *Popular Recreations in English Society, 1700-1850* (Cambridge, Cambridge University Press, 1973), pp. 26-7.

18 Cited in Roud and Simpson, *Dictionary of English Folklore*, p. 403.

19 John Taylor, *The Complaint of Christmas, Written after Twelfetide, and Printed before Candlemas* ([?1646]), p. 7; herbalist: W. Coles, *The Art of Simpling. An Introduction to the Knowledge and Gathering of Plants* (London, Nath. Brook, 1656), pp. 40-41.

20 Marcus, *Politics of Mirth*, pp. 78 .

21 Thomas Nabbes, *The springs glorie Vindicating love by temperance against the tenent . . . in a maske . . .* (London, I.D., for Charles Greene, 1638) n.p.

22 Anon., *The Arraignment, Conviction, and Imprisoning of Christmas: On St. Thomas day last . . .* (1645), reprinted in Walter W. Schmauch, *The Tryal of Old Father Christmas* (Chicago, Walter M. Hill, 1937).

23 Brunner, *Inventing the Christmas Tree*, pp. 23-5.

24 Joe Perry, *Christmas in Germany: A Cultural History* (Chapel Hill, University of

North Carolina Press, 2010), p. 34.
25 Jones, *Saint Nicholas*, pp. 316-17.
26 Pepys,*Diary*,4January1661, vol. 2, p. 5. この箇所について知恵を貸してくれたアン・ゴールドガーに感謝する。
27 Cited in Pimlott, *Englishman's Christmas*, p. 42.
28 Pepys, *Diary*, 23 December 1660, vol. 1, p. 321; 2 January 1660, vol. 1, p. 40.
29 Taylor, *Complaint of Christmas*, p. 6.
30 Pepys, *Diary*, 19 December 1663 and 25 December 1667, vol. 4, p. 426 and vol. 8, p. 589.
31 Pepys, *Diary*, 25 December 1662, vol. 3, p. 293.
32 May, *The Accomplisht Cook*, n.p.
33 [Breton], *Fantasticks*, n.p.
34 Cited in [Henry Vizetelly, ed.], *Christmas with the Poets: A Collection of Songs, Carols, and Descriptive Verses, Relating to the Festival of Christmas . . .* (London, David Bogue, 1855), 112-14.
35 Cited in Edward Bliss Reed, ed., *Christmas Carols Printed in the Sixteenth Century, including Kele's* Christmas carolles newely Inprynted (Cambridge, Harvard University Press, 1932), pp. xxxv-xxxvi.
36 Schmauch, *Tryal of Old Father Christmas*, p. 15.
37 William Davenant, *The Witts. A Comedie* (London, Richard Meighen, 1636) STC (2nd edn) / 6309.
38 Cited in David Parker, *Christmas and Charles Dickens* (Brooklyn, AMS Press, 2005), 59.
39 Henisch, *Cakes and Characters*, pp. 47-8.
40 Richard Brinsley Sheridan, *A Trip to Scarborough. A Comedy* (London, G. Wilkie, 1781), p. 63.
41 Heal, *Hospitality*, 162 .
42 Schmauch, *Tryal of Old Father Christmas*, p. 60.
43 Pepys, *Diary*, 25 December 1661, vol. 2, p. 238.
44 Henisch, *Cakes and Characters*, pp. 51-2.
45 Piø, 'Christmas Traditions in Scandinavia', pp. 61-2, 63-7.
46 *Schweizerisches Idiotikon*, 'Chlaus'.
47 これが最初に引用されたのは *Notes and Queries* in1859だった。17世紀にはこのような慣習があったかもしれない。Cited in Henisch, *Cakes and Characters*, pp. 17-18.
48 Cited in Henisch, *Cakes and Characters*, p. 49.
49 Henisch, *Cakes and Characters*, pp. 133-4.
50 Helen Leach, Mary Brown and Raelene Inglis, *The Twelve Cakes of Christmas: An Evolutionary History, with Recipes* (Dunedin, NZ, Otago, 2011).
51 Pepys, *Diary*, 21 February 1664, vol. 5, p. 55.

52 Matthew Stevenson, *The Twelve Moneths, or, A pleasant and profitable discourse of every action, whether of Labour or Recreation, proper to each particular Moneth . . .* (London, Thomas Jenner, 1661), p. 4.

第４章　植民地時代の北米　十二夜――17世紀と18世紀のクリスマス

1 William Byrd, *The Secret Diary of William Byrd of Westover, 1709-1712*, ed. Louis B. Wright and Marion Tinling (Richmond, VA, The Dietz Press, 1941), 24 December 1709, pp. 122-3.

2 Landon Carter, *The Diary of Colonel Landon Carter . . . 1752-1778*, ed. Jack P. Greene (Charlottesville, University Press of Virginia, 1965), 31 December 1774, vol. 2, p. 909.

3 Increase Mather, 'Testimony against prophane customs, namely health drinking, dicing, cards, Christmas-keeping, New Year's gifts . . .', ed. William Peden (facsimile of 1687 edition, Charlottesville, University of Virginia Press, 1953), p. 44.

4 Cited in Nissenbaum, *The Battle for Christmas*, p. 31.

5 It is Nissenbaum, *The Battle for Christmas*, p. 26, who makes this careful distinction.

6 Nissenbaum, *The Battle for Christmas*, p. 22.

7 Both almanacs cited in Nissenbaum, *The Battle for Christmas*, pp. 18-20.

8 Restad,*Christmas in America*, pp. 9-10.

9 Elizabeth Drinker, *The Diary of Elizabeth Drinker*, ed. Elaine Forman Crane, with Sarah Blank Dine, Alison Duncan Hirsch, Arthur Scherr, Anita J. Rapone (Boston, Northeastern University Press, 1991).

10 Philip Vickers Fithian, *Journal and Letters of Philip Vickers Fithian, 1773-4: A Plantation Tutor of the Old Dominion*, ed. Hunter Dickinson Farish (Williamsburg, Colonial Williamsburg Inc., 1957), pp. 34 .

11 このバージニアの事件と脚注に記したホレス・グリーリーの言葉は，Nissenbaum, *Battle*, pp. 113-14 にある。

12 Barber and McPherson, *Christmas in Canada*, pp. 7-8.

13 *Schweizerisches Idiotikon*, 'Chlaus'.

14 これは Tre Tryckare, *Christmas in Sweden 100 Years Ago*, trans. Anne Bibby (Gothenburg, n.p., 1965), p. 56, に引用されていた。もっと古くからあった風習かもしれないが，いつ頃かは特定されていない

15 John Wallis, *The Natural History and Antiquities of Northumberland . . .* (London, W. and W. Strahan, 1769), vol. 2, p. 28.

16 Herbert Halpert and G. M. Story, eds., *Christmas Mumming in Newfoundland* (Toronto, University of Toronto Press for Memorial University of Newfoundland, 1969), pp. 57-9.

17 Hutton, *Stations of the Sun*, pp. 78-80には，この劇の古い形は残っていないと神妙な調子で書いてある。

18 その後の裁判と事件の詳細については，Nissenbaum, *Battle*, p. 16 にある。た

だし，出身地の異なる移民同士の誤解と青年たちの出身地に関する記述は私独自のものだ。

19 Samuel Breck, *Recollections of Samuel Breck, with Passages from His Note-Books (1771-1862)*, ed. H. E. Scudder (Philadelphia, Porter & Coates, 1877), pp. 35-6.

20 Kathleen Stokker, 'Julebukk: Christmas Masquerading in Norwegian America', *Norwegian-American Essays*, ed. Knut Djupedal et al., Norwegian-American Studies Seminar of the Norwegian-American Historical Association (Oslo, Norwegian Emigrant Museum, 1993), pp. 28-9.

21 Phyllis Siefker, *Santa Claus, Last of the Wild Men: The Origins and Evolution of Saint Nicholas, Spanning 50,000 Years* (Je erson, NC, McFarland & Co., 1997), pp. 17-19.

22 This reading is found in Robert Dirks, *The Black Saturnalia: Conflict and its Ritual Expression on British West Indian Slave Plantations* (Gainesville, University of Florida Press, 1987), pp. 167 , 171.

23 Dirks, *Black Saturnalia*, pp. 4-8.

24 J.P. Cooper, ed., Wentworth Papers, 1597-1628 (London, Royal Historical Society, 1973), p. 59.

25 Pepys, *Diary*, passim. 参考文献が多すぎて全部は書ききれないが，おもなものだけ挙げる。 A sampling: the college servants appear in vol. 1, pp. 45; vol. 1, pp. 117-18; vol. 1, p. 120; others in vol. 5, pp. 96 .; vol. 6, pp. 103-4; vol. 8, pp. 99 ., etc.

26 Pepys, *Diary*, 16 January 1660, vol. 1, p. 19.

27 There is a 1680 broadside in the Bodleian, STC Wing (2nd edn) / M1376A. The British Library has a large selection of eighteenth- and nineteenth- century bell-man's addresses, shelfmark 1875.d.8.

28 Nissenbaum, *Battle*, pp. 40-42; Leigh Eric Schmidt, *Consumer Rites: The Buying and Selling of American Holidays* (Princeton, Princeton University Press, 1995), pp. 112-13. シュミットは清教徒が支配的な地域にそのような印刷物があったことから，その風習が非常に一般的だったと考えている。私見では，クリスマスでなく元日と関連付けてあったことが普及した原因だと思われる。

29 Fithian, *Letters and Diaries*, pp. 39-40.

30 Thomas Dublin, ed., *Immigrant Voices: New Lives in America, 1773-2000* (Urbana, University of Illinois Press, 2014), p. 51.

31 Jonathan Swift, 'The Journal to Stella', *The Works of Jonathan Swift*, ed. D. Laing Purves (Edinburgh, William P. Nimmo, 1871), p. 259.

32 1767年のパン屋の印刷物は British Library, shelfmark Cup.651.e. (20.) にある。新聞広告は以下にある。 *inter alia*, in *The Times* on 2 January 1795, 22, 24, 26, 29, 30 December 1795, 20 December 1798 and 24 December 1799; they appear as late as 2 January 1880 in the *Bridport News*, and 12 December 1925, is in the Garlic Collection, Trowbridge Museum. The latter two are cited in Bushaway, *By Rite*, p. 258.

33 Old Bailey Proceedings, 14 January 1743, reference number: t17430114-29, www.oldbaileyonline.org/browse.jsp?name=17430114, accessed 11 August 2016.
34 *Boston Evening- Post*, 25 August 1735, p. 1.
35 *The Observator*, 25-28 December 1706, [p. 1].
36 Joseph Banks: *The Endeavour Journal of Joseph Banks, 1768-1771*, ed. J. C. Beaglehole (Sydney, Public Library of New South Wales with Angus & Robertson, 1962), vol. 2, p. 449.
37 Aberdeen: *The Times*, 5 January 1785, p. 2; murder: ibid., 15 January 1791, p. 3; drunk and disorderly: ibid., 29 December 1831.
38 Cited in Bella, *Christmas Imperative*, p. 67.
39 Nissenbaum, p. 25に引用されている。著者はこれを1740年代のものと推定し，『ヤンキー・ドゥードル』はひとつの歌ではなく「田舎の風俗に関する……自由に形を変える詩句の集まり」と見ている。
40 *London Magazine*, 1754, xxiii, p. 535.
41 この慣習は王の側近であるグルームポーターという廷臣の尽力で，ジョージ3世の時代に廃止されるまで続いていた。概要は Mike Atherton, *Gambling: A Story of Triumph and Disaster* (London, Hodder & Stoughton, 2006), Chapter 4, passim. にある。
42 The *Times*, 8 January 1785, reprinted with the play's revival, 21 November 1787, p. 4.
43 Mary A. Weaver, ed., *The Sir Roger de Coverley Papers, from the Spectator* (Boston, Houghton Mi in, 1928), 'Sir Roger Comes to Town', *Spectator* 269, 8 January 1712, pp. 145-6.
44 Walpole, *Correspondence*: 'a thousand times': 26 December 1743, vol. 18, p. 367; 'I have stuck no laurel': 26 December 1748, vol. 20, p. 16; 'making one's servants drunk': 15 January 1788, vol. 34, p. 1.
45 James Woodforde, *The Diary of James Woodforde, 1759-1802* (17 vols., Castle Cary, Parson Woodforde Society, 2002-7), ed. R. L. Winstanley. The various groups and individuals can be found at: 26 December 1764, vol. 2, p. 286; 29 December 1764, vol. 2, 205; 1 January 1772, vol. 5, p. 5; 21 December 1772, vol. 5, p. 94; 24 December 1772, vol. 5, p. 95; 30 December 1778, vol. 8, pp. 100-101; 28 December 1785, vol. 11, p. 96; 27 December 1787, vol. 11, p. 262; 2 January 1792, vol. 13, p. 97; 28 December 1795, vol. 14, p. 234; Nancy in Norwich: 29 December 1789, vol. 12, pp. 104-5; 29 December: vol. 12, pp. 220-21; apothecary's party: 1 January 1765, vol. 3, p. 62; weary of visiting: 11 January 1769, vol. 4, p. 3; serenading the folks: 23 December 1778, vol. 8, p. 98. 紛失していた巻をみつけた上に，厖大な資料と取りくむ私に協力してくれた「司祭ウッドフォード協会」会長のマーティン・ブレイン氏 に感謝をささげたい。
46 Ashton, *Merrie Christmasse* gives the dialect names, p. 45; Roud, *The English Year* によれば，この慈善行為は18世紀末までは聖トマスの日と関連づけられていた。

しかしウッドフォードは1764年にすでに「習慣どおりに」金銭を与えたと書いている。21 December 1764, Woodforde, *Diary*, vol. 2, p. 204.

47 Woodforde, *Diary*: the fifty-five men: 22 December 1800, vol. 16, p. 263; economic reality: 21 and 26 December 1795, vol. 14, pp. 232, 234; the poor men in his kitchen appear almost annually from 25 December 1772, vol. 5, p. 95; his clerk regularly from 25 December 1777, vol. 8, p. 215; his maid Sukey, 27 December 1778, vol. 8, p. 241; an example of the repeated menu, and the shilling, 25 December 1778, vol. 8, pp. 99-100; beer, 25 December 1784, vol. 10, p. 305.

48 *The Times*, 6 January 1787, p. 3.

49 Woodforde, *Diary*: Christmas dinner as a curate, 25 December 1764, vol. 2, pp. 205-6; Oxford: 25 December 1773, vol. 5, pp. 195-6; turkey, e.g., among others: 29 December 1789, vol. 12, pp. 223.

50 [Hannah Glasse], *The Art of Cookery, Made Plain and Easy* . . . 'by a Lady' (3rd edn, Dublin, E. and J. Exshaw, 1748), Yorkshire Christmas pies: p. 146; plum porridge: p. 127.

51 *The Times*, 22 December 1787, p. 3.

52 *The Times*, 26 December 1788, p. 2.

53 Gavin Weightman and Steve Humphries, *Christmas Past* (London, Sidgwick and Jackson, 1987), pp. 125-9.

54 Isaac Cruikshank, 'Twelfth Night', 1794, British Museum, 1861,0518.995.

55 Francis Place, *The Autobiography of Francis Place, 1771-1854*, ed. Mary Thale (Cambridge, Cambridge University Press, 1972), p. 64.

56 The book is James Jenks, *The Complete Cook*, and the recipe was one of Hannah Glasse's, modified; cited in Leach, et. al., *Twelve Cakes of Christmas*, p. 50.

57 発見したのは以下のような記録である。1743年のある裁判記録によると，ダブリンのある召使いが，女主人は2年前のいつ町に行ったかと尋ねられた。その日，花火があったとか何か…と促され，彼女は「奥様は十二夜の日に町に行かれました。その日は十二夜のケーキがありました」と証言した（*The Trial of Mrs. Mary Heath . . . for Perjury*, Dublin, S. Powell, 1745）。1777年と1787年の *Norfolk Chronicle* には，広告が掲載されていた。1797 年にヨークで出版された *Mother Shipton's Legacy, or, A Favourite Fortune Book* には，未来に関する一連の質問があり，その中に「今年のクリスマスに十二夜のケーキをたべられるだろうか」という問いがあった。18世紀のものと特定できた最後の記録は1799年1月の *Stamford Mercury* 紙に掲載された，私設救貧院の入居者が「ご馳走 」と「1シリング」と「6ペンスの十二夜のケーキ」を与えられたという記事だった。

58 バドリーが演じた多くの登場人物の中でも，シェリダン作『悪口学校 The School for Scandal』（1777）に登場する金貸しのモーゼズ役がよく知られている。

59 Polidore Virgil, *The Works of Polidore Virgil, English't by John Langley* (London, Simon Miller, 1663), p. 152.

60 Jane Grey and Philip IV: Henisch, *Cakes and Characters*, p. 31.

61 Revd William Scott, 'O Tempora! O Mores! or, The Best New year's Gift for a Prime Minister' (Philadelphia, Benjamin Towne, 1774), p. xii. これは前年にロンドンで出版されたものでタイトルを記したページには「北米植民地のひとつ」に配るために「200部」の注文が入ったと誇らしげに書いてあった。引用したのは，そのうちの1部なのだろう。

62 Byrd: Cited in Restad, *Christmas in America*, p. 19; Carter: *Diary of Landon Carter*, vol. 1, pp. 137, 344; Virginia custom: Cited in Henisch, *Cakes and Characters*, p. 207.

第5章　常緑の飾り物　キャロル　プレゼント——18世紀のクリスマス

1 These could be found in books like Bourne, *Antiquitates Vulgaris*, which were advertised in the popular press, e.g., *Newcastle Courant*, 12 January 1723, p. 10.

2 Pepys, *Diary*, 23 December 1660, vol. 1, p. 321.

3 *Spectator*, no. 283, 14 January 1712, p. 124.

4 For this reading I have followed Hutton, *Stations of the Sun*, pp. 5-6.

5 Francis Quarles, *Divine Fancies Digested into Epigrammes . . .* (London, John Marriot, 1641), Book II, no. 96, p. 107.

6 Woodforde, *Diary*, 25 December 1785, vol. 11, p. 95これがキャンドルへの最初の言及で，次は25 December 1790, 25 December 1791に出てくる（本文の「いつものように1時間灯した」という引用はこれからとった)。vol. 13, p. 95, 25 December 1799 and 25 December 1800.

7 Roud, *English Year*, pp. 376-7, ウッドフォードのあと，19世紀20世紀のヨークシャーについての記録はラウドが残している。しかし彼は16世紀の記録とジョン・ブランドの18世紀の記録を見逃している。

8 William Winstanley, *The new help to discourse, or, Wit, mirth, and jollity* (London, Printed by T.S., 1680), n.p.

9 Walpole, *Correspondence*, 8 December 1775, vol. 23, p. 148. この巻の編者は，この伝説は Thomas Hearne, *The History and Antiquities of Glastonbury*, published in 1722, にあったと書いている。ウォルポールはそれを一冊所有していた。

10 http://webarchive.nationalarchives.gov. uk/20140109143644/http://www.hmrc.gov. uk/faqs/ general.htm, accessed 25 September 2016.

11 The *Observator*, 25-28 December 1706, n.p. 次に出現するのは私が知る限りでは John Cleland, 'On the Origin of the Musical Waits at Christmas' (London, L. Davis and C. Reymers, 1766), p. 96 だが，ほかにもまだあるに違いない。

12 *Notes and Queries*, 5th ser. vol. 8, p. 48, describing a Derbyshire construction.

13 Woodforde, *Diary*, 24 December 1788, vol. 8, p. 99; 24 December 1784, vol. 10, 305; 24 December 1796, vol. 15, p. 106; and 24 December 1800, vol. 16, p. 264.

14 This is the summary of Perry, *Christmas in Germany*, p. 32, ペリーはこれ以外にも多くの地域的社会的バリエーションについて分析している。

15 Snyder, *Christmas Tree Book*, pp. 13-14, 18; Brunner, *Inventing the Christmas Tree*, pp. 16, 19, 41.

16 Charlotte Papendiek, *The Memoirs of Charlotte Papendiek (1765-1840)*, ed. Michael Kassler, in *Memoirs of the Court of George III*, eds. Michael Kassler, Lorna J. Clark, Alain Herhervé (London, Pickering and Chatto, 2015), p. 102.

17 Alfred John Kempe, ed., *The Loseley MSS and Other Rare Documents . . .* (London, John Murray, 1836), p. 75.

18 Nancy Smith Thomas, *Moravian Christmas in the South* (Winston-Salem, NC, Old Salem Museums and Gardens, 2007), p. 35.

19 Don Yoder, Afterword, in Alfred L. Shoemaker, *Christmas in Pennsylvania: A Folk-Cultural Study* (Mechanicsburg, PA, Stackpole Books, 2009 [1959]), p. 177.

20 See pp. 3-4 of 'The Moravian Christmas Putz' by Richmond E. Myers in *The Pennsylvania German Folklore Society*, vol. 6 (Allentown, Pennsylvania German Folklore Society, 1941).

21 Cited in Thomas, *Moravian Christmas in the South*, p. 35.

22 This was expanded in 1696, revised again in 1698, and again in 1700.

23 John Brand, *Observations on Popular Antiquities, Including the Whole of Mr. Bourne's Antiquitates Vulgares . . .* (Newcastle, J. Johnson, 1777), pp. 183-5.

24 The chapbooks are discussed in Keyte and Parrott, *New Oxford Book of Carols*, intro. passim; they are also the scholars who discuss the possibilities of the 1864 printing, p. 437. 1710年に印刷されたものはじつはもっと新しいかもしれない，あるいは実際には存在しなかったかもしれないというのは私見である。

25 Nissenbaum, *Battle*, pp. 34-5.

26 Studwell, *Christmas Carols*, passim.

27 Cited in Shoemaker, *Christmas in Pennsylvania*, pp. 3-4.

28 Hopley, *History of Christmas Food*, p. 208; the author's background: Amelia Simmons, *American Cookery* (2nd edn, Albany, 1796), from the introduction by Karen Hess in the facsimile reprint (Bedford, MA, Applewood Books, 1996), pp. x-xi. I am grateful for advice on food history to Barbara K. Wheaton, Pamela Cooley and Peter G. Rose, and, especially, to Bee Wilson, who shares her knowledge so generously.

29 John Pintard, *Letters from John Pintard to His Daughter Eliza Noel Pintard Davidson, 1816-1833* (4 vols., New York, New York Historical Society, 1940-41), vol. 2, p. 382.

30 Germany: Oliver Haid, 'Christmas Markets in the Tyrollean Alps: Representing Regional Traditions in a Newly Created World of Christmas', in David Picard and Mike Robinson, eds., *Festivals, Tourism and Social Change: Remaking Worlds* (Clevedon, Channel View Publications, 2006), pp. 209-21; Switzerland: *Schweizerisches Idiotikon*, 'Chlaus'.

31 Perry, *Christmas in Germany*, pp. 158-9.

32 本文にあげたようなフレーズや広告は *New York Mercury*, 4 December 1752, 9

April [sic] 1759; 7 January 1760; *New York Gazette*, 22 December 1760; plus more in 1761, 1762, 1767 and into the 1770s などにある。どれも本屋や文房具屋が置いたものだ。

33 [Arnaud] Berquin, *L'Ami des enfants* (Paris, Didier et Cie., 1857), pp. 219 .; 'M. Berquin', *The Children's Friend* (Newburyport, Boston, John Mycall, 1789), vol. 3, pp. 42 .

34 John Locke, *Some Thoughts Concerning Education* (London, A. & J. Churchill, 1693), p. 2.

35 Woodforde, *Diary*, passim, e.g., 5 January 1775, vol. 6, p. 107; 3 January 1781, vol. 9, pp. 110-11; 1 January 1783 vol. 10, p. 93.

36 John Gay, *The Life of Mr. Gay* (London, E. Curll, 1733), 'Cloacina. A Tale', p. 23.

37 Gary E. Moulton, ed., *The Journals of the Lewis & Clark Expedition* (Lincoln, University of Nebraska Press, 1986), vol. 6, p. 137.

38 *Weekly Journal or British Gazetteer*, 23 November 1728.

39 *The Merry Medley* というタイトルのアンソロジーはたとえば1743年11月5日に *Old England, or, The Constitutional Journa に広告が掲載された。*; *Nurse Truelove's Christmas-Box* は何年間も続けて新聞広告の常連だった。その広告で私の知る限りいちばん古いのは1750年1月の *Penny London Post* of 8 January 1750に載ったものだが，それより前に *Little Polite Tales, Fables and Riddles* 'For a Christmas-Box or New Year's-Gift' for children in the *General Advertiser* of 23 December 1749があった。 *The Boghouse Miscellany* は1760年の12月に *Public Ledger* と *Gazette* と *London Daily Advertiser* に，1761年には *London Evening Post* と *Public Advertiser* の広告欄に掲載された。イェール大学図書館所蔵の貴重な資料の画像を送ってくださったニコル・ガレット博士に感謝したい。

40 Cited in Parker, *Christmas and Charles Dickens*, p. 69.

41 *The Times*, 27 December 1793.

42 これらはすべて Schmidt, *Consumer Rites*, pp. 111, 113 and 115 に引用されていた。ただし私はそこからかなり大胆に取捨選択している。Schmidt の引用にはクリスマスボックスをせがむ記事も含まれていたが，それは対等な者どうしのやりとりではないので，別のカテゴリーになると判断した。

第6章　サンタクロース　クリスマスツリー——18世紀から19世紀のクリスマス

1 Liselotte von der Pfalz (Elisabeth Charlotte, Duchesse d'Orléans), *A Woman's Life in the Court of the Sun King: Letters of Liselotte von der Pfalz, 1652-1722*, trans. Elborg Forster (Baltimore, Johns Hopkins University Press, 1984), p. 184.

2 ここに記した聖ニコラスに関する情報はすべて Jones, *Saint Nicholas*, pp. 7-12. による。

3 Clement C. Moore, *A Visit from St Nicholas* (New York, Henry M. Onderdonk, 1848).

4 I am following Jones, *Saint Nicholas*, pp. 7-13, and passim, for this reading.

5 Oliver A. Rink, *Holland on the Hudson: An Economic and Social History of Dutch New York* (Ithaca, Cornell University Press, 1986), passim.

6 Mary L. Booth, *History of the City of New York . . .* (New York, W. R. C. Clark and Meeker, 1859), p. 99.

7 Charles W. Jones, 'Knickerbocker Santa Claus', *New-York Historical Society Quarterly*, 38, 4, 1954, p. 331.

8 William Irving, James Kirke Paulding and Washington Irving, *Salmagundi; or, The Whim-Whams and Opinions of Launcelot Langsta , Esq., and Others* (New York, G. P. Putnam, 1860 [1808]), p. 393.

9 Pintard, *Letters*, 24 December 1828, vol. 3, p. 53.

10 Nicoline van der Sijs, *Cookies, Coleslaw and Stoops: The Influence of Dutch on the North American Languages*, trans. Piet Verhoe and Language Unlimited (Amsterdam, Amsterdam University Press, [2009?]), p. 251.

11 Cited in Jones, *Saint Nicholas*, p. 345.

12 The advertisement, but not the interpretation, cited in Schmidt, *Consumer Rites*, 135.

13 *Schweizerisches Idiotikon*, 'Chlaus'.

14 ピンタードが所蔵していたことはニューヨーク歴史協会の1813年のカタログに記載がある。カタログ原本の解説からピンタードが所蔵していたことは間違いない。この情報を提供してくれた Mariam Touba, of the Patricia D. Klingenstein Library, New-York Historical Society に感謝したい。

15 'Diedrich Knickerbocker' [Washington Irving], *A History of New York* (rev. ed., New York, Geo. Putnam, 1860), p. 140.

16 *Clavis Calendaria*, vol. 2, p. 313; Venetian Children: *Time's Telescope for 1821 . . .* (London, Sherwood, Neely and Jones, 1821), p. 5.

17 Gerry Bowler, *The World Encyclopedia of Christmas* (Toronto, McClelland and Stewart, 2000), p. 41.

18 *Schweizerisches Idiotikon*, 'Chlaus'.

19 Samuel Taylor Coleridge, 'Christmas Within Doors, in the North of Germany', in *The Friend; A Series of Essays* (London, Gale and Curtis, 1812), pp. 300-301.

20 Bruce David Forbes, *Christmas: A Candid History* (Berkeley, University of California Press, 2007), p. 51.

21 Charles Cavendish Fulke Greville, *The Greville Memoirs, 1814-1860*, ed. Lytton Strachey and Roger Fulford (London, Macmillan, 1938), 27 December 1829, vol. 1, p. 265.

22 Snyder, *Christmas Tree Book*, p. 19.

23 Cited in Christopher Hibbert, 'Charles Cavendish Fulke Greville', *Oxford Dictionary of National Biography* (Oxford University Press, 2004; online ed.), accessed 20 March 2017.

24 [Anon.], *The Christmas Tree: A Present from Germany* (London, Darton & Clark,

[1844]).
25 *Illustrated London News*, 23 December 1848, pp. 25-6.
26 'Peter Parley' [William Martin], *Peter Parley's Annual: A Christmas and New Year's Present for Young People*, 1862 [printed thus, but published before December 1861], p. 15, cited in Neil Armstrong, 'England and German Christmas *Festlichkeit*, 1800-1914', *German History: The Journal of the Germany History Society*, 26, 4, 2008, p. 486.
27 Johnes, *Christmas and the British*, p. 88.
28 Thomas, *Moravian Christmas in the South*, pp. 23, 19-20.
29 Cited in Nissenbaum, *Battle*, p. 195 .
30 Brunner, *Inventing the Christmas Tree*, p. 53; 私はブルナーの英訳しか参照できなかったので，'possum' をオポッサムとしたのは推定にすぎない。このツリーと脚注に記したクリストキントの進化に関しては Shoemaker, *Christmas in Pennsylvania*, pp. 55-9; Stokker, *Keeping Christmas*, p. xx, also has some useful comments による。引用した日記は銀行家カルビン・フレッチャーによる *The Diary of Calvin Fletcher*, vol. 4: *1848-1852*, ed. Gayle Thornbrough, Dorothy L. Riker and Paula Corpuz (Indianapolis, Indiana Historical Society, 1972-78), p. 83.
31 Restad, *Christmas in America*, p. 63.
32 Fletcher, *Diary*, 24 December 1846, vol. 3, p. 332; 25 December 1837, vol. 1, p. 470. フレッチャーは1837年に「毛皮の帽子（a fir cap)を10ドルで買った」と書いている。ツリーはもっと高いが，それにしてもこの帽子は驚くほど値段が高く，疑問の余地がある（フレッチャーのスペルにはあまり一貫性がない)。彼は旅行中だったが，買い物の記載の直前には「クリスマスを祝う星がない(No stir)」と書いている。
33 Elizabeth Silverthorne, *Christmas in Texas* (College Station, Texas A&M University Press, 1990), pp. 10-11.
34 Karal Ann Marling, *Merry Christmas! Celebrating America's Greatest Holiday* (Cambridge, MA, Harvard University Press, 2000), p. 161.
35 この兄弟に関する情報は非常に少ない。John Vincent Jezierski, *Enterprising Images: The Goodridge Brothers, African American Photographers, 1847-1922* (Detroit, Wayne State University Press, 2000)は先駆的な著作である。広告は同書の p.5 にあった。
36 *New York Evening Post*, 27, 28 and 30 December 1815; *New York Courier*, 27 December 1815.
37 Cited in Schmidt, *Consumer Rites*, p. 132.
38 Maria Susanna Cummins, *The Lamplighter and Gerty the Foundling* (London, John Farquhar Shaw, [1854]). I have used the serialization in *Reynolds*, the citation coming from the issue of 1 July 1854, p. 362.
39 *Gentleman's Magazine*, 1827, p. 408.
40 この見解は Jones, *Saint Nicholas*, p. 355. による。他の見解はジョーンズほど

深い知識がない著者によるものが多い。また Adam Gopnik does in 'The Man Who Invented Santa Claus', *New Yorker*, 15 December 1997, 90 のようにドイツにおける贈り物をくれる存在の聖人とその道連れとを，ひとりの人物のように混同している著者もある。

41 Nissenbaum, *Battle*, 62-3, 82-5.

42 Reindeer: Jones, 'Knickerbocker Santa Claus', p. 380; Franklin Expedition: Restad, *Christmas in America*, pp. 147-8. フランクリンの探検隊の悲惨な運命は1854年に新聞発表された。サンタクロースが北極に引っ越したとされるのはその10年ほど後のことだ。

43 Betsy Fahlman. 'Robert Walter Weir', *American National Biography Online* (February 2000), www.anb.org/articles/17/17-00915.html; accessed 24 August 2016.

44 These shifts are noted by Russell Belk, 'Materialism and the Making of the Modern American Christmas', in Daniel Miller, ed., *Unwrapping Christmas* (Oxford, Clarendon Press, 1993), pp. 77-8, and in 'A Child's Christmas in America: Santa Claus as Deity, Consumption as Religion', *Journal of American Culture*, 10, 1, 1987, p. 87.

45 マタイによる福音書 19章24節

46 This was originally in the New York *Spectator*; I have used a reprint in the *Providence Patriot and Columbian Phenix*, 11 January 1826, p. 1.

47 *The Times*, 29 December 1836, p. 3.

48 William M. Curry Jr., 'Appreciating the Unappreciated: Washington Irving's Influence on Charles Dickens', PhD thesis, University of Southwestern Louisiana, 1996.

49 www.yosemitepark. com/bracebridge-dinner.aspx and http://bracebridge dinners.com/tickets/, accessed 19 February 2016; Marling, *Merry Christmas!*, p. 127.

第7章　ディケンズ　店の飾り付け　ラッピング——19世紀のクリスマス　1

1 Leigh Hunt, 'The Inexhaustibility of the Subject of Christmas', *Monthly Repository*, December 1837. ここにあげた数と分類は絶対的なものではない。複数の項目に該当するものや分類が困難なものもある。分類不能として省いたものもある。

2 Sandys, *Christmastide*, illustrations facing pp. 142 and 152.

3 この性別役割の変化を指摘したのは Bella, *Christmas Imperative*, pp. 88-9 である。

4 curtains at back are drawn: Cited in Paul Davis, *The Lives and Times of Ebenezer Scrooge* (New Haven, CT, Yale University Press, 1990), pp. 77-8, 83.

5 Bella, *Christmas Imperative*, p. 107.

6 *The Times*, 1 December 1846, cited in Neil Armstrong, *Christmas in Nineteenth-century England* (Manchester, Manchester University Press, 2010), p. 87.

7 George Cruikshank, 'The Railway Dragon', *George Cruikshank's Table-Book*, ed. G. A. à Beckett (London, n.p., 1845).

8 The case is reported in *The Times*, 1 December 1834, p. 6. このデジタル化された記事によって，クリスマスの一部はヴィクトリア時代の発明だという従来の

見方は変更を余儀なくされる。たとえば John W. Golby, 'A History of Christmas', in *Popular Culture: Themes and Issues* (Milton Keynes, Open University Press, 1981, Block 1, Units 1/2), pp. 14-15 がクリスマスの誕生を1790年から1836年としたのは有名な話だ。タイムズ紙はその47年間のうち20年はクリスマスに言及していない。現在のところタイムズ紙のデジタル版を検索するとクリスマスへの言及は4,937件あるが，昔の印刷技術の質が悪かったせいで光学的に読み取れなかったものが数多くあると思われる。しかしゴルビー教授が指摘した年代のうちクリスマスが完全に見逃された年は1年もない。

9 Tara Moore, *Victorian Christmas in Print* (Basingstoke, Palgrave Macmillan, 2009), p. 22.

10 The North American advertisements can be found, inter alia, in the *New York Gazette*, 27 November 1752 and 22 December 1760; and the *New York Mercury*, 4 December 1752 and 7 January 1760. The *Times*: 6 January 1796 and 25 December 1819.

11 [Anon.], *A Week at Christmas* (Wellington, Salop, F. Houlston, 1829), p. 13.

12 A list of the individual titles can be found at www.orgs.miamioh.edu/anthologies/FMN/ Chron_Ind.htm, accessed 26 August 2016.

13 annual advertisements can be found in *The Times*: 29 October 1824, 21 October 1828, 16 and 23 October 1829; *Die Reklame*: Cited in Perry, *Christmas in Germany*, pp. 148; Los Angeles consortium: William Leach, *Land of Desire: Merchants, Power, and the Rise of a New American Culture* (New York, Pantheon, 1993), p. 337; 1661 almanac Stevenson, *The twelve moneths*, 51.

14 *The Times*, 19 December 1815, p. 1; 3 December 1821, p. 1; 16 December 1824, p. 3; 20 December 1828, p. 4. *New Monthly Magazine*: 'Retrospections and Anticipations', January 1837, p. 1.

15 The *Times*, 7 January 1802, p. 2.

16 Marling, *Merry Christmas!*, pp. 54-5.

17 Nissenbaum, *Battle*, p. 169.

18 Shoemaker, *Christmas in Pennsylvania*, pp. 60-61. シューメイカーは厚紙に描いたサンタクロースが1849年まで使われていたと考えている。一方 George McKay, 'Consumption, Coca-Colonisation, Cultural Resistance', in Sheila Whiteley, ed., *Christmas, Ideology and Popular Culture* (Edinburgh, Edinburgh University Press, 2008), p. 57 は本物の人間だったとしているが，根拠はあげてない。Nissenbaum, *Battle*, p. 169 は，イラスト説に軍配をあげ，パーキンソンズ社は *Brother Jonathan* 誌のイラストをモデルにしたと書いている。

19 *The Times*, 2 December 1823, 24 December 1825, 10 January 1831.

20 Nissenbaum, *Battle*, pp. 134-6 は広告をリストアップしているが，プレゼントの貰い手の立場にはふれていない。

21 Cited in Restad, *Christmas in America*, p. 71.

22 *The Times*, 12 January 1813; soothing syrup: inter alia, 25 December 1817, 17

December 1827.

23 Cited in Moore, *Victorian Christmas in Print*, pp. 109-11.

24 Perry, *Christmas in Germany*, pp. 161-2, 151-2, 147-8.

25 Belk, 'Materialism and the Making of the Modern American Christmas', p. 90.

26 Marling, *Merry Christmas!*, pp. 83-91.

27 Perry, *Christmas in Germany*, p. 165.

28 Cited in Schmidt, *Consumer Rites*, p. 152.

29 手紙の日付は1884年で「私が子供だった頃」を回想している。*The Letters of Emily Dickinson*, ed. Thomas H. Johnson and Theodora Ward (Cambridge, MA, Belknap Press, 1958), p. 835. *The Life of Emily Dickinson*, by Richard Benson Sewal. しかしディキンソンがサウス・ハドリーの学校にいた頃だとすると彼女は17歳くらいとなって，話が合わない。

30 W. H. H. Murray, 'How John Norton the Trapper Kept His Christmas', in *Holiday Tales: Christmas in the Adirondacks* (Springfield, n.p., 1897), p. 22.

31 Both teenagers cited in Schmidt, *Consumer Rites*, pp. 157-8.

32 *Schweizerisches Idiotikon*, 'Chlaus'.

33 These marzipan pieces were described by Theodor Storm, in Brunner, *Inventing the Christmas Tree*, pp. 34-6.

34 Restad, *Christmas in America*, pp. 99-100; Civil War: ibid.

35 Restad, *Christmas in America*, pp. 59.

36 Snyder, *Christmas Tree Book*, p. 58.

37 Marling, *Merry Christmas!*, p. 75.

38 Edward E. Hale, 'Christmas Waits in Boston', first published in the *Boston Daily Advertiser* 'last year' [?1867], reprinted in *If, Yes, and Perhaps: Four Possibilities and Six Exaggerations . . .* (Boston, Ticknor and Fields, 1868), p. 288.

39 'Maggie Browne' [Margaret Hamer Andrewes], *Chats about Germany* (London, Cassell & Co., [1884]), p. 18.

40 贈り物に関する心理学的研究は以前からあったが，贈り物用の包装に関するものは少なかった。それについては Marcel Mauss, *The Gift*, trans. Ian Cunnison (London, Cohen and West, 1970), and David Cheal, *The Gift Economy* (London, Routledge, 1988) を参考にした。特にクリスマス用の包装については Marling, *Merry Christmas!*, pp. 10-20; James G. Carrier, 'The Rituals of Christmas Giving' in Miller, *Unwrapping Christmas*, pp. 55-74, and, in the same volume, Belk, 'Materialism and the Making of the Modern American Christmas を参照した。

41 包装の歴史と小売店による包装に関しては Marling, *Merry Christmas!*, pp. 20-32, 369; William B. Waits, *The Modern Christmas in America: A Cultural History of Gift Giving* (New York, New York University Press, 1994), pp. 21-2 によった。

第8章　飾り物　家族　工業化社会——19世紀のクリスマス　2

1 Explanations of Putzes, and descriptions, from George E. Nitzsche, 'The Christmas

Putz of the Pennsylvania Germans', in *The Pennsylvania German Folklore Society* (Allentown, Pennsylvania German Folklore Society, 1941), vol. 6, pp. 3-28; and Shoemaker, *Christmas in Pennsylvania*, pp. 91-9, 159.

2 Restad, *Christmas in America*, p. 63.

3 This insight is Marling, *Merry Christmas!*, pp. 162-3.

4 Perry, *Christmas in Germany*, pp. 144-5.

5 German specialities, Snyder, *Christmas Tree Book*, pp. 36-40, 63-78.

6 Harriet Beecher Stowe's mother cited in Nada Gray, *Holidays: Victorian Women Celebrate in Pennsylvania* ('An Oral Traditions Project', University Park, Pennsylvania State University Press, 1983), p. 22.

7 Stowe: Cited in Restad, *Christmas in America*, pp. 31-2. Shoemaker, *Christmas in Pennsylvania*, p. 79. シューメイカーはヨークの新聞記事を引用しているが，日付があり得ないことには注目していない。

8 Shoemaker, *Christmas in Pennsylvania*, p. 79.

9 Hale, 'Christmas Waits in Boston', passim.

10 Cited in Restad, *Christmas in America*, p. 112.

11 Perry, *Christmas in Germany*, p. 33.

12 ツリーの飾りに関するパラグラフは Armstrong, *Christmas in Nineteenth-century England*, p. 150; Brunner, *Inventing the Christmas Tree*, pp. 40-41; Marling, *Merry Christmas!*, pp. 75 .; Snyder: *Christmas Tree Book*, pp. 59-78 を参考にした。

13 the move from open flames to electric bulbs explored in: Marling, *Merry Christmas!*, pp. 55-6; Restad, *Christmas in America*, p. 114; and Snyder, *Christmas Tree Book*, pp. 102-4.

14 *Stoves for 1904* (Chicago, Sears, Roebuck, 1904), https://archive.org/stream/StovesFor1904 #page/n0/mode/2up, accessed 30 August 2016.

15 Perry, *Christmas in Germany*, p. 33.

16 *New York Tribune*, 25 December 1844, cited in Nissenbaum, *Battle*, p. 216.

17 Nissenbaum, *Battle*, pp. 103 .

18 フィラデルフィアのパレードとその解釈については Susan G. Davis, '"Making night hideous": Christmas Revelry and Public Order in Nineteenth-century Philadelphia', *American Quarterly*, vol. 34, no. 2, 1982, pp. 185-99, passim, and Susan G. Davis, *Parades and Power: Street Theatre in Nineteenth-century Philadelphia* (Berkeley, University of California Press, 1988), pp. 17-18, 38-9, 44-6, 71-9, 103 ., 169-71 による。

19 *Harper's Magazine*, 1868, cited in Marling, *Merry Christmas!*, p. 302.

20 Thomas Babington Macaulay, *The Letters of Thomas Babington Macaulay*, ed. Thomas Pinney (6 vols., Cambridge, Cambridge University Press, 1974-7), 2 January 1822, vol. 1, p. 168.

21 Stokker, *Keeping Christmas*, pp. 54-5 ただしこの著者は子供化進展の過程についてはコメントしていない。

22 John Webster, *The Works of John Webster*, David Gunby, David Carnegie, P. Jackson MacDonald, eds., (Cambridge, Cambridge University Press, 2007); Dekker: *Satiromastix, or, The untrussing of the Humorous Poet*, STC (2nd edn) / 6521; proverb: *James Howell, Paroimiographia Proverbs, or, Old sayed sawes & adages in English . . .* (London, J. G., 1659).

23 この裁判については他にも1831年1月と3月のタイムズ紙に続報がある。結局この件は，地主たちが彼らのすべての労働者にクリスマスの有給休暇を与えると書面で定めて終わった。ただし最初に訴えた労働者には「態度が悪かった」ということで支払いはなく，彼は解雇されてしまった。

24 Fletcher, *Diary*, 22-24 December 1851, vol. 5, p. 356.

25 John Croker Egerton, *Victorian Village: The Diaries of the Reverend John Croker Egerton, Curate and Rector of Burwash, East Sussex, 1857-1888*, ed. Roger Wells (Stroud, Alan Sutton, 1992).

26 e.g. Jane Carlyle, letter of 28 December 1844, 'our London post-men have half a holiday', in *The Carlyle Letters*, vol. 18, pp. 301-2, http://carlyleletters.dukeupress.edu//content/vol18/#lt- 18441228-JWC-JW-01?term=post-men%20have%20half% 20a%20holiday, accessed 31 August 2016.

27 Harold MacFarlane, 'What the Railways Owe to Charles Dickens', *The Railway Magazine*, 30, January-June 1912, p. 140. この著者は旅客数の増加には鉄道網の整備により総延長が増したことも影響していると認識しているが，数値化はしていない。

28 Jane Carlyle, *The Carlyle Letters*, 28 December 1843, vol. 17, pp. 218-22, http://carlyleletters.dukeupress.edu//content/vol17/#lt- 18431228-JWC-JW-01?term=major%20burns, accessed 31 August 2016.

29 Hannah Cullwick, *The Diaries of Hannah Cullwick, Victorian Maidservant*, ed. Liz Stanley (London, Virago, 1984), 23-26 December 1863, pp. 143-6.

30 Cited by Armstrong, *Christmas in Nineteenth-century England*, p. 79.

31 Perry, *Christmas in Germany*, pp. 85, 90.

32 Cited in James G. Carrier, 'The Rituals of Christmas Giving', in Miller, *Unwrapping Christmas*, p. 69.

第9章　信仰心　クリスマスカード　新たな伝統――19世紀のクリスマス　3

1 アレクシ・ド・トクヴィル『アメリカのデモクラシー』［松本礼二訳。岩波文庫。2005年］（Alexis de Tocqueville, *Democracy in America*, trans. Henry Reeve (3rd rev. edn, New York, George Adlard, 1839), vol. 1, p. 303.）

2 www.open.ac.uk/Arts/ building-on-history-project/resource-guide/source-guides/ 1851censusreport.pdf, accessed 2 September 2016.

3 Theodore Caplow, Louis Hicks and Ben J. Wattenberg, *The First Measured Century: An Illustrated Guide to Trends in America, 1900-2000* (Washington, AEI Press, 2001), pp. 106-15.

4 Figures from www.gallup.com/poll/13117/religion-europe-trust-filling- pews.aspx and www.brin.ac.uk/figures/church-attendance- in-britain-1980-2015/, accessed 24 October 2016.

5 Elizabeth Pleck, *Celebrating the Family: Ethnicity, Consumer Culture, and Family Rituals*（Cambridge, MA, Harvard University Press, 2000）, 48.

6 *The Times*, 27 December 1827.

7 数多くある実例の一部は以下のとおり。: *Flying Post or The Post Master*, 24-26 December 1700; *Times*, inter alia, 27 December 1808, 25 December 1823, 26 December 1833その他。; 1834年，1835年，1836年には王の「クリスマスの施し」と呼ばれた。救貧院への特別配給については Pimlott, *Englishman's Christmas*, pp. 81 and 90 が収容者へのクリスマス特別配給の禁止を求める貧民救助法の後援者グループからの手紙を引用し，1847年に特別配給は廃止されたとしている。だが，それに反して後援者たちに援助を求める広告は多く，クリスマスに向けての広告もあったことにも注目する必要がある。

8 *The Times*, 29 December 1804.

9 Armstrong, *Christmas in Nineteenth-century England*, pp. 75-7.

10 Hervey, *Book of Christmas*, pp. 272 .

11 Cited in Silverthorne, *Christmas in Texas*, p. 11.

12 Murray, 'John Norton', p. 52.

13 Cited in Schmidt, *Consumer Rites*, pp. 142-3.

14 Schmidt, *Consumer Rites*, p. 161.

15 Schmidt, *Consumer Rites*, pp. 161-3, シュミットは1911年にこの店を新築としているが，他の研究者は建て替えとしている。

16 The history of cards is drawn from George Buday, *The History of the Christmas Card*（London, Spring Books, 1964）, pp. 19-27, 10-12; Marling, *Merry Christmas!*, pp. 288, 419; Restad, *Christmas in America*, p. 119.

17 Hutton, *Stations of the Sun*, p. 116, who reports on the card collection.

18 Perry, *Christmas in Germany*, pp. 44-5.

19 Hutton, *Stations of the Sun* はロビンの人気はその色のせいだとしている。ミソサザイとの関連は Buday, *Christmas Card*, pp. 104 にある。ミソサザイに関する慣習は Miles, *Christmas in Ritual and Tradition*, pp. 292-3 などにある。引用した詩は James Frazer による。バレンタインカードとクリスマスカードを関連づけたのは私見である。

20 *Dundee Courier and Argus*, 16 December 1865, p. 1. 同紙には類似した広告が1861年にも1件あった。この種のカードが残っているとしても，今のところ研究者には発見されていない。

21 L. D. Ettlinger and R. G. Holloway, *Compliments of the Season*（London, Penguin, 1947）, pp. 25-6.

22 Peter Kimpton, *Tom Smith's Christmas Crackers: An Illustrated History*（Stroud, Tempus, 2004）.

23 Bowler, *World Encyclopedia*, p. 3.

24 Thomas Mann, *Buddenbrooks: The Decline of a Family*, trans. H. T. Lowe-Porter (Harmondsworth, Penguin, 1957), pp. 408 .

25 Bowler, *World Encyclopedia*, p. 3.

26 北欧の慣習については以下を参照した。Willy Breinholst, *Christmas in Scandinavia* (Copenhagen, privately printed, [?1967]); Piø, 'Christmas Traditions in Scandinavia', pp. 57-69; Sinikka Salokorpi and Ritva Lehmusoksa, *Yuletide Finland*, trans. Tim Ste a (Helsinki, Otava, 1998); Dorothy Burton Skårdal, *The Divided Heart: Scandinavian Immigrant Experience through Literary Sources* (Oslo, Universitetsforlaget, 1974); Stokker, *Keeping Christmas*; Stokker, 'Julebukk: Christmas Masquerading in Norwegian America'; Tryckare, *Christmas in Sweden 100 Years Ago*; Tre Tryckare, *Swedish Christmas*, trans. Yvonne Aboav- Elmquist, et al. (1955, n.p., 1955).

27 Cited in Siefker, *Santa Claus*, p. 159.

28 Pleck, *Celebrating the Family*, pp. 66-7.

29 Hone, *Every-Day Book*, pp. 821-2.

30 Stephen Roud, *English Year*, pp. 368-9 and p. 5.

31 Robert Forby, *The Vocabulary of East Anglia . . .*, ed. George Turner (London, J. B. Nichols and Son, 1830), vol. 2, pp. 326-7. フォービーは，サブタイトルを「18世紀の最後の20年間に存在し今もまだ存在している民衆の言葉を記録する試み」としている。彼は1825年に死去し，同書は死後に出版されている。したがって収録されている言葉はそれ以前に使われていたはずだが，どれくらい前なのかわからない。Brand, *Observations* は 1843年に，詩句とともにフォービーを引用した。この表現を学校の休日の意味で使用した初期の例はJ. Hain Friswell, *Houses with the Fronts O* (London, 1854)に見られる。同じ年のAnne Elizabeth Baker, *Glossary of Northamptonshire Words and Phrases* (London, J. R. Smith, 1854)にも記載がある。時には方言や古い表現の語彙集に再録されることもあるが，1870年以前に「クリスマスプディングを作り始める日」の意味で使われた例はない。[Rhoda Broughton], *Red as a Rose is She* (London, Richard Bentley, 1872), p. 313.

32 この逸話は17世紀の Thomas Fuller から18世紀の Swift's parody *A Complete Collection of Genteel and Ingenious Conversation*，そして 1894年の Ashton's *Merrie Christmasse*, p. 170まで，いろいろなところで紹介されている。

33 The Chinese version is in Ashton, *Merrie Christmasse*, p. 176, Louis IX and Henri IV in *The Times*, e.g. 25 December 1835.

34 Hutton, *Stations of the Sun*, pp. 43-4. ハットンはほかにもう少し古い火祭りがあるかもしれないが記録が残っていないとして，5月1日のベルテーン，夏至，11月2日の死者の記念日などクリスマス以外の時期の火祭りは記録が残っているのに，クリスマスの火祭りの記録がないのが困ると書いている。

35 Roud, *The English Year*, p. 5.

36 Hutton, *Stations of the Sun*, pp. 32-3, 65, 51.

第10章　大みそかとクリスマスイブ　キャロル集——19世紀のクリスマス　4

1 Fletcher, *Diary*, 1 January 1830, vol. 1, p. 169; 31 December 1833, vol. 1, p. 215.

2 Greville, *Memoirs*, 30 December 1837, vol. 3, p. 408.

3 Moulton, *Journals of the Lewis & Clark Expedition*, vol. 2, pp. 140-41. 取り消し線はクラーク自身ではなく，別の誰かが後から加えたのかもしれない。しかし内容は彼が書いたものだ。彼は日記の出版前に若干の手直しを入れている。

4 Perry, *Christmas in Germany*, p. 91.

5 Tryckare, *Christmas in Sweden*, p. 56.

6 John E. Baur, *Christmas on the American Frontier, 1800-1900*（Detroit, Omnigraphics, 1993［1961］), pp. 135-7.

7 Shoemaker, *Christmas in Pennsylvania*, p. 136 によれば，シューメイカーがこれを最初に見たのは1819年だった。

8 Jack Santino, *All Around the Year: Holidays and Celebrations in American Life*（Urbana, University of Illinois Press, 1994), pp. 185 . Silverthorne, *Christmas in Texas*, pp. 24-5, 著者はテキサスのこの慣習は16世紀のスペインにさかのぼると書いているがその根拠は書いてない。

9 Cited in Stokker, *Keeping Christmas*, pp. 119 .

10 Baur, *Christmas on the American Frontier*, p. 193.

11 Sharp, *Diary*, 23 December 1826, p. 93, and 19 February 1827, p. 177.

12 Oliver Goldsmith, *The Vicar of Wakefield. A Tale*（London, C. Cooke,［1793］), vol. 1, p. 40.

13 Keyte and Parrott, *New Oxford Book of Carols*, pp. 304-5.

14 Brady, *Clavis Calendaria*, vol. 2, pp. 334-5, citing 'A Compendious Analysis of the Calendar'.

15 *The Times*, 28 December 1822, p. 3; 21 December 1822, p. 4.

16 Hone, *Every-Day Book*, vol. 1, pp. 1595 .

17 These are cited in Mark Connelly, *Christmas: A History*（London, I.B. Tauris, 2012), p. 64.

18 William Sandys, *Christmas Carols, Ancient and Modern . . .*（London, William Beckley, 1833), p. 182.

19 R. R. Chope, *Carols for Use in Church During Christmas and Epiphany*（London, Metzler and Co.,［1880］）p. xxv. 引用部は the Revd Sabine Baring-Goul による序言からとった。

20 This is cited in Geo rey Rowell, 'Dickens and the Construction of Christmas', *History Today*, 43, December 1993, pp. 20-21, 日付の記載はないが，降誕シーンが飾られていたときのことだと思われる。

21 Keyte and Parrott, *New Oxford Book of Carols*, p. 351, 同書が宗教的な歌詞のキャロルを優位としている箇所は他にもある。

22 Marling, *Merry Christmas!*, p. 327.
23 'George Bourne' [George Sturt], *William Smith, Potter and Farmer, 1790-1858* (London, Chatto & Windus, 1920), pp. 28-9.
24 *The English Illustrated Magazine*, 1903, cited in *British Calendar Customs*, vol. 3, p. 226.
25 Cited in Silverthorne, *Christmas* in Texas, p. 15.
26 Joel Chandler Harris, 'A Conscript's Christmas', in *Balaam and His Master an Other Sketches and Stories* (Boston, Houghton, Mi in, 1891), p. 104.
27 Cited in Silverthorne, *Christmas in Texas*, p. 7.
28 The nineteenth-century eggnog recipe is in Mrs J. C. Croly, *Jennie June's American cookery book* . . . (New York, Excelsior, [*c*.1878]), p. 273; 現代のレシピは以下のサイトで見られる。www.jamieoliver. com/news-and-features/features/best-eggnog-recipe/# 3vwGdre4TM8i9weL.97, accessed 7 September 2016.
29 Cited in Genovese, *Roll Jordan*, p. 578. しかしこの著者は，ピアポイントがサウスカロライナにいたとき，あるいはその後にこれを書いたなら，彼はすでに積極的な奴隷解放論者になっていたとは書いていない。
30 Frederick Douglass, *Life and Times of Frederick Douglass, Written by Himself* (Hartford, CT, Park Publishing, 1882), pp. 182, 180.
31 Nissenbaum, *Battle*, pp. 261-2.
32 Cited in Nissenbaum, *Battle*, pp. 263-4, ただし相手の階級により待遇を変えるイギリスの慣習については私見である。
33 Pintard, *Letters*, 1 January 1821, vol. 1, p. 357; 26 December 1821, vol. 2 114; 26 December 1831, vol. 3, p. 305.
34 Georges Arsenault, *Acadian Christmas Traditions*, trans. Sally Ross (Charlottetown, Prince Edward Island, Acorn Press, 2007), pp. 29-30, 69, 74, 83.
35 Claude Poirier, ed., *Dictionnaire historique du français québécois* (Sainte- Foy, Québec, Les Presses de l'Université Laval, 1998), 'Poutine', pp. 426-9.
36 Cited in Shoemaker, *Christmas in Pennsylvania*, pp. 77-8.
37 アメリカにおけるハヌカについては Ran Abramitzky, Liran Einav, and Oren Rigbi, 'Is Hanukkah Responsive to Christmas?', *Economic Journal*, vol. 120, no. 545, June 2010, p. 612; Pleck, *Celebrating the Family*, pp. 68-70; Jenna Weissman Joselit, '"Merry Chanuka" : The Changing Holiday Practices of American Jews, 1880-1950', Jack Wertheimer, ed., *The Uses of Tradition: Jewish Continuity in the Modern Era* (New York, Jewish Theological Seminary/Harvard University Press, 1992), pp. 303-14. 'Family gatherings': Rabbi Gustav Gottheil, in ibid., p. 309などを参照した。
38 Respectively 'George Bourne', *William Smith*, pp. 27-30; E. H. Shepard, *Drawn from Memory* and *Drawn from Life: The Autobiography of Ernest H. Shepard* (London, Methuen, 1986), pp. 146-61; and Augusta Gregory, *Lady Gregory's Diaries: 1892-1902*, ed. James Pethica (Gerrards Cross, Colin Smythe, 1996), pp.

105, 120, 198, 294, 309.

39 残念ながらこのご馳走は完成を見なかった。他の住人がたまたま洗濯をしようとしたらしく，調理中の大釜に冷水を入れて肉を台無しにした上から衣類を投げこんだ。結局これが訴訟沙汰になったために1816年12月27日付のタイムズ紙に載り，私たちの知るところとなったわけだ。

40 Thomas Carlyle, *The Carlyle Letters*, 23 December 1852, vol. 27, pp. 372-5; and 25 December 1847, vol. 22, pp. 178-81.

第11章　戦争　パレード　「特別な日」——20世紀のクリスマス　1

1 クリスマス休戦に関する情報は，特に記載のない限りすべて Stanley Weintraub, *Silent Night: The Story of the World War I Christmas Truce*（New York, Free Press, 2001）によった。

2 Weintraub, *Silent Night*, pp. 38, 43, 45-6, and Malcolm Brown and Shirley Seaton, *Christmas Truce*（London, Leo Cooper, 1984）, pp. 66, 68, これらに曲目は記載されているが，キャロルと世俗的な歌の区別に関するコメントはない。

3 Cited in Marling, *Merry Christmas*, p. 113.

4 Cited in Schmidt, *Consumer Rites*, p. 167.

5 Marling, *Merry Christmas!*, pp. 97, 101.

6 デビッド・セダリス『サンタランド日記』［倉骨彰訳。草思社。2013年］pp.25-6。

7 Christmas parades based on information in Bella, *Christmas Imperative*, pp. 157-9, 163, 170; Leach, *Land of Desire*, pp. 332-6; Marling, *Merry Christmas!*, pp. 114-19; Pleck, *Celebrating the Family*, pp. 33-4.

8 Bella, *Christmas Imperative* は見物客の数を25万人近くとしている。モントリオール市の人口は当時818,577人，モントリオール島全体の人口は1,003,868人だった。どの程度遠くから見物客がやってきたかは分からない。

9 Restad, *Christmas in America*, p. 162.

10 Marling, *Merry Christmas!*, p. 323.

11 Waits, *Modern Christmas in America*, pp. 29-31.

12 観光局の宣伝は Armstrong, *Festlichkeit*, p. 489 による。ただし矛盾については私見である。

13 See, for example, www.heraldscotland.com/news/13085963.Squaddies_to_be_pampered_by_o cers_as_Afghan_bases_mark_ Christmas__Army_style/, accessed 12 September 2009. このサイトの情報をくれた Michael Hargreave Mawson に感謝する。

14 James H. S. Bossard and Eleanor S. Boll, *Ritual in Family Living: A Contemporary Study*（Philadelphia, University of Pennsylvania Press, 1950）, p. 77. 私見だが，同書における著者の分類に関しては疑問がある。たとえばアイルランドのカトリックは「そば粉のプディングやジャガイモのパンケーキ（ブリヌイ）」を食べるとしているが，これは東ヨーロッパの風習だ。しかしインタビューに

対するコメントが有益だったことに変わりはない。

15 Perry, *Christmas in Germany*, pp. 173, 178.

16 Sutton, *Stations of the Sun*, p. 121.

17 Anna Day Wilde, 'Mainstreaming Kwanzaa', in Amitai Etzioni and Jared Bloom, eds., *We Are What We Celebrate: Understanding Holidays and Rituals* (New York, New York University Press, 2004), pp. 120-30; Kathlyn Gay, *African-American Holidays, Festivals, and Celebrations: The History, Customs, and Symbols Associated with . . . Religious and Secular Events . . .* (Detroit, Omnigraphics, 2007), pp. 268-74.

18 Survey reported in Adam Kuper, 'The English Christmas and the Family: Time Out and Alternative Realities', in Miller, *Unwrapping Christmas*, pp. 157-8.

19 Orvar Löfgren: 'The Great Christmas Quarrel and Other Swedish Traditions', in Miller, *Unwrapping Christmas*, p. 225.

第12章　サンタの変貌　政治と商業主義――20世紀のクリスマス　2

1 Marling, *Merry Christmas!*, p. 210 などの引用による。

2 George McKay, 'Consumption, Coca-Colonisation, Cultural Resistance', in Whiteley, *Christmas, Ideology*, pp. 57-9.

3 サンドブロムによるコカ・コーラのコマーシャルに関しては信頼できる単独の情報源がなく，商品については McKay, 'Consumption, Coca- Colonisation' を参考にした。Cecil Munsey, *The Illustrated Guide to the Collectibles of Coca-Cola* (New York, Hawthorn Books, 1972), pp. 234-5 には良い画像があったが背景とした資料が信頼性に欠けた。J. C. Louis and Harvey Z. Yazijian, *The Cola Wars* (New York, Everest House, 1980), pp. 97-8 のこの問題を扱った2ページはあいまいと不正確のあいだを行き来している。

4 Robert L. May, *Rudolph the Red-Nosed Reindeer* (London, Simon and Schuster, 2014 [1939]).

5 リストは www.ascap.com/press/2014/1203-top-holiday-songs-100-year から得た。作詞家と作曲者の信教に関する情報は Nate Bloom at www.interfaithfamily.com/arts_and_entertainment/popular_culture/The_Jews_Who_Wrote_Christmas_Songs.shtml, accessed 14 September 2016 から得た。

6 The CBS broadcast, and St Nicholas: Jones, *Saint Nicholas*, pp. 359, 307-8; information on the propaganda purposes and funding of the *Knickerbocker Weekly*: Charlotte Kok, 'The *Knickerbocker Weekly* and the Netherlands Information Bureau: A Public Diplomacy Cooperation During the 1941-1947 Era', MA Thesis, American Studies Program, Utrecht University, 2011.

7 ナチのクリスマスの慣習についてのパラグラフは特に記載のない限り Perry, *Christmas in Germany*, pp. 172-3, 181, 185-6による。

8 Weintraub,*SilentNight*, pp. 18-19.

9 Marling, *Merry Christmas!*, pp. 178, 180.

10 Silverthorne, *Christmas in Texas*, p. 17.

11 Marling, *Merry Christmas!*, pp. 178-87.

12 Corey Ross, 'Celebrating Christmas in the Third Reich and GDR: Political Instrumentalization and Cultural Continuity under the German Dictatorships', in Karin Friedrich, ed., *Festive Culture in Germany and Europe from the Sixteenth to the Twentieth Century* (Lewiston, NY, Edwin Mellen, 2000), pp. 323-4, 330; Esther Gajek, 'Christmas Under the Third Reich', *Anthropology Today*, vol. 6, no. 4, August 1990, p. 6.

13 Marling, *Merry Christmas!*, pp. 185-6.

14 The figures for Christmas cards in the 1880s, 1938, 1977 and 1992 are from Mary Searle-Chatterjee, 'Christmas Cards and the Construction of Social Relations in Britain Today', in Miller, *Unwrapping Christmas*, p. 176; the figure for 2014, when the Greeting Card Association estimates that 8.78m cards were sold, taken from www.greetingcardassociation.org.uk/resources/for-publishers/the-market/facts-and-figures, accessed 26 February 2016; the population figures are UK census figures for the appropriate decades.

15 Nancy R. Reagin, *Sweeping the German Nation: Domesticity and National Identity in Germany, 1870-1945* (Cambridge, Cambridge University Press, 2007), pp. 206-10, although she fails to note the non-Germanic Santa costume.

16 Perry, *Christmas in Germany*, pp. 176-9.

17 Connelly, *Christmas: A History*, pp. 137-80.

18 Connelly, *Christmas: A History*, pp. 142-3.

19 カノンベリーのウィリアム・ワトキンス・スミスという偽名で *The Star* newspaper, 1888に発表された。George Bernard Shaw, 'The Abolition of Christmas', *The Shavian*, vol. 3, no. 8, 1967, pp. 7-9.

20 1980年までのすべてのスピーチの原稿が Tom Fleming, *Voices Out of the Air: The Royal Christmas Broadcasts, 1932-1981* (London, Heinemann, 1981) にある。

21 Kathleen Tipper, *A Woman in Wartime London: The Diary of Kathleen Tipper, 1941-1945*, ed. Patricia and Robert Malcolmson ([London], London Record Society, 2006), p. 27.

22 離婚率がクリスマス休暇後の1月にピークになることは 常々言われている。しかしそれを裏付ける確かな証拠はない。 www.divorce-online.co.uk/ blog/research-finds-a-quarter-of-brits-think-christmas- causes-relationships-to-su er/, accessed 15 September 2016を参照してほしい。家庭内暴力の急増については Johnes, *Christmas and the British*, p. 47 が NHS pamphlet, 'Keep Safe This Christmas' (2012), p. 6を引用しているが，その数字の根拠はよくわからない。離婚率と同じで統計的な数字というより，一般の人々がなんとなく感じているだけなのかもしれない。

23 Department 56 information from the company website: www.department 56.com; the other villages: Marling, *Merry Christmas!*, p. 66.

24 James Chapman, 'God Bless Us, Every One: Movie Adaptations of "A Christmas

Carol'"; Mark Connelly, *Christmas at the Movies: Images of Christmas in American, British and European Cinema* (London, I.B. Tauris, 2000), p. 9, has counted 357 by 1987; and Davis, *Scrooge*, lists others, so 500 seems a safe bet to me.

25 All in Davis, *Scrooge*, pp. 156-7.

26 For Christmas television I have relied on Russell Belk, 'Materialism and the Modern US Christmas', in Elizabeth C. Hirschman, ed., *Interpretive Consumer Research* (Provo, Association for Consumer Research, 1989); Fred Guida, *A Christmas Carol and its Adaptations: A Critical Examination of Dickens's Story and its Productions on Screen and Television* (Je erson, NC, McFarland & Co., 2000); Vincent Terrace, *Television Specials: 3,201 Entertainment Spectaculars, 1939-1993* (Je erson, NC, McFarland & Co., 1995); Robert J. Thompson, 'Consecrating Consumer Culture: Christmas Television Specials', in Forbes and Mahan, *Religion and Popular Culture*, pp. 44-55.

27 Peter J. Thompson, 'Consecrating Consumer Culture: Christmas Television Specials', in Bruce David Forbes and Je rey Mahan, eds., *Religion and Popular Culture in America* (rev. edn, Berkeley, University of California Press, 2005), pp. 44-55.

28 Jonathan Mundy, 'A Hollywood Carol's Wonderful Life', in Connelly, *Christmas at the Movies*, pp. 39-57.

第13章　消費資本主義とノスタルジー——20世紀と21世紀のクリスマス

1 日本のクリスマスについては Kimura and Belk, 'Christmas in Japan', and the same authors' 'Santa Claus is Coming to Town: Assimilation of Christmas in Japan', in *Advances in Consumer Research* (Portland, OR, Association for Consumer Research, 2005); Brian Moeran and Lise Skov, 'Cinderella Christmas: Kitsch, Consumerism, and Youth in Japan', in Miller, *Unwrapping Christmas*, pp. 105-33; and David Plath, 'The Japanese Popular Christmas: Coping with Modernity', *Journal of American Folklore*, vol. 76, no. 302, 1963, pp. 309-17 を参考にした

2 Theodore Caplow, 'Rule Enforcement without Visible Means: Christmas Gift Giving in Middletown', *American Journal of Sociology*, vol. 89, no. 6, May 1984, pp. 1308-10.

3 Caplow, 'Rule Enforcement', pp. 1232, 1316; James G. Carrier, 'The Rituals of Christmas Giving', in Miller, *Unwrapping Christmas*, p. 57.

4 The survey, from 1988, is in Löfgren, 'Great Christmas Quarrel', p. 226; number of residents per household: http://ec.europa.eu/eurostat/statistics-explained/index.php/Household_composition_ statistics, accessed 29 September 2016.

5 Löfgren, 'Great Christmas Quarrel', pp. 219, 222-3.

6 ここにあげた「くるみ割り人形バージョン」の小物はすべて amazon.com, accessed 18 September 2016 にある。

7 Hawkins, *Bad Santa*, pp. 99 .

8 This debunking of the theory of Rogan Taylor was effciently carried out by Hutton,

Stations of the Sun, pp. 118-19.

9 Christopher Marlow[e], *The Rich Jew of Malta; A Tragedy* (London, Simpkin and R. Marshall, 1818 [1589/90]), p. 20.

10 *Hamlet*, I:i.

11 Thomas Bromhall, *An history of apparitions, oracles, prophecies, and predictions . . . Written in French, And now rendred into English* (London, John Streater, 1658).

12 *Round About Our Coal Fire*, cited in Parker, *Christmas and Charles Dickens*, p. 105.

13 Walter Scott, *Marmion: A Tale of Flodden Field* (3rd edn, Edinburgh, Constable and Co., 1808), p. 306.

14 Jerome K. Jerome, *Told After Supper* (New York, Henry Holt, 1891), pp. 15-16.

15 ジョージ&ウィードン・グロウスモス著『無名なるイギリス人の日記』[梅宮創造訳。王国社。1994年] pp.114-5。

16 George Bernard Shaw, *Our Theatres in the Nineties* (London, Constable and Co., 1932), vol. 3, p. 279.

17 アンブローズ・ビアス『悪魔の辞典』[西川正身訳。岩波書店。1983年]p.59。

18 Philip Larkin, *Selected Letters of Philip Larkin, 1940-1985* (London, Faber and Faber, 1992), 17 December 1958, p. 297.

19 Oliver Haid, 'Christmas Markets', in Picard and Robinson, *Festivals, Tourism and Social Change*, pp. 209-21.

20 D. B. Wyndham Lewis and G. C. Heseltine, eds., *A Christmas Book: An Anthology for Moderns* (London, J. M. Dent, 1928), p. vii.

21 郷愁の念とそれに続く歴史に関する議論は，Svetlana Boym, *The Future of Nostalgia* (New York, Basic Books, 2001)に負うところが大きいが，以下も参照した。Linda M. Austin, *Nostalgia in Transition, 1780-1917* (Charlottesville, University of Virginia Press, 2007), passim; Paul Connerton, *How Societies Remember* (Cambridge, Cambridge University Press, 1989), pp. 63-5; Christina Goulding, 'Romancing the Past: Heritage Visiting and the Nostalgic Consumer', *Psychology and Marketing*, vol. 18, no. 6, 2001, pp. 565-92; Eric Hobsbawm, 'Inventing Traditions', in Eric Hobsbawm and Terence Ranger, eds., *The Invention of Tradition* (Cambridge, Cambridge University Press, 1983), pp. 1-14; Dell Hymes, 'Folklore's Nature and the Sun's Myth', *The Journal of American Folklore*, vol. 88, no. 350, pp. 345-69; David Lowenthal, *The Past is a Foreign Country* (Cambridge, Cambridge University Press, 1985), passim; Katharina Niemeyer, ed., *Media and Nostalgia: Yearning for the Past, Present and Future* (Basingstoke, Palgrave Macmillan, 2014), pp. 3-11; Pleck, *Celebrating the Family*; and Slavoj Žižek, *Looking Awry: An Introduction to Jacques Lacan through Popular Culture* (Cambridge, MA, MIT Press, 1991), passim.

22 G. K. Chesterton, 'The Shop of Ghosts', published in the *Daily News*, 22 December 1906, reprinted in Chesterton, *The Spirit of Christmas* (London, Xanadu, 1984), pp. 27-31.

23 Harald Welzer, 'Re-narrations: How Pasts Change in Controversial Rememberings', *Memory Studies*, vol. 3, no. 1, 2010, pp. 5, 15.

24 John Selden, *Table-Talk: Being the Discourses of John Selden, Esq . . .* (London, E. Smith, 1689), p. 21.

ジュディス・フランダーズ（Judith Flanders）

1959年生まれ。歴史家。ジャーナリスト。ロンドン在住。主にヴィクトリア期をテーマにした多数の著作がある。『ヴィクトリア朝の家庭生活：誕生から死まで The Victorian House: Domestic Life from Childbirth to Deathbed』『ヴィクトリア朝の都市生活：ディケンズの頃のロンドン The Victorian City: Everyday Life in Dickens' London』ほか。近年は小説も執筆する。

伊藤はるみ（いとう・はるみ）

翻訳家。1953年，名古屋市生まれ。愛知県立大学外国語学部フランス学科卒。主な訳書にM・J・ドハティ『図説アーサー王と円卓の騎士』，L・チードル／N・キルビー『世界の茶文化図鑑』，ジョナサン・ドイッチュ／ミーガン・J・イライアス『「食」の図書館　バーベキューの歴史』（以上，原書房），G・マテ『身体が「ノー」と言うとき』（日本教文社）がある。愛知県岡崎市在住。

クリスマスの歴史《れきし》
祝祭誕生《しゅくさいたんじょう》の謎《なぞ》を解《と》く

●

2018年 11月15日 第1刷

著者………ジュディス・フランダーズ
訳者………伊藤《いとう》はるみ
装幀………佐々木正見
発行者………成瀬雅人
発行所………株式会社原書房

〒160-0022 東京都新宿区新宿1-25-13
電話・代表03(3354)0685
振替・00150-6-151594
http://www.harashobo.co.jp

印刷………新灯印刷株式会社
製本………東京美術紙工協業組合

ISBN978-4-562-05609-5 Printed in Japan